豫报（点校本）

奉方奇 盖伟 赵鹏 盛晓玲 点校

中央编译出版社
Central Compilation & Translation Press

图书在版编目（CIP）数据

豫报：点校本 / 秦方奇等点校. —北京：中央编译出版社，2020.12
ISBN 978-7-5117-3889-9

Ⅰ. ①豫… Ⅱ. ①秦… Ⅲ. ①报刊-史料-河南-近现代 Ⅳ. ①G219.29

中国版本图书馆 CIP 数据核字（2020）第 234839 号

豫报：点校本

责任编辑	苗永姝
责任印制	刘　慧
出版发行	中央编译出版社
地　　址	北京西城区车公庄大街乙 5 号鸿儒大厦 B 座（100044）
电　　话	（010）52612345（总编室）　　（010）52612335（编辑室） （010）52612316（发行）　　　（010）52612369（网站）
传　　真	（010）66515838
经　　销	全国新华书店
印　　刷	北京紫瑞利印刷有限公司
开　　本	710 毫米×1000 毫米　1/16
字　　数	394 千字
印　　张	25
版　　次	2020 年 12 月第 1 版
印　　次	2020 年 12 月第 1 次印刷
定　　价	158.00 元

新浪微博：@中央编译出版社　　　微　信：中央编译出版社（ID: cctphome）
淘宝店铺：中央编译出版社直销店（http://shop108367160.taobao.com）　（010）52612322

本社常年法律顾问：北京市吴栾赵阎律师事务所律师　闫军　梁勤
凡有印装质量问题，本社负责调换，电话：（010）52612322

《豫报》的创刊及其创刊号上疑似鲁迅撰写的两则广告[*]
（代前言）

平顶山学院新闻与传播学院　秦方奇

二十世纪九十年代初，王晓明不无遗憾地发出感慨："如果没有《新青年》杂志，没有文学研究会和它的机关刊物《小说月报》，五四新文学的诞生还会是现在这个样子吗？可惜的是，我读到的许多现代文学史著作，无论是在大陆，还是在香港、台湾出版的，似乎都没有注意到文本以外的这些现象。"[①] 时光走过二十年，大量报刊不但早已进入学者的研究视野，成为新的学术生长点，而且每年还有众多现代文学和新闻传播学硕士、博士研究生以近现代报刊为毕业论文选题，开展专题研究。这些多侧面研究成果，对丰富中国现代文学史料无疑具有重要促进作用。

但是，目前的近现代报刊研究，学者们关注更多的还是《新青年》《新潮》《语丝》《晨报副刊》《时事新报·学灯》《小说月报》《解放日报》《现代》《新月》《抗战文艺》等具有全国性影响的报刊。而那些对中国现代文化的发生、发展有过重要促进作用，但因其存在时间短、发行量有限的地方性报刊，尚没有引起研究者的关注；尤其那些深藏于地方图书馆珍藏室的地方性报

---

[*] 本文为河南社会科学规划项目"《豫报》《河南》的创刊及其与鲁迅、周作人等现代名人之关系研究"（项目编号：2009BWX008）的阶段性成果之一。原载《现代中国文化与文学》2009年第2期。此次收录略有修改。

① 王晓明：《一份杂志和一个"社团"——重识"五四"文学传统》，载《上海文学》1993年第4期。

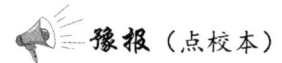

刊,则更是乏人问津。本文所要探讨的《豫报》便是其中之一。

一、《豫报》及其研究

古代中国,虽有"君子不党"的为政箴言,然自古以来的读书人却又有结社"议政"之传统,比如魏晋之际"竹林七贤"的傲睨礼法,明代"东林党人"对皇权的挑战。这种士人结社习性,至明清时期更甚。① 1903 年,随着科举制的废止,读书人通向政治的晋升之路的截断,相应地需要寻找在新的政治格局中彰显其力量的新型组织方式,而以"乡党"观念为纽带的"报刊"的大量出现,在近代社会发挥了独特作用,"乡党"意识遂成为读书人力量聚集的重要标识。如邹鲁所说:"时各省学生皆有学生会,会中多办一机关报。"② 1905 年同盟会成立前后的两三年间,留日学生创办的革命报刊更是如雨后春笋般蓬勃而出,仅在东京创办的刊物就有《浙江潮》《江苏》《湖北学生界》《二十世纪之支那》《民报》《复报》《鹃声》《云南》《洞庭波》《直言》《中国新女界》《天讨》《晋声》《天议报》《汉帜》《大江报》《醒狮》《四川》等十余种。③ 在这个学生办报热潮中,河南籍留学生自然不甘落后,他们在东京先后创办了《豫报》《河南》,作为向国人输入新学理、新观念的主阵地。

相对于《豫报》"促黄河流域一部开化最早之民族雄飞于世界"(《豫报弁言》)的办刊宗旨,稍后创刊的《河南》更具激进色彩,它不仅明确提出了"吾今扫除不自由之方略,其目的在消灭皇帝"(《河南》第七期《憨儿之厌世主义》)的革命宣传口号,还鼓动民众采取"罢市示威""抗税运动"直至"暗杀手段""联络各省""兴革命军""扫其庭而犁其穴",使读者倍感振奋,被誉为"首屈一指"的留学生刊物,"鸿文伟论足与《民报》相伯仲"。④ 并且随着鲁迅、周作人、苏曼殊、许寿裳等非豫籍现代文化名人陆续加盟作者队

---

① 参见谢国桢:《明清之际党社运动考》,沈阳,辽宁教育出版社 1998 年版。
② 邹鲁:《中国同盟会》,载中国史学会主编:《中国近代史资料丛·辛亥革命》第 2 册,上海:上海人民出版社 1953 年版,第 7 页。
③ 冯自由:《革命逸史》(中),北京:新星出版社 2009 年版,第 488—489 页。
④ 冯自由:《革命逸史》(中),北京:新星出版社 2009 年版,第 567 页。

伍,更使刊物影响日渐扩大。特别是鲁迅《人间之历史》《摩罗诗力说》《破恶声论》等系列论著在《河南》的发表,更奠定了《河南》在中国近现代文化史、思想史的重要地位,成为享誉海内外的名刊。

也正因为这样,《豫报》这个河南最早创刊的留学生刊物,总被《河南》的光芒所遮掩,学界对它的介绍和研究显得异常薄弱:董守义先生制作的"留学生在国外编辑出版的刊物"一览表(《清代留学运动史》),把《河南》列为63种留学生刊物之一,《豫报》则不幸落选;丁守和主编的《辛亥革命时期期刊介绍》第一集所收录的林斌先生的《豫报》则是第一次对该刊的专文介绍,惜乎林氏囿于所接触的材料不全,从而导致了对《豫报》的创刊时间、刊期等基本情况介绍颇多讹误,如林氏所谓"该刊创刊于一九零六年十一月","一九零七年九月终刊,在十个月的时间内,只出版了四期"等等,与我们现在所见《豫报》原刊颇有不同;由方汉奇主编出版于1992年的大型工具书《中国新闻事业通史》,也仅仅在介绍《河南》时用"河南留日学生同乡会曾于1906年11月创办《豫报》"①的吝啬笔墨点到即止。近几年来,虽然一些现代文学或新闻学、历史学研究者在不同的专业方向上对《豫报》的出版情况偶有涉及,但由于《豫报》原刊难得一见,不便查找,很多人往往根据不同版本的年谱、著作年表和个人回忆录等第二手材料立论,以至有关这个刊物的编者、创刊时间、刊期等基本问题往往以讹传讹,混乱不堪。如汪维真根据河南大学图书馆所藏《豫报》复印件,便在其《〈豫报〉创办始末及其与〈河南〉之关系》一文中推定:"《豫报》创刊号应是在1906年12月出版的"②;黄轶《有关〈河南〉几个问题的辨证》则根据《1833—1949全国中文期刊联合目录》(书目文献出版社1981年版)、《辛亥革命时期期刊介绍》(人民文学出版社1983年版)的记载,认定《豫报》创刊于1906年11月。③ 这些说法皆与我们见到的国家图书馆所藏《豫报》影印本不符(以下所引《豫

---

① 方汉奇主编:《中国新闻事业通史》第一卷,北京:中国人民大学出版社1992年版,第844页。

② 汪维真:《〈豫报〉创办始末及其与〈河南〉之关系》,载《史学月刊》2002年第11期,第30—35页。

③ 黄轶:《有关〈河南〉几个问题的辨证》,载《中国现代文学研究丛刊》2006年第5期,第289—304页。

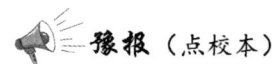

报》均以国图版本为据)。

二、《豫报》的创刊时间

《豫报》创刊之始,或因学生办刊经验不足,在第一号开篇的《豫报公启并简章》《豫报弁言》《豫报之原因及其宗旨》等类似发刊词的三篇文章中,除了在"豫报公启并简章"中明确提出"月出一册,望日发行"的时间信息外,均无对刊物创刊时间的记载和说明。倒是在刊物封底版权页上明确标注了以清朝皇帝年号纪年的印刷时间,和以日本天皇年号纪年的发行日期,即:光绪卅二年十二月初六日印刷,明治四十年一月十九日发行。但遗憾的是,《豫报》第二号封底则遗漏了印刷和发行时间。而第三、四、五、六号封底印刷和发行时间则一应俱全。为便于对照考察,将《豫报》封底所标注的各期印刷发行时间列表如下:

期刊号	印刷与发行时间			刊期间隔	备注
	清朝纪历	日本纪历	公元纪历		
第一号	光绪卅二年十二月初六	明治四十年一月十九日	1907年1月19日	—	注明每月一册望日发行
第二号	—	—	—	—	—
第三号	光绪卅三年四月二十日	明治四十年五月二十六日	1907年5月26日	—	—
第四号	光绪卅三年九月二十六日	明治四十年十一月一日	1907年11月1日	6个月	注明每月一回,三十日发行
第五号	光绪卅三年十月二十六日	明治四十年十二月一日	1907年12月1日	1个月	注明每月一回,三十日发行
第六号	光绪卅四年四月初一日	明治四十一年五月一日	1908年5月1日	5个月	注明每月一回,三十日发行

从上表可知,第一,《豫报》(第一期)正式创刊出版时间为光绪卅二年十二月初六日(1907年1月19日),但刊物筹划可能在1906年底。因为按照

常识，一个刊物的出版要经过酝酿筹备、组稿、编辑、排版、印刷等诸多程序，要完成这些前期工作，自然有一个过程。而作为既无固定经费支撑，又缺乏办刊经验的留学生刊物来说，走完这个前期程序所需时日可能更长，因为一不留神，就有可能半途而废，鲁迅、许寿裳筹办的《新生》不也胎死腹中了吗？此外，从《豫报》创刊号刊发的第一篇文章《说气》（署名梦南）中有"就是那前年日本给俄罗斯在东三省打仗，杀人数十万，诸君也是知道的"，因为日俄战争发生在1904年，所以该文显然写于1906年，据此，我们推定《豫报》第一号中的文章大部写于1906年底。

第二，关于《豫报》第二期的出版时间，国图版本版权页上没有显示，但根据"月出一册，望日发行"的刊行计划，《豫报》第二期的出版时间应该在光绪卅三年一月十五日左右（1907年2月27日左右）。我在出版于光绪卅三年四月二十日（1907年5月26日）的《豫报》第三期上发现了一则对刊物延迟出版向读者致歉的"特别告白"，对确定《豫报》第二期刊行时间提供了证据，现将"告白"抄录如下：

> 本社事当创始，一切机关多未完全，前同人又因各校季考，是以三期出版稽迟。无任惶愧，尚祈阅者诸君原谅是幸。至报资未经汇兑者，即请从速寄下，尤为盼切，特此告白。

此外，笔者又在同为河南籍留学生创办的《中国新女界杂志》（创刊于1907年2月）第三期上发现了一则《豫报广告》：

> 本报自第二期后，因有特别事故，延迟多日，同人对于内地欢迎本报诸君深滋愧怍。现又从新整顿，勉赴前途，不惟以后按期出版，并思补前日之缺。惟我豫留东社员，人少力薄，至于款项在东所筹，只可暂为支持。尚望阅报诸君速寄报资，并对于本报有所匡救。邮示一切，同人有厚望焉。此白。

这两则"特别告白"和"广告"清楚表明，《豫报》延期出版是在第二期

以后的事,即第三期是该刊出版过程中的第一次延期。《豫报》编者连续在《豫报》第三期和同时出版的《中国新女界杂志》刊登深表"惶愧"的"告白",即如同某一个一向遵章守纪的学生第一次犯错误便无限羞愧,反复向老师认错一样,于不安中诚恳致歉,期盼老师谅解。

《豫报》第三期所刊"特别告白"除对第三期延迟出版向读者表示"惶愧"外,还透漏了延迟的两个原因,一是刊物"创始",缺乏经验,二是作为留学生的刊物同仁要参加"各校季考"。查日本学制:各校春假时间在3月下旬至4月上中旬,大约一个月时间,季考时间应在3月上旬。这表明,原本应在1907年3月出版的《豫报》第三期因"季考"而推迟,往前推一个月,则《豫报》第二期刊行时间当在1907年2月中下旬。再往前推一个月,《豫报》创刊号应在1907年1月中下旬出版,这与国图版《豫报》第一期版权页标注正好一致。

综上,我们认为国图版《豫报》版权页上标明的"光绪卅二年十二月初六日印刷,明治四十年一月十九日发行"(即1907年1月19日)正是该刊的创刊时间。

三、《豫报》第一号所刊疑似鲁迅撰写的两则广告

在《豫报》第一号扉页上,刊登了鲁迅《中国矿产志》(下文简称《矿产志》)和《中国矿产全图》(下文简称《全图》)出版广告,为下文引述方便,现分别照录如下①:

第一则

留学日本东京　　帝国大学矿化专科顾琅　　合著
　　　　　　　　外国语学校周树人

---

① 此处原广告为竖排,且无标点,现改为横排并由本文作者加注标点。

中国矿产志

国民必读　　全一册定价大洋四角半△洋装六角

我国自办矿路之议,久为全国之所公认。顾路则已由各省争回兴筑,成效大著。而承认办矿务者,虽有自行开采之志,而苦于不知自有矿产之所在。故商部虽有奏请各省设立矿政局,至今未见日臻发达。留学日本东京帝国理科顾君琅及会稽周君树人,有鉴于此用,特搜集东西秘本数十余种,又旁参以诸名师之讲义,撮精删芜,汇为是编。搜集宏富,记载精确,与附刊之《中国矿产全图》有互相说明而不可偏废,实吾国矿学界空前之作。有志富国者不可不急置一编也。

今将全数内容要目开列于左:

第一编　第一章矿产与矿业　第二章地质及矿产之调查者　第三章中国地质之构造(附中国地相图)　第四章中国地层之播布

第二编　凡十八章　一、直隶省矿产　二、山西省矿产　三、山东省矿产　四、陕西省矿产　五、甘肃省矿产　六、四川省矿产　七、江苏省矿产　八、江西省矿产　九、浙江省矿产　十、安徽省矿产　十一、湖南省矿产　十二、湖北省矿产　十三、河南省矿产　十四、贵州省矿产　十五、云南省矿产　十六、广东省矿产　十七、广西省矿产　十八、福建省矿产　凡一省之下,又详分金属矿产及非金属矿产两大类,并揭其产地所在。末复添附中国各省矿产一览表及地质时代一览表,两则尤为本书之特色。

第二则

中国顾琅编纂　　**中国矿产全图**

国民必携　　电气五彩铜版

　　　　　　定价大洋一元二角

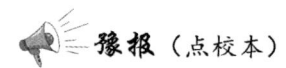

是图为日本农商务省地质矿产调查局秘本。日人选制此图,除派人精密调查外,悉采自德人地质学大家聂河芬氏之记载。故彼邦视此图若枕中鸿宝,藏之内府,不许出版。留学日本东京帝国大学顾君琅,究心矿学有年,而与测绘地图尤所擅长。因忽于教师处得见此本,特急转借、摹绘、放大十五倍,付之电气铜版,精美绝伦,较原本尤加详博,为我国地图界中之冠。不特现今之矿学家、实业家、政法家渴望此本,即研究地理学与国学之教员学生诸君,亦不可不急手一部也。

分售处	上海三马路书锦里	普及书局
	日本东京骏河台町	留学生会馆
发行所	日本东京	中国书林
	中国上海	古今图书局
		大华书局
		各大书林

拿这两则广告与鲁迅《中国矿产志》初版(光绪三十二年五月十一日发行,即1906年5月11日)书内所刊登由鲁迅亲自撰写的《中国矿产志》和《中国矿产全图》广告(唐弢先生和刘运峰均认为这两则广告是鲁迅所写)①进行比对,《豫报》所刊广告实则是《中国矿产志》初版本所刊广告的缩编版,而且很有可能出自鲁迅之手。这是因为:

其一,两个版本的广告字数比较。除去刊物刊载广告必要的修饰性标题外,《豫报》版广告只是添加了《中国矿产志》的全书要目,而作为广告主体的正文字数则是有所缩略:《矿产志》广告原书中为245字,《豫报》删减为202字;《全图》广告原书中为230字,《豫报》删减为198字。

其二,两个版本广告的内容和行文风格比较。《矿产志》广告虽然前后文字有一定变化,但其主体内容和行文风格却基本相同,应是出于同一人的手

---

① 这两则广告见唐弢编《〈鲁迅全集〉补遗续编》(上海出版公司1952年出版)444、446页,刘运峰《鲁迅佚文全集》(群言出版社2001年版,25、26页)也将这两则广告收录。

笔。例如，广告开篇同是叙述当时中国各地自办矿路的情况，与《豫报》版的概括叙述不同，初版本广告显然更为具体："吾国自办矿路之议，自湖南自立矿务公司、浙人争刘铁云条约、皖人收回铜官山矿地、晋人争广福公司条约、商部奏设矿政总局诸事件踵生以来，已有日臻发达之势。顾欲自办矿路，而不知自有矿产之所在，则犹如盲人瞎马，夜半之临深池，纵欲多方摸索，必无一得。"初版本广告说该书作者为"留学日本东京帝国大学顾君琅及仙台医学专门学校周树人"，《豫报》版广告则改为"留学日本东京帝国理科顾君琅及会稽周君树人"。初版广告称该书编写时"特搜集东西秘本十余种，又旁参以各省通志所载"，《豫报》版广告则仅将后一句改为"又旁参以诸名师之讲义"。

《全图》初版本广告和《豫报》本广告在介绍其来源时都说："是图为日本农商务省地质矿产调查局秘本。日人选制此图，除派人精密调查外，悉采自德人地质学大家聂诃芬氏之记载。"初版广告又称该图还采之"美人匹联氏之《清国主要矿产颁布》者不少"。关于该图的制作情况，初版广告比较简略："因忽于教师理学博士神保氏处得见此本，特急转借摹绘，放大十二倍，付之写真铜版，以供祖国"。《豫报》则在叙述来源之外，对该图给予较高评价："因忽于教师处得见此本，特急转借、摹绘、放大十五倍，付之电气铜版精美绝伦，较原本尤加详博，为我国地图界中之冠。"

第三，《中国矿产志》在1906年5月11日初版后，颇受欢迎，到了1907年2月27日就出版了第三版①。前文认定《豫报》创刊号出版于1907年1月19日，在其上刊载的这两则广告，应该就是鲁迅为《中国矿产志》第三版出版而在初版广告基础上为适合在报刊上发表而量身编定的。

最后，我想强调的是，中国现代文学研究，特别是在现代文学史料的整理和研究中，在关注那些具有全国性影响的"大刊物"的同时，千万不可忽视那些存在时间不长、发行量有限的地方性报刊。因为这些看似不起眼的刊物中，说不定珍藏着一些重要的文献。正如李怡先生指出的那样："如果我们尽

---

① 唐弢先生在编《〈鲁迅全集〉补遗续编》时，收进了《中国矿产志》第三版封底刊载的《中国矿产志》征求资料广告。

可能地做好对地方性报刊的打捞、整理和研究工作,不仅可能在中国现代文学的现有研究格局中增加许多意外惊喜,从长远来看,更有利于从一些新的角度和立场上拓宽现代中国文化的研究空间。"①

---

① 见李怡在"2009重庆'文学史料与抗战文学'学术研讨会"上的发言稿《地方性文学报刊与中国现代文学的史料价值》。

《豫报》简介及
《豫报》(点校本) 出版设想

　　《豫报》1907年1月创刊于日本东京，由河南留日学生创办，至1908年4月停刊，共出版6期。《豫报》遵循"改良风俗，开通民智、提倡地方自治、唤起国民思想"的办刊宗旨，通过"图画""论说""政治""地理""实业""时评""译丛""文苑""小说""新闻""教育""杂俎""调查""广告"等十多种栏目的设置，在给人以"众声喧哗"的思想启迪和审美体验中，彰显出"百科全书"式的刊物特色。特别是在《豫报》创刊号的首页，刊载了鲁迅亲自拟定的《中国矿产志》《中国矿产全图》的出版广告，是鲁迅与河南留学生的首次合作，正是有了这次的成功合作，才使得刚刚弃医从文的鲁迅把他精心写就的《人间之历史》《摩罗诗力说》《文化偏至论》《破恶声论》等重要文章送到稍后《豫报》同人编辑的另一刊物《河南》发表。透过《豫报》可以感知到留日河南学生参与近代中国政治、思想、文化论争，开启民智、提倡新风等方面做出的种种努力，体现出在中国社会由封建帝国时代向现代民族国家转型过程中近现代期刊所起的塑造国民、凝聚力量、为民众提供民族国家想象载体的重要作用，实为中国近代新文化的先声。因而，《豫报》虽然只存在了短短一年多时间，但在中国思想文化史、出版史、政治革命史、文学史等方面都具有重要意义。因为自第五号起《豫报》股东分化，一部分以宣传革命为宗旨的激进派创办了《河南》杂志，因鲁迅、周作人、苏曼殊、许寿裳等人加入作者队伍，而备受海内外注目。

　　《豫报》原刊为小32开本，每期80至100页不等。每页420字左右，每期总字数45000字左右，繁体竖排，没有标点。《豫报》原刊目前除国家图书

馆、北京师范大学图书馆、河南大学图书馆存藏之外，世面少见，学界难得一见。21世纪以来，中国现代文学、新闻传播学、中国近代史等学科的研究人员，从不同角度开始涉猎《豫报》的研究，完成了多篇硕士论文，并公开发表了一系列文章，2015年9月，人民文学出版社出版了秦方奇主编的《〈豫报〉〈河南〉与中国现代文化》，在学界产生较大影响。此前，中央编译出版社出版了由北京鲁迅博物馆编的《河南》（影印本），引起了学界的阅读兴趣，可以想见，作为《河南》姊妹刊物的《豫报》如果能重新点校出版，定会在新闻出版、中国现代文学、中国近现代历史、国民党党史等研究领域引起广泛兴趣，产生较大影响。

本书所做的点校工作，按以下原则进行：

1. 按照出刊顺序，逐期校对。

2. 底本中各期文章标题，按照原标题照录，未作改动。

3. 底本中文章按原义分段并按现行规范加上标点符号。

4. 对于底本中存在的明显讹误字，一般在正文中直接改正，不再进行标注；错字、多字、异体字等采用页下加注的形式注明；遗漏字加"〔〕"标注，而对于明显遗漏而我们又无法断定的字直接加空白"〔〕"标注；无法辨认的字用"□"表示。

5. 第四号中注释为"应为……"的一律根据原刊后面的勘误表注释。

由于编者水平有限，错漏之处在所难免，还请读者批评指正。

秦方奇　盖　伟

2020年9月28日

目　录

《豫报》第一号

新书出版广告 ·· 3

豫报公启并简章 ·· 5

豫报弁言 ··· 7

《豫报》之原因及其宗旨 ··· 9

论　说 ·· 12
　　说　气 ·· 梦　南 12
　　论中国扩充固有之柔术 ·· 创　余 15

政　治 ·· 18
　　论中国民无国家思想由于不知国家政府之辩 ························ 补　天 18
　　论国民爱国之方针 ·· 莽　陆 20

地　理 ·· 23
　　地理溯原 ··· 履　及 23

实　业 ·· 27
　　蚕桑泛论 ··· 破浪子　27

时　评 ·· 30
　　捐巨资兴学之可嘉 ··· 古中原裔　30
　　童洛铁路之电商 ··· 32

译　丛 ·· 33
　　民族的花（第三号　东亚之光） ···················· 横　波　33

文　苑 ·· 37
　　阿芙蓉传 ··· 补　天　37
　　八股匠末路之忠告 ··· 雏　鹏　38
　　破浪游 ··· 博　沙　40
　　烈士行 ··· 阆　风　41
　　士耻（一曰志士新口号） ······························· 阆　风　42

小说（短篇小说） ·· 44
　　池上谈（一名缠足痛） ···································· 筑　客　44

新　闻 ·· 51
　　沁河决口之原因 ··· 51
　　豫省军备近状 ··· 51
　　沁左兴学近闻 ··· 52
　　兰仪女学堂 ··· 52
　　汜水毁学暴状 ··· 53

杂　俎 ·· 54
　　海底电线述略 ··· 录中国日报　54

调查 · · · · · · 56
河南学堂一览表 · · · · · · 56

《豫报》第二号

论说 · · · · · · 63
敬告同乡父老筑路书 · · · · · · 63
说矿祸 · · · · · · 补 天 76
河南征兵末议 · · · · · · 太 憨 79
德意志与中国之关系 · · · · · · 横 波 81

实业 · · · · · · 88
蚕桑泛论（续第一期） · · · · · · 88

时评 · · · · · · 91
学生果欲受奴隶教育耶 · · · · · · 警 钟 91
对于洛阳聚众众捐之感情 · · · · · · 粗莽夫 93
豫省学界之怪现状 · · · · · · 粗莽夫 95

新闻 · · · · · · 98
修武绅富之热心兴学 · · · · · · 98
禹州商会成立 · · · · · · 99
豫南公司之成因及其发达 · · · · · · 99
首鼠两端之蒲光宝 · · · · · · 100
杞县办学之起色 · · · · · · 100

文苑 · · · · · · 101
解客难 · · · · · · 补 天 101

杂诗十二首 …………………………………………………………… 104
书李烈士培仁绝命书后 ………………………………… 粗莽夫 106
为矿殉身李烈士培仁绝命书 ………………………………… 107

调　查 ………………………………………………………………… 112
豫矿化验成色表
——据河南候补知县任君锡茹之调查 ………………… 112
河南学堂一览表 …………………………………………… 115
永宁县小学堂一览表 ……………………………………… 116
洛阳县小学堂一览表 ……………………………………… 117
偃师县小学堂一览表 ……………………………………… 117

《豫报》第三号

论　说 ………………………………………………………………… 123
敬告河南官绅请急筹办洛潼铁路启 ………………… 陕西来函 123
豫省路款说略（续第二号告父老筑路书） …………………… 126
人事天命论 ………………………………………………… 仗　剑 130
快讲学 ……………………………………………………………… 133
教训儿童说 ………………………………………………… 无知子 135

地　理 ………………………………………………………………… 139
河南地理上将来之配置 …………………………………… 蓼红生 139

实　业 ………………………………………………………………… 142
蚕桑泛论（续丙午第二期） ……………………………… 破浪子 142

时 评 ································· 146
  浚令热心兴学 ··························· 146
  济源小学堂之现状 ······················· 147
  怪哉温邑之主教育者 ····················· 148
  省垣师范传习所监学李书元之丑态 ········· 151
  以马号喻学生之奇闻 ····················· 151
  藐视学务宜阳县令傅绳志 ················· 152

文 苑 ································· 154
  感怀 ····························· 奴　性 154
  追挽姚陈两烈士哀词 ····················· 154
  杂诗数首 ······························· 156

小 说（社会小说） ···················· 158
  龙马图 ··························· 莞　佛 158

新 闻 ································· 161
  南阳府崇实公司成立 ····················· 161
  兰仪县教育研究会 ······················· 163
  杞县之教育会 ··························· 164
  太扶之天足会 ··························· 164
  安阳县天足会 ··························· 164
  兰仪县天足会 ··························· 165

杂 俎 ································· 166
  中国民族代表花 ··················· 企足子 166

调 查 ································· 169
  河南学堂一览表 ························· 169

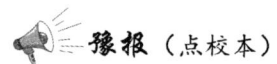

《豫报》第四号

本社紧要告白 ·············· **177**

论　说 ·············· **186**
　　论河南将来之经济界　　　　　　　补　天　186
　　敬告河南创立天足会启　　　　　　　　　191
　　哀中国　　　　　　　　　　　　　击　楫　193

地　理 ·············· **198**
　　自然地理之概略　　　　　　　　　　　　198

植　物 ·············· **203**
　　花及其进化　　　　　　　　　　　　　　203

动　物 ·············· **206**
　　麒麟新语　　　　　　　　　　　　　　　206

生　理 ·············· **208**
　　生理卫生论　　　　　　　　　　　　　　208

实　业 ·············· **211**
　　蚕桑泛论（续第三期）　　　　　　破浪子　211

小　说 ·············· **214**
　　新三国　　　　　　　　　　　　　白　眼　214

文　苑 ··· 218
　　贺云南死绝会文 ······················· 凌　云 218
　　杂诗五首 ··· 219

时　评 ··· 221
　　述张公治荣之特色 ·· 221

杂　俎 ··· 223
　　世界新闻 ··· 223

新　闻 ··· 226
　　华盛有限牧植公司简章 ··································· 226
　　祥符天足会章程 ·· 227

专　件 ··· 229
　　汲县绅民拟提庙捐兴学详情 ··································· 229

调　查 ··· 231
　　七月大事表 ··· 231
　　河南学堂一览表 ·· 235

《豫报》第五号

本社紧要告白 ··· 247

论　说 ··· 254
　　二十世纪之河南 ······················· 悲　报 254
　　河南之前途 ······················· 鲁阳戈 258

学　说 ··· 261
　　国权原论 ··· 民　德　261
　　立宪当以自治为根本 ··· 梦　生　267

生理卫生 ··· 271
　　生理卫生论（续前期） ·· 271

教　育 ··· 274
　　豫省亟宜推广小学校 ··· 杞　忧　274

历　史 ··· 276
　　历史文明之概说 ··· 276

译　丛 ··· 280
　　保护国制度（译报知新闻） ·· 280

来　稿 ··· 286
　　临颍县高等小学堂自治学会叙 ·· 286
　　临颍县学堂劝立自治学会公启 ·· 287
　　豫南学堂研究会发起通告书 ·· 288
　　天足俗语 ··· 290

小　说 ··· 296
　　新三国（续第四号） ··· 白　眼　296

杂　俎 ··· 299
　　照录各新闻 ··· 299

八月大事表 ··· 301

《豫报》第六号

本社紧要告白 ································· 315

论　说 ····································· 322
　改革国民之心术说 ························· 泪红生　322
　河南之前途（续五号教育之前途） ············· 鲁阳戈　328
　河南铁路警告书 ··························· 杞　忧　332

教　育 ····································· 334
　豫省亟宜推广小学校（续第五号） ············· 杞　忧　334

来　稿 ····································· 337
　唤醒国民白话 ····························· 337
　论中国今日之危亡及将来利害比较说 ············ 345
　光山学务研究会序 ··························· 346

调　查 ····································· 349
　芝罘地势及外国人杂居之现况 ················· 349
　威海卫租借地势及外国人杂居之现况 ············ 351
　胶州湾租借情形及青岛半岛地势 ················ 353

杂　俎 ····································· 356
　人眼之照像器 ····························· 356
　世界第一之喷火口 ··························· 356
　伯林固新岛 ······························· 357
　世界最大之花 ····························· 357

时　评 ··· 358
　　武陟县学界腐败之原因 ·· 358
　　新乡县高等小学堂公款每年出入表 ······································· 359
　　新野中学堂堂长陈庭郁之丑态 ··· 360
　　汝州学堂监学及教习之劣迹 ··· 361
　　长葛县学堂近情 ··· 361

文　苑 ··· 363
　　杂诗四首 ··· 363

九月大事表 ··· 365

《豫报》第一号

河南省同乡会第一次摄影

新书出版广告

留学日本东京帝国大学矿化专科顾琅、外国语学校周树人合著：国民必读《中国矿产志》，全一册定价大洋四角半、洋装六角。

我国自办矿路之议，久为全国之所公认，顾路则已由各省争回兴筑，成效大著。而承办矿务者，虽有自行开采之志，而苦于不知自有矿产之所在。故商部虽有奏请各省设立矿政局，至今未见日臻发达。留学日本东京帝国理科顾君琅及会稽周君树人，有鉴于此用，特搜集东西秘本数十余种，又旁参以诸名师之讲义，撮精删芜，汇为是编。搜集宏富，记载精确，与附刊之《中国矿产全图》有互相说明而不可偏废，实吾国矿学界空前之作。有志富国者不可不急置一编也。今将全书内容要目开列于左：

第一编　第一章 矿产与矿业；第二章 地质及矿产之调查者；第三章 中国地质之构造（附中国地相图）；第四章 中国地层之播布。

第二编　凡十八章　一、直隶省矿产；二、山西省矿产；三、山东省矿产；四、陕西省矿产；五、甘肃省矿产；六、四川省矿产；七、江苏省矿产；八、江西省矿产；九、浙江省矿产；十、安徽省矿产；十一、湖南省矿产；十二、湖北省矿产；十三、河南省矿产；十四、贵州省矿产；十五、云南省矿产；十六、广东省矿产；十七、广西省矿产；十八、福建省矿产。

凡一省之下，又详分金属矿产及非金属矿产两大类，并揭其产地所在。末复添附中国各省矿产一览表及地质时代一览表，两则尤为本书之特色。

新书出版广告

中国顾琅编纂、国民必携：《中国矿产全图》，电气五彩铜版，定价大洋一元二角。

是图为日本农商务省地质矿山调查局秘本。日人选制此图，除自派人精密调查外，悉采自德人地质学大家聂诃芬氏之记载。故彼邦视此图若枕中鸿宝，藏之内府，不许出版。留学日本东京帝国大学顾君琅，究心矿学有年，而于测绘地图尤所擅长。因忽于教师处得见此本，特急转借，摹绘、放大十五倍，付之电气铜版，精美绝伦，较原本尤加详博，为我国地图界中之冠。不特现今之矿学家、实业家、政法家渴望此本，即研究地理学与国学之教员、学生诸君，亦不可不急手一部也。

分售处	上海三马路书锦里	普及书局
	日本东京骏河台町	留学生会馆
发行所	日本东京	中国书林
	中国上海	古今图书局
		大华书局
		各大书林

豫报公启并简章

在东同仁，痛时局沦胥，民智启迪未久，拟苦口哀诉警觉桑梓，奈云海相隔、声息难通，即鱼雁往来频，仍究属不能普及，因组织杂志，月出一册，以为输入文明导线，凡吾乡同志当必有力赞其成而扶助此举者，本社有厚望焉。

一、宗旨

本报以改良风俗、开通民智，提倡地方自治，唤起国民思想为唯一之目的。

二、门类

暂分图书、社说、论说、学说、政治、教育、地理、历史、实业、军事、时评、新闻、文苑、译丛、谈丛、小说、杂俎、专件、来稿、调查二十门，如有他著不在右门数范围内者临时添补。

三、体裁

文言白话兼收并采，不拘一格。

四、通音

凡吾豫同志及各省同志，有以所著各种论件等惠寄本社者，本社当择优登录。

五、发行

月出一册,望日发行。

六、义捐

本社事当创始,财力支绌,如有契心此举慨助巨资,本社当推为名誉赞成员,登诸报端以鸣盛谊,并按赠资多少送阅本报,不再取资。例如赠资五元者送全年报一份,十元者送全年报两份,五十元以上者送全年报十份或永远送本报一份,余可类推。

七、代派

凡各属同志有愿意为本报代派者,十份以上报资九折,三十份以上报资八折,但报资须按期汇付,如三期未清者即行停寄结算,尚祈原谅。

八、汇兑

凡代派及函购诸君,或汇洋元于上海虹口新靶子路中国公学王君敬芳代收,或汇至天津贾大桥中州学堂沈君竹白代收。

九、补遗

此系草章,有不备者临时再订。

豫报弁言

大秦民族发轫于昆仑，磅礴郁积，循黄河而东下豫州，适当其冲，平原无垠，泉甘草肥，膨胀奔腾之势力抵是而一息焉？盖五帝三代以还，至于秦汉奠都之所，每不弃河南，古帝遗墟今历历可数，而如洛如邺如宛如许如梁，尤为历世竞争之剧场。故人物之磊落、事业之伟大、学术之高尚、民气之勇毅，独先天下而他省皆居其后也。隋唐以降，地气自北而渐趋于南，黄河流域数为夷狄腥膻所污染，中原文明为所摧残而破坏者几靡有孑遗。赵宋不竞沦陷于左衽，数百年河南之智力、财力、地力，尽牺牲蹂躏于契丹、女真、蒙古战血马迹之下，而北益不如南矣。洪武复运，河南人士争相濯磨，得于历史上放一线光明。然溯诸秦汉以上，则不知其退化几千亿万级也，而况近世事变益丞战国者，称河南为中国之中国，而同胞黠者尤复以河南智不如南、勇不如北，无足道者。斥同化外闻斯言者，亦其赧颜否耶？呜呼！河南非文明最古之地哉？而退化一至于斯，地有负于人耶？抑人有负于地耶？夫中国文明发达之迹，黄河流域最先，扬子江流域次之，珠江流域又次之。扬子江、珠江航路开通输入海外文明，日无停晷，黄河航路阙如，故与海外文明绝无影响。由斯言之，是地负于人也。然吾闻之文明极点有役使自然界之权力，欧人开苏伊司地颈，变沙漠为繁盛区；上海六十年前为芦苇滩，今居世界商港第三。由斯言之，非地之负人，实人之负地也。顾瞻周道，今昔异辙，京汉铁路横亘南北，汴洛铁路交驰东西，覃怀矿产售于福公司，是文明之利器与生命财产之活动力尽在外人掌握，犹云未受激刺，昧于时势之所趋而不知择耶！然则考诸历史，而瞿汗点征诸地理而蹈危机浩劫其未已也。夫优胜劣败天演公例，劣之集点在天为弃子，在人为贱种，已无自卫之能力而又障碍文明之进步，必处扫除夷灭之列，倾者覆之无能用其偏袒耳。欧风美雨逼而东来，燕赵吴楚已先祖生着鞭矣！河南进步虽速必不能赴数百年，及数年之级阶而蹶，及若复闭目塞耳不谈时事，士偷、农惰、工窳、商败微论盛行，国家主义有负国民责任，不转瞬而社会主义潮流于亚东，此时果何以为生存计哉？旅东同胞有慨于斯，组织《豫报》以作先导，非敢云遒人徇路，幸勿呵小子饶舌。则自今而后，吾河南之父老，忆过去之腐败当激其耻心，睹现在之危险当兴其惧心，更虑及将来之苦痛而矢其奋心。而父诏其子、兄勉其弟，促黄河流域一部开化最早之民族雄飞于世界，不至与尼罗河流域之哈米低克族、印度河流域之阿利安种，徒为后人所凭吊，度必诸父老所乐闻也。文字之缘，请自今始。

《豫报》之原因及其宗旨

　　自我国与外洋交通垂六十余年，期间之任外交者，率皆庸暗无识，不谙外国情形，故事事吃亏、处处退步，搏外人之欢心，不知我愈退彼愈进，我让一寸彼争一尺，相迫相逼、愈缚愈紧，至于今日，国之大局不堪言矣。除通商五口不计外，旅顺、威海、胶州、九龙皆我国重要海港也，今则旅顺夺于俄，旋夺于日，胶州掠于德，威海占于英，九龙掳于法矣。夫国有土地犹人有四肢也，国有要港犹人有七窍也，属地失则四肢斩，要港失则七窍塞，斩四肢塞七窍，虽头腹无恙、躯壳庞硕亦不过一块无情肉耶。况此一块无情肉犹复日削月朘已成千疮百孔、不可收拾，尚能生而不死乎？我国情势何以异此而谓尚能存而不亡乎？立必死之地而为求生之计，处必亡之日而为图存之举，一发千钧、稍纵即逝，欲解决此问题非易也。然人虽下愚，断无甘于死而不求生者，国虽积弱，断无听其亡而不图存者。求生容有不免于死者，断无不求生仍可不死之理；图存容有不免于亡者，断无不图存而可以不亡之道。惟是求生之心切不切，恒以死期之至迫不迫；为冲图存之念急不急，恒以亡国之祸惨不惨为断。外洋势力其来以渐，先在海外，继在海口，继在沿江，至今日则无地无欧人之足迹。所至之地吸收精华驱驾人民，久而不振则人民失自立之性，不能与并生存，松柏之下其草不殖，理固然也。以近今欧人已灭之印度、荷兰、安南诸国证之，有一能逃此羁绊乎？其内容惨酷情状，实有三寸管所不能达者。现我国虽未至如此之甚，而一误再误几与为邻，彼诸国者，即我之写真蓝本也。沿江沿海各省受此刺激较早，知非奋发必不免死亡之惨，故学堂、铁路、公司、工厂等类皆次第兴办，具有明效，此虽受外界逼迫不得不然，其实学界鼓吹之力亦不为小吁？嗟乎！优胜劣败、天演公例，处竞争之世而无进取之心,一切生命大权皆听人攫取而曾不少介意,且拱手以授之,是速死也。其何以能失?夫不亲见剥肤之灾者,不知剥肤之惨;不亲受剖腹之创者,不知剖腹之痛。

我河南居中国之腹,受外界之刺激也缓,故人心之觉悟钝,而风气之开通亦最迟。今日之河南与五年前之河南大不相同矣,剥肤之灾、剖腹之创相因并至矣!五年前之河南犹是完全无缺一片干净土,今则卢汉干路成,而我完全之无缺之河南破一为二矣;汴洛支路修,而我已破为二之河南复分为四矣。试披我河南地图如切西瓜,横竖两刀恰成十字,我父老兄弟尚能安然无事、寝处期间食息以终老乎?加以大河以北之矿产已捧献于英国福公司开凿,此皆利权之大端,最足促吾生计者,不宁惟是会匪满地、乘势窃发?今日毁学堂,明日杀教士,种种惨状,言之寒心,三五年间世局之变至于如此,再十年后我河南将成如何现象,已属不可设想!此当为我父老兄弟所目睹耳闻身受而无待愚等之喋喋也。夫时势之迁转与四时之推递,其事虽殊其理则一。河南之情形既与前数年不同,则居今日河南之地面者即不能复以前数年之法行之,父子兄弟夫妇朋友人道基本虽在必遵,而营业谋生之计则不可不变,如四时之中饮食男女无时能缺,但寒暑既易而因应之,方亦不能执一夏葛冬裘,实世界一大普通知识。今日河南之情形既变,而居其地面者其法不变,是犹夏袭裘而冬衣葛也。中国之危迫至于如此,其丞我河南之受刺激又如此其甚!愚等深恐我父老兄弟僻处乡里或不能知,或知而不能详,或虽能知其详而不知所以,因应对待之法满腹蓬肠一日而九回。因与同人商酌于功课之暇,各抒耳目所及汇集成帙,专供我河南父老兄弟披阅,作扩充见闻之用,此《豫报》所以出现也。至其体例,则直是一封家书耳,愚等皆河南人,凡河南地方皆愚等之家也。人之欲善其家,其以海洋阻隔而遂忘之?愚等一切用度虽资官发,实何莫非吾父老兄弟所供给?吾父老兄弟不自恤艰辛,岁出巨资供愚等游学万里外,愚等顾能忘家乡之事而置诸不议不论之列乎?留学界中所出各报如《浙江潮》《汉声直说》《晋话》,虽主义不甚相同,无非以唤醒桑梓为目的,愚等对于学界虽无出报之程度,而对于内地则有应写家书之责任。是以报中文语、白话兼收并采,亦以家人父子之间相聚絮语,殊无嫌于复杂也。且愚等在东,见有内地来函,言及某处旱某处雨,某处歉某处丰,某官留意学务,某绅热心教育,必走相告,语乐忧痛痒一体相关,故内地每来一函,凡河南人无不欢迎者。吾愿内地之对于此报也,某言合某言不合,某事当兴某事当革,亦如愚等之欢迎内地来函,则幸甚矣!渺渺寸心,迢迢万里,我父老兄弟垂察之。

论　说

说　气

梦　南

诸君，我有一番议论也，不是八股也不是策论，不过是家常的语，像咱们在一块儿谈天的样儿。怎么讲？刻下咱河南是很不了了，想我说这话诸君必很不以为然的，不知以前我在家的时候，听人家说这话，我也是很不以为然。怎么呢？河南的人情风俗土物丰厚，哪一件不跟古时候一样，如今就这么样不了呢？所以我今说这话，想诸君必说我疯了狂了，不然拿这样太平物阜的景象而且朝廷又下了立宪的论旨，不久中国就是强国的，为什么说这样不祥的话头，不是疯狂了么？不知我的心也很苦了，怎么讲？譬如一家失火的样子，火正着的时候一家人还没睡醒，忽有一个小孩子知道了，于是狂喊大呼求人救火，想他那一家的人似醒没醒的时候猛听得说这个话头，也要说这个小孩子是胡说八道，岂知若没有这个小孩子，他这一家人不知跟火神爷上哪儿逃荒去了，所以我给河南也就像这个样儿。以前我也不知道河南怎么不了也就不必说了，此刻我已竟①知道了，如果再不说，等到那山穷水尽、火燎眉毛的时候我也要跟着受罪，总说也来不及了。所以此刻无论诸君说我怎样，我也是要说的。头一

---

①　疑为"经"。

条就是说河南人没气，我说这没气两个字不是如死人一般全没一点生气了。哪才算是没气？不过是那任人家鞭笞任人家怒骂自己，连一声也不敢吭，一句也不敢支吾，这就是没气了。这话不过是个比喻，诸君莫误会了这个意思，必每天给人家打架、每天给人家打官司那才算有气的，那不算气，那就是圣人所说那一朝之忿忘其身，算是古今一个大罪人，算什么有气呢？现今外洋所说这个气字，是很有滋味的，说是气不在那表面上放着，在精神里裹放着哩，那才是一腔真气的。诸君想人家说这话真有道理，不是瞎胡说的，就看那法国给英国也打了好几回仗，美国给法国也打了好几回仗，没打仗的时候，两下的人都是很亲密的，及到那打仗的时候，两下的人都是视死如归不要命的样子。若一讲和了，他两下的人比以前亲密更深的，好像好汉与好汉不打几回大架不是真交情的样子。就是那前年，日本给俄罗斯在东三省打仗，杀人数十万，诸君也是都知道的，看着可气不可气？怎么样？那两家议和以后比以前交谊还好，这就是他那气在精神不在表面的榜样。就是咱们中国人也何尝无气的？我记得庚子年义和团闹乱的时候，毁教堂、杀洋人，又杀日本公使馆的书记，把洋人欺负的持不住，那气也算了不得了。怎么八国联军入京的时候，以前那气忿忿不要命那些人不知怎么就云消雾散、杳无踪影了？可知中国人总是没气。河南当那时候也有好几处闹乱子的，能算是没气吗？怎么天津定约以后赔洋款四百余兆，咱河南也应该摊数十兆的，看谁敢吭一声儿？可知以前毁教堂、杀洋人的时候的气都是假的，此刻没气才算逼真了。唉呀！人要是没气不就是死了么？怎么了呢？我想从此就算死了也是死的不明白的。怎么讲？古时候那样英雄豪杰每做一番事情必竭自己的聪明才力，真到那十二分不可为的时候不妨一死拼他去。有两个古人说给诸君听听，可也不是摘文的，不过引来做个证据，还可以给大家鼓鼓气。所说的就是那宋朝的文天祥、谢叠山两个大豪杰。当宋末的时候，国家也是艰难到十二分了，他二人左支右扶，经数回摧折总不肯自枉其生的，到后来一点法儿也没了，所以文文山就从容就义，撇下一个谢叠山没有死成。他又隐身卖卜奔走江湖多年，撞见了有志爱国的奇男子，他就痛哭流涕说宋家怎么样亡了，咱们总要为他复仇的。这两个人也死了几百年了，凡读过史书的人没有不景仰拜崇的。这不是死后犹有生气么？还有两个古人也很有坚忍不拔的气，可是敌不住文山、叠山两个品行。要是就河南的时势地位论起

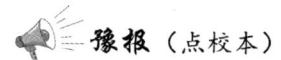

来,也可以引来做个榜样的,这个人是谁?就是那夫差、勾践两个枭雄,两个人后来成败有不一样处,我也不必管他,想诸君也都知道的。但看他那卧薪尝胆、父仇必报,那两古话何等雄壮、何等沉毅?所以后来都能如愿相偿,不枉费了一片心机。像我说这都是中国有名的英雄豪杰,难道如今就没了吗?

我说河南人没气也有大大证据,不是信口胡谈的,先说个比喻罢。人都有头有足,没有足就不能走了,没有头就不得活了,这也是不待言的。就河南大局说也,给人身子一样的,没有心肺也就不得活了。你看那法国修的铁路自汉口通到北京,从河南中心穿过去了,这不是把河南身子一分两半了么?还得活么?还要从开封修到洛阳,河南身子又分作四芽。不能说铁路不好,一条铁路何足分河南?因为不是我自己修的,无数金钱拱手送人了,若是我们自己修,于我河南有莫大利益,兄弟是日夜祈望的。还有那英国现在修武境内凿了几个煤井窑,已竟是透了,正如劈心口上钻了几个窟窿,将来爬心掏肝、荤脂载膏而去,你说那河北一带人民还想活么?诸君想想,咱河南以后所伏恃的做点事业也就是铁路、矿务两事件,如今也被人家夺去了,不是性命从此绝了么?眼看看死在眼前时候,还没有人敢出一口恶气问问铁路怎么样?叫法国修了矿务怎么样?叫福公司办了,可知人都是没有气了。我说这话还恐怕诸君误会我的意思,立刻就要扒铁路、杀洋人的,没两天又闹糟了,拿一片好心反倒把大家害了。况且刀把子既拿在人家手里了,无论怎样闹也是不中用的。还有一层,闹得狠了不容说政府不答应,就是那洋人也是不依的,不知道又得多少钱赔人家的,你看冤不冤?而且洋人近来也不想跟中国人闹气了,怎么西洋有个笑话,说中国朝廷如泥,官吏如纸,百姓如钢,无论你怎样磨也是磨不动的。所以他们又生出一个法子,这手段阴险很到极处了,比那鞭打怒骂的更狠十倍哩,就是那传教、通商、铁路、采矿那些事,好像那淫妇阿张叫人不知不觉的就中了毒了,所以河南此刻也就没力跟人家生气了。如那病夫瘘奴自顾不暇,哪还有间空儿跟人家闹气的?这扒铁路、杀洋人的事我也不为河南虑了,但只是我也真听说过有犯了这个毛病闹哩也真了不得了。听说的就是那日本没维新以前时候,那野蛮气比中国还厉害的,他们在横滨脱过西洋女人的裤子,富士山上砍过洋人的腿,果然闹得西洋人都恼了,各国运来了好多兵都聚到横滨湾里,声声要把日本人杀个干净,那个时候也实在把日本人吓得不了。还算日人很有本事，埋怨自己的野蛮，也赶紧退步赔了人家点银钱，于是各国的兵才算散了。日本因为受了这个刺激，赶紧变了一个新法，没几年就把日本小国都弄得耀武扬威的，再没人敢来欺负他了。照这样看来，日本没变法时候，给中国一样没气的，不过日本也是被人家欺负得极了，由穷就生出来见识了。像我们河南也可，大家想个法子不受人家气，还能收回自己的利权，那才算真有本事的。所以我说那河南人没气，就是说那甘受人家鞭笞怒骂的才算没气的，并且那暴动听天旁观笑骂等派都算是没气的。但只是我说半天河南人没气，河南人没气，我都不是河南人么？我岂不想为河南人争气？把河南添些荣耀，就是我一份子也是很体面的，实在是左思右想想不出来哪一件事河南人争过气的，此刻我也无须多说了，总要想个好法子把河南的不了的事情赶紧了了，这就是我对河南心尽到了。诸君！诸君都是河南人，可都把这件事搁心里筹算筹算，此刻我有一个小法子给河南也稍有一点益处的，可不是三言两句就能说完，下回再说罢。

论中国扩充固有之柔术

创 余

凡事之相沿既久而罔究所益，渐积以至于弛废销绝者，如中国秦汉以降，盖不可殚述，而柔术之日就渐灭，则尤可为大息者也。夫国之强也非一人、数十人之强，之所能奏其效也，而积其一人、数十人之强衍而为数百人以迨千万人以至于无穷，则国之侮固赖以御。而凡百政事之举措亦以精神之淬励而收效倍速，浅识之士以为斯琐琐者曾无与存亡成败之数，夫以最宜宝爱最亦讨论之点，乃不知利用之以矫夙弊，匪唯不克利用而已，且恐恐然惧破历代安静之局，而群相惩戒而钳制之。然则吾中国之一弱至此，夫又谁咎矣？中国故尚武，国也其上焉者，日训练国人以耀威武以张挞伐者，无论下至闾阎之间，村夫孺子所好尚苟善，因之实足培富强之基而有余力也。剑也、棒也、戈也、矛也、赤手拳也，叩其旨曰：吾侪以自卫也。曰：吾侪业此欲将以强身也，夫庸知自卫即卫国之所不外乎？夫庸知强身即强国之所有事乎？先圣知其然，庠序

校塾不敢忘武事也。壶勺之仪、射御之教，盖所资以锻炼身体，俾勿不事事以蠹国也。后世居高明之地者，不察古人苦心微意，之所存于民之刀剑棒戈矛赤手拳等，固非能提倡之而鼓吹之也。且惴惴焉抑其为恣睢觊觎之凭借，举世所嗜好倍蓰于此者，隐有以易之或则无端假辞以戕杀之，而一班普通人士驰骋于显赫之途、遨游于安逸之乡，颠倒昏瞀罔知底止。于是二千年来，人之所以自卫，所以强身之策不计也；自卫所以卫国，强身所以强国之策不计也。盖从事斯业者，虽村夫孺子亦寥寥乎如晨星矣。今者中国时势非昔比也，所遇之敌又百难于昔也，斯即黾勉于改革之图，奋发于强富之业，识者犹愀然虑其不济也，而乃鳃鳃然曰：吾中国相沿之刀、之剑、之棒、之戈矛、之赤手拳诸端乃外人之所谓柔术，吾国之所谓国粹，而地步之危险、现象之惨痛将于此焉，是观毋亦太迁矣乎？曰：吾前固言之矣，一国之强固将积少数之强成多数之强、全体之强，且凡百政事非有健爽之精神不克成功也。各国战器优矣，然其于击球、舞剑凡有关体育之事踊跃肄习，不敢以为琐屑而遗之也，夫骁猛坚毅之气其为物也，攸往而咸宜。各国知其可贵而蓄之，平时是蓄利剑也，我则不知其可贵，坐听夷灭弗加爱护焉，是殆犹不得。谓之钝剑直腐肉而已，以腐肉而对利剑，必无幸矣。或谓体育为国民要着，各国研究尤精备，吾学校多演固有之柔术，当不如其收益宏也。曰：吾之劝扩充固有柔术为多数国民言之也，妖曼之色志为靡焉？钟鼓之声气为壮焉？其所袭者然也风俗之影响，于国犹声色也。使风俗而敢死而尚武而刚健不屈犹闻钟鼓之声之渊腾，值之者悚然生不可干犯之心，谩侮之祸不作可也。否则避劳动而趋逸乐，则犹沉溺于淫欲之场其究也非至自戕不止。柔术之为益凡有识者能言之，使力解二千年来文弱之毒，而鼓其慷慨激昂之气。父以诏其子，兄以勉其弟，乡党以相勖诰，朋侪以相琢磨，志以团而愈坚，气以厉而愈勇，则吾国民方且如朝日、如流电、如鹰之毛羽丰满待时而举也，如龙之鳞甲峥嵘跋云雾而上天也，富强之业此殆嚆矢矣。夫吾之斤斤欲张吾固有之柔术，非敢挑吾二千年来之治安而纷更之也，非敢导吾同胞于死亡之域而挠其促促无须臾之乐也。夫柔术者，其事近于死而其义涉于杀，顾吾窃思各国之对于吾国，其表面虽至不一致，若内容总皆日夜图我者也，其日夜所以图我之策，虽仅恃兵力为后盾，要皆足以死我者也。夫我不自图，何怪人之我图？我甘自死，何怪人之我死？盖我之杀机益张，则彼之杀机将戬；吾之死象不著，则彼虽万变其方以死我而罅漏泯然，彼固无由乘而入之矣。

吾观吾国之柔术家，顺呼吸，谨步伐，踔厉发，扬筋骸，悚然观之者往往动尚武之思，盖中国今日欲图自强，计未有便于此者。近年以来各国忧人种日下，卫生之法日益加详，而操练身体不遗余力，盖最优之形骸所以为最优之智略之基础也。虽然柔术不足轻重于中国也久矣，虽其曾业此者亦作辍无常，鲜有知其与富强之业有密切之关系而极力扩张以倡天下也。士者，国民之秀而社会之代表也，使以其事之获效多，而所关巨论诰乡里提撕警觉，挽回颓波而又择力之可及者，酌参新操与学校所演者并道而进，使天下有所观感，兴起一隅高呼四海响应，民气既伸，其他诸政亦推其一往无前之气，廓清而荡平之而已。果若是，则天下之人将胥恍然于柔术之不容已而，吾又安所用其断断者哉。

政 治

论中国民无国家思想由于
不知国家政府之辩

补 天

　　国家何自生乎？曰：国家者，人类一部分相结合而成为一体者也，国家何所属乎？曰：国家者，人民共同之国家而非一人专制所得拥为己有者也。大古时代，獉狉初开，人占优胜或由地理学上一体之区域，大洋山脉、河流、气候之限制而组织一国家，或由人种学上一体之住民言语、文学、历史、宗教之通同而组织一国家。其目的之所在一为排除主义，防外敌之侵袭而不使于同域同种内别立一国家；一为继续主义，必有生存竞争之心而后能存立于世界，反是则今日建树明日破坏，何有国家？故欲达此目的而主权因是生焉。主权者，构造一体之机关也，握此主权者，即国家组织立法行政之机关，举性命财产自由权，凡为人所极贵尚者，使保之无或丧失之政府也。赞助人类之进化，促使世界之文明，扫除国家之障碍皆政府之责任，亦即国家建设政府达其目的之唯一手段也。夫一部之民而委国家之全权于政府，岂非以个人保卫和平、维持秩序之能力有不足而集成全权以强制之耶？使无国家之强制，则各个人之利害必相冲突而妨害各人之自由，且各国家之利害亦必相冲突而妨害国家之独立。故非政府无以定其主权，亦无以定其国家也。虽然国家建立政府非举全权奉之于政府，而人民尽失其固有之权，放弃其国家责任也，若受人民之付托或反破坏国民之权利，或但谋利已而不恤病民，则国民得向政府诘问而改革之，或监督之。故政府知国家为国民之国家而不敢恣睢，则有如威廉一世之言曰：朕者，国家之公仆也，此德意志之所以为帝国也。政府不知国家为国民之国家，袭国家之名词以徇一己之欲，且借以欺众，则有如路易十四之言曰：朕即国家。此法兰西之所以大革命也。审视国家与政府之关系，以实事言之，国民对于政府有服从之义务，政府对于国民有强制之权力，似邻居尊驭卑之势。以公理言之，政府不过代表全国之志向，而政府亦国家之一分子也。服从者服从国家之法律，而非服从于政府，强制者亦国家法律上之权力，而非政府绝对无限之权力。盖国家不可无强制个人之权力，亦不可无令个人从服而责个人不服从之权力，非此不成国家，岂政府所得私用国家之权力而压制一般之国民耶？中国二千年来不知政府与国家之分，而误认政府即国家，历代君主遂攘国家而为一家一姓之私产。二万里疆宇，其耕陇也；四万万人民，其奴隶也。以弱民为政策保护其家业也，以愚民为心计防制其家贼也。汉刘季对太公曰：尝以季不殖产，今视季与仲孰多？斯言也已足代表君主之隐哀。而历世陋儒又窃国家万能之说，以教猱升木奉一人为天子，视如神明首出，使人人俯从奴隶之列。曰：天威不可犯也。政府负国民之付托，国民向政府责问，曰：大逆不道。政府虽腐败恶劣，而必使国民蜷屈蠕息于一人威权之下不能有异言，曰：庶人不议也。横暴达于极点不能禁，有豪杰起而更新之，而又必牺牲多数性命为之流血，曰：为国效死也。虽有贤者自居忠义之林而忠于政府，不忠于国家亦不能逃国民之责备，盖基于国家与政府混同之误而未审真国家为何物也。夫依古学说未尝举国家政府混而一之也，孔子曰：欲治其国先齐其家；孟子曰：天下之本，在国；国之本，在家。国者，及国家之谓。家者，指政府而言，国家政府之界何等分明。孟子曰：闻诛独夫纣矣，未闻弑君者也。又曰：君之视臣如草芥，臣之视君如冠雠①，国家与政府之关系又何等爽快！而孰知一再传后君主之政策如彼而俗儒之学说又如此耶。然则国民不知国家政府之界，遂亦不知亡国亡家之辨徒，指中国历史曰：某代兴，某代亡，而岂知唐宋以上有亡家无亡

---

① 同"仇"。

国,唐宋以下有亡国无亡家。所谓亡家者,覆一政府建一政府,此仆彼起,楚失楚得,亦犹泰西政党之互相胜负而已。质而言之,亦一家之阋墙而已。所谓亡国者,同域同种之民族被征服于异域异种之民族,举固有之言语、文字、宗教、礼制尽毁裂而摧残之,而求与之同化使无恢复之望。而梦梦者犹曰:吾辈愚民全靠官吏,国家大事与吾无干。出粟米、麻丝作器皿,通货财以事其上,而即为尽国民之责任;不出粟米、麻丝作器皿,通货财以事其上,则诛而即为负国家之义务。无惑乎?夷狄盗贼一旦拥大位而据其上,皆视如神圣而不可犯也。庚子联军骂顺民为贱种,不诚然乎?今热诚之士提一新名词号于众曰:爱国,爱国。恐所谓爱国者犹是"媚兹一人"之思想也,充其类可以为禽兽。又曰:国民,国民。恐所谓国民者,犹是莫非臣之意义也,充其类可以为奴隶。愿吾国民除去依赖性质,扩起国家思想,猛醒曰:国家者,人民共同之国家,而非一人专制所得拥为已有者也。吾尽国民义务,吾享国民权利,国家之一山一水皆吾民之公产,必爱惜而保护之。政府之一言一动皆吾国之生命财产自由权之攸关,又必立于监督之位置以匡正之也,则中国庶有豸乎?

论国民爱国之方针

莽 陆

欧风东扇亚陆震动,中原锦绣河山已成暮春时落花片片,景象东零四散,飘荡殆尽。而所存之一线国魂又如老人垂危,只留得奄奄一气尚在喘息间。忧时之士知循此不改,将来亡国灭种之惨状万无可逃,于是奋然跃起筹一补助之方向,同胞疾呼一声曰:爱国!爱国!自是言一出,海内响应者如狮吼、如雷鸣、如汽车轮船之唧筒,登之报章著为小说。三五年来竟能使总角之青年、巾帼之韶秀渐致热潮泉涌、隐忧大局不得谓然效果也。然就此二字解说之,则国也者,乃有机体的物,其如何组织,如何发达,不在此题范围内,姑不论。吾今专言爱,爱为七情之一,就心理学言之,爱之发动皆出于自然,而非可以人力强。然爱之力强大与薄弱恒视乎？爱情发动之所因者为何？盖爱有二种，一自内生，所谓天真之爱是也；一自外生，所谓审美之感是也。爱美色、美声、美味，审美之爱也；父母之爱子与子之爱父母，天性之爱也。今之言爱国者，恒曰：我有四百万英方里之疆土，四百兆庞大之同胞，而且文明先天下，物产甲全球，我不自爱而任彼东鳞西爪四分五割，将何以对我四千五百余年以前只身降昆仑，以巨刀阔斧斩荆披榛、开文化于神州大陆之乃祖？乌是何言？是何言？是审美之爱而非天真之爱也。审美之爱易境即迁，天真之爱历久不变。因此色美、声美、味美而爱之，设有美色美声美味更逾于此者，则将移此爱于彼矣！因国之地大物博资藉丰富而始爱之，设有地大物博资藉丰富更过于我者，亦将移爱我国之心而爱之乎？且我国若非地大物博资藉丰富之国，国民将无爱国之心乎？果尔则英伦僻处一隅所以握世界之霸权，日本孤立三岛所以执东亚之牛耳者，亦无自达其目的矣，大谬极愚有过是乎？然则国民所贵乎爱国之心者固在天真之爱，而审美之爱不兴焉。父母不必美而子爱之，子不必美而父母爱之，此至性之流露，觉非此有大不安者。虽他人美过于其子，美过于其父母，未始不生爱慕之心，而终不肯以此易彼也。推原其理，盖由关系密切相依为命自利之本能在焉。父母于子养之、育之、教之、诲之，渐能自谋生存，子之所受爱于父母者，既多安得不爱其父母，父母亦以他年必藉子之奉养，乃能保全末路之幸福，故爱子之心自不能已，然此尤其后也。即明知子必妖札不能哭我于松楸，其爱情亦不少减。国之于人犹是也。吾人自呱呱落地以迄，喃喃易箦之时，凡饮食起居日用取给关吾人之生命财产者，皆于国是赖，是不啻生我之父母、养我之子并而为一者也。子知爱父母，父母知爱子，至于父母、我兼子我者，而反不知其爱其颠也，孰甚非徒颠也。不知爱国而至于国终不国。则凡起居、饮食、日用、取给为吾人生命财产之所关者，遂不得不举而抛弃之，是不啻子弃其父母而父母弃其子也。夫所谓爱国之心者，何国民以独立之精神、伟大之魄力，协力分劳，活泼进取，务使一国实力之膨胀、文明之发达驾乎五洲万国之上，而不少受他人之鼻息，则国家之威势既张，而个人之利益乃能常保而不失，是真能爱国真能自爱也。虽然以中国论，土地、物产实冠五洲，使能以审美之爱爱中国，中国已不至有今日。至今日而与列强相较，已成破碎山河，衰颓无状，而学问、政治、工艺、技能又皆瞠乎其后，仅仅以审美

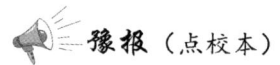

之爱爱中国，亦将无所用其爱矣。嗟嗟！前此以不知用审美之爱而中国成为今日之中国，今日而徒用审美之爱，恐欲求常为今日之中国亦不可得也，则甚矣。审美之爱不足恃而天真之爱乃可贵也，吾顾质诸国民之爱国者。

地 理

地理溯原

履 及

　　太古之初，混沌未开的时候，先有宇宙界以后才有生物界，有了生物界人类界才渐渐的繁殖，一日发达一日直到如今二十五万年之久，以至于五洲之大、五十余国之多，人口十五亿之殷庶。没有一个不是依赖着生物界以长养以生存的。照这样看起来，有了生物界，才能得生人类界。若是没有生物界就不能有人类界，生物界关系我们人类的生活可成了独一无二的东西了。真是得之则生，弗得则死，就像那鸟在空中、鱼游水里片刻一时不能少离的。你道这生物界是甚么？就关系若是之重，莫不曰地理。地理，天地间的气界、水界、陆界，其理千变万化都是于地上有无穷的关系，所以叫为地理。夫即于地理上有无穷的关系，就是于地之生物有无穷的关系，于生物有无穷的关系也就是于人类有无穷的关系了。西哲尝说："舍地无人，舍人无事。"可见这地理即是左右人类的活剧，其言真如铁案一点也不错。虽然徒凭者①地理也不成功，要得知道地理乃为有用。孔夫子说："人能宏道非道宏人。"不就是同这人能用地理非地理用人的意思一样么？人不去求地理的好处，地理纵有多少好处也就不

---

① 应为"著"。

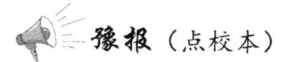

为人用,不然同是人也,何以有智有愚?同是土地也,同是国也,何以有富有贫?哪一国智者多土地就日辟一日,哪一国愚者多土地就日丧一日,其原因虽说甚多,不能全归于不明白地理,而不明白地理也算一端,这不是徒说空话,却有凿凿可征的事实。近来东西洋各国不是很富很富么,问其由何而富莫不数地以对,这话也算不错,然究其国土原来就是这样广大么?不用说是后来增加的。人人都晓得但是开辟土地不是如拾草芥举手即是也,是很不容易的事情,那一国人民因为考求地理不知费了多少时候。由本国以及他国才得知道世界上地理的大,何国富何国强,何处出何物产,何处有何险要,或于商业上有关系,或于军事上有关系,所以近世来所行甚么殖策主义、民生主义、帝国主义,无不从此生出。故能够土地一年比一年大,国家也从此一年比一年富了。不但东西洋各国为然,即我们中国古时土地一代比一代广阔,人物一代比一代殷富,亦由当时明白些地理,知道何处土地肥美、何处物产丰富,总要设法使隶我版图,所以能得四方朝贡,取多用宏,中国居然成为世界上土广民众的大国了,说起来也算当时明白地理的利益了。奈何到我们身上不但不能开疆拓土,反将自己所有之土地亦不能保守,虽说是将无颇牧不能使胡人不敢南下,相非温公不能使敌人闻风而退,然亦安知不是我们素日不明白本国地理,何处是我国军事要港,何处是我们商业要区,任人割取不知顾惜,以致着着失败呢?诗经上说:"昔先王受命,日辟国百里,今也蹙国百里。"我们中国今日的现象的确是成这个样子了,煌煌锦绣山川,今日这国割一海港,明日那国割一商埠,又同我们政府立约说某省不准让给某国,不是明明白白立刻就给我们中国土地割完了么?眼看看四万万人民不久就到那穷黎流氓、求居无所、求食不得的景况,君子不以其所养人者害人,今日倒似本来养我们的土地反害我了,你道可痛不可痛?不明白地理其祸真是无穷!大家若还不信,举一事就可以明白这个道理了。前年日本同俄国在我们东三省打仗即是中国存亡所关,是何缘故?因东三省好像是我们十八省的代表,设不幸东三省失,十八省也很可怕了。各国均持利益平均之说来瓜分我们全国的土地,俄国占满洲,英国占长江,德国占山东,法国占云贵两广,日本占福建……土崩瓦解不可终日,到那时,黄河上下、扬子江南北要怕作人家的战场也未可知,可算危险极了。世界上别国的人没有不知道这件危险事的,乃我们各省人士依样欢天喜地、嫚歌婿舞，全然同没那事一样。就如今幸而过去，不但不知道那个事的，即东三省在何方，东三省叫何名目不知道的也不少罢。自己国里地理自己反不知道，而人家都是明明白白、了如指掌，所以欲修铁路则修铁路，欲开矿则开矿，闹得我们主权也失，利权也损，拿二十二行省那样的大四百兆人那样的多宰割。令人家作主，还算成甚么呢，就是三尺童子想想自己可耻不可耻？这且不必说了，但是我们中国不是全无考究地理的人。日本人尝称说，道光年间的时候，我国邵阳魏源先生所著的《海国图志》一书传入到他日本国，这个时候他国人士才知道外夷情形，遂即提议海防想法攘夷，自是之后，排外志士就日多一日了。日本维新得力于《海国图志》者为最多，所以日本至今赞扬魏源先生者尚不绝于彼都人士之口，可见日本当初不洞悉地理，与吾国同赖有遗书才获其效。然先生生于我国，日本却享其福，于我国影响全然没有，岂是《海国图志》独利于日本不利于我国么？要知道不是不利于我国，是我们不知道留心去研究，所以不得收其功效，楚材晋用。至今想想自家可愤恨不可愤恨？但是既往不必咎了，来日方长，岂能坐视人家夺我们土地而不救救么？况且俗语常说"天下无难事，只怕有心人"，中国土地到我们身上叫人夺去，应当由我们身上再夺回来，方不愧为大国的国民。不观法兰西与日本么？昔时德意志夺取法国的土地，法兰西全国的教员指着地图教生徒说：汝等不能收回法兰西所丧失之土地，非法兰西男子也，数年教训竟恢复其旧土。日本当甲午之役占我辽东，俄国包藏祸心，出而干涉之令归还我国后，俄人反自取之。日本因辽东与他国有唇齿辅车之依，全国上下恨俄人入骨髓，俱是卧薪尝胆、惨淡经营，到底又从我国手里夺取过来。今日他的国里扩充疆土方兴未艾，照这样看来，日法两国若不明白地理的利害，恐怕也不能成这功罢？然中国土地之大在世界是数一数二的，岂是日本三小岛可比？四万万之众在世界上亦是数一数二的，多于法兰西人民不知多少倍，日法两国艰难困苦如彼，犹能克服旧物，我们中国连日本法兰西也不胜了？况且古时有句话说："虽有智慧，不如乘时；虽有镃基，不如待势。今世①则易然也。"中国今世正是这好机会，若能如日本法兰西两国之存心恢复土地，能不事半功倍么？总而言之，地理关系我国的存亡，

---

① 应为"时"。

就是关系我们人民的生活，打算保卫我们的生活就不可不考察地理，所以盼望大家好好将地理考究一番，明白了本国地理，然后再求明白外国地理、世界上的地理。哪省在哪里，哪处是我们要区，哪处是甚么风土人情，某国因何而富，某国因何而强，某国欺负我用何法，我们若对付他当用何法可使他不得割我土地……兵法上说："知己知彼，百战百胜。"就是这个道理。将来我们未失的土地可以保守，既失的土地可以收回，还成了世界上完完全全的大邦、赫赫有名的民族，那时你看可喜不可喜？地理关系如是之大、地理益处如是之多，大家必说，哈哈，我当地理什么，就是这么同先前那瞧山水看阴阳的大不相同，若不明白地理的道理就是一定不能生存于现今世界上的，下期还要将地理详详细细给我们说说。

实　业

蚕桑泛论

破浪子

　　世界上的人无论讲究什么学问，无论讲究什么事业，总要先把他考求得有头有尾，真到这事于世界有什么关系、什么利害才行哪！那无什么关系、什么利害的是不必说了。若是有绝大关系、绝大利害的事自然不得不寻个好法子来把这事做得完完全全的了，就如这蚕桑里面实有无穷的学问，决不是全没讲究就能做好的了，我今先把这蚕桑的大概说给大家听听。上古开天辟地的时候，不要说没有绫罗绸缎，就是粗绵大布也是没有的，俗言说："太古的时候身被槲叶，到人皇的时候才有了衣裳。"礼记上也说："上古之时未有麻丝，衣其羽皮。"这些话是一点不错的，当那个时候每年冬天不知冻死了多少人，就是冻不死的，也是受苦得不得了。后来生了一个出众的人物叫做黄帝，他的正宫叫做嫘祖，这就是咱汉人的老祖宗。她见有一种虫类吃桑叶吐丝结茧，因此想出种桑养蚕取丝织纺的法子来教训人民，从此以后人民总不像从前那样受苦了。这样看起来那蚕桑于世界上的关系、世界上利害岂不很大吗？但是当时咱中国虽说有种桑养蚕取丝织纺的法子也不过仅有个大规模就是了，至于那叫仿什么贡缎、什么贡绸，又是什么提花、什么贡锦，说不尽的种种名目，哪能一时都会做呢？但只是咱们汉族即是神明的子孙，也是聪明伶俐得了不得，所以后来越讲求越精细。到周朝以后就发达的了不得了，所做出来的货物中国人用不尽又把他卖给外国，一年不知挣了他们多少钱。到汉朝唐朝的时候，波斯国的人专贩中国的绫罗锦绣卖给西洋人，后来欧洲南方有个法郎西国，见我中国有这绝大的出产，绝大的利权，他们因为不会自家制造是很吃亏的，因此想出个法子，不知花了多少银钱，把中国会种桑养蚕的、会取丝织纺的许多人聘请到他国教训他国的人，从此法国的人就把这个学问事业得到手了。又过几年法国的邻国又有叫做什么伊大利、西班牙等国，见他种桑养蚕的益处很大，他就派人到他国学习。这些事情都有史书可证，但这一门报不是叙历史的，所以那详细处是顾不得说了。且说西洋各国自从得这法子以后，有学问的人尽力请求，因为桑树是植物，就有人专门研究植物学，把植物的道理发明得透透澈澈；因为蚕是动物，就有人专门研究动物学，把动物的道理发明得透透澈澈；至于织纺算是工艺，就有人专门去研究工艺学、机械学，能教造货加几倍、几十倍的快，造出的货一年强胜一年。至到如今，不惟中国的货不能够卖给西洋，倒反买西洋的货，你说吃亏小不小呢？就是日本国种桑养蚕的法子，起初也是从中国传去的，三十年前跟中国一样不见进步，近三十年来采取西洋的新法一年强胜一年，每年所出的货及各国比较的数目，俟本报下期出版时另列一表给大家看看。大家一定怀着疑心说道：一国的出产总数一个人也难以知道清楚，况东西洋相隔几万里，你怎能知道几国的总数呢？这么看起来这数只怕不真罢。我想我同胞中简直没有出过远门的人，很多再不看新书新报，也难怪有此一疑。可是这个道理也很容易明白，大家可知道咱们中国近来有许多报馆吗？像本报这些小势法自是不算什么啦，像那些最有名的大报馆的办法，都是各省各国及外洋各大码头都派人在那里当访事员，所以那些出海口、入海口的货物数目多少都可向税关上查得清清楚楚，或通邮信或打电报，然后印刷到报纸上，都是确实可靠的。闲话少题，且说蚕桑本是由咱们中国发迹，黄帝老祖好容易千辛万苦不知废了多少心血才给后辈儿孙留下这项产业，为什么自家不能长进越弄越坏反教人家长进起来，把咱们中国弄得穷个不了呢？皇帝老祖在天的灵魂看见后辈儿孙像这个模样，还能以不痛心吗？说到这里就不觉哩鼻梁儿酸、眼泪儿流起来了，我想稍有天良的人，听着这话也没有不哭的了，可只是不办实事光哭也是无益。现今我们河南清化、荥①阳已竟②有两个蚕桑学堂了,将来河南的蚕业发达是我们很希望的。但是风气不开的地方必定拿从前的迷信思想说养蚕那一宗全凭运气哩,运气好的养蚕才能发财,若运气不好任凭你怎么瞎胡生法,都是不中用的。我今奉劝大家不必这样执拗,如愿意听,我就把养蚕的法子一节一节说给大家听听。

---

① 疑为"荥"。
② 疑为"经"。

时　评

捐巨资兴学之可嘉

古中原裔

　　河北蚕桑学堂是甲辰岁韩紫石观察在河北办矿物局时创立的，那学堂成效大著，我们河南人都晓得是一个完全的学堂，内中长年经费是就河内县设法开垦的荒田筹拨出来的，但是款项寥寥甚不敷用。后来有温县的富绅原君邦用居然将他家中蓄资到蚕桑学堂正正①一万两，那学堂就这立定脚跟日见发达。这样义举是我们河南捐巨金兴学的第一人，实在叫人佩服。后来北京创办豫学堂时，又有尉氏县刘宅孀妇马氏把家中遗产正正三万两捐入豫学堂里，越发叫人佩服。怎样讲呢？那捐巨金助兴学务的在泰西各国甚多，即捐助千数百万元的人亦时有的，本不足为奇，若在中国就是罕闻寡见了。何况闭塞如河南么？我们中国的富豪家向来有一种固习，或宴会佳客，或崇媚鬼神，虽耗麽②盈千累万不甚顾惜，若要叫他捐金助学做这样义举的事，他却一文钱也不肯出。经官长再三劝喻，为畏祸媚官计，勉强捐助若干，还没有他一天浪费的多。照这样看来似这等人真算是见义不为，没有一点国家的思想，不担一点国家的责任，

---

① 疑为"整整"，下同。
② 疑为"资"。

与那冷血动物是一样的。你设看二十世纪的世界，列强角智争能，士农工商皆成战局，那握制胜的左券就在学校，因为教育在现今世界为先锋队。我们中国从这升入九天，灿灿烂烂享世界文明的幸福，或从这陷入九渊，沉沉沦沦受奴隶牛马的惨祸，全看能兴学及不能兴，不能兴学为断。哎！近来中国虽说是风气初开的时代，可是办学的到处皆是，好似初唱黄鹂跃跃欲试的样子。所恐的样子，经济困离、有志莫遂的一道问题了。常见热诚志士想创办一学堂，因学费无出终归不成，这事是有的；或罗雀投鼠凑集开办的微款，到后来经费接续不住弄得半途中止，这事也有的；或是经费将将就就支持下来，要想扩张，一扩张就不能够，于是乎草草办埋①敷衍下去，学科仪器不完全的学校也有的。照这看来，学堂万没发达的日子，我们中国不是终没有登大舞台上扬一扬国徽那一天了么？不但是这个，因为创办学堂那些经费无从筹出，常有就本地方筹办的那些做八股的老学究率领愚鲁的乡人就出来担抗，酿成争端，株连大狱，这又更上一层楼了。倘或各处富豪肯捐些银钱补助学堂，像这样惨剧断断不会演出来的。如那泰西各强国学校是狠②在不少，教育是狠在发达，可是那捐巨金助兴学的人还是这等踊跃。他们都说国即是家，家即是国，家国一脉相连断离不开的，如那银钱算什么东西，若要看它成宝贝把他秘藏不出，岂非太傻？何如拿出来办些国家地方公益的事业，尽些国民的义务，与列强竞争一番。若等到国亡种灭的时候，想拿出来设法挽救也就迟了。当我们中国风气初开，正在办学幼稚时代，有钱的富家翁不肯慨然捐助，袖手旁观，我们中国教育怎能有发达那一天呢？哎！河南全省的地方除河北蚕桑学堂外几乎没有一个完全的学堂，学界像这样黑暗时局，像这样累卵在这学战的世界，优胜劣败的时候真是叫人可怕！全省富豪的家也不算少，且其中大半是席丰履厚，坐享先人遗业的，趁这时候不输捐助学养成国民独立资格，恐怕这福不能久享罢！西哲有二句话："救将亡的国易，救已亡的国难。"这两句话真叫做铁案难移了。你不看已亡的印度、越南、波兰、朝鲜等国么？看起来这原氏及刘马氏这等热心、识时、慨捐以救祖国的人在我河南很为难得了。

---

① 疑为"理"。
② 疑为"很"，下同。

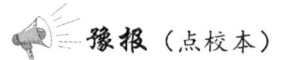

童洛铁路之电商

前日那《津报》上载有陕西巡抚曹竹帅电文一条，系为童洛铁路事要求与河南巡抚张安帅同办，而张安帅之回电却支吾其词，"（什么河南绅士，注）意在开济铁路而不在童洛铁路"，如果这话是实，河南铁路也算是有望了。及细细访察，河南修铁路的事尚有那八百里够远，所以张安帅糊糊涂涂回复一电（有人说张安帅不喜欢办新政，一切大事情皆置脑后）。我想不然无论什么事都是孤掌难鸣，必须大家同心协力方能做出一桩事，况铁路又是绝大的举动，若绅商不肯出头，全凭一个巡抚，岂不是望梅止渴吗？河南绅士分为几样：第一巴结官场苟徒饭碗；第二是家门不出，自甘寒蝉；其余假道学守旧鬼更不必提了。因为这缘故，虽有几位热心志士欲为地方上出些力办些事，而东冲西撞不能成功，或惹官场忌惮指为逆党，或触绅民烦恼误为叛民，就如弄一点雪以热汤浇之立时化了，所以万事都办不成。不然张安帅去年在山西时为矿务事与洋人争、与外务争，何等雄壮英伟！为何到了河南便什么事都不办了？岂真橘过江即为枳耶？我今奉劝河南学界、商界诸兄弟们，赶紧起来办点事罢！那郑州南通汉口，北通京城，那条铁路虽是也坐着很便当，要知道是洋人修的，利归于人害撤于我了。其余种种铁路必须我自家修才好，你没见黄河以北那矿产卖于福公司之后，连我自家也不准开了，想起来真是寒心！以后若能大家力为铁路上吃劲，想那巡抚也不肯坐视不理，然而如那曹竹帅那样热心真是难得的。

译 丛

民族的花（第三号　东亚之光）

横　波

第一　印度之莲花

与莲花之关系最著者，佛教是也。其言莲花之事散见各经不可毕举，即如《法华经》重要之经文，也且借莲花以题其名，而其佛像或立或坐，又无不以莲花围绕其下而洁居其上。《因果经》之偈云：

> 我今已超出一切众生，表微妙深远法；我今已具知三毒五欲境，永断无余习，如莲花在水不染浊水泥，云云。

由此言之，莲花之最洁者也，出淤泥而不染，亭亭水面，香远益清，其风姿殆非他花比。印度人犹古喜藉此以表其理想者，应亦因其洁也。故干净土者，世间之所无，而印度人之所希望，惟其希望干净土，故不净不洁，佐恶之，世间不可一日居。于是有解脱之说，所谓出世间也。印度人能收清高优美之精神的效果，殆亦犹莲之出于水，矙然泥而不滓而转开纯洁之花欤？且非独佛教也，即婆罗门教亦有心莲花之唱，而倭巴尼夏特亦多此文。

第二　欧美之蔷薇

蔷薇之花在欧美诸国为百花之王，花色亦以蔷薇为第一，其美丽之点固秀绝一时，然亦因一般民族（特由日耳曼民族）之恋爱别增意味耳。其花带深红色，状如欲燃，周行观之，一树红云殆若欲呼运动之神经，而促之勤于业务者。故欧美人之任事著著争先，不欲后于人，其趋死若渴，而慕义若热者在在皆是也，而不知实此花之神暗中呼之也。故此花者实足以代表欧美人之情热而吐之于如火如荼之花序中（花序，植物学用语，花之排列状态也），而其所以邀恋爱而增意味者，亦正以此。

第三　支那无代表花

支那①为文明之古国，其代表民族的花应亦具有特色，而出于凡蕊俗艳之上，顾欲从而标之，则莫知所执何耶？

牡丹，花王也，天香也，国色也。其价值诚不在莲花、蔷薇下，然非支那古花也。李唐之顷始由西域输入，即其名称仍与希腊音（薄达乃）无大异。而支那人之咏其美、挹其芬者，实自李唐后也。又此花者，花之富贵者也，乃上流贵族之花而非平民的也。

桃花，较之牡丹似少有支那民族之意味，然其艳嫩、其香平，文人不好之而好与此相近之梅花。

梅花，诗人之咏梅花多矣，然皆六朝以后之佳篇，六朝以前厥章罕见，是亦难称民族的花也。

支那自古在昔大夫士、庶民阶级各异，所爱好各得有其特种之花，而上下之情不翕，故求如印度或欧美诸国，各有其显著之民族的花。则古与今不相符，今与今各异趣，茫若捕风，一无所有也。何则？上与下之情不翕，其爱好

---

①　近代日本侵略者对中国的蔑称。

自异；下与下之情复不龠，其爱好又异。故支那虽文明古国乎，而惟一之民族的花究不得发现，以迄于今。

第四　日本之樱花

樱花者，日本固有之物也。外国无此种，即有之而其类亦异。满汉虽或有同种者，而歌此之诗篇不闻，西洋之樱主实又非如日本之主花也。

草木之种类虽多，求其花实双美均一平等者，吾人迄未见，即如樱主实者花不美，主花者实不美。在西洋而言，樱则连想及实；在日本而言，樱则连想及花。西洋何故尚实于实，与日本何故尚花于实，与此皆因彼我风俗之异同，而生欲深言其理由亦不必也。虽然西洋之尚实其意自合于实利主义，日本之尚花其意自合于理想主义，亦可笑也。

樱花之代表日本民族的气象精神，其特色归于左之四点。

第五　樱花之四特色

（一）樱花者，花之最阳气者也。

当一年最好时节，枝枝懊发色带浅红，彩云一抹四壁纷缤，夕照虽微，落辉犹存，其阳气何如者？

（二）樱花者，花之最壮丽者也。

牡丹花、桃花、梅花云者何一不美，然大抵以疏疏落落为贵，而十里五里三林两林之观，未或数见若樱则弥望皆是，杳无涯际也。莲花、蔷薇花则又绝不能为壮丽之点，故皆不得不让樱花独步。

（三）樱花，非孤独的而集合的也。

一个之莲花足以饰瓶，一个之蔷薇花足以佩于洋服之襟，是一之花固足资赏玩也。而适若表现其个人主义者，然惟樱则大异之。一个之樱花渺乎小矣，无一把玩之价值也。惟由个个之花成一枝之花之集合体，枝枝之一成一树之花之集合体，树树之花成一山之花之集合体，是樱花之优点也。而其足以邀游人

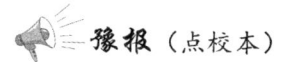

醉赏之原因亦在此，且正表现日本民族之长处不在个人主义而在于团体的活动也。

（四）樱花者，又飘散际，最洁白优美之花也。

自余之花最后萎缩皆留丑形，惟樱则花瓣悉如雪而飞去，何等丑形亦不残留。若适于其时扬以习习之风则霰也，风也，花也，迷漫无际，别有一种美化之趣，尤足乐也。蔷薇之花美则美矣，萎缩时之丑形顾亦不免；莲花次第解散，个个之花瓣坠于水面，自有一种脱俗之态。然以视樱花之开，则俱散霰也，风也，花也，迷漫无际之状况不可同日语矣。谚曰："花是樱，人是武士。"今日本之武士不可但具有樱花之气精神也。而当夫舍生取义之际，尤不可不如樱花之洁白，而莫遗一个之丑形。申言之，则樱花者，表现日本民族应具之气象精神，及其始终洁白最适当之花也。是以日本人爱好之亦过于自余一切之花。藤田东湖正气歌有曰："发为万朵樱。"虽不可认为科学的，即视为诗的，亦非无意味者也。（完）

一花之微耳，而亦带有藐我之意，读之能勿忿然？

顾既而思之，亦自应尔何也？我之取藐顾有道也。

中国之花多矣，即以梅花论亦非甚弱。樱虽总盛而其香终逊于梅，惟中国之梅仅供贵家之玩品，而且无满山夹岸之观，故不足代表中国之气象精神。又古今诗家多用以拟似美姝，视日本之以樱花比武士，未免取义太狭，宜日人之不以民族的花许我也。

虽然樱花亦非全无缺点，日人尝谓樱之色，梅之香，柳之枝，可称三绝。若合而一之，真千古名花是樱花之缺点亦正多也。惟其淡红浓白如素云之岔涌，观之足悦人意志，增人兴味，是其长耳。不然花之自开自落于日人乎？与强引而类之亦属无谓。

嗟呼！使吾国不逮日本者，仅此一花，吾犹可以一花之未不足置议自解矣，而顾何如哉？吾以知日人之所以藐我者，非藐我花也，仍藐我国耳。

文 苑

阿芙蓉传

补 天

阿芙蓉者，籍印度，赋质妍丽，外柔而内险，素无赖不齿于乡里。十六世纪时闻荷兰人航海至东洋，混沌国皆获厚利，乃附舟以行，登岸伪言精医学。国人有好奇者，试其术大奏效，讬为昌扬之术不足喻其妙。极口誉扬名噪远近时，国王患脑病精神疲顿，居常郁郁，虽粉黛列前不乐也，中贵人荐芙蓉于王。既召见，言黄白之术称旨，试其方，精神为之一爽，王悦曰："朕之得卿，犹鱼之得水也。"用为客卿，甚信任之，朝夕侍左右。王一时不见芙蓉即不怿，食不甘味，寝不安席也。后以调卫有功，封中央君，食邑五千户，芙蓉虽贵显而不甚干政事，朝贵亦不忌之而乐兴之游，每有宴会无芙蓉满座为之不欢。

未几王崩，芙蓉恐嗣王不悦己，至仕退于田间，国人知其名争就之，芙蓉赋性圆滑，无贵贱贫富老幼油油然与之偕，皆得其欢心以去。后病死，子系繁盛，其族自印度来者日益多。作官者，行贾者，业农者……朝野上下半阿氏族，渐图不轨谋，所以吸收其膏髓，剥削其元气者，无微不至，犹齐之有陈氏也。国中志士愤阿氏之见侮，惧宗国之不竞，提倡排外主义，思聚阿氏族而焚之，发申海禁。阿氏族中有豪者素与英吉利通潜，借兵于英，与混沌国战事未发而祸作混沌国，焚杀阿氏族二万二百八十三家。英人大怒，战端遂开，英军获胜，胁混沌国割五港通商，偿阿氏恤金二千八百一十五万，并许阿氏以自由权而负保护之责任，时纪元一千八百四十二年也。自是以后，阿氏益出其阴险之毒手，巩固其权力以制混沌国之死命，俾富者贫强者弱，士而使荒于学，兵而使怠于伍，农而使疲于畴，商而使困于市……权贵又皆阿氏党，助纣为虐，举国之民祈生不能、求死不可，奄奄无气、坐以待毙，虽甚痛恶之，而噤不能声。一遇阿氏又强与之欢，若得罪于阿氏，不俟辩论立处死刑。游其国者睹此形状，谓混沌将有灭种之祸，较俄之待波兰，法之遇越南，日之制朝鲜，殆犹甚焉。近世排阿氏之论复起，若振武宗社，强种会檄文所至，闻风响应，或脱阿氏之羁绊，而有独立之一日亦未可知云。

谭史氏曰："用一客卿，几至亡其国灭其种，岂非我族类其心必异乎？亦其所凭藉者，厚而积之以渐也。"近闻阿氏不见谅于英人，英人言混沌国若逐阿氏，英必助之云云。大福不再，阿氏之鬼将不血食矣！谋敌者先伐其交信哉！

八股匠末路之忠告

雏　鹏

　　可怜哉，八股匠！八股匠！科举已停，八股难复，八股匠的出身路断了。学堂徧①立，馆穀难谋，八股匠的吃饭碗端了。我在家的时候，听说他们天天抱住八股始祖王荆公及大八股家路润生二人的牌位，日夜痛哭个不休，哭得我心焦膜乱，令人可怜，不觉的大发慈悲，大许愿誓，说将来一定给他们寻个出身、谋个饭碗。在内地寻了多天并不见一点踪影，我实在着急，我又恐怕不能践我的言，于是乎一直跑到了日本东京。整寻了半年多，才寻着了一个去处。八股匠！八股匠！这是你们死生存亡的最大关头，你们大家都用心听着我的

---

① 同"遍"。

话，千万千万莫要忘了。

　　话说那越南不是被法人已灭的亡国么？那法国是一个文明国，他知道这八股就是孔子，孔子就是八股，孔子是开天辟地以来空前绝后第一个圣人，所以他还用着八股考试。那越南人你想此岂不是很好么？谁想有几个下场的糊涂秀才递禀贴请改甚么策论，也要学我这老大帝国之所为，真是目无孔子了，你看他们该死不该死呢？你想法国那样的文明国怎么能够不杀他们呢？还有偷看那离经叛道的新书的，都教那文明法国一并斩了个净尽。该说这事我怎么知道呢？有个河南人亲眼见过，寄信对我说的。这个河南人也算可笑，他给我那信上说甚么（前略）："呜呼！吾于此而知越南亡国史上之所载无一虚语也，法非世界所称为文明国者乎？文明国之待人国之政策岂有惨无天日以至于此极？曾是如此政策而可以谓之文明国乎？"你看他说这是什么话呢？中国是半开化国谁不知道，若说那八股取士的不是文明国，必定像咱那半开化国的改八股为策论，后又简直连策论也废了，科场也停了，士也不取了，才算是文明国之所为么？他后头还说甚么（中略）我怜越南人，我悲越南人，我犹惧夫人将以我之所以怜越南人、悲越南人者，转以怜我河南、悲我河南也！我河南去海窎远，暗处中土未尝直接受洋鬼子的害，以故人心昏昧，莫知警省，悠悠岁月，长此不变，蹈越南之覆辙势所毕至。呜呼，我河南人！鱼游沸鼎何莲叶之能戏？雀处焚堂奚稻粱之可乐？及今不早自图，将来之噬脐悔无及矣！你看他说的又是什么话？咱中国要能学那法人仍以八股取士只怕也好了，恐这半开化国万办不到。现在又听说袁世凯同端方一般人等又弄什么奏请立宪，你想这宪政若立，八股还有再恢复之望么？简直没有一点想头了。八股匠，八股匠！空想无益，徒哭无灵，请你们大家快快的儿打点行李上越南去，入法国越南的籍罢！孔圣人在九泉若是知道这事，必曰：吾道南矣！法国人听说你们来入籍，必定群来招待，大加欢迎。或是看卷子的师爷，或是学房的老师，如操左券，诸位从此就不怕没饭吃了，我也从此销了差了，还了愿了，呵呵。

破浪游

博 沙

同志六十人将赴日本留学,草此鸣志。乙巳八月十八日。

我闻环海皆共工,齐触不周山将崩。从来覆巢无完卵,会看四百兆人为沙虫。忆昔黄祖起昆仑,卷甲东来斩荆榛,北逐荤粥,南逐苗手,辟物产丰富之中原,孕育伟大种族之国民,武功赫赫贻子孙。而今无人能绳武,祖德宗功委沙土。山河破碎国权替,我为鱼肉人刀俎。遥想我祖在天灵,初念不到此痛苦。可奈劣弱子孙何,俯首饮泣不能语。眼看沧海没桑田,大地沉沉总宴然。野老呓语安足道,先生大人民共瞻。犹作家人妇子筐箱言,倾厦难支沙难搏。噫,歔欷!游釜鱼,焚堂雀,不知前途险且恶,依旧偷取眼前乐,安得将身幻作——莲花——佛,——佛身——口,——口中——舌,——舌说——法。大呼恒河沙数,众生觉。平生有志真壮绝,怜他世人颠倒生,分别共此大块亿①气中。诸星诸天户牍接,而况区区小星球?何不亚欧非美澳洲同一家,何不黄白黑红棕人同一室。争奈种族未泯,疆域隔宇宙,辽阔世路窄,来日进化尚茫茫。淘汰气焰燃眉急,胸中空抱大同想。拔剑杀敌飞身往,嚼龈握爪誓不两。丈夫报国殊慷慨,不然我族将种灭。宋襄仁义安足仿,当此二十世纪新舞台。两洋鼙鼓动地来,当其冲者非我谁?君不见日俄酣战东洋里,铁舰蔽空炮雷起。战气压平黄海波,火光烛染朝霞紫。须臾严霜摧劲草,千人万人同战死。男儿葬入鱼腹亦安宅,胜于偷存视息抱国耻。见者闻者齐警叹,如此英烈古无比。此仅破题小试耳,将来千倍万倍此。从今兵农工商学战齐酷烈,强者优②存弱者灭。文明皮毛野蛮骨,生死存亡争一发。顷刻血腥红地球,浩劫茫茫无尽头,谁挽狂澜拯沉沦?我亦国民之一民,抚衷血心尚未死。揽镜头颅亦犹

---

① 疑为"意"。
② 疑为"犹"。

人，安能甘作走肉与行尸，坐受支解脔割之苦辛？斩我奴性依赖根，结果难期且种因。欲学佛氏大慈悲，知其布施乃义身。破万里浪乘长风，鱼龟蟛蚁何双亲？同人与我同嗜好，联络往探东瀛奥。闻说东瀛三十年前法欧政界学界齐臻妙，爱国血诚乃精粹。旧鬼啼哭新鬼笑，人生由来重义气。有雠必复恩必报，堂堂七尺何足惜？君不见古来亿兆京垓人，白草荒烟同残照。我欲移此精神入大陆，不惜舌敝笔头秃。所愿行者各自奋，桑梓累卵边事棘。壮哉！此行各自爱，个人荣辱关全国。天真相见脱形骸，交励新知勖以德。力振中朝昏暮气，大壮中朝河岳色。丈夫自待良不薄，气吞瀛海波千百。归来誓洗山河羞，足转坤轴手扶日。亚洲之人之亚洲，权不旁落利不溢。兵力财力雄五洲，却爱生灵不轻掷。白人推我主人翁，黑红棕人求卵翼。相约共沉两洋战舰碎军火，安享太平乐无极。五洲五种大混同，齐颂大陆黄人力，争铸巍巍铜像六十志。丰功矗立云表一万尺，黄祖见此哑然笑。毕竟神明胄裔终自立，吁嗟乎！毕竟神明胄裔终自立！我言如此非夸大，君不见古来女娲皇力补缺天炼碎石。

烈士行

阆风

侠气如剑胆如铁，白书杀人如沃雪。豪歌能饮酒一石，谈及时事忽呜咽。自言倚剑游半生，不信人有悲感情。一从前年主义改，血变成泪泪成海。小仇易报大仇难，恩怨分明眼界宽。每向秋风歌易水，匕首飞跃白日寒。文明进步如奔马，惟有士风趋愈下。自由平等竟实行，到头谁是真健者？举觥大酹略不顾，白衣皂帽出门去。顷刻阴云卷凄风，君看天半起长虹。

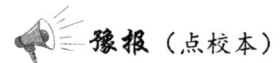

士耻（一曰志士新口号）

阆风

革命，革命，家庭之命已革矣！革命主义从此止。
同胞，同胞，区区利害若蝇头，反眼不认旧时交。
公德，公德，予取予求无疵瑕，他人如此公德贼。
权利，权利，有权且报睚眦怨，有利莫使侪辈见。
合大群，合大群，群不推我为统领，我力能与群为梗？
报国仇，报国仇，国仇未报私仇深，报及生平有恩人。

得友人书言汴洛铁路告成，感赋三绝

风霆指掌炫雄图，敲骨吸髓戕病夫。公理强利浑不管，赚将条约作灵符。谁看河山值寸金，通航假道听分侵。自从隶入测量薄，不到黄河不死心。

（谚语）荥泽口铁桥屡经陷坏，近又逐段下石以防淤沙。期约茫茫四十年，个中机括自精坚。他人换得金钱去，归赵终愁璧不完。

丙午元日

浩欢生

寄身天地等蜉蝣，濯足扶桑两度秋。逝者如斯原不舍，浮生若梦亦何尤？八千自古为春永，三十于今卜世休。王气东南犹未尽，游观重上阅江楼。

和友人写真

前　人

待旦枕戈年复年，闻鸡频惊恶声天。是真面目真吾友，惟好头颅好自怜。裸国文身良有以，武灵胡服岂徒然？观兵自古东南竞，携手中原问鼎迁。

回东途中感

前　人

扁舟一叶怅东归，万里蓬莱抱翠微。风雨故人常梦寐，烟霞远影自依稀。离乡更觉乡情重，去国谁怜国事非。寄语同胞须各爱，存亡莫使顾相违。

又

前　人

廿纪黄人运正隆，好凭时势造英雄。野蛮信是文明母，道德端资教育功。欲补桑榆乘晚景，空辜桃李笑春风。谁能郁郁久居此，马首来朝又向东。

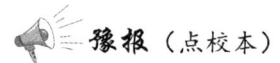

小　说

（短篇小说）

池上谈（一名缠足痛）

筑　客

　　此篇乃余友口述。余因其事可感为记之，登诸报端事以纪实，不敢一字意为增损也。

　　余旅日本，课余无事，偶散步于不忍池上，流睇之际，遇一老翁，中国某省人也。视盲发苍神欲离壳，劳人草草一望而知。

　　叩其年，周甲也。询其家，则子女双有。问所执何业，曰：无业，自食其力耳。

　　余曰：咄落魂至是何不归国？中国土田广，业务多，虽一技亦足糊口长子孙也，胡为毕生寄人篱下？

　　老人曰：归国耶，君勿言。曰：何也？老夫仅有此一病躯，何地不可待老？惟今尚有二媳，则归之不如其已。

　　余心窃异之未达其意，乃叩以说。

　　老人曰：中国者，病国也。人，病人也。男以吸烟为阔，女以缠足为怜。四万万人病此者百分之九十九，其他百病又皆由此生，此老夫五年前在中国调查也。吾性爱媳甚不欲其病，故不归，顾吾爱国之心虽老病未尝或忘，自觉较君重，君又何必以归国劝我，狐死正邱首待他日耳？

余思此二病谁不知之谁不痛之，惟此老似别有感者，因复进而叩其说。

老人曰：为时无多，兹仅就缠足一事为君言之，君能勿为同胞下泪与？君不见某报所揭之祭姊文乎？

词曰："呜呼，阿姊！三千年来女界黯兮，一线光明翳见兮？惟姊自拔若飞剑兮？一叶之身游汗漫兮，新智内腴万花绚兮？

呜呼，阿姊！生小婵娟不如愿兮？哭声爷孃爱习惯兮？双双肤寸杞柳看兮？羁之十年恶因散兮？遂俾阿姊终身蹇兮？泪洒九霄天地暝兮！

忆昔阿姊发宏愿兮？誓将女权恢复徧①兮？何意昙花仅一现，花撒手遽去齐志暝兮？流水有声哭声乱兮，杜鹃有情碧血漫兮！世事如此，佛曰：幻兮，言故有尽情怎断兮？呜呼，阿姊！"

老人述竟长太息曰：此阿茝祭其姊阿蕙之文也，二女与老夫为通家事在三年前，予所目睹故能道其详。

阿蕙、阿茝，连理也。阿蕙生早，长于阿茝三岁。阿蕙之生也，中国风气尚闭塞，女界尤黝暗，故仍照常例，年甫三四而即缠足。迨阿茝生，中国风气已半开通，人之议论渐次输入，故阿茝竟脱缠足之厄。

二女年方半笄皆已就学，而天生聪颖，看读写作皆不后于男子，故教师呼为慧之花，父母爱之如掌上珠也。

惟阿蕙以娇盈之态禁不起双钩之苦，时不免娇啼宛转。而阿茝则亭亭之干日渐肥腴，年纪虽小修短已及其姊，盖有天然之发育无人为之束缚自应尔也。而阿茝每闻其姊之声心辄怜之，如将及己，顾已而又复自幸其不及己也。

曾忆夫菊花开时，二女作携手之游矣。是日之晴空一色，皓无纤尘，芳草芊芊，游丝袅袅，游人之兴遂为所摄引而栩栩欲活。

阿蕙曰：今日功课之余，又值景美天佳，南园半亩菊神闲气逸、独抱晚香，我姊②妹若往一眄，必应格外生姿，惜余不能。

阿茝曰：盍不往一观，天下无难为之事，能知能行斯称快耳！今与姊为一

---

① 同"遍"。
② 同"姊"。

剧，姊为渊明我作白衣送酒者，则此菊庶不寂寞，姊必一行。

于是二人遂携手往。

约二时许，而琤琤之声由门外来矣。察之，知阿茝之叩门也急，启户乃不见阿蕙，而阿茝一人簌簌入。

余心窃疑之，欲问而阿茝已过不及问也。正凝思间，而车声辘辘直撼耳鼓而至，回视之，阿茝已出而迎其姊矣。余乃悟阿蕙之莲步轻盈，不堪行路而代以车也。

老人语至此向余曰：君试思缠足之苦？若此类者几于人人履之矣而顾以为美，中国之人性真可怪矣哉！

乃当时媒约主联姻之事，多喜阿蕙不喜阿茝。彼观阿蕙娉婷之姿、旖旎之态，蒨蒨婷婷软愈烟丝，真所谓可喜娘也。若阿茝之俊俏不伦睥睨一切，几欲脱身女界而越出旧社会，自应不以锦屏人见待。吾尝闻媒氏诋阿茝之言矣！谓之为"半男子"，又呼之为"台州装"（台州人多不缠足），而阿茝夷然不屑较也，曰：是何足与言！最后之胜者必在我。

日月如驶、岁华频易，无何二女子年将及笄，国学已早有成就，若正经正史外殆无不遍览而撷其要，视中国死守汉宋诸学派之老大先生有过之无不逮也。于是二女子谋曰：我国女子堕入泥犁数千年，于兹欲出此浩劫，惟在输入新智①识以实其脑筋，我二人来日方长不担荷此任，更待阿谁？设天下之人皆云将待能者，则天家大事必皆付诸滔滔之逝水矣！

阿茝因建游学东瀛之议，阿蕙深以而然。议定乃商诸其母，母允之，而渡海之事遂成。

既至上海，见上海女生多放足者，阿蕙乃曰：今而后吾亦可以自由矣！阿茝曰：何哉？

阿蕙曰：吾将由此放足，吾将完其葆光，吾将出此一层地狱！

阿茝曰：使吾姊早十年为此，今日殆升天国矣！吾姊之所以不为者，佛曰：我不入地狱，谁入地狱？吾姊之愿入地狱耳！阿蕙曰：勿恶作剧！

阿蕙既放足，于是持其弓样鞋而咒之曰：绣乎君？绣君乎？吾欲抛尔于大

---

① 疑为"知"。

洋，恐海若之詈予也；吾欲化尔为灰烬，恐祝融之秽予也！今废尔于千丈之深土，犹之在地狱尔，必勿复生而羁余矣！若再生，则尔虽欲为两层奴隶且不得，而必为千层百层之奴隶。噫！吾与汝长辞矣。

于是择日登舟过黄海抵日本，遂入东京高等女学校。

其入高等女学校也，乃老夫为之绍介，校长为翠山凤枝，甚优待之，以为聪慧过于日本女子。

未几靖国神社大祭，内筑凯旋门二，一坊形，一球形，五色电灯迷离，炫耀如琉璃世界。二女子闻其有瑰玮之观，遂欲于功课余暇一寓目而长眼识。

二女子之往观也。日本女生新装是效法焉，衣和服，宽领大袖，花绣如生，下着洋式新靴，步声各各。阿蕙高髻，阿茝垂髻，上皆束以鹅黄之带，斜插江篱花一朵，香泽浓溢，所过之地真足令野草生香、闲花添艳。惟阿蕙新放足，足之苏力甚缓，不足充实靴之内容，双鞠若曳，芳径欲软，是则少欠佳耳。

当明治天皇未到之前夹道而跂者，商民及男女学生殆数万人，弥望如堵，俄而云骑纷至矣。其来如飞，不知谁为天皇，而但闻"邦哉"（日人呼万岁声）一声则天皇已过矣。惟时观者忽散，阿蕙性本骄怯，欲避其锋而未及，仓皇之中遂遗其一靴，日本人儿见之而笑为天刑之民，诋为花鸟之后身者殆不下十余人，阿蕙初赧其颊，既复娇为妆容，而听其姗笑，回想前此缠足之恶，业至东洋犹受用不尽。不觉欲遥呼父母于海天万里外而泣诉之："以为儿生何幸，苦儿至此者繄①何人耶？"正凝想间，人走而靴见矣。万足践踏之余，土清尘淹殆在意中，而顾兹凌波之袜亦有零星之露华沾惹其上也。事已如此徒唤奈何？则乃款款轻轻稍为拂拭仍着于躅而懡㦬以去。

老人曰：此阿蕙亲述于予者，君试思缠足之害至放足犹未息，能勿痛心哉？

余曰：予亦痛之，顾斯时阿茝何在耶？

曰：阿茝当万众纷芸时，与其姊早分散矣，然而阿蕙又会向予言曰：以缠足故毕生依赖其妹，两不得自由，亦甚非心之所愿也！

无何二女子皆毕业矣，分点不让日本女子，盖皆优等生也。

---

① 同"是"。

斯时正议归国，适值俄法同谋瓜分中国，俄强据满洲以图进取燕齐，法欲代平内乱以包掠滇桂。留东学生陡起愤慨，爰组织学生军供政府驱策以御外侮。而在东之同胞姊妹亦组织小团体意欲万里从军，聊尽针薪炊爨疗护之义务，而与伯叔兄弟同赴死，所盖义不忍独生也。于是开女生演说会，演说大义报告同胞演说之旨甚富，兹仅就阿蕙所演说关于缠足者聊述一二。

演说之时第二次出现演台者即阿蕙也，以柔婉之声吐恳挚之词而言曰："诸姊妹知中国之所以弱乎？其弱也由于四万万之分子不强也。四万万之分子所以以不强者，何哉？以为之母者不能胎强儿，而仅能胎弱儿，溯厥病源非有他，悉根之于缠足也。

姊妹疑吾言乎？请还证之中国。中国缠足相传作俑者为南唐李后主，南唐以前，殆寥寥也，统观中国对外之历史，南唐以前优乎？南唐以后优乎？南唐以前若秦皇若汉武驱除匈奴者也，剪灭诸夷者也，若唐之太宗，亦制服吐蕃回纥突厥等而有余。自兹以降，缠足者渐多，尚武之风遂不竞矣。宋太祖不能勤远略，乃曰：玉门以外非我有也，终明之世而北方余虏迄未被征服。姊妹乎！试翻列代历史，南唐以前土地广乎？南唐以后土地广乎？南唐以前战胜外人多乎，南唐以后战胜外人多乎？不待吾言，而强弱之分应无不早悉矣！非不知南唐以后拓地最广者，尚有元之成吉思汗、帖木儿等，然皆不缠足之种族也。本朝康乾间武功非不煊赫，亦不缠足之种族创之也。太平既久，文恬武嬉，至于今满兵既归窳败，而汉人则自南唐以后不堪任事，不堪对外，历千年如一日，是何故？缠足之风不变，人种日即于衰萎也。嗟嗟言之，良堪为吾种族痛哭。

乃世之论者多谓中国之弱，弱于老子或谓弱于杨朱，其实皆非也。黄老之术好之者汉初，杨朱之书早不传，乃由汉初至唐其武功则如彼，南唐以后，言黄老者未闻其人，何况杨朱？而宋明之武功反如此究何故哉？不溯其致弱之因，而但即其近似者以加罪于古人，吾恐老子、杨朱不任受也！大抵天下之事必有其因，被其害者往往忽其近因而转索其远因，不得其因而即以近似之因当之，欣欣然以为得亦人之情。所谓认骆驼为高马者，其不谬以千里殆未有也。

姊妹乎！观于此吾国致弱之点可以知所在矣，盖缠足者最有害于生理者也。拘闭血脉，窄狭子宫，短缩躯干，萎丧志气，皆不利于传种。母以此害传之其女，至其女而更甚一层矣！女以此害传之女之女，之女又更甚一层矣……

相传相衍所产遂无健儿而日流于孱弱,以迄今日其患方兴犹未艾也!睹时势之孔棘,而中国竟以缠足,故不能有一健儿以振其微。呜呼!吾正不知死所矣!

今者开议从军,讵非佳事,顾仅以我百余袅袅之女子供学生军之指臂,恐亦徒有其名耳!何则?仆于前者有人,继于后者无人,三年以后吾等皆死去,而新军或裹疮待疗,故衣当绽则应命者谁?是女子之义务?尽于一日而不能尽者仍茫茫无穷期也。姊妹乎!今惟趁此危机一发之际,一面经理从军之预备,一面开通内国,使二万万之女子,各知其有应尽之种种义务,而缠足者为种种义务之一大魔障。不丞除之则中国将亡,而其所有最亲最爱之弱儿亦必不保;能除之,则中国可渐次而兴,不惟其弱儿可保,而且可更生强儿,风气渐开,时机自转庶。几继我等之后者纷至沓来而再接再厉①,不至穷于应命也。不然以缠足故,二万万之女子既已不足侪于人以致弱,故而二万万之男子又复见奴于人,且永沉沦于数层奴籍之中,万劫不复。则吾从军之议虽或实现于今日乎?将来必仍成画饼,殆可预言,诸姊妹以为然乎?"

于是诸女生一齐喝采,掌声如雷,阿蕙乃下演台。

嗣以政府不许学生干涉国事,议遂寝。而阿蕙与阿苣爰扬帆归国。二女子之归国也,意正欲以所学贡之同胞姊妹,使各知天生女子必有所用,原非仅议酒食育子女供夫君之谑弄而已,而参议国是抵御外侮,实皆分内之任务而平分于男子,果尽其任务则女子之为用与男子等也。而中国何至于亡?而女子何至于无权?女子之无权,女子自弃之耳。不然以现今中国之男子,其无气无骨、虚虚怯怯,殆与女子不少异,我同胞姊妹果欲于其手中取回天赋之人权易如反掌耳。而顾不一为者非尽女性之娇弱,生死苦海习为固然不欲出也,设一旦悟其非欲出其囵则竟出矣,中国男子自己之权尚且不能恢复,又安能禁我同胞姊妹之恢复?醒矣哉!春色在眼前,我同胞姊妹果欲消受之否乎?

二女子持此开导同胞之志未尝一日忘,乃复本此意发为一阕(调寄满江红),词固非佳,亦一纪念也。词曰:猛冲业火,直唤起、古圣古贤。问底事,抑阴扶阳,一梦千年。钗华撞碎红菱镜,并剪挥去碧云鬟。好姊妹,从今急恢复,自由权。愁莫愁,女子孱;恨莫恨,男子专甚。佳人才子,三生因

---

① 疑为"励"。

缘。广寒宫里人已死，回文锦中鬼烦冤。奋纤腕衫，去倚男，性别有天。

既而见中国女子之品之卑，志之促，能力之薄弱，虽发宏愿亦虽难普度。而又厌恶男子之猥下，无一洁然自好、一洗世俗之恶氛而独立于时可与共事者，遂渐有厌世之感想，而不愿复人世间此志也，阿蕙怀之尤早。

阿蕙亦非性行薄弱之女子也，其悁乎自洁之心视他人尤高。故自游东归后，见夫国内之男子犹如燕雀处堂嬉嬉然不顾外患，热心早为之一灰。又其与阿苣所谋之女学堂及女学教习会建立未成皆被有力者为之阻止，是以尝觉世间无一干净土，任择一处皆足生齐怒而动其恶感。其视现世之男子殆，皆尤悔业身三死莫赎而往来之。过于其前几如王导之尘，欲污其弱水之双瞳，入鬓之修眉不可复拭也。故烦惋之极，恒欲谢绝人事而独游憩于清净之宇，饮坠露餐落英以终其身。阿苣曰：文明之进步以渐，好自为之，自有收功之日。朝朝泪如春潮何益也？人才不易得，姊须自爱。而阿蕙则万种懊悔忳忳如前也。

会其母回阿蕙之病，强为之结婚纳采矣。而姻家信某学究之言，以为缠足之事由来已久，今某氏女一不缠足一放足反古之道，变今之俗，圣人不许也。则乃变卦而请离婚，阿蕙于是愈信所见之不谬，而举世果无一男儿矣！自此以后病益笃危，气侭侭如不能举，医者诊之曰：尤①时病也，在律不治。竟于菊节之前一日，神倏忽而远去，超逍遥而不返。呜呼！鹃泪成红莫破满山之瞑，长血化碧空作大野之磷。缠足之害一至于此！苍苍者天何故苦我同胞姊妹！无已时乎？

老人述至此，嘘唏不可仰，余亦悲泣欲下。时天色已晚，老人遂别去，余亦恨恨而归。

筑客曰：以余所闻，近时有因缠足而终身怼其父母者；有一生不出户者；有恚极而自断其双趺者……殆已不下数十人，独阿蕙所遭謇砢尤多，真可悲哉！茫茫孽海，日陷万人，乃天下犹有明知之而故蹈之，且务极俏倩者，吾诚不知其何心得勿，即阿蕙所谓不堪普度者耶！人之爱媳谁不如此，老翁而真能拔出之于千年浩劫致之人类者，惟此一老翁。呜呼！吾欲为同胞一哭。（完）

---

① 疑为"忧"。

新　闻

沁河决口之原因

前武陟县沁河开口事，各报纸登录俱不详。确据最近调查，乃武陟本地两孝廉当四月抗旱时，沟通武陟县令张秀升将上游决开一口以便灌田，每亩收钱三百文，官绅分肥。迨大雨一至上游界涨，从所决口流出，当时张秀升自知理屈，急发电各县报沁水漫溢，嘱下游百姓赶紧迁避。各县接警电即命地保鸣锣告众防避水患，各报即据电登载，而该县令张秀升与两孝廉之首祸尚无知者。

豫省军备近状

丙午秋，南北新军合操于相，豫军以程度不及入伍，豫抚禀求直督说项始得勉。入秋操，豫省旧有常备军六营，夏练兵处派员调查营务废弛，训练无方，于是自统带以下官弁悉由北洋派员更换。刻值秋操伊迩，豫抚派员征之，外属仍寥寥。大吏着急，又在省城外之禹王台开招，即令成队以备会操。夫兵大事也，一省之军备，资一省之保障，战乱御侮胥斯赖焉。今迫于秋操之议新募新练，微云训练，难期熟习，即云熟习，练兵容有如此之易者乎？平常之漠视军备略见一斑！庚子国变，七国联军设取道河南，即以五千洋兵所向成破竹之势，当此创巨痛深而封疆大吏犹敷衍塞责、具文了事，缓急庸有济乎？夫我国兵士一无教育二无思潮，徒凭躯壳冲突于弹雨枪林之间，亦何怪其屡愤屡蹶、再战再北耶噫？

沁左兴学近闻

河内县沁左西王封村有韩嘉玉者，赋性豪迈，与龌龊书生接，辄远去，若将浼焉者。乙己秋尝因事到津，见北洋学校林立，羡之。归聚族中韩恒书、韩廷富，谋兴学教族中子弟焉。风气不开，赞成者甚少，然三人则决意为之。因素闻周君泰霖、张君文启好研究新学，热心时事，乃以重礼聘之。当即开学，今甫一年，成效大著，生徒已超六十人，而求入学者尚络绎不绝。按地方自治者立宪之基也，使河南之爱其乡爱其族者皆如韩嘉玉等，学堂教习皆如周泰霖、张文启等，则乡族无不学之人，即教育之普及可立待也。记者于此有后望焉。

修武县东北距二十里许，有新庄某氏创办合群小学校，经理条条，无不尽善，其教习张胪游学沪上，近闻某氏将另聘热心教育者益为扩张云。

兰仪女学堂

家庭教育之根本，贤母胜于贤父。欲图普及教育者，非留心女学不可。我豫风气闭塞，鲜有虑及此者，兰仪县留日学生岳君秀华、傅君铭有慨于斯，于去冬旋里时，同县尊沈大令福源创一官立女子小学校。一切书籍等件均系沈大令捐廉购置，教习岳某亦热心异常，力图进步。据最近调查，该校放足者十之四五，改装者十之六七，学生皆彬彬雅雅、有条不紊，亦河南之一线光明也。

汜水毁学暴状

　　汜水县东三十里史村镇增生张绍敬,年六十余岁,素有声望,为一方所钦服。充当该镇里长有年,热心兴学苦于无款可筹,乃苦口开导村人,议将该镇寨会演戏之款充作学堂经费,暂借庙宇为校舍。即聘速成师范卒业生张青岐为教习,已由前任孔大令禀报在案。今春该村人张统三、张书仪,张二合、张远四人屡次出首阻挠,霸留会款不肯交出,以致两造与讼。经孔大令裁判,令全缴出,当时各无异言,波浪遂息。至六月十一日夜,里长邀集合村首事在学堂算账,并商议筹款修造校舍事,众皆踊跃赞成。忽有张择明出言不逊辱骂里长,诸首事因将张择明略加斥责,择明拂衣而去。率其父母兄弟与其同伙十数无赖赴学堂门首诟骂,声言非将首事教习殴打誓不甘休,张绍敬急令将门掩闭乃脱其厄。次日又在市街拿刀弄杖,往来肆骂侦寻首事教习,欲拼一条性命,及闻张与诸首事已进城禀官乃恐。后见现任裘大令批示仅查覆二字,无甚可惧,恶焰愈炽,声言回家非将教习学生打散,使永不敢再立学堂方始称心,而裘大令置若罔闻。刻下教习业已辞馆,学生纷纷告退,学堂为之一空。呜呼!方今学部议施强迫教育,宵旰勤劳、不遗余力,而外省州县乃刍狗视之,不惟不提倡整顿。凡民间所已设者,任其破坏不肯过问,窥其意旨,乃与毁学者甚表同情,若裘某者,其代表也。

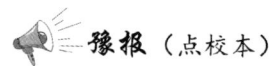

杂 俎

海底电线述略

录中国日报

人若能窥见水中之物则必能见有大缆环绕地球数转，即海洋中之电线也。考海底电线新成者一二，由美国至吕宋，又从吕宋至中国之上海，一由加拿大至澳洲，又自澳洲至中国上海。而犹新者即由加拿大至澳洲之一线长七千八百英里，计费一兆七十九万五千英磅①。从前自上海发电至美洲必由伦敦转递，今则可以径达，从前自澳洲之电价每字九仙零四辨②士，今则新线仅收三仙零。然则新线告竣，几若太平洋之路程亦为之缩短矣。考海底电线第一次之敷设在一千八百六十六年，长二千三百英里有奇，一首在爱尔兰，一首在纽芬兰，此线为英人所创，而其后继起者亦英人为多，遂至六通四达、密如蛛网。大概以英京伦敦为中心点，收发与转递均取道，于是英国各属地则为周布全身之脉络焉，故英国之商务与战守机宜可以秘密运动而无庸求助于外，及泄露于他人。数十年来，各国亦觑破此问题，德法等国遂自修电线以与之竞争矣。初安置电线于海底所遇之艰险如骤被风浪所击成至沉没，以及载线之船、放线之

---

① 今为"镑"，下同。
② 今为"便"，下同。

机损坏而无成者实非一次。凡造海线每一海里计费二百五十镑至三百镑，其缆之中央为铜线，铜线外包以格搭伯查（Gutta-Percha）以免电气之泄露，而期间又裹以皮一层，使海中之微生虫不能穴洞而入。然电线在海历久或有断绝之处，则有机能测断处之所在，可设法于海底钩起其两端而修接之，有一次至费金七万五十镑，费时二百五十日始行复旧，则以在深海之中颇费易易耳。故电线之断在浅水间者费修资少，在深水间者费修资多。各公司皆自置船以备各处修理之用，今海底电线之最良善者除断绝之外，大约可在海中四十年无须更换，而所以断之原因则以地震、地裂等故，居其多数也。

一千九百十一年，世界之海线一千七百五十条，共长二十万英里，具为英国所造制，惟或有为他国购设者，共费五十五兆镑，每年往来之电信六兆次。为公司所有者三百七十条，为国家所有者一千三百八十条。现在海线公司所最畏惧者即无线电公司也，然无线电之新法未必为旧法之敌，二者并用亦世恒有之事，而况此种事皆足使人类日相亲近，有万国联合之象，是即所谓大同者非欤？

调 查

河南学堂一览表

河南府巩县学堂一览表

学堂名目	开办日	设立者	学科	程度及毕业年限	所在地	经理姓名	教习姓名	学生额数	经费
官立高等小学堂	甲辰岁冬设立,前月全班退校	前任知县舒泰	策论(五日一次命题)读经体操		城内东周书院改设	舒泰	董以威 李鸿儒 朱某(曾充官运局监勇,现任体操教员)		东周书院旧,富绅捐助,地丁加派,每两征银加钱五十文词讼科罚

卫辉府汲县学堂一览表

学堂名目	开办日	设立者	学科	程度及毕业年限	所在地	经理姓名	教习姓名	学生额数	经费
汲县商立第一初等小学堂	光绪三十一年春	刘经绎 辛元炳 王锡彤 李时璨 张玉境	历史 地理 算学 博物 国文 体操 （平时学生出入皆穿操衣）	初等小学程度，五年毕业（去年学生成绩，其最优者今年升入高等小学堂）	西关监店街大王庙内	王锡龄	常德润（今夏闻征兵令投笔从戎）联甲（前河朔学堂学生）最近调查闻本县青年会长李荣升君为本学堂教习	旧班四十名，新班二十名，共六十名	由监商筹捐
汲县高等小学堂	光绪二十一年	官立（现任知县叶藩）	历史 地理 博物 算学 国文 体操 （平时学生出入皆穿操衣）近时新由东京购回风琴，不日即加音乐唱歌一门	高等小学程度，三年毕业	西关桥北街	王锡龄	王锡龄（速成师范最优等毕业）王英才（留日速成专修理化科毕业）潘炳麟（肄业省城师范传习所，不堪其腐败而归里，里人聘本学堂教习）	新闻本学堂犹扩充一室，拟招集走读生数十名，细详额数当俟调查再报	由官筹

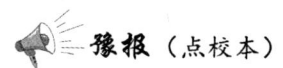

告　白

本社开设东京市神田区中猿乐町四番地承办所有铅印、石印、照相、铜印等项，专用瓦斯（GAS）机器印刷，极为明晰四方。赐顾者请移玉到本处面议可也，倘或赐函则敝社员造府趋谒，面订亦可。

帝国出版协会
秀光社

购阅本报略则

本报每册最少出七十页，定价及邮费详后。

订阅本报者可开明住址函告本发行所，惟报资邮费必先付清，本社当给收据为证，按期遂寄。空函订购恕难奉覆。

定本报者亦可向代派处订购，由代派处发给收据，惟遇有已付报资而未能按期送到者可凭收据向原定处索取。

报资及邮费价目表

<table>
<tr><td rowspan="11">报资及邮费价目表</td><td rowspan="2">报资</td><td>全年十二册</td><td>半年六册</td><td>零售每册</td></tr>
<tr><td>一元二角</td><td>六角五分</td><td>一角二分</td></tr>
<tr><td>内地邮费</td><td>二角二分</td><td>一角一分</td><td>二分</td></tr>
<tr><td colspan="4">
光绪卅二年十二月初六日印刷
明治四十年一月十九日发行
编辑兼发行者
豫报编辑部（日本东京巢鸭村四丁目一千零二十一番地长竹馆内）
印刷人
藤泽外吉（日本东京市神田区仲猿乐町四番地）
印刷所
秀光社（日本东京市神田区仲猿乐町四番地）
</td></tr>
</table>

代派处

日本东京神田区神保町	中国书林
同	三省堂
同　小川町	启文书局
同　早稻田鹤卷町	麟图阁
同　巢鸭村宏文学院前	田中书屋
河南省城北书店街	总派报处
河南省光州北城兴贤坊	睿智书社
天津狮子林北洋官报局	洪善卿处
汴垣双龙巷安徽会馆	戴炳炎处
南阳府唐县西关北街路西	沈立鉴处
上海棋盘街北首群学社	沈继先处

《豫报》第二号

黄河铁桥之真影

本报承热诚诸君出资捐助兹特将台衔及数目登诸报端以鸣谢意

安徽刘君家敬　　捐洋十元
安徽尹君凤鸣　　捐洋十元
直隶白君宝瑛　　捐洋十元
陕西郗君朝俊　　捐洋五元
祥符县戴君炳炎　捐洋五元
禹州赵国瑞　　　捐洋五元

论　说

敬告同乡父老筑路书

　　年月日，顿首，顿首！主臣，主臣！惶恐，惶恐！某等谨博观人事天时默参乎？世局与吾国势之所流极，敬上言于诸父老之前席，曰：乌乎！我神禹所刊定秦汉，历朝所开拓四百余万里广博雄厚之疆域，今竟黯淡无色、拱手送人乎？我伏羲、神农、黄帝、太昊神明之胤，五千年来推衍之苗裔，几经休养，几经残杀之后，遗此四万万人种，今竟为他族逼处，不复插足廿世纪中，而与古代史亡族伍乎？我国自战国先秦间诸法家流、诸兵家流，一出现后，继此而汉学、宋学、魏晋齐梁词赋学、明人帖括学，恶剧竞作，人才凋、政法晦、武功衰、四裔始骎为我崇，自人尚空疏，学说、理想、农工商各业颓败，而历代无不患贫。自嘉道后，文恬武嬉、争官营利，六七十年内变外患始起，欧洲强国由此得志。自甲午庚子两大役大败，特败土地权、商业权、采矿权、航海权、筑路权……种种国权始为人一网打尽，而我国始有今日。痛哉！痛哉！

　　今与诸父老回翔四望，其南非越南乎？秦尉赵陀割据地，汉日南交趾九真郡也。今已割六诏于法为属土矣，谅山苦战胡为乎？其稍西则南掌也，又其西则缅甸也，又其西则廓尔喀也，此非吾国往年盛时之贡国乎？今皆何在乎？其东南非古琉球乎？迄今吾礼部犹有册封之旧典焉，仅纪念物耳！其东北非高句丽乎？非称臣纳贡奉正朔而号为同体共休之国乎？其存也吾不能易其政，其废

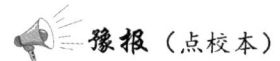

也吾不能救其亡,龙拿虎踞,汹汹数岁。晋楚交争郑将焉?依今已肉俎牵羊于日出处天子矣!夫剥其肤者刻其肌,刻其肌者伤其心,吾国大势至此十去三四,痛哉!痛哉!然此犹曰:外藩也。而人亦曰:此彼不甚爱惜之外藩也,乃进而劫吾边土。今与诸父老回翔四望,黑龙、松花、乌苏里三江外,数千里形胜之地,东滨浦监斯德湾而制极东之海权,北界内外与安岭而压中国之脊背,而中俄一勘再勘,一误再误,屡勘屡误,屡误屡忍,而俄人据此数千里形胜之地,而犹欲用其沿海州之兵势经营吾国数万里之疆域,而遂其彼得大帝之遗策,台湾雄峙海外,甲午一战而赠于日本,而使日人扩张其国境于吾之东南,吾地有限而邻欲无穷,世界几无不欲向我老大帝国求分一杯羹。抱薪救火,薪不尽火不灭;割肉饲虎,肉不尽虎更不厌。吾国大势至此乃十去六七,痛哉,痛哉!然此犹曰:边土也。而人亦曰:此彼不甚爱惜之边土也,乃进而攘吾重要之海疆。今与诸父老回翔四望,香港也,九龙也,澳门也,商埠也,亦军港也。西抱珠江之口,东当太平洋之冲,他日必有藉此起而尽取吴粤者。威海卫凸出于海,胶州湾退藏于陆,两大国左提右携,外占黄海之势力而内制青齐之死命,一羊两狼其有幸耶?旅顺青泥洼尤东北面绝险处,南满洲既恃为锁钥,千里上京亦藉此为屏蔽。一家胜一家负一家得一家失,而吾国乃冷眼兀兀作壁上观。旅顺失即失燕辽之先兆也。广州湾,一曲港耳,而中断高琼之道,外联海防东京之声援䌷粤东,包抄粤西,而高雷廉钦亦将西合桂滇而俱尽,谁谓彼中无人耶?

乌乎!海舰沉,海军灭,海权亡。吾国无隙则舳舻航驶南北万里海疆皆商场,吾国有隙则铁甲连兵南北万里海疆皆战场。吾非锁国而列国则不啻实行封港布横江之索,恢弥天之网使吾国土地人民如入垓下之围。中夜起听汉军重合、楚歌四起,能勿悲乎?我诸父老乎!怅望海天能勿愁思茫茫乎?痛哉,痛哉!然此犹曰:海疆也。而人亦曰:此吾之棘门灞上军也。吾有剖分支那之雄略在此,其所谓雄略何如?其人亦必讳吾所忌而不言,而某等则知其断断出于利用铁路政策。

某等于此敢为毅决之言曰:列强利用铁路政策实较夺吾外藩,夺吾边土,夺吾海疆,为尤毒而尤工。吾国对于列强铁路政策,其害实较失吾外藩、失吾边土、失吾海疆为尤烈,而尤险!无论古今东西大都守己之国陆与海,并敢攻人之国，攻陆视攻海为尤要，守海不守陆不能持久，能攻海不能攻陆不能深入。

今世战略专争先机，不在临事，临事用实力，先机用阴谋，用实力在将战，将战则必海陆军并进用，阴谋在未战，未战而预为海陆进军之计，则须使海陆路并通。日欲攻俄先营韩国行军铁道，故进兵神速，全军得手；而德人占据小亚细亚，英人略取杜兰司哇，仅仅造一铁路已收全功而无待集大兵，而后征服则知铁路尤为强国兼并弱国之利器。今吾领海权大半入于列强之掌握，而大陆则正为列强布置之时，彼铁路伸展一寸即财权膨胀一寸，财权膨胀一寸即兵力达到一寸，兵力达到一寸即吾境土失亡一寸。一寸山河一寸金，吾即不与列强争路，列强不得不与列强争路。某国路线长则某国争地远，某国路线短则某国争地近，争地远则他日分地多，争地近则他日分地少，吾国不争路则他日将无分地。他日不留一片干净土，不识此四百兆人类作何位置、作何结局？痛哉！痛哉！诸父老度亦悲从中来也。

今与诸父老回翔四望，观于其北则西伯利亚铁路跨越欧亚势如渴龙昂首而饮海东，在吾国已有芒刺在背、毛发悚动之景象。而一线逾呼伦贝尔、齐齐哈尔而达海参威①为囊括黑龙江、吉林两省之计（北满洲今入俄人势力范围），一线繇②哈尔滨而抵大连湾更为先占辽沈而后定长驱南下之谋（南满洲今入日人势力范围），今东清铁道规划稍挫折矣，而库张铁路又时欲染指（在北京时闻俄公使屡与当道交涉），从而震撼蒙古各部。而芦汉铁路、正太铁路则先时已与法人联合贷款而阴握其权，其雄心壮志、虎视九州之概③，谓吾国北部他日复出一支那俄国可也！观于其南，法人之铁路一起海阳而至保胜，复繇保胜（滇越交界）而至云南府，是为用越南取滇南之路。一起法领河南府而至龙州南宁，复繇南宁而至北海港，是为用越南取粤西之路，夫法人割吾越南后睥睨此两省久矣！今龙州全轨已通，海阳路工亦将竣，处分两省之问题亦将咄咄逼人。吾国李唐中业时代，南诏崛强，本合滇越为一，亦兼有粤西迄南一带地，今法人蓄念若此，谓吾国南部他日复出一支那法国可也？观于其西南，英人之

---

① 疑为"崴"，下同。
② 古同"由"，下同。
③ 疑为"慨"。

铁道起缅酋首府,道经昆仑波斯繇此蜿蜒大理间,与法路同抵滇省,其始念不过与法人并驾齐驱,分道而进。视滇省中心点为楚汉鸿沟,势将出于俄德法三分波兰之举,今且恢阔其视线,沿长江至于重庆,越叙州达于成都,昔也繇缅入滇,今更繇滇入川,得陇望蜀俨有田盼取武库自益思想,试问汝路将至何处为止?

乌乎!英墟印度,越百年再灭缅甸,繇印度东夺两藏、四川,繇缅甸北据云南,西半土此皆从地势上自然观念而发生其侵略主义,今此路直贯缅甸、云南、四川间(英国前公使之报告书今实行矣)即其侵略各地之确实计算也,谓吾国西部他日复出一支那英国可也?观于其东德人之铁路,起青岛西入潍县,又西入济南,折而南入沂州,又折而东北会于胶,达于海南北,两线纵横四出,而制出山东之大局。而旁则有极博大之矿产为铁路附属品,后则有极雄伟之海港为铁路根据地,而又借保路而屯重兵预备作战线,而又借屯兵作战之声威推广其占领势力圈,而又联合英人与吾国订定《津镇铁路豫约》,上通塘沽要冲,下扼天江门户,此路成立,淮海、扬州之孔道不能不受制京口江都之咽喉,不能不失险江淮徐邳繁华巨丽之市场,不能不让利于人。海运既畏海道之有变乱而不能通,河运则河身二千里逼近邻国铁路不能保其无阻,而欲用邻国铁路运送则又不可久恃,即谓吾国东部他日复出一支那德国,而其稍南委诸英人食焉,可也?若其他广州、九龙间之铁路,榆关、营口间之铁路,太原、襄阳间之铁路,蒲同铁路,汴洛铁路,沪宁铁路,淞沪铁路,南京及汉口铁路,京口及福建铁路,杭州及宁波铁路,若非借筑则为合资,若非承办亦为借款,枝枝节节、断断续续举神州赤县之大,曾不足供各国铁路驰骤蹂躏之场!如亦闲棋必先着群子,建设一己之圈线,先自固其占有权,又必于局中各余地,不惜着数闲子辐辏他人圈线左右,破坏他人之方面使其不得成立。今俄人之东清等处铁路,法人之滇越等处铁路,英人之清缅等处铁路,德人之胶济等处铁路,即先着群子建设一己之圈线,先自固其占有权,而其复路支路,即与局中各余地着数闲子,破坏他人方面而使其不得成立之意也。荡荡群雄、莽莽大陆,捷足先得,鹿死谁手?而甲曰:均势何恤于我?乙曰:沾利何施于我?丙曰:吾不利中国疆土何亲于我?丁曰:吾无疑中国主权何畏于我?而某等于此敢为毅决之言曰:彼铁路政策即能亡吾国之特力也,彼利用铁路政策即欲亡吾国之决心也。而某等则且转毅决之言而为平心之言，曰：铁路政策，兴国之政策也。各国既内重路政，且外争路权。乌得不富？乌得不强？铁路政策又亡人国之政策也，吾国不重路政并不能自保路权，各国因路而侵地，吾国则甘于让路而蹙地，乌得不贫？乌得不弱？乌得不亡？

今与诸父老回翔四望，如粤汉铁路几亡而复存，如川汉铁路未失而先据，如津镇铁路约已订而志士且欲尽策收回，而浙江、安徽、福建诸省某也已举总理，某也已集成本，某也已立案商部，某也已测绘地址，亦莫不相率而追粤湘人士之迹，民气之盛、人心之群，吾国至今日竟能发此异彩！诸父老其亦见此而色喜耶？乌乎！自争粤汉铁路后，海内云扰皆欲怒，马独出恐祖生先吾着鞭而吾豫不飞不鸣，独如齐国大鸟时乎，时乎不再来，每读《蒯通传》未尝不西向流涕也！某等于此敢为毅决之言曰：一国立于各国之中，各国筑路一国独否必不能存立于各国，一省立于各省之中，各省筑路一省独否亦必不能存立于吾国，一国皆欲为全瓯，吾豫独为孟敏之坠甑可乎？

如是而吾豫不得不筑路矣，欲筑路必先定路线，芦汉大干已入俄法比手中，开洛一枝亦为比公司所展造，计吾豫省黄河南北之路权已亡，惟有别筑东西干路先占中原势力，预杜异族窥伺尚不失为见免，顾犬①亡羊补牢之最后一着，欲别筑东西干路计，河南必与山东联络，河南由开封筑至曹州界，山东由济南起至曹州止，宜定名曰开济铁路，是为东线。再与陕西联络，西接西潼铁路，东接开洛铁路，而中筑一由洛阳至潼关之铁路，即名曰洛潼铁路，是为西线计。东线由开封至曹州界，西线由洛阳至潼关，直视线不过千里，其款不过千万。河南有二千余万户口，贫富阶级、男女等差平均计算，人出一金已倍全款，集款丰则东西两道并举，款绌则择要而图，不欲则已，非不能是患而定此路线则有二要件，一从地势便利上观察，一从兵祸保安上观察，今说明其理由如下：

一为地势之便利。路有大山大河与大工作，峰回路转、波起涛伏、穿岩凿岗、支桥架柱，其不便为最全，路起止非名都巨邑、冲要繁富之区，筑亦无利。芦汉直走燕豫鄂三土势不得飞逾黄水，一桥告成几费全路四分之一，西潼

---

① 此处多一"犬"字。

亦经历严①坂道，里近而费用巨。今东线若开封、曹州间旁河而东平原旷野无高山深谷之踰越，西线若洛阳、潼关间旁②河而西顺驿路而进函关、渑池，少有曲折，不足为害要，皆视芦汉、西潼为易举。开封，古大梁、梁、唐、晋、汉、周、宋之故都；济南，古临淄，民殷而富，商贾遍四方；而曹州为齐西边郡，连两大都会，中贯线索而外与胶济、津镇、芦汉、开洛相出入，势固莫便于此。洛阳为历代帝王所宅，实吾豫第一名地。而秦中山河四塞神皋陕区，其山脉、水流实汇潼关，潼关实总陕西之险，洛阳实擅河南之胜，并洛阳、潼关之势为一，而吾河南形势愈完。

而且开济一线远旁大河南岸而东，洛潼一线远旁大河南岸而西，历史上黄河流域有兵事时，皆用防河为要，着前代守河故事不可胜道。而金人南侵谓：宋人若用一二千人守此，吾岂得渡？而致叹于南朝无人尤为确凿语。而黄河转从淤塞前代无用舟师守河之事，今并开封、曹州、洛阳、潼关为一东西大干路，与河流为顺行线，有路即不异有兵，有兵则河险倍于前代，万万是有芦汉南北一大干路，而河险减；今得开济、洛潼东西一大干路，而河险增也。

况并开封、曹州、洛阳、潼关为一东西大干路，则开济而东，东接德人胶济铁路，而我河南东有通海之途，洛潼而西则为西潼，西潼而外陕甘人民，鉴于俄人出黑海而不能争东亚，而不如志势必略，吾西北而陕甘亦必早筑铁路自卫。是吾河南筑路而吾全国东西干路次第可通，全国东西干路完竣后，而吾河南实握中央权。河南虽握东西干路中央权，坐制神州横径之大势，而更有益于各省并有益于全国，而所筑不过千里之路。近世铁路盛行议者谓要害不足争，正谓有铁路可为要害之守御，如使他人筑路于吾要害地，尽夺吾险，则吾岂能安枕？凡办事当求大节，此路亦非容易事，宁无所谓而出此？某等愿与诸父老之深心远虑、留意地势者共图之。

一为兵祸之保安。开济铁路杜绝胶济铁路之东来也，杜绝胶济铁路之东来断德兵之道，而伸长吾豫之兵备也。洛潼铁路占断法比铁路之西去也，占断俄法比铁路之西去，谓芦汉虽贯吾南北，犹当早制比公司开洛支路之势，使其不

---

① 疑为"岩"。
② 疑为"傍"，下同。

得养成，而吾豫犹得自振其右臂也。胶济铁路非独山东之患也，德人又非独爱山东而不敢越我河南雷池一步也，德人除盘踞山东而外，北侵畿辅则有重兵之控制，南觊江淮则将为英人所遮，又非吾两河上腴不足酬其欲也。自古山东有事往往震动两河，山东亡必及于我，此固灭虢及虞、灭金及宋之破竹势也。吾筑开济铁路断胶济铁路东来，非独为山东也，援山东即自救也，开洛铁路虽为比公司有，实与芦汉同为俄法两虎之伥也。前日而兴办芦汉矣，而又请办开洛焉？吾乌如其明曰断开洛而兴办之路何时已也？

陕豫两省抚军亦尝密议及此矣，而西潼由此发起，而洛潼铁路计吾抚军亦必尽有成算，而此时特踌躇于吾豫民情而未发也。西潼既为第一军抵抗，洛潼复为第二军抵抗，而某国希望开洛之壮心奄奄矣！且安知开洛不因此而路而废而思返任吾赎还也？夫吾豫南北干路其实际固为俄法比所设，而名义上尚为吾国所有，且津湖兵力犹足钳制其首尾而无所虞，而洛潼铁路成则足销三国践吾西陲之心，开济铁路成则足遏塞德人、兰人之患，而吾豫犹可草草作一夕安而待吾国之强。今犹不猛自省悟，则比公司手挥绿绮、目送飞鸿，开洛告成势必援开洛惯例，攫拿洛潼全权而去，而德人胶州至沂州间、沂州至济南间两线既尽，亦必横索开济，而试其奄有郓曹进据河洛之野心。从此我豫州六万五千五百方英里之锦绣山河，开济为德人所筑而逼吾豫东，开洛、洛潼为比人所筑而逼吾豫西，并芦汉南北干路而乃成为万劫不磨之三大患。而此俄法德比数国又未必不此吞彼噬而起衅端，是使吾豫州为此数国划分之剧烈争战场也。某等愿与诸父老之思患预防欲弭兵祸者共图之。

而或者则曰：迂阔哉，迂阔哉，此国事也，民胡预焉？何哓哓也？乌乎！无民而国胡繇成，无国而民谁与保？某等于此种谬见将有所言，于后兹姑不辨，而即如或者之言不知有国可也？并不自利可乎？则请与观各国筑路单纯之利益，夫欧美各国铁路事业之发达，事有专书，学有专科，若欲悉其里数、人数、车数、吨数之详，即持算列表不能尽也。而第即一二端而论，如德意志造费总数（按光绪二十七年各国铁路各事项表计算）约一万二千余兆，其每岁进款总数约一千二百七十余兆（皆以法国佛郎克计），法兰西造费总数约一万一千四百八十余兆，其每岁进款总数约一千一百二十五六兆，义大利造费总数约二千八百五十余兆，其每岁进款总数约二百余兆。大抵铁路造成后，十年则倍其利，百年则什倍其利。铁路成而十年中进款余利已抵成本，成本收回此后源源泼泼，此路即其及身与其子孙之无穷世产也。今我国亦多有黄金累累遗其后人者矣，欲持此安往乎？

夫铁路无得失磨灭之事，无赔累之尤①，无水旱盗贼之惧，有公司有总理，有会计、有工人挟数金焉，皆得抗颜为股东而役彼为公仆，不为而成、不欲而获、不劳而理亦治生家美术也。夫货币本为流通之性质，我国泉府泉刀之义其解甚明，彼固欲出而为世用也，而深藏固闭不使一发其光，则有蕴利生孽之患。我国当一代鼎革之际，山林匹夫揭竿之时，室家流离、金玉泥沙其数殆无，纪极此非诅咒，理固宜尔。《说林外史》各小说家其情状可覆按也，且幸不遇此而置有用于无用焉？亦殊无谓也。若其他中资之家，每每阴销渐磨于不农不商、不生不息之中，而贫民勤苦经年得金辄尽，独不为异日生老死病计乎？路事无论矣！或者于此等处亦曾恻焉？动念否耶？

且推论或者之意并不自利可也，亦虑害乎？如虑害也，则请借鉴于东三省。先是俄人之筑西伯利亚铁路也，起圣彼得堡贯穿东三省腹背，工徒数万、经理几及十载，日费数十万金，俄人筑此长路时，东三省此时抑揣其将何为耶？迨后亦渐知其将为封豕长蛇矣！而意中亦谓吾国将有失地之尤②耳，亦不料其祸之遂不转瞬而至也。而日俄战事延长几及两载，东三省几于尽为战线，龙争象斗之活剧演于目前，川谷流血、原野餍肉，非常之惨痛。遍于中立地界，往者游览日本国光馆观，前年日俄辽阳激战，故实两军进薄、子火横飞，辽阳城外杀气黯淡，民庐毁烬③，其一人受弹，肩项间流血溢襟裾；一人出死力向后扶持；其一人震惧丧魄，其一人则投地不能起。乌乎！谁无生命？谁无财产？至此半焉粉粉莽④，言之可为鼻酸，而造此滔天浩劫，其根原惟在一路，是岂所谓一路功成万人倾耶？今东三省之损失，计策东三省全路有余，彼其早知此路之酿此大孽也，何惜出其损失之数筑成东三省之路隔限俄人之马足？此时宁论其有利与否？甚且罄其所有为身家赎也，今则悔不可耐矣！啜其

---

① 疑为"忧"。
② 疑为"忧"。
③ 疑为"尽"。
④ 疑为"齑"。

泣矣，嗟何及矣！

　　夫古今来惟一悔字为最棘手、最伤心而最不易受也！今他人筑路于吾卧榻，侧其心有异于俄耶？其路有异于西伯利亚耶？吾豫不筑路，其将不为东三省之续耶。东三省已一悔矣，其可使吾豫再悔如东三省耶？诸父老其亦代为劝此或者而勿使为此态也。

　　且今世一列国商务酣战之大期间也，商务盛衰视资本盈绌，资本盈绌视股分多寡，今欧美各国既尽辟其本国利源，本国利源不足容本国人民，资本内满外溢、择下而趋，捣隙而入、转战无前侵入吾国，而适遇吾国有天产、人力而无资本，一绝美机会足为各国资本灌输地。而彼政府又复利用其人民投资心，出强硬手段侵犯吾国利权，增殖彼民生计，篡取吾国之口岸为彼贸易场，吸收吾国之精英润彼经济界。长此不已，不尽夺吾民衣食住三者命源不止，此百余年前葡萄牙、英吉利经商殖民故智，为近今欧美各国并吞，亚东之上上策，而吾国受病之真症也。夫欧美各国岂真为天骄子？其国土当不尽为宝山金穴，吾国亦岂必家无担石储、人无立锥处，顾资本盈绌悬绝若此。彼民惟不爱死财产，故融化死财产为活财产；吾民惟不知有活财产，故守其死财产；彼民合众财产为一大财产，而吾民则各分有其财产。故欧美各国资本合，合则多故能兴立大事业；吾国资本分，分则少故举事业让人而转为人制。其理本浅近易晓，其挽回亦甚易为力，要知处此时会小资本家必为大资本家所兼，而无大资本与外界竞争之国，其人民必为资本侵入国所奴隶，此则敢断言也。

　　今有千百矢置千百区，出龙泉太阿利剑，曰：折彼千百矢相继而折矣，束千百矢为一复出龙泉、太阿，曰折彼，曰不能。今有十万甲士，三人为行，五人为伍，遇五万强寇击此彼不救，击彼此不援，十万甲士相继歼矣。勒十万甲士为一军，同生死共祸福，即遇二十万强寇不能残也。夫欧美人民私储贫而营业富，吾国则营业微而私储多，适成为反比例。如使欧美人民各私其有，其财政困难亦当如吾国现象，其国家难有雄飞寰宇之心而无羽翼，虽有维廉、拿破仑、撒尔逊、毕士马克之徒而无所借手，其失败亦当与吾国同，而又乌得挟赀图我？如吾国各出其有亦生产界之颈敌也，何为弱乎？今度吾国民力量，如一旦深明此中利益，而上又有奖励保护之法，万众一心、万步一足，即设数十银行，建数十工厂，起数十商轮公司，筑一二万里铁道，及其余种种生业皆可刻苦而成。而相率不为，坐困穷山放虎自卫宜乎？其得祸独酷也。

今外人动谓中国人工业、智识、天性薄乏，其于公司之性质、集款之手段无此素养，虽有合资合名之组织，而有名无实，不值一粲势，必不能与外国企业家抗衡。乌乎！不洒此一腔热血，不争此一口恶气，是叔宝全无心肝也！某等愿与诸父老共雪此言。

况乎国依民建，民依国存，此理本如铁板铜琶，而今世则尤崇尚此等主义。欧洲自罗马衰亡后，分无数种族，立无数国旗，统一思想，一变而为保守。而探险家发现非美、葡荷诸国，又载檝而至，亚洲通商迄今，五大洲镕铸一炉，偕手而入战争之旋涡，而保守思想又变而为进取。当此国与国并立、族与族并峙之日，凡有血气皆有争心狡焉，思启何国蔑有既欲保其国、保其族而莫予毒，又欲灭人国、灭人族引为己利？今欲立国于绕日而行之地球上，非合一国全力必不足与他国争，而非合民全力为本国后盾则国力不厚，故强国国民，民为国援；亡国国民，民与国离；而要未闻国亡而民能独存，亦未闻国势盛而国民独无利也。

我国自嬴秦而后，民间习见乎一朝兴废之仅为少数人之祸福也，于是视兴废漠不关心（既不关心于兴废，谓国家与我无与矣，因此之故不知有自治，故国民既无国家之观念，而亦并无自治之能力也），故繇国视民（如此则国非民之团体，民非国之要素，而国自国，民自民，不得不别而为二矣）则第纳租税而已，而繇民视国亦第供统治而已，此亦数千年来国体之所积趋无足怪也。夫吾国民昔日之不关心于兴废也，谓兴废无与于己也。固也自秦而后易姓屡矣，亿兆生存自若也，且新主每多噢咻，而市其德又或愈于乱国暴朝也。

今世列强灭人国非易性比也，其灭国也，则尽铲除划削其民族而已，若其铲除划削之方法亦有显行剿绝阴行夷灭之不同，而近或百数十年远，或一二百年，要不患其不同归于尽也，而其必出于此也。非独惨刻少恩，彼固不能无，非我族类其心必异之，猜忌也。且彼固自患其人满，故欲拓地蕃，其生理固无须乎？亡国人民之奉戴而不锄去其非种，则是徒亡一国而无所得也。且今亦无所谓弱肉强食也，天择物竞、优胜劣败固为一般学说所公认，彼芬兰、犹太、埃及、安南各国之灭亡，人固无所怜，己亦无可怨也，或者奈何其弗思也？昔普数万众直攻法京巴黎，法人兵败于外国，虚于内亦已危矣，法既不能战乃诣普军前乞和，及议定割地而外至赔兵费数千兆，法人仓卒募集，举国发愤慷慨争先入资界于普人，卒退普师而救国祸。往者日俄大小数十百战，日人引领北望为国祝捷，国内无贵贱、男妇、老幼皆刻意节俭辇金军前无丝毫吝色。夫法与日本两国人民非不爱其所积也，普法之战也，法不军矣，普人乘胜疾驱而逼其国都，此存亡之秋也，幸普人要略而许成矣。而法民不应巨款不集，普人穷其兵锋而法都且旦夕破，国都破而国都之富必尽入于敌，为法人计势固不得不出。于是日俄之战也，其国土广狭曾无异南越视汉，其全国上下有怒气亦有惧容（日以惧胜，俄以骄败），幸而胜，亦不能鼓行西进直持欧俄，若少有挫折块垒三岛可为寒心，故明大义者不惜牺牲资财为军人助，为日人计，势亦不得不出，于是而法与日本两国人民卒出，于是而法自战败后不数年间复一跃而为环球之望国。日人用其武士道、大和魂之精神，凌厉踔跞推倒一庞大帝国，表章①千万世战胜名誉。法人善败不亡，日人善战不败，是固其国之有人，抑亦民所赐也。我国如叔孙在楚毁家纾难，卜式发粟输边助汉家挞伐四夷，皆卓荦可述。而世人但称叔孙之忠而忽卜式之好义，岂谓其为民而不应尔耶？

夫汉武帝雄才大略、气吞龙城、望狼间此，为我国第一保种安民之君，匈奴自维淳冒顿坐大时欲南牧，此为我国与外人力争强弱关键。卜式本农商起家，其识及此在我国末可多数，而世复文致其罪，摈诸不齿，亦我国风尚不武之证也。张献忠之南窜也，襄王府库山积，不忍乡师而自甘于资寇，献忠既去，掳获不能携，掷其余火于汉阳。闯寇之将犯北都也，庄烈帝亲谕诸朝臣捐金助饷，贵族国戚权奄重臣大半葫芦搪塞，城将陷时，京师细民犹且痛哭失金。及闯寇入都烽火烛天、百道抄掠，伪元帅械系明臣，穷凶拷逼，金银委砌如冈阜。

乌乎！何其愚也！今我国累卵如此，即人为敛赀治，若地方保、若权利义亦无辞。而仅仅出其蓄财谋为有利之事如铁路等，而或者犹且不许而必听命于国款自办，夫我国地大物博而人众，而累代不能尽力实业。迄今岁，人八九千万除常关、海关、新债、旧债，岁偿各国数千万外，其余始为行政费，则举事

---

① 疑为"彰"。

艰难迟顿①可想。而即有他款又不能不稍为点润一切新政之资，夫亦安能尽委于铁路？而芦汉等路且未赎，各要防铁路未能修，则有安能为我豫州支路计？而如或者之见，则此路亦只有长此终古而其他各事又复何望？祸之来也，必四起集合而后发；事之将败也，即千策万计而后归于画饼，必如或者之趋向。某等于我诸父老亦无为多此事矣。

夫吾国何尝不欲兴路政？而全国经济纷乱，则无兴路政之力。何尝不欲保路权？而国势不振，国际法无可言，外交着着失败，乃至不能拒绝各国各公司私人之要挟。而交涉一起，诘难万端及其久也，卒为所挓则亦并无保路权之力。某等愚不知大计窍，谓吾国路事非上下协济，究无补于全局。谓宜一国中设一路事总理，而于各行省召募国债（吾国现在尚未整理财政，此法亦不得已，但能保持信用，则募国债犹愈于借外债也），暂为筑路之款。而于召募国债时即预为宣告某路可为国债之抵押（与其借外债而抵押于外人，无宁募国债而抵押于国民），如此则当吾国信用未著之时有铁路为担保，则人知国债之可恃，而当吾国铁路方萌芽而又幼稚之时，易召股而为募债，则款易集而路易成（且国人因此募债筑路之举，知筑路必有大利，此后必能自行筑路也）。

而一省中又各设一铁路公司，即用一省民股筑一省公路神与大段干路相接，如此则吾国路事亦自可一日千里。而当其款犹未集路犹未筑之时，一国之铁路总理必先勘定全国路线，一省之铁路公司必先勘定全省路线，而皆延长其开办之期。（各国各公司往往与吾国定约，而迟久不办，彼正先索路权而后召股也。吾国独不可先揽路权而后召股乎？）路线既定，则他人所欲要求之路而已，为吾本国勘定直线（与外国订一草约即此路永失，吾国勘一路线，即此路有主，勘路自筑并坚拒借债，虽强权亦有不压公理时也），如此亦可为吾国留一线生路地步。

而吾国如能整理财政，国有余力而后合资并谋、数道并举—筑南北纵道，一筑东西横道，一筑边陆铁道，一筑边海铁道（或谓兴作此等巨工，勿乃太侈，夫不观各国筑路于吾国耶？况各国志在侵略，而此等路仅为守圉计耶）。边陆边海之路成则吾国海陆军士无事分守四方，而一方有警则四方海陆军士可

---

① 疑为"钝"。

萃于一方而为大师团，东西南北纵横干路成，则并腹地诸军士亦可外出四方，而为海陆各军之后援（或谓言筑路而动及兵事，夸也。夫立国不必有用兵之志，而不能无用兵之事，即无用兵之事，而不能无通兵之路也。夫不观世界各国日日扩张军备为作战计耶）。而且东西南北纵横干路成，则各国之路既为吾路所冲破而不足为尤①；边陆边海之路成，即他人所欲占领吾国之某部分、某流域亦为吾路所囊括，而入于吾国边陆边海各大师团之内。

今日之事在国家固宜提倡于前，而国民尤宜奋作于下。聚一国之财、合一国之力、谋一国之利、复一国之权，人人有此责任，即人人当有此志愿，人人有此志愿即人人有此力量。而如吾豫之开济铁路、洛潼铁路则亦不过办吾豫省所宜办之事，尽吾豫人所能尽之力而已，其路虽复不过千里间，而一省各修一省之路，则各行省之路可通。谓繇千里而万里、而十万里焉，谁则可料？而能筑一路即少收一分利，筑一路而断他国略地之通途，即少受一分害，去大害就大利，即少尽一分心。乌乎，吾国今始筑路所失亦已多矣！今犹不筑路而与各国争此未尽之残局，则后患何堪设想？而此不堪设想之后患要亦惟吾国民自受！诸父老其能奋臂为海内先耶？

夫惟思外藩边土海疆之日削，则知吾国民将被荐食之祸；思列国铁路之横冲直突，则知瓜分之期限不远；思东三省铁路之失于俄人卒为乱阶，则知兢兢自保之不为过虑；思粤汉钱路赎回，则知当为失东隅而收桑榆之策；思德人胶济铁路之叵测，则知开济铁路之不能缓；思开洛入于比公司，则知洛潼铁路当为未雨之绸缪；思列国内国铁路之广袤，输赀之多、赢利之厚，则知造路之裕国而利民；思列国垂涎吾国铁路之热心，利诱威胁、不获不已，则知吾国不自修路之真为大惑而不可解；思列国投资营业之盛，则知吾国小资本家他日必为各国大资本家吸收净尽而不能自立；思国界、种界之严，灭国、灭种之惨，鉴于芬兰、犹太、埃及、安南各国之覆辙，则知吾国可爱而不可离；思法人慷慨输金卒退普师之义举，则人有毁家纾难之心，而何有于明襄王之愚？思日人捐款助军、同仇俄国之壮烈，则人有发粟助边之义务，而谁其复为明季诸臣之鄙吝？思吾豫省之开济、洛潼两路既为军事、政治、商业、交通上之必需，而其

---

① 疑为"忧"。

富者可为子孙谋贻留，其稍贫者可为身世谋贮蓄，则知此举之名实兼收而非无妄之企图。

某等去国万里，无状可言，翘企嵩邙，顾瞻宛洛，永怀桑梓，愿供区区时事，至此深怀沦胥、前途方长，哲人孔多勉思，良图保吾乡里。书不尽言，言不尽意，寒风加厉幸自珍，卫临颖无任悚惶之至。

说矿祸

补　天

现世路矿问题所谓灭国新法也，夫人而知之矣。各省戒严如临大敌，乃起而环顾，吾钓游歌哭衣食邱墓之河南，则京汉铁路直贯腹心而吸其血液，汴洛铁路横断腰肢而掣其手足，复有灭国雄师出现于太行之阳、大河以北，风驰电掣、奋厉无前之福公司。

福公司之灭吾河南也，不以一战杀吾父老也，不以寸铁，以游历为侦探，以合同为檄书，以细崽为先锋，以资本为后劲，以政府疆吏为间谍，而于是战捷于覃怀之野，有胜而无败，有进而无退矣。

矿产者，生命也。财产也，文明之机关也，无矿产则生命绝，财产竭，文明之机关坏，必不能生存于二十世纪竞争之世界。故矿产对于人民如灯之有膏、鱼之有水，必爱惜而保护之，不容外人资其一抔土者也。

河南者，河南人之河南也。矿产者，河南人之矿产也。河南人享其利，亦惟河南人得有其权。黄发绿睛之人、遂穴洞壁之夫，适从何来，遽集于此，如黄河万丈之堤溃于一蚁，横决冲突而莫之能御也。

卖浙矿者为刘铁云，是浙江人卖之。卖湘矿者为魏允恭，是湖南人卖之，授受任意尚不失土地自有之权。卖豫矿者非河南人也，吴式钊、程恩培，以不知谁何之人。为义商罗沙第作伥，不动声色、不假思索，导引祸水于沁黄之间，将以河南人愚昧为可乘乎？抑以河南人柔软而易欺乎？非牛非马、如鬼如蜮、洋奴汉奸诛不胜诛矣！

然非有庸恶陋劣之豫抚，吴程鼠辈不能售其毒也。剑树堂贪以百分之三十五分报效朝廷，及开办六十年后，所置办矿产全数报效之，甘言而赞成其谋，盖天子无愁，寡人好货。若非如某督之报效十万，某督之馈遗三十万，某抚之贿赂十万，不足保其头衔。故不能不假豫人汤沐之邑、衣食之所、墓庐之乡为其报效之巨资，而断送于一纸书也，刘氏之肉岂足食乎？且非有分裂山河、放弃主权之总署，义商罗沙第亦不能遂其欲也。光绪二十四年为中国外交剧烈之时代，亦列国实行瓜分之时代。旅顺亡而胶州继之，威海卫去而广州随之，路线、矿山有求必应，非与大英订长江不让与他国之约，即徇大法大日利益均沾之，请量中华之物力竭友邦之欢心。大河以北怀庆左右，固晋矿之附属品而不劳再次画诺者也，虽郑思贺等纠参于前决不能厚爱，河南为豫人留一片干净土也。

又非有卖国为商、制奴为工之政府，豫抚总署亦不能操其券也，晋矿固争废约，外部札晋抚曰：专办不允合办，合办不允更缩小至平定一处，若再不允即不近情理矣。斯言也代表国民乎？抑代表外人乎？中国政府抑外国政府乎？断送晋矿之志已决。而豫矿固与晋矿同一例者也，夫吴式钊、程恩培之耸豫抚听也，原以华商借洋债，非以洋商开豫矿，即刘树堂原奏亦以豫省矿务请归，商人自借洋款承办为名，至今豫丰公司等诸子虚乌有，福公司则拔赵帜易汉帜，据豫矿而有之。是吴程二人不过福公司之导线，饱则扬去，而政府又为福公司所运动，故置豫丰公司于不问也。请张为幻谁尸其咎？不然豫抚总署奏折之墨未干，何以矛盾如是，而吴程逍遥事外乎？

且夫利益与势力为消息者也，始以势力而规定其利益，继由利益而扩张其势力，固不待计而决矣。福公司开办豫矿，章程第十六条云：民间旧窑若自行营做，福公司不能强占，乃作业伊始，即欲禁止怀庆人开矿，为韩紫石观察所驳。继又变其词曰：公司不能禁人开矿，但开矿之人均须在福公司报名，复以无此权力驳之。客冬于常口一带开矿之家屡屡阻挠，今又要索河内县老君庙一带矿地矣。得尺进尺，得寸进寸，怀庆之矿有限，福公司之欲无餍，岂徒开矿哉？侵略主义而已！殖民政策而已！

况矿与路相表里者也。巩嵩之矿虽存，而汴洛之路已失，清道之路甫归而怀庆之矿又亡，有米无薪而炊不成饭，有薪无米而饥不可食。即欲筑修开济铁道以杜德人西侵之势力,而有路无矿以何处为切实根据地?何物为重要输送品?直无异开门揖盗耳,彼英福公司又划定自平阳经怀庆至襄阳之路线,以怀庆矿产为接济是因矿而又失路矣!故河朔矿产者,河南人生存之要素也,得之则生,失之则死,时不可失,稍纵即逝,河南之主人翁而今安在哉?

又地与人相关系者也,离地则无人,离人则无事。故世界人口恒与面积相比例,中国人口繁殖速度每五十年而增一倍,但增人而不增地终有人满之尤。以怀庆一府言之,人口稠密甲于全省,而生活程度亦低于他府,然地面之生物供长养则不足,地中之无生物供取给则有余,若并此无生物复为外人所持去,试问河南人将赴非洲为奴乎?抑赴美洲作工乎?将死于檀香山之火乎?抑赴于黑龙江之水乎?语云局中者昧,局外者明。盍借日人之言:以观之支那人种之绝大利权、绝大实业既全操于白人之手,则亦拱手举亚洲大陆奉白人种,以为长子孙之乡里。彼蚩蚩支那民族将沦为饿莩以乞食于路街,不待百年而靡有孑遗,固可计日以俟者也。何者不睹不闻、不痛不痒,固有感情知痛楚之下等动物,不若尚望其能与白人齐驱哉?当亦憬然悟矣!

徒集怒于福公司不可也!优胜劣败、天演公例,我昧于竞争之主义,故人胜而我败,货弃于地,无论其为盗也,而思取之,恐士夫亦不胜其觊觎歆羡之心。河朔矿产丰富甲全省,既蹈漫藏海盗之咎,当思亡羊补牢之策,今仅一平心公司未足抵制福公司之资本于万一,必公司林立,积众成群,不患我有失地之虞,而必使人无下手之处,庶能永久而固存耳。怀庆人咸具经商之才而富冒险之性,十八省内到处皆有怀庆人之迹,合怀庆之财力而立其基础,不患无公司合八府、五州之群力到扩其范围,又不患无二十世纪之怪物之托拉斯。

但株守于怀庆一隅亦不可也。济源之铜,罗山之银,嵩县、邓州之铅,庐氏、灵宝、裕州之锡,新安、宜阳、登封、巩县、嵩县、南阳、内乡、泌阳、镇平、禹州及彰德各属之铁硝石,全省皆产,是矿产所在之地,即外人垂涎之地,亦即同胞当注意之地。今庐氏熊耳山矿产又见告矣,河南之一砂一粒皆河南人享其利益,河南之一得一失皆河南人担其责任,外省不能越俎,幸勿放弃其应尽义务,政府不能代庖,尚祈斩绝其依赖性根。

呜呼!英之灭印度,占澳大利南洋群岛也,先以开矿;俄之侵满洲也,亦先以开矿始,以矿师而探寻其土地,继由矿山而奴夷其人民。地失人奴,此之谓亡国，河南人之脑筋只知女真、蒙古之铁骑南下为亡国，而不知是所谓灭国新法也。晋人壮老、妇孺咸矢同一之目的，出死力以拒福公司，曰：废约，废约！福公司若不得志于晋必移视线于豫。衮衮诸公，惧山西民气之激烈，见河南民气之和平，不能亡山西未必不转而亡吾河南也，河南人其谛听之，河南人其审思之！

河南征兵末议

太 憨

第一章

第一节　绪论

陆军步兵八营，马兵两营，工兵一营，豫正十一营，毅字三营。此在河南最著名者。且军备之充，军需之饶，军器之利，固犹①于人。吾不敢曰：河南无兵也。然以六万五千方英里之面积，一百八十二万之耕田，二千二百余万之人口，而颓废脆弱，新旧参差之兵尚不满意。吾又不敢曰：河南有兵也。间尝观日本之兵矣。日本之地合琉球、台湾面积不过二十万方英里，人口不及五千万，而平时兵则有二十师圆②（每团万人），有事则可出百余万。河南居日本三分之一，而兵力尚不抵其二十分之一，敢谓河南有兵乎？日本军人之学问皆学校卒业，吾国之举人进士不及也。日本军人之技术皆百炼精强，吾国之拳家棒师不如也。况一切军备、军器愈出愈精，我所用皆人所弃。而我之军备尚安于简陋不加改良，则虽有兵数千，直行尸走肉不足为用。即少有改良亦仅为形

---

① 疑为"优"。
② 疑为"团"。

式的刷新，而不注重于精神。故以兵数论则河南有兵，以兵之实力论则河南无兵也。

河南者，中国本部之中心点，而沿边诸省之后盾也。河南有兵不啻沿边诸省之内力充也，内力充斯胜则声势愈壮，败亦元气易复。河南无兵不啻沿边诸省之内力弱也，内力弱则虽胜亦难乎，为继一败即可至于亡国。以今日河南之兵言之，额数既隘而暮气复深，一旦祸起仓猝，列强侵入，进既不能为诸省援，退复不能自保守，其受祸之烈自不待言。而累及沿边诸省致令以无勍大之后盾，故而不能自立，则中国之亡我河南实尸其咎也。考厥病源则在于无兵，无兵之故则在于行召募而不行征兵。

第二节　召募及征兵之缘起

（一）召募

我国先古兵民合一，何尝非征兵。承平日久后世君相视此为一大利源，遂废征兵为召募，敷衍至今。兵民悬隔如薰莸之不可同处。使民若忘却国民义务者，其中盖诚有由也。耕田地而纳国课，曰行粮而已，后加其价，复其名曰丁地行粮。夫曰：丁地行粮即出钱而不当兵，之谓政府收此丁地行粮即以之养兵练将以保护民之生命财产。之谓及太平无事不以此费养兵而反以自养，即养兵亦欲自示其威于民耳，而实非用以保护民。

至于今日列强倏至，对待无力，遂使缅甸亡于英，安南亡于法，香港、九龙、胶州、旅顺、广州湾、威海卫相继割租。藩篱既撤，门户复失，东三省任人蹂躏而弗顾，其不如波兰、印度者。几希而民之丁地，行粮固不会拖欠也，丁地行粮其催索也则如故，而生命乃屡濒于死，财产乃将攫于人。嗟嗟！租税者国民之保险金也，谁与保者而使国民险至于此，而少识时者知招募之不足恃也，又欲于招募之中隐行征兵之旨，抑知民既出养兵费而复令其效死自卫其可得乎？我国军制之不发达，其弊盖基于此，欲除此弊舍实行征兵不可。

（二）征兵

先时战争之事无国际法，甲国与乙国战，甲国胜即将乙国之土地取尽，财产掠尽，老幼男女杀戮之、奴隶之，于是生出国际公法一大问题。如一千八百六十三年，英国所定《陆战法则》；一千八百八十一年，法国路易十四世所定《海战规则》，而从事于战争之事遂有限制。虽然公法不足恃，而强国常逸出公法外以肆其兵力，故各国仍汲汲经营战备以靳进步。近百年来皆改战兵之制，用常备兵之制（即征兵制），盖兵制之最善者也。其制上自亲王太子，下至庶民，年届二十岁各署其名于征兵适龄簿，存案军务大臣。每年派发征兵检查官，招集各该署所存之案，查检其体质，照抽签之法，中选者挑取如数。

　　自挑取之日起算，陆军限三年，海军限四年，受训练于将校，曰现役兵；又不中者挑取如数，以备现役兵之缺，曰补充兵；现役兵三年期满还里执业，曰预备兵；每年招集一次，练习数日，陆军四年，海军三年，期满曰后备兵。一旦有事先发现役兵，不足则发补充兵，再不足，则发预备兵。后备兵故召募则费巨，而兵少征兵则费省，兵多召募则民与兵关系日疏，而效力必微，征兵则民与兵关系日切，而效力恒大。此不惟军人之智识及其精神可以普及，而所谓国家观念、义务思想者，亦将于隐微历练之中发生、滋长，以达于强盛矣。各国之兴率由于此！嗟，我河南其急起直追哉？

　　兹将举征兵之法则及其效果而详论于后，倘亦有一研究之价值耶。（未完）

德意志与中国之关系

横　波

　　列强之对中国，厥有二派，一曰瓜分二曰保全，历来论瓜分之害者无不愤俄，论保全之害者无不恨英。此皆观其表面而未入其里面，于间接直接以察其主动者也。以此之故论东亚外交界之变动者，亦惟注意重于英俄，盖即以为主动也，四十年来莫不皆然，是又仅窥其一方面，未从数方面合观之，故应持论尔尔。从数方面以观，则四十年来为外交界之主动而致中国有如斯二派，威之、吓之、欺之、弄之，无一夕安者，何国乎？隆隆日兴之德意志是也。吾为此言闻者不能无疑，兹请先定此论之范围而详述于后。

（一）论列强对中国所以有二派及现在情形。

（二）自德志帝国成立后为此论之起点。

（三）过去之历史非于中国有远因近因者不论（非澳所有逐角事概不及），日俄战役前之变动。

德自帝国成立以来政策之转移一视法所向耳，何以？故其所最注意而日夜不眴目者，英法之交亲及俄法之同盟，故此二动机一或甫萌不有以挠，败之则必思参入之，与之共谋以察其变动是德之阴谋也。

英法十数年来因非洲之法锁达屡生冲突，虽终和平了结而两国之交乃日以疏，此固不足萦德虑矣。俄之与法自一八八三年已有同盟之议，嗣因政体不同，诸多窒碍，盟约迄未就（至一九〇二年盟始成，所以抵抗英日同盟）。此中原因稍有识者皆能知之，而逆料其必归于不成，是亦不足萦德虑也。迨俄经营极东，敷设西伯利亚铁道借款于法，而向日所有同盟之机乃郁勃而将复活，是时为德谋则必运灵敏之腕以离间之，不然则亦有同盟国（意澳）相抵制也，不然则假俄款而使俄不仰法也。乃德意志不如此悄起纤放无痕无迹，变其仇法抑俄之手段而参加其间，结俄欢而释法恨，俄法虽接近而不协以谋德。

是以中日战役后，俄法迫退日本而德意志赞助之，日退而俄进，欲则割据旅大也，而德意志默许之（当时俄德协议，俄以胶州与德，德认俄占据旅大），德之意岂真欲俄之势力增进与？不如此则威廉二世之世界政策必不得施法，即不事牵制。而二国同盟既定，自德视之直如芒刺之在背，不得不施抵御也，天下抵御术之最妙者，于其外破坏之，不如入其中而潜移之，或枭而牟替之于无形中，乃有效也。狡哉！德意志乎？顾自此以后，俄人之势力日进未艾，倡黄祸图瓜分，而中国遂陷于盘涡之中，听数强国之窃割矣。

由此观之，中国所以有瓜分者，俄为之也，而德实赞之，夫岂独赞之而实导之也（此势论于后）。当是时瓜分派之热潮，如火欲燃，不可斯须，而立于俄法德三国之背后以观者，惟英与美。一欲保护其势力范围，而为今后之扩充；一欲商业发展，而为中国全国之开放（美国当庚子前正倡开放中国论），听其经营荆枝棘刺所在。为病不如，因而抵制之，阻俄之南下，即以御瓜分派之进行也，于是保全支那，保全支那之声遂腾播于各报章，美利坚首倡此议，而英日之攻守同盟亦于是时而闯然出现。

由前之说，瓜分派德直接造之也，由后之说，因瓜分派之势急而保全派生，此德间接造之也，德意志之于中国顾何如哉？虽然此外尚有稍远之原因未经人道者，不可不表而出之，以证德之自为谋而祸及中国也。

东 欧

十九世纪下半期，巴尔干半岛之风云日紧一日，塞尔维亚、玻斯、黍亚等三五小国岌岌有合并于俄之势矣，顾何以俄人于垂成之余忽弃而伸臂于中亚？吾人掩卷试思，是区区者固不足劳俄人之经营与，抑有从中挠者，与若其有之，吾意闻者必以为英也，而其实不然。

一八七七年俄土战争，俄兵一由普利那包围君士但丁，一由中亚进攻亚细亚、土耳基，又加土之属国迭起反抗，内忧外患，兼顾不暇。当是时土之不亡者，间不容发，亦曾乞援于英矣，英亦曾为示威举动矣，而俄人则一面划分土之领地，一面构条约，夷然不屑措意也。

俄人之心岂不曰奥法新败，德又为我恩施国，必皆出我胁下不梗，所谋独英则何能为役？数年来所抱之总斯拉夫主义（此主义欲集东欧布尔加利、塞尔维亚等数小国合并于俄，成一斯拉夫种势国）经百折而不克，寸进者再接再厉①必将实现于东欧。今其时矣，而地中海澎湃之声洋洋盈耳，霸权其在我掌握也，而不料英国之外尚有不承认其所为者，非他国即德意志也。

是时开会议于柏林（一八七八年毕士麦为议长），改正《俄土条约》，仍以主权与土，而俄则仅获小亚细亚之领地。虽然俄既获小亚细亚之领地，而经营巴尔干益亟，虽与德无甚关系，而固德之所垂涎也。于是毕士麦乃亲游澳国释恨结欢，南联意大利共保地中海之和平（所谓三国同盟），自表面观之，所以御法也，即德人。亦曰：所以御法也，而毕士麦之为此狡谋，实正用以御俄。何也？法新败，元气恢复必在十年后，及今预防为计太早也。若俄人则国力颇充，无所告泄听其经营，不数年间由巴尔干半岛以伸足地中海，德意志东方之门户必绝，而坐困于中欧。故为此三国同盟，以杀俄人南下之势，且以伸张自己之国力，由东欧而直达于亚细亚（现德国正极力经营小亚细亚），人但

---

① 疑为"励"。

知英于地中海阻俄（英土有密约）而不知德之早于巴尔干阻之也。

自此以后俄人遂弃其总斯拉夫主义折而入于亚细亚。

中　亚

俄人之去巴尔干半岛也，遂一跃而演亚束之风云乎？果尔则辽东之战早十年生矣，而斯时犹未也。方其与土交涉控之纵之屡施迫胁，其目的何在？欲与英争海权也。顾既被阻于柏林会议，法新败虽与约纵又不克相助为力，于是仍以独力而腾飞于中亚。

俄人之经营中亚也，实不自此时。始当一八六一年已越西伯利亚侵入阿富汗，一八七三年又占领基华及浩旱特，未注全力于此，而仅视为拓土计与西伯利亚等耳。今既缩手于东欧，乃不得不视此为达其目的之地点，是以土耳基战局甫终，即行占领木鹿，顾既为此经营矣。设更延十数年，以木鹿为中亚根据地，南贯阿富汗以图印度，敷设中亚铁道（俄人当时曾作此准备）助其骎骎南下之势，而机关益形，其灵活印度洋之航权，代英而有在指顾间也，顾何以唾手可得者又复弃而之？他得勿又有从中挠者，与若其有之，吾意闻者必又以为英也然，吾以为谓为英母毋宁谓为德。

阿富汗者，中亚之关键也，俄人取之则英故所侵略者，已如揭帘而窥。在英固势所必争矣，俄人讵不知耶？且地中海之在欧洲，与英本国及其领土渺乎若风马牛不相及，英人尚且百出其谋以败之，况与印度有密切关系之阿富汗？而见攫于俄如之何其不为梗？故谓挠俄者，英也，亦似也。然何以俄人明知其必挠，而必行其侵略主义于不得到达之域？故为其难谋国者不若是舛也，盖斯时俄人于新造之德意志外，目中殆无英也。

果也，英人相机而动、先发制人，遂占领阿富汗（后英俄因此协商），又于一八八三年占领葛布耳。然俄人经营之志不少衰也，则乃密与德意志结相互中立同盟，德许以外交上助俄，俄人于是与英开衅。至一八八七年，英乃与俄协议，当是时俄人殆倚德为最信之盟国，今而后与英并张旗鼓驰骛中亚。外交上有奥援矣，而不意德意志之变计倏焉又生（俄德所结同盟以六年为期，届时俄欲修前好而德帝拒之），德意志亦行侵略主义之国也，数十年来日夜所深虑者，英法之交亲，前既言之矣。于时适英法因湄公河之件而协商（一八六年英法因湄公河事件生冲突，旋即协商至一八九三年始成），德人乃以其阴阳闪霍之态度弃其东邻而抒情于西邻，英亦承认喀噻尔为德领地，俄人于间接受其影响而大事①遂去矣。

盖英俄两国之于中亚势力之孰优孰劣，诚视德意志之所左右，为英则英胜，为俄则俄胜。而德乃一欲破英法之交亲，一欲乘机行己之侵略主义，遂与英为国交而陷俄于孤立。俄人失一奥援，外交界乃著著失败，而最后之帕米耳境界问题（一八九三年）遂不得不草草完结，而改道而就他乡，使德之永与俄密。则美尔佛迤南之铁道未必不贯阿富汗之中心而彻也，故吾云谓英挠俄勿宁谓德挠俄也。

极 东

上来云云是俄为德弃，外交上不可立足，不得不改为极东经营也，而此外更有为人意想不及者，无几许时，而德意志又转为为俄速驾之人也。

俄之经营极东自一六八五年已肇其端倪，《尼布楚条约》即结，于是时至一八五八年，复以重兵侵入东三省，于是有《爱珲条约》，中国已少失利。一八六〇年又结《北京条约》，割满洲沿海地九十万三千英方里，自乌苏里注海处至海参崴（英法攻陷北京，俄使有斡旋之劳此以割酬），俄国极东侵略五十年前固已如此，特未视为南下争衡之根据地耳。盖极东之距俄京殆万数千里，间以西伯利亚不毛之地，往来甚难，经营所至徒耗国力而成效难收，俄人固早蓄此疑问矣。今适见排于中亚，自此以后其遂移足于东乎？抑仍收回乡于西乎？其不能不回翔审慎者，固意中事也。德人知其然则乃改换面目于不即不离之中，而为亲切之劝导。德之意固恐俄折道而西将不利其小亚细亚及巴尔干半岛之计画，故于一方面引续三国同盟以绝俄后顾之望，于又一方面为俄决策而使之振臂于极东，夫然后己之经营者无所挠，而法国之在欧亦遂无一与国与之协谋矣。如此则德意志南北之虑俱归于乌有，在德之自为计固得矣，而中国之瓜分名词遂如花之蓓蕾而消息于潜滋暗长之中。

闻者必疑吾言以为想当然耳，是不然。一九〇二年欧洲各新闻杂志实已明

---

① 疑为"势"。

言其事，皆谓：俄国将因德意志误其国策。而布司莫谈判之际，急伦博士尤刺刺言之，大意谓：德于三国同盟后，一转遂驱逐俄国于极东而霸立欧洲之中原。读者试一翻欧洲过去之新闻杂志，自信其事之实有非臆论也。自此以后而东亚之阴云弥望生矣，夫论事者见恶果也，必求其恶因，尤必求其造此恶因之人。而后事易明，而所以应付此事者亦不至误操其术。当中日战役后，中国所最亲者何国乎？俄也而非德也。所以亲俄者因俄之迫退日本也（迫退日本俄最有力）。又中日战役后中国所最惧者何国乎？亦俄也非德也。所以惧俄者，因俄之占据满洲也。而乌知此事之系铃人即德意志耶，外交界之眩人目光一至于此。日本某报评之曰：（彼得申警军令有曰：今后为俄帝者，其必于德意志海试其沉溺，今俄人真可谓沉溺于德意志外交之海中而不出者乎）虐哉伊其相谑也。

日俄战役后之变动

自日俄战事起而德意志之侵略政策遂一变其方针。列强于中国其侵略方针各不同，英由东而西，势力早拓于长江流域最为稳固，各国之所忌也。是以俄人欲于中国腹部由北迤南中断其势力而经营芦汉铁路，德则欲由中国东部迤逦南下，侵其范围展拓商业而经营津镇铁路（按：此路虽英德合办而英利微），其势日急如潮，新生英之势力范围几有蹙百里之尤。迨辽东事起，而俄人之极东经营一败涂地，德人知急激之易生阻力也。于是收缩其膨涨之势而致全力于山东，奠定其根据，得尺得寸、务靳牢植不拔，而后为他方面之进行。彼之最可畏者其在此乎？其在此乎夫所谋愈大，成之愈艰，急进者往往一经挫折而即无以善其后，俄之于满洲是也。乡使施之以渐务求根深蒂固，不取速效，一旦机会熟、内力充，然后急起直追，则满洲之为满洲诚有不堪设想者，顾吾不能不以此而期期为山东忧也。

虽然德之为此方针也，尤有一大原因而使之不得不变，即摩洛哥问题是也。摩洛哥问题起，忽而英法协商，忽而各国会议，德意志独处局外欲染指而无从始，则为示威运动，既要求其开放终乃顾及旧时盟国（澳意）既皆无所得，而徒从周章陷其国于孤立之地位，于是又变其曩日强硬手段，一出于和平，对于中国则首倡撤兵（北京驻京），贻我政府以为日后权利要索之地，对于列强则竭力结英欢（德皇因国势孤立殷殷与英结欢，近复与英皇会见），而参入英法之间以预其谋（仍曩对于俄法同盟之故智），是以地中海之势力虽少促（曩意大利加入德澳同盟时即言共保地中海和平，今摩洛哥问题英法之注意亦在是），而巴尔干半岛及小亚细亚之经营不至隳败（近德之势力已达波斯），强硬派之在中国虽见绌，而出入于和平派中未始不足以容喙也，顾羝羊之角靡不善触敛其锋者，其发也愈不可测。

今彼之狡黠政策既向此方面肃肃以行，则与中国故所经营者自不得不出一坚定手段，外以消列强之注意（德之外交政策过于酷辣常为列强所疾视），内以缓中国之拒力，其餂我也，即其迹之见端者也，我中国而肯与以机会乎？是诚在我；我中国而永绝其机会乎？是亦在我。而彼之变此方针实欲于不识不觉中批款捣罅，使我不得不以机会相畀也，夫至于不得不以机会相畀，而彼之侵略政策将应时而又变其方针矣。

结　论

嗟乎！德意志之于中国始而造瓜分派，既即自为瓜分派，方其主持瓜分论也。而间接遂生一保全派，及保全派之生也，乃拔出瓜分派。而立于二者之间，今则稍有倾向保全派之意矣，此后果主持保全论与否未可知。然无论其主持与否，以及变何方针要皆可谓变相的侵略主义也。我中国因其有变相的侵略主义而亦为变相的抵御之术与之相赴，因时为变则中国前途庶其有望。而不然者，执目前之趋势而妄冀其永远归于和平，靡论其必不能也，就令能焉，而此和平亦适所以亡中国也！英日之对于中国非所谓抱持和平主义者乎？其盟约中且明言保全中国独立及领土矣。然其效果何如？蕉下之鹿岂吾国人所能梦得耶？而况德意志之手段波诡云谲，几于岁易时移耶。呜乎！我心如焚不明谓何。

实　业

蚕桑泛论（续第一期）

日本明治维新后生丝类增涨比较表

明治年度	输出额数（斤）	价额（元）①
元年		6506236
十年	2338099	9891854
十五年	5103586	18465611
二十年	5310348	21464266
二十五年	95482213	39532219
二十六年	68869893	30966743
二十七年	9338985	42563876
二十八年	9633723	50734336
二十九年	7998667	31595037
三十年	11299823	58650433
三十一年	7998667	44703341
三十二年	10335128	66701806
三十三年	8531063	48818348

---

① 此处为校者标注。

这个表虽只到三十三年，三十四年以后还没调查清楚，只因赶紧付印，所以缺这几年，大家只得等到以后调查清楚的时再补续罢。但就这表看起来，当元年卖出海口的丝类所值的价不过六百多万元，十年的工夫就涨到九百多万元，到十五年就又加一倍，到二十五年又比十五年加一倍还有余。以后所加的数虽不甚多，其实他国中所出仍是一年比一年多的很，不过出口的数不见得很多就是拉①。这也有个缘故，只因日本三岛都是海洋气候，下雨最多，所以不大成棉花，国内所用的棉花不是从咱中国去的，就是从印度与美国去的，到二十五年他本国出的丝类多了，价钱自然要便宜的，价钱一便宜穿绸帛的自必多了，从此中国与美国的棉花每年也不知少卖他日本多少钱。要是咱中国能把蚕桑发达起来，跟日本一样，那东西洋还能拿着那些洋布、洋斜②、洋绫、洋缎、洋䌷、洋线来盗咱们的银钱么？这就是暗中抵制的法子，不知不觉就能把已竟丢去的权利重收回来，这个法子且漫说比烧洋楼、毁教堂强之万万，就是去年抵制美国货物那法子只怕也没有这个法子拿得稳罢。闲话少说，后面还有一个表哩，请细心往下看罢。

世界各国生丝产额累年比较表

基罗系法国衡名　合中国二六两四六六

表一

国名/年次		明治三十六年（基）	明治三十五年（基）	明治三十四年（基）	明治三十三年（基）
法兰西		474000	570000	654000	736000
伊太利		3526000	4477000	4290000	3275000
西班牙		86000	78000	80000	84000
墺洪国		275000	312000	325000	323000
合计		4361000	5437000	5349000	4408000
中国	上海	4244000	3600000	5064000	4626000
	广东	2147000	2219000	2142000	2006000
日本横滨		4608000	4770000	4500000	4125000
印度		245000	495000	280000	280000
合计		2244000	0884000	986000	037000

---

① 疑为"啦"。
② 疑为"料"。

表二

国名/年次		明治三十二年（基）	明治三十一年（基）	明治三十年（基）	明治二十九年（基）
法兰西		560000	550000	620000	784000
伊太利		3363000	2992000	2916000	3083000
西班牙		78000	80000	73000	102000
墺洪国		276000	244000	231000	294000
合计		4277000	3866000	3840000	4263000
中国	上海	5545000	4650000	3925000	3885000
	广东	2250000	2295000	1860000	1691000
日本横滨		3542000	3122000	3507000	2999000
印度		350000	275000	291000	270000
合计		683000	10342000	9583000	8845000

表三

国名/年次		明治二十八年（基）	明治二十七年（基）
法兰西		780000	896000
伊太利		3132000	3449000
西班牙		100000	90000
墺洪国		275000	266000
合计		4287000	4701000
中国	上海	4246000	3787000
	广东	1555000	1354000
日本横滨		3410000	3084000

时　评

学生果欲受奴隶教育耶

警　钟

卫辉中学堂有一种特别性质曰：奴性。奴性中又分两派，一自奴奴人派；一奴于奴派。此两派互相固结遂成一大奴性之特质。非伊朝夕近时，颇有三五少年欲脱奴圈独立上进，乃自奴奴人派中有两位老大奴首领：一是硁硁然自负不凡，昔曾以操节著；一是岸然假道貌，实以考据名，旧时亦附于讲学之列称为先生长者。故得为该郡山长者有年，自去年停科举改学堂，两位先生犹坐拥皋比、坚守旧学以存道统，不论学堂科学如何（便以《圣武记》为历史教科点圈四书讲义语录即为国文修身），绝不肯遵奏定章程按新法教授，将奴隶羁绊稍一释放也。

而一般多数学生受彼奴隶教育深入骨髓、无从自拔，遂安守奴于奴的性质，一切听其位置不敢稍萌忤念。咄咄怪哉！人生三万六千日，奴到几时是休时？问伊何人，曰：某处（亦卫属邑）某科某孝廉，旧日该郡山长今复充卫辉中等奴学堂奴性奴监督。奴监督莅奴学堂后仅数日间，值南北洋会操彰德，南军过卫辉多驻扎者，一日往参观该郡中等奴学堂，至门首，出名刺曰：军人某来参观贵校。该堂小使禀之奴监督，奴监督曰：恶是何言？急告于两奴教习，其一奴曰：学堂是何地位，能随便令人妄进么？又一奴曰：此学堂是文学堂不是武备学堂，彼军人不得来观。于是议决小使遵命，告之该军人。军人怫然起，从衣袋出铅笔一管，一刻书数百言留而去。其文大略云："现今文武合一，武事尤重，同受文明教育并不异辙，而此学堂监督教习概轻视军人，可知其程度不及吾军之小卒，两监督教习宁无赧色乎？亡国奴隶非尔辈其谁？"小使复持之以呈奴监督，及奴教习阅之咸大怒曰："一军人耳！侮毁尊上如此，殊属可恶万状！"然知己理屈，言己不敢追而罢。各归奴齐舍讲《圣武记》及圈点讲义语录以办奴隶功课矣。

奴于奴者果何如是，则又有特别焉？为奴之性虽将离奴之情犹未去。方在半奴未奴之间，故遇外处之奴隶则群起攻之，于本郡之奴隶则安然受之不知为耻，此所以特为卫奴不得推为普通奴隶也。不然先时有叶姓教习者，该郡首县正堂之侄也，腐败不通等于该两老奴腐败先生及一奴监督，学生不能容，举全体之力驱逐之。电报东京延请留日学生，其团体之力不谓不坚且大矣，何以能驱外来教习之腐败者？至于本郡之奴隶教员，不惟不驱之且怡然事之，若传道授业之师者，岂不知其自奴奴人乎？曰：知之不惟知之且私怨之矣，岂有他故不欲驱之去乎？曰：否否，不惟欲驱之去，且祝其不赴他处再为佳子弟患而乃蹉跎蹉跎，卒无动静缘发起无人怀此念者，未能启诸口故迟迟耳。彼其心岂不谓昔日讲学先生？后进小子不当犯上作乱以蒙大不讳乎？呜呼！是仍根于奴性未能一刀斩除而甘奴于奴也。吾言虽无伦，安肯以奴字冒加于最敬重、最欣慕之卫郡学生哉？无已！请为一言正告卫郡光明磊落、独立自治之学生。曰：茫茫神州，前途曷极？

未来新中国主人翁惟于今日之学生，卜之一刻千金，时不可失，即从今日奋起振刷精神，斩断奴根，与自由为友不与奴隶为群！凡有自奴奴人为教育蟊贼者，必结起团体攻而去之，克尽己之天然责任以谋前途发达。大事业立定基础，先从近着手驱净卫郡中学堂腐败奴隶教员管理人等，维持改革，一变为独立完全合中学程度之中学堂，人人如斯不难使我中原飞雄五洲，为一独立富强大共和国。

对于洛阳聚众众捐之感情

粗莽夫

洛阳为中州名区，自昔人文丛郁、后先辉映。读史者每赞赏之不置，即自有明以来科举取士，人争看鞭①洛阳亦较他地为优，或亦贤豪之生固于佳山丽水有密切因缘欤？奈何近十年来祸水滔滔，国事日非，有志者攘臂奋决，争自濯磨尽个人义务，谋国家安全。风声所至，启聋振聩，虽迫于外界激刺，抑亦公道在人，物极必反之公例也。独洛阳蜷屈蛰伏，寂不闻声，俨有老僧退院后景象。虎豹环榻，鼾睡沉沉，祸不旋踵一望而知。曾记去岁某孝廉之言曰：方今学术淆乱，弃夏就夷，惟吾乡尚保洛学不失噫！亦可怜哉！褒如充耳聋不知时，而暖暖妹妹犹复假洛学以助夜郎之气，适足令人喷饭！

且洛阳之风气闭塞也，其为害非仅一邑。就地势上论之，近日风气自东而西，嵩渑新永世以洛阳为输入文明之咽喉，洛阳果开通则彼西邻数邑自成破竹之势，而陕州一带亦将波续而受其影响，乃竟不出此致使斑斓明秀之地山水笑！人嗟彼青年盍拭目以观？现今大局，昨阅报章知洛城南为抗斗捐事聚众滋议，声势汹汹，该太守刘更寿恐酿大变，电禀张安帅速派长备军弹压，将来如何收场尚未可知。嗟嗟！洛下民气亦可谓盛矣，惜其用之不当也！前岁豫省议加赋时，该县民出而抗拒，同时怀庆诸属抗加赋事亦甚力，风鹤相助，蕃司被参，其事遂寝。洛人此次蠢动得毋狃于蒲骚之役，遂自豪乎？然鄙人对于此事颇不谓然，试略陈一二，祈诸父老赐教。

今日聚众抗捐，胜负未可豫决，如争之不胜则倡首者被刑胁，从者波及，无情桎梏，在所难逃，此失败后之悽惨状况也。即今人各奋勇，官府知难而退，恐亦非吾侪之福。何则？今日之捐与前此历史所载横征暴敛之性质不同。历代之剥取民财也，半为粉饰宫廷计；今则内政外交，万绪千头实有不得不箕

---

① 此处疑多一"鞭"字。

敛地方之势，此稍悉大局者皆能知之也。抗而不胜不必言矣，纵令抗之而胜，彼将出其朝三暮四之手段，别立名目巧为搜括，不至吸收闾阎之汗血不止，不然彼督抚承政府之命，令每年某省某项摊任若干万两，某省某项解库若干万两，彼督抚者能抗拒否耶？纵能抗拒而一切重要关大局之事忍坐视失败否耶？知此则聚众抗捐之卒归无效，勿烦多言解矣！

矧此等举动亦不可频频发现，养成一种习惯，方今文明初级，一切要务咄咄逼人，其款项仍须筹之民间。筑路也，开矿也，兴学校也，创工艺也，办巡警也，立公司也，设地方自治局也……一有动作辄需累万，设尔时筹款之说一出而民间即逞此故态以相抵拒，地方事又增一层魔障，前途尚堪问乎？又况久持不下，往往节外生枝，教案、学案或因之而生亦未可知。南昌东台殷鉴不远，设或不幸而惨剧重演，彼时将奈之何？濡笔至此，吾服洛民之气，吾怜洛民之不思，吾尤转恨官吏之不尽职于平日，致有临事之冲突也。

近三五年来，倡言改良教育，以为强国嚆矢，朝野上下异口同声。民间囿于见闻，绌于学识，犹可诿为不知，若府州县之地方官身任其责日接大吏之催文，乃竟漠视学务敷衍塞责，此咎将安归乎？夫普及教育之说，虽为蓄储人材起见，而究非欲一世人尽如东洋之老聃仲尼。西洋之拿破仑、华盛顿也，其注意在养成国民各具普通知识，俾知有应享之权利，即有应纳之租税，一旦国有大事不至妄生阻挠，窒碍社会之进步而已。彼洛阳之知府事、知县事者，若肯尽其责任，力办学务，渐晓以世界之大局，社会之近状，联络各里绅耆切实谋地方上利益，则自创学以至今日，虽不能人人开明，而权利租税之应享、应纳当亦不乏知者。

此次抗捐之风何从而起？乃平日处尊养优，一切新政视等秦越。他固不敢苛求，即如办学一事乃煌煌明诏，屡次督催者，而该府之中学除算学教习颇称职外，则以老朽不堪之白长庚等以尸其位，至英文教习仅令于训子之暇，略为点缀一府，之代表如斯，他可知矣？至临事生变则为请兵弹压，曾亦思今日抽厘加捐之多为何事乎？则必曰：国家多故，需用浩繁国帑支绌不得不筹诸民间，则是集财以办新政。固也，然该府该县之新政君何不办之以为民望耶？即非该府该县而关于全国之新政又何不仿湘抚赵尔巽，派人演说遍使人知耶，果其该府该县之新政办矣，国家之内政外交演说使人知矣。至今日又有聚众抗官之举动,则虽请大兵剿之、屠之,可也因其梗顽不化有自取之道耳。苟非尔者此次长备军至若伤一人,即谓之知府、知县亲手刃之可也?吾虽不杀伯仁,伯仁由吾而死,天良未尽丧,盍请夜扪心一思。

虽然洛阳之父老兄弟不得责官吏以自逶也,利禄膏盲于人心已久。前此之为官吏者无论自黄金来,自黄榜来,要皆蓄多年纳福主义而始有今日,至今日又复责以事业,则与彼之初念大相柄凿焉?肯离乐就苦,而且自东西洋交通以来独立自治之说风行,海内凡为国民者昔须斩除依赖根性,各尽所应办之事。近又值政府新议促各省为立宪之预备,尤不可不急,养自治萌芽、脱旧蜕而现新象。为今之计,抗捐之举尚属初动,凡识时务之大人先生宜早开诚布公设法解散,慎勿冷眼作壁上观,渐致支蔓难图。此举毕后速作亡羊补牢之计,大兴学校,结学会,多设阅书报处,派人演说,开通一方民智,权作来日诸事之基础。茫茫前途,方兴未艾,伊洛瀍涧伟人实多,勿使荆棘中再泣铜驼也。

豫省学界之怪现状

粗莽夫

大局累卵,国魂濒危,一线生机,卜诸教育。此海内志士所以奔走号呼,竭全力以斡旋学校也。乃一般之昏聩官吏与地方之恶劣绅士,不惟不将伯相助犹复蛆蠕,其间强窃金钱,甘作狗彘不食之人,以速国之亡。本社虽素持忠厚,不借文字讽人,而遇此公敌,殊难默默。谨将内地所调查之确实情形胪列于左,愿吾乡之父老兄弟同起拭目一视。

一、州县官之特色

伊阳县知县姚礼坤。于今年正月到任,鄙夷学务,蔑视教习,平日足迹不履学堂,甚至暑假季考时亦不临堂一视,声言查学堂章程、季考系季员事,与县官无涉。

新乡县知县韩某。不知学堂为何物，不知己与学堂有何责任。大吏催文频至，惧碍考成，乃食皇出一手谕，责成各乡镇绅民办学，谕中所言半系呓语，令人笑怒并至，谨录于左。

正堂韩谕：绅董知悉照得迭奉，各宪札钦奉上谕，科举既废，专重学堂饬，即将高等、初等、官立、民立各小学堂一律认真开办以广教育等，因蒙此（查本县官立高等小学堂办理已有规模，惟初等蒙小学堂尚未一律举行合）亟谕催为此谕。仰该绅等立即遵照，将该处应立蒙小学堂，遵照本县发去拟定章程及功课时刻表，赶紧集资延请教习，克期开校，至堂内学生酌定八名、十名皆可，至多不得过十二名以示限制。其余一切事宜均照章程认真办理，限二十日内务将开校日期，教习姓名、年岁、籍贯及学生姓名、人数逐细禀报到县以凭查验、核明，转报上宪查考。事关兴学要件，屡奉札催切弗违延致于未便，特谕。

光绪三十二年又四月
日谕

二、监督之特色

伊阳县监督陈云凌，邑之岁贡生，外号二知县。蟠居城内总局窃盗金钱，绅民衔之而无可如何，彼之历史除剥削里巷外，无所事事。前知县周凤曦到任时，曾发观风奖赏吞噬之齐课，未发奖赏者五六次，亦为彼所中饱。及开办学堂彼又增一利薮，堂堂然得监督名号矣。各乡镇捐款四千金，仅以二千金禀修理校舍及购买石版、铅笔等物，所费无几，又报销六百串学生灯油之费，给以私板铁（俗名鹰眼），甚至教习束脩付以假金，至学堂一切事务非惟不克措办，并且一无所知。咄咄！吾不知监督二字作何解也？

三、教员之特色

郏县教习史作周，郑州人，由策论得乡榜，一切新学问、新智识不解，毫未腼颜。就教习席，束脩三百二十金伙食在内，学生中有富者约代为伙食摊出，乃吾乡尊师旧习，非欲结彼欢心也，而史则因而厚待之。每作文必竭力纂改，多记分数，其他未摊伙食诸生则以白眼相加，时呵斥其椎鲁不堪造就。夫大道为公，古有明训，史作周以不知教育之人强为人患已属可耻，又复以妾妇之见，袒丹斥素，纵郏县父老易欺，尚有冷眼人窃侦于其后也。

　　武安教习王秀文，旧日学究，不明教育，滥充教员借以渔利，其恶劣情状实难枚举，兹仅述其大端如左：（一）邀结恶棍，吸食鸦片以乱学规；（二）串通支员姚述贤狼狈为奸鲸吞公款；（三）应酬外事累日不堂到；（四）虚报学额私匿膏火；（五）辱骂学生过于奴隶；（六）出入公门包揽词讼；（七）支使修金希图余利；（八）谩骂变法，日诵八股。其余种种丑态言之污口，已被同县肆①业。保定学生谭相光、陈珩等逐节禀诉于孔提学使，而王秀文则持数年所吞款金赴京，捐候补知县，指省直隶矣。笑骂由他，笑骂好官我自为之，凡有志利达者可速起而追王秀文之芳踪也。

四、学生之特色

　　宝丰县之学生。宝丰县风气闭塞，黑暗异常，所立学堂庸腐不可名状，聊以掩人耳目，应酬上司。据最近之调查，小学堂学生二十名，师范传习所十名，几等儿戏！殊属不成事体，而教习仅一八股先生，强自新张虽神圣，焉能以一人兼两学堂教习？内容腐败不问可知！闻学生中多有嗜鸦片者，如小学堂中之牛如璧，师范传习所之刘明伦等尤属彰明较著。嗟彼！青年宜速自省，前有千古，后有万年，勿太自菲薄也。（未完）

---

① 疑为"肄"字。

新　闻

修武绅富之热心兴学

修武自七月创办劝学所以来，风气虽颇开通，然专恃学界，鼓吹势孤力薄，难收实效。入冬以来，蓦地合邑绅富聚议公信局中（即该县绅士办理地方公务处）提议大兴教育。事大概谓：王道无近功，治术贵操本。以修武人口计之，将来必有二百所初级小学堂方足以改容青年谋教育之普及，更必有二三百名完美初级小学之教员方足以改良教育，促文明之进步。

今劝学所不计，及此欲第以游说，期成功微论，其规则未备，研究未精，游说不能动。人就令到处响应，学校林立而无完全师范以为教员，仍令乡愚国蠹、屠污子弟，沐猴而冠、自欺欺人，是不啻劝学所诸公一腔热血洒向两水洋深处也！劳而无功，哓哓何为？乃决议于邑之适中地——周庄村，设一初级师范学堂，以补劝学所之不逮，以达劝学所之目的。十月初业已开学，学生额数八十人，教习二人，刻又函托该县留东学生某延，聘一完全师范毕业生不日即可到堂。正学董一人，即该村素封通晓大局者周君全文，适韩观察紫石调查河北矿产，道经于此，该绅富等以实闻，观察大悦，并宣言抵省垣后，必咨达提学使立案，俟收成效，当从优奖励。该绅富乃益加振作，力求完备。

又闻该绅富等率皆有齿德、有权力、有资财，果能如是开通，如是热诚，将来何事不成？修武人可谓三生有幸矣！本社不禁馨香祝之且慨然曰：数年来，青年志士稍识时危者，莫不持兴学救亡之策，奔走呼号，日聒于父老兄弟之前。乃地方绅士自负年长，德高不惟斥言者之狂躁，不为援手且恃其权力，据其资财，百方破坏以阻文明之进步，有心人所为望之而短气也。若修武绅士，其真我中州之负有特别性者乎？顾我九十六县之为绅士富翁者奋起一革此弊。

禹州商会成立

自太平洋航路开通以后，铁血竞争之运将息，产业竞争之运方殷，中国当此竞争之冲求于生计，上占一地位，非充力量合团体不可。商会者，充力量合团体之先声，而组织公司托拉斯之初步也。禹州商会由学会发起，八月初旬，学界开会为商人剖解商人利害，钱庄首事慨然任其事，药帮惑于宵人李某之言，反对甚力，卒以公理所在，反对者无效。

呜呼！商会既立又不可不谋与商学，求经济、智识、豫备战胜于太平洋之大舞台也，彼李某者，乌可与语二十世纪以后之事业哉？

豫南公司之成因及其发达

禹州西南三峰山，产煤甚富，先是知州李某恐开采者多，碍于卧治被封，禁禹人垂涎，无如何也。后有刁民借外人势力开采，引比利时矿师来禹试探矿苗。适今内调曹东寅刺史莅任，闻之大惊曰：是送禹人之生命财产于外人也。急令趁比人未至，先开井以示抵制。即赴省白诸大吏，力陈利害，定官督商办之策。上宪韪之，于是自任股二千金，招股七千金，不足又借藩库三千金，豫南公司由是成立，时光绪二十八年也。事属创始，历诸艰险，加以资本不裕，销路不畅，筹开颍运、辟商埠于周家口，所费不赀而无起色。后改绅商合办，官司抽税之事始化险为夷。逮三十一年，已照股分红，公司巩固之基础定矣。本年公司立一实业学堂，复议设贮蓄银行为振兴实业之豫备，前途发达。未知所届夫力以合而强，事以群而成，巩洛怀陕之矿产富甲全省，徒惹外人垂涎，曷亦知所兴起哉？

首鼠两端之蒲光宝

河南候补知县蒲光宝，四川人，工逢迎善趋避。遇上宪开通，则力讲维新，遇上宪固蔽，又力谈守旧。曾为高等学堂教习，以不明学务见斥，又为师范学堂监督，亦如之。然犹不知耻，日骂某某为顽固党，某某为维新党，似此圆软狡猾一行作吏，该县其有幸乎？

杞县办学之起色

蒙养为教育始，基此次姚大令回任后，力图教育普及，因经费无措，多方拮据，近由学界诸绅筹，及不在祀典庙产，统查三十六社，约地百余项，半皆无僧道住持。因聊禀县尊，凡无住持者，全数移为蒙学经费；有住持者，酌量提抽，化无益为有益，以应急需而广教育，已蒙批允，行将清查开办矣。

文　苑

解客难

补　天

　　尚志主人礼拜无事，兀坐萧齐，思瓜分之祸，亟愤本族之不兢。茫茫前途，来日大难，感极而悲，颓然病矣。于是禄蠹先生伛偻其躬，憔悴其形，扶藤杖攀竹篱，踵门而言曰：大厦之倾非一木所揩，千钧之重非一丝所系，与其人醉已醒无裨于大局，何如投间抵隙、靡波逐流，匏系一官以自给？昔苏秦激情于富贵，子鱼动心于车马，自古如斯，于今为烈。请述一生之经历及志顾以消日可乎？

　　主人曰：唯唯，仆病未能也。

　　禄蠹曰：余束发读书，志在青云。左八铭，右三山，远师陈大士，近宗路闰生，试帖小楷犹其余技，方谓取青紫如拾芥耳。孰意富贵在天，文章憎命，名场屡北，追战捷于槐黄之后，而年逾不惑矣。

　　主人曰：劳哉，先生。

　　禄蠹曰：八股甫精，三艺已改，史事论时务，策洵足颠倒英雄矣！顾头场通鉴，论二场，校邠庐东涂西抹寻行数墨庶几侥幸，而一售春官桃李讵无望乎？然而罢科举之诏一下，虽曰英雄其如无用武地，何也？

　　主人曰：惜哉，先生。

禄蠹曰：科举虽停，学堂可试，今日卒业，明日出身进士头衔，名实无甚异耳。习算术，学欧语，脑痛头眩，苦不可言，比及三年分数固少人情郤①多，未几而保举之案下矣。

主人曰：幸哉，先生。

禄蠹曰：皇恩隆厚，授职京卿，手版朝靴，日无停晷，老师堂官之拜谒。同年、前辈之应酬于此道，三折肱矣，不意奔走虽勤，题补尚早，而米珠薪桂羁困于长安市中，不止三十六年也。

主人曰：病哉，先生。

禄蠹曰：抛弃京职，改就外任，听鼓请安，不胜其劳。官斥吏喝，弗堪其辱，挥霍者蒙卓声，谨守者沈散秩，生辣者鹊起，和厚者蟄伏，标榜者互相援引，务实者独守岑寂。而且抚藩之瓜葛，权贵之荐托，货赂之授受，为人择地，不外此数，若夫旅进旅退之流，则海有涸时，官无补期也。

主人曰：悆哉，先生。

禄蠹曰：宦场声色兢重，游历不获，已而为扶桑之一渡。实业学务得诸传闻，三月调查一封条，陈定蒙宪师青眼矣。然而政改立宪，地重自治，民智渐开，官运已终，茫茫歧途徒唤奈何而已。

主人曰：怜哉，先生。

禄蠹曰：留学东瀛，终南之捷径耳。学会法政，某部参丞；学习警察，某局总办；学习陆军，某营统领；学习师范，某学监督……高车驷马，不负过此海矣！岁月虽迈，壮志犹存，窃愿执鞭从诸子之后。

主人未俟竟其说，峻色厉声曰：壮哉先生，志气可佩，惜乎宗旨则非也。

禄蠹曰：天下攘攘，孰非利往；天下熙熙，孰非利来。必执无所为之主义，绳天下之人终不可得，且并名利而弃之，俾无所冀，幸尽逃于虚无之境，岂遽可以训世哉？

主人曰：中国之人非尽好名利，亦非真知名利之可贵耳。名生于实，故大德必得其名。君子疾没世而名，不称苟立身行事足永垂于不朽，如美之华盛顿，日之西乡隆盛，轰轰烈烈于世界之舞台。铜像巍峨，仰如泰斗，风雨不能

---

① 同"隙"，疑为"却"。

蚀，兵燹不能伤也。若夫利起于义，必尽义务而后能享权利，未有自私自利、瘠人肥己而能享世界之幸福者。中国以官位之烜赫为名，身家之便益为利，求名而适招辱，图利而反得害，君子耻焉，奔走遁逃之不遑而况效其尤耶。

禄蠹曰：弹冠俄顷获金须臾，则亦际遇之奇也。子独厚非之得毋，不得志之士求利禄而不获，妒人之有而姑托高尚之论以骄人乎？

主人曰：得志不得志，乃得行其志。不得行其志之义非贵贱之谓也，大丈夫不以物喜，不以己悲，不以势夺，不以利牵，求达其志而后已。若夫作伪罔利之佣奴颜卑膝之态，正孟子所谓：妻妾羞泣者。先生何奇焉？况文明之世，上下平等，并无贵贱之分哉。岳鹏举之言曰：文官不爱钱，武官不惜死，盖深慨中国之人心不自振励，当夷族之内侵汉人之左衽，中原之沦陷，犹不易其贪利，求官之性质而如蛆蠕动于腥膻之中，亡国奴种之祸无所系于心也。

禄蠹曰：学古入官是亦朝廷养士之典，若尘视轩冕。天子不臣，诸侯不友，恐接与陈仲子之徒未得为高也。

主人曰：此一姓专制之君主收养奴隶之妙法也。以为操禄位之权可以颠倒奔走一世之豪杰，率天下群入于名驱利诱之一途，而其害直贯于征辟科举学校之世，上以是感下以是应。故宋太宗曰：天下豪杰，尽入吾彀矣。恒荣曰：此读书稽古之荣也。士气靡然挟策干禄不以为耻，即号为贤者亦且营营于升沉得失，以为固然心本热中转援君臣之义，以自文科第之迷信愈深，国民之资格愈下，奴风大扇应之而靡不有名世，谁能逃此圈哉？

禄蠹曰：手无斧柯奈龟山何？欲尽国民之责任，不假权位以建树，虽具大志，徒呼负负耳。

主人曰：必假权位而后尽国民之责任，则是政府诸公为国民，其余皆赘疣此依赖之性质而无独立之思想，所以陷于奴隶圈中而不出也。顾亭林曰："保天下者匹夫之贱，与有责焉。"伊尹处畎亩而身任天下之重，精神注于是，目的在于是，有志竟成必有所济。况自国家主义发生以来，则政府者不过国家之代表，而社会者实国家之分子也。尽责任于社会即尽义务于国家，如必放弃应尽之责任而求附于奴隶之籍，未见当世之大人、先生据有权位而真不负其责任也。

禄蠹曰：中国社会以势力团结，非以法律团结，无势力之人而处于未开化之社会，未知其能济否耶？

主人曰：世界退化之国不许人民自治以防民权之伸长，故团体涣散，无政治法律之思想耳，不知反退化之民而促其进化易于未开化之民。中国退化的而非未开化的，由于专制之政体束缚人民之自由，如父兄之于子弟，一步一趋、一衣一食皆父兄约束，父兄不胜其烦，而子弟亦难自立。若一易其政策而予人民以自治之权力，则保护其生活也必周，维持其秩序也亦必密。自立行政机关以执公务，自设意思机关以谋公益，性既相习，而有种种爱助之便利，广与庶政，卓然立自治之基础，官不能扰，民不相侵，敦与夫日处于炙手可热之官吏威权之下，上下攘夺求一日之安枕而不可得哉？

言未终，禄蠹先生汕然涕下，莫能仰视而言曰：主人休矣。仆一生为奴隶，学问所误不自醒悟，幸蒙指教，得知国民主义，继自今不复作南柯梦矣。

杂诗十二首

乙己横滨观日英同盟舰式有感

浩欢生

惨淡风云万壑摧，太平洋畔且徘徊。夕阳成吉相思苦，新雨拿公入梦来。蓬岛月横秋色老，华胥天远曙光催。凭栏倾尽盈樽酒，眼底英雄诅霸才。

吊通州潘子寅

李鸿筹

惊传噩梦到天涯，海内同声一痛时。卢植论交当世少（现直隶提学庐公时与同舟知君最深），袁安雪涕识君迟（直隶袁宫保派君逛历东洋，凶耗至，深为悼惜）。奇冤自昔衔精卫，大梦从今醒睡狮。更有湘南双烈士，九原同唱国民思。

守岁述怀

搏 沙

男儿到处尽低眉,沸鼎乾坤剧可悲。肝膈热传无线电,生灵膏竭有油煤。千秋故国空尘迹,万里河山剩劫灰。为问同胞知也否?焚堂燕雀将焉归。

无力能挥返日戈,苍茫独立奈愁何?男儿投笔班定远,壮士裹尸马伏波。到眼萧条新政体,伤心破碎旧山河。可怜巨浪滔天日,依旧保身明哲多。

惯将气数问寥空,卧榻纷环豺虎雄。大地无人不逐鹿,中原有技只雕虫。热心未死肩难卸,鸟兽虽群我岂同?欲入高山入不得,几回翘首视飞鸿。

悼李烈士培仁

粗莽夫

拼将一死醒同胞,毕竟男儿胆气豪。我欲招魂招未得,秋风凄紧八重桥(烈士尸警察自八重桥捞出)。祖国河山坠夕阳,茫茫禹域剩残疆。遗书读竟空挥泪,寄语弟兄莫阋墙。

感怀四首寄楚南娲石女士

炼石女士 燕 斌

五千年事不平鸣,女界精英总泪烟。遗恨不随流水去,波涛终古咽黄昏。

强权自古归男子,巾帼因何不丈夫?假令帝王全女统,须眉遮莫尽奴奴。

廿纪风云此变迁,由来公理重人权。家庭那许行专制,人道从今赖保全。

女学兴隆第一关,同侪努力莫盘桓,他年再辑文明史,定卜坤维不等闲。

乙已秋八月东渡,中秋夜鼓轮黄海间,月色无边海天辽阔,徘徊舰面,竟夕忘寐,冷露浸衣久而始觉,噫!何思之深乎?信口成吟,歌以志惑。①

炼石女士　燕　斌

玉蟾光耀海天东,回首河山入望穹。夜色铸成新气象,浪花淘尽古英雄。

蜉蝣身世悲前路,炼石精神托化工。太息宗邦诸姊妹,良宵几辈我心同。

书李烈士培仁绝命书后

粗莽夫

按:烈士之死殉矿也。古有殉国、殉君、殉父兄者矣,何物矿产而亦以身殉之?自昧时务者观之,鲜不哂为大愚而鄙其不情。嗟嗟!是何足语?与生存竞争二十世纪之世界,慨自欧力东渐,汽车、轮船水陆并进而尤垂涎者,即五金及煤炭诸矿,以故权利势力迭为因果,稍明时局皆悉为灭国新法,无烦赘述。

晋省煤炭甲全球已为世界所公认,谚云:"居山食山居水食水。"盖有盈,必有朒,不得不依所居之地位以求生活耳。矧处此云谲波翻之时,生计问题咄咄逼人,晋省既富于矿产勉力为之,即异日保全身家性命之无虞无待外求而自足也。奈何聋聩万状之衮衮数公,拱手授人断送全省人之生命而不知恤,凡属晋人其不眦裂齿切、发指千丈者必非人情,故烈士之死乃情理中,所有事非畸行也。不宁惟是,倘此次当局者不为妥筹善策,恐有继起而殉此矿者,独一李培仁也哉?

---

① 以下诗歌原刊未标题目。

予读《李烈士书》，未终篇，哽咽不能成声，一则悯烈士之苦心孤诣，一则顾影自怜耳。吾豫亦富有矿苗地，怀庆一带，诸矿亦同时作大吏之媚外赘，开办者亦有年，至今土人欲开采者屡被干涉，不能自由，犹复得陇望蜀，蚕食四方。我省人士方鼾鼾熟睡，无人过问，其为祟与晋同，而民气之昏庸薄弱则远逊焉。病已延及七载艾未蓄夫三年，前途茫茫未知所届，仰瞻太原俯视覃怀亦不知其泪之何从潺湲也。而局外者犹复诋烈士以轻生，谓死非其所，持论虽高，殆不悉此中甘苦耳。至书最要处有云："山西人未全死，决不令外族侵我尺寸土。"一语可值万金，凡我同胞昔当铭心镌骨、永矢无谖，每晨焚香三复之可也。

为矿殉身李烈士培仁绝命书

此书系李君死后友人寄至同乡会事务所者，来函曰：仆与李君同学，每谈矿事则李君慷慨流涕，誓以身殉，某时劝解之。于本月十二晚李君过谈遗信一件，固封但未书寄处，次日某即偕同学游箱根，十五晚八钟始返，函如故，某略不介意。数日乃得李君蹈海之信，启前书视之，乃其绝命书也。（中略）因急寄上以表李君之死志云云。呜呼！李君存死志已久，同人固疑不仅其身边之一纸，今读此寄友之书，咄嗟万言，如闻慨愤之声。噫！李君不死矣，泣录于左。

（上略）呜呼！我最亲爱之父老兄弟，我最敬佩之青年志士，我将于是①长别矣！我魂已逝，而心尚未冷也，我目未瞑而口尚欲言也。我非甘死好死，我实不忍见彼紫髯绿睛辈之坏我利权，制我死命也！我实不忍见以矿为生之同胞顿失生计，困苦颠连而转死沟壑也！我实不忍见无矿无路之同胞，脂膏既枯体魄自殒，相率而至于无噍类之惨状也！（中略）某西人谓：中国矿产甲五洲，山西煤铁甲天下。我同胞何幸生于斯，族于斯，拥此铁城煤海之巨富！乃

---

① 疑为"世"。

以糊涂之总理衙门，媚外之山西巡抚，于光绪二十四年私立合同送福公司，此约一成则为我二千万同胞买下豫①约死券矣。

某彼时即愤气填胸，欲刺杀胡贼以谢同胞，奈胡贼去晋，某亦隐忍未发。然而时虽有一二奸绅贪私利者，订约时实未擦印，擦印者，徒福公司代表罗沙第耳，此合同实由一面成立，且因艰于运转未曾着手尔②来，正太铁路落成，平定可通，于是胡贼所种之恶因发现矣。福公司派人制图刊地，其代表哲美森来议开掘，不肖官吏视为奇货，因缘四起。幸东洋内地电禀交争，张抚亦颇主持，哲美森知难而退，直向北京运动政府。此时内外人心汹汹，废约二字众口一辞。使政府稍具天良，知民言可畏，民气难抑，矿产乃其生命，夫亦何难致辞？况当日擦印者罗沙第，今日出头者哲美森，拒民自开有背原约，强辞独办，妄解条文，使政府能责问彼不遵合同，废约易如反掌。而在晋抚尤易，为力因彼未受抚院许可，擅来购地，不问地方情形，禁封民矿。设晋抚据理直驳，士民合力拒抗，虽有虎狼食之不得下咽矣。至于京官，父母之邦，肌肤之痛，应不如政府疆吏之奏越相视也。当如何抗办朝廷，联络学界，同舟共济，死力相争，人非木石，孰忍令先人陵寝之地沦于异族乎？果如斯也，某虽老弱亦顾执再生旗而贺于同胞之后矣！何苦以鱼腹之葬予人、以匹夫之消哉？况奄奄者老亲八秩，呱呱者弱息三龄，不孝不慈，罪深海天，设身处地，某岂甘死哉？乃此心实有迫之不得，一息存者，则以政府卖我矿产之惨且毒也。（中略）

某大老曰：碍于成约，是欲一误到底；某尚书曰：已成铁案，是谓万难移动；甚且外部札晋抚曰：专办不允，合办；合办不允更缩小至平定一处；若再不允即不近情理矣。意谓公理上不容有废约之说。噫！非有鬼怪妖孽断其神经，抉其脑髓，胡为吐此？盖送我矿产，绝我生命之志决矣！我同胞尚势如散沙，形同昏梦，不急拼死救死，舍生求生，以背城一战乎？所谓碍于成约者我废之，而有碍岂彼背之而无所碍乎？所谓已成铁案者曷观粤汉铁路合同，但使吾炉有火哪怕此案成铁专办等语尤属不通，废则全废，顾欲留一蛆以延种乎？

---

① 疑为"预"。
② 疑为"而"。

何专办、合办、部分办之区别？要使福公司不敢动山西一草木乃达目的。（中略）政府如放弃保护责任，晋人即可停止纳租义务，约一日不废，税一日不纳，万众一心我晋人应有之权利也。如和平手段不足则继以破裂，太行义士顾无继荆卿遗风、怀匕首而愤起者乎？此某之素志也，今已矣，罪莫大焉。虽然后生可畏，来祸方殷，人心未死，谁不如我？凡诸矿贼吾知其必有断头裂体之一日也。

（中略）

试问平孟泽潞之矿产，晋人之矿产抑政府之矿产欤？其果为政府矿产，今日又何必云山西商务局借款于福公司？若既认为晋人所有，则此矿约之成必晋人认可方为有效，何以出名晋绅未擦印证？在京乡官屡有争折即会试举子亦且联名上书力陈不可，是当日晋人固全不承认此矿约也，而总理衙门竟敢擅行订立，任意添改，绝秦之案尚存，赂戎之约何效？即至今，陈案复翻，死灰再燃，而晋人士庶废约之电函无虑几千百道始终固未承认。然则碍于成约者，政府成之耳，非晋人成之也；已成铁案者，政府铸之耳，非晋人铸之也；专办而合办而部分办不允则不诉情理者，乃政府诸公不知受几许贿赂，不如此即无颜以对外人，故不惮蒙洋奴汉奸之羞而必欲亡我矿产，以实其秘约也。我晋人对此惟有权之可争又何情之可言？呜呼！合同之立也，刘铁云倡之而总理衙门成之，晋人不认合办说之起也。盛宣怀议之，而福公司即假以变专办之名而要挟，我晋人仍不认，乃有仅开平定一说。为运道起见而怀有得尺进寸之隐险，所谓司马昭之心路人共见，姑勿论矣。即令知难而退，缩小地区，而片鳞细甲盗贼不嫌，尺土拳石主权所有，非有瓜果之缘，何事琼瑶之报？政府乃不责彼悖理而反咎我不情，果西人可畏而晋人好欺负耶！

夫以二千余万人民不克故，政府者，势散耳，情疏耳，若强迫以难堪，恐一溃不可收拾。利害所关，吴越一心，散者合，疏者亲，民气狂激，或趣①极端至演出特别之问题，在政府虽夷族屠城惯用辣手，其如前仆后继、诛不胜诛，何况有人焉？为之运策其间恐铁弩难倒怒潮也，政府诸公宁得高枕卧耶？（中略）

---

① 疑为"趋"。

政府而外，卖矿之责厥惟晋抚刘铁云借债谬论，胡贼主之，洋贿潜行，狼狈为奸，大错一铸，驷马莫追。在总理衙门即欲受金卖矿，苟晋抚得人尚可以掣其肘，奈何有其政府，即有其督抚，通同作弊，而至于如此其极也。及赵尔巽抚晋，奏立全省矿务公司折内，有除平孟潞泽等字样，遂贻政府以福公司，合同已成，铁案之口实不能恢复。利权反互招风惹祸，赵固难辞其咎，然乡官之奏在前，赵抚之折在后，有案可稽，无辞可藉。况赵自政府来，在官言官，何敢题背盗卖晋矿之合同？苟且言及，恶得假为实据。自废约问题出，张曾扬尚知保守利权，政府随调张人骏继其任。张亦非媚外者流，则又更调现抚，一时有政府受福公司运动，秘订条约专卖晋矿之传说，以今日之情势观之，敢断其不诬也。（中略）

某且垂泪裂眦，更为我父老兄弟进一言，曰：矿产者，命脉也。政府官吏既实行，亡我矿产则命脉断。而我同胞有必死之势，彼令我死，我岂甘让彼生？与其坐以待死，毋宁先发制人，遇卖矿民贼当破其脑、爆其身以代天罚而快人心。炸弹乎？匕首乎？我同胞能各手一具，则矿贼虽多不值一灭矣。某不幸以衰老多病之身，有志未逮，望我可敬可畏之青年志士为同胞解此问题也。

噫！自古谁无死？某顾殉身以为我义侠同胞，倡我同胞，虽议为疯癫，轻为鸿毛，亦所不辞。我非愿同胞之学我死也，唯愿率敢死之气，抱决死之心，出而与卖矿者激战，死中求生，枯海可翻，某死有余幸矣！况此役一溃，晋人得免于死者几何？与其石烂海枯，终归一死，徒于长城窟、黄河堤增一枯骨腐尸而已，宁若死于矿产问题。未解决以前果天未亡晋，必有感愤而起、前僵①后继、杀身以卫矿者矣。嗟呼！碧海可填，宇宙可塞，矿贼之仇不共戴天也。

某更欲为我乡官一言，诸君非有代表全晋之资格乎？非屡经上书，正大光明，始终不认矿务合同者乎？乃政府诸权要竟敢主持，晋抚亦将附合，其藐视我晋人、剥夺我权力抑何甚耶？不观士绅合力粤汉之路权收回，京省相应岭南之督抚更调，诸君对此应有愤激之情！某所谓破裂手段，诸君容或不取，然先人庐墓所在，子孙衣食所依之地，切勿令他人隧其穴而洞其壁也。一息尚存，此志不容少懈，愿诸君咬定牙根，坚持到底，始终不渝，抗争之宗旨而复有民

---

① 疑为"赴"。

气侠风为之后劲，彼矿贼胆虽如斗心亦成灰，则某虽死亦当与诸鬼雄伏剑而为诸君臂助。

东洋学界，内地学会，固某所注目者也。废约问题，海外一倡，省垣大应，飞电告急，联名力抗，福公司望风逃溃，当道者亦未敢抑制，晋民气振作之起点也。乃自此以往，福公司以静制动，政府为之傀儡，谈判不决，疆吏变迁（中略），省垣学会对此存亡问题不关痛痒者比比皆是，此最可为痛哭流涕者也。相持既久，东洋学界所谓热心者亦久而渐冷，激烈者亦久而渐平。警告一闻群相走商，非曰，电请，即曰禀求此外毫无预备。加之党派交争，意见相持，遂有指同乡为无用，而目争矿为变事者矣。别有肺腑，夫又何责？独怪夫热心爱矿！诸君乃因二三反对者即增情气，此不可喜者也。要之山西前途，全仗内外学界，某今当与诸君永别。请立一誓：有制吾命者，吾亦毙其命；有绝吾生者，吾亦杀其生。山西人未全死，决不令外族侵我尺寸，士记之！记之勿忘！某此言，盖此后之争矿非可以要求手段胜某前既言之矣。某恨未手毙巨奸，唯有一死请罪同胞。而此后存亡得失之责任，则诸君负之。言至此，魂飞气绝，欲语无声，欲泣无泪矣！窗外儿哭，壁间暗语，一似祖宗灵爽以某死为然，而深恐其不早者。呜呼！某死矣，某甚不愿以死留矿亡记念也。人之将死，其言也善。善不善，同胞其加察焉。矿权失而晋人生命绝，不幸某言而中也，身虽死目不瞑矣！（下略）

附　言

原书过长不便全录，且其中痛击时政多有关系语，故暂从略。非为死者讳，实记者有所顾忌也。然庐山真面尚在人间，他日必当另为录出，令诸君痛睹全豹。

调　查

豫矿化验成色表

——据河南候补知县任君锡茹之调查

州县名	矿山	矿质	识别（附要砂）较水重	附熔炼干验质数	新法	试验年月
光山	叶家湾	铅养炭养		内火镕灰勺见银粒铅三分 银　微 矽底　六八分	1. 表中着重贵金土 2. 石并作底质微迹 3. 水耗并底数入算	一九三一年十二月
	黄陂湾	铅硫	一三四三五	铅　一分零五 银　一分零五 金　微 氯底 八九分四五	此矿金砂二千分，净铅二百一十分得含金银一分	一九三一年三月
	戴家冲	铜矿		铜　二分三 内外火绿底七分七		一九三一年三月
	万家坡	石英铁硫	即铁倍来的司	铁三二分 电针能吸 硫底六八分	用新法喷氯气验过无金，惜验质尚少	一九三一年十二月

(续表)

州县名	矿山	矿质	识别（附要砂）较水重	附熔炼干验质数	新法	试验年月
信阳		铜矿		火焰绿 铜 一分六	此铜养炭养结于水层石内绿线内角三十余度	一九三一年二月
桐柏	夏凉村	砂石铁硫	未求数			一九三一年三月
桐柏	五台河村	铅硫	西名呆里那	能镕珠 铅 三分八 银 微 硫底 六二分	此处砂旧曾化炼，铅银乱线无中数	一九三一年三月
桐柏	谭望山	白沙土	无铅无珠含铁	未求数	此沙异于叶家湾，误作白色铅矿，即作高岭泥亦不入选	一九三一年三月
裕州	夹山沟	含铁石	误作铅硫矿	未求数	铅硫方粒能剖，此砂水纹线难镕	一九三一年三月
裕州	四家村	含铁石	误作铅硫矿	内火无珠（未求数）	裕州铅匠极多，此即土人所弃者	一九三一年三月
罗山	银硐冲	铅硫		铅 二四分二 铁底硫 七五分八	此砂新旧化炼五次各不相同，铜老砂乱未便再求中数	
罗山	面铺山底线	铅硫		铅 三十八分 硫底 六二分	质与前表不同恐非一线	
汝州	司家沟	红砂石	空矿误作锡	未求数		二月
汝州	背阴潭	红砂石	空矿误作银	未求数	闻汝州有矿尚佳，此难入选	二月

(续表)

州县名	矿山	矿质	识别（附要砂）较水重	附熔炼干验质数	新法	试验年月
鲁山				内外火绿 铜 十二分	此砂之佳者毛铜八分宜用湿法	二月
宜阳	盘龙寺	菊形铁硫		铁 四四分八 硫 五五分二		一九三一年十二月
		镕结铁硫		铁 四四分三 硫 五五分七	喷绿气无金	十二月
汲县		铅矿	镕	铅 三六分二 银 微 硫底 九三分八		十一月
武安	长亭山	铅硫		铅 五八分 银 分零五 硫底 四一分九五		十一月
信阳	谭家河	铁砂	电力能分	铁 六六分四 砂 三三分六	铁净未识漂过否	三月
桐柏	陈家山	铅硫	镕	铅 三六分 银 微 硫底 六四分	分验四小块皆不相同分，亦似乱线，各块有银质	三月
罗山		马蹄铅		银 一分九三三 铅铁 九八分六七	含银约五十分之一，无上品	三月
嵩县	大青沟	铅硫	镕	珠铅 四二分五 银 微 硫底 五七分五		三月
登封	水磨湾	硬铜矿	铜养、炭养、铁硫、铝养、矽养、钾养、内外火绿	铜 一二分二 底 八七分八	此砂与济源相仿	一九三一年四月
	铜底口	千层纸	东名加里云母	铝 钾 矽养 未求数	此砂如小鳞可研配肥料，无别用	四月

(续表)

州县名	矿山	矿质	识别（附要砂）较水重	附熔炼干验质数	新法	试验年月
罗山	陈家楼	铅硫	有	珠铅 六五分二 银 硫底 三四分八		四月
	山夹店	铅硫		铅 二八分四 银 硫底 七一分六		四月
商城		铅硫		铅 二一分三 银 硫底 七八分七		四月
裕州	维摩寺	铅硫				
	桃花峪	铅硫		铅 六三分八 银 微 硫底 三六分二		
嵩县	小清沟			铅 三六分三 银 硫底 六三分七		
	杨树林	砂金		金 八四分二 铁底 一五分八		
禹州		铁矿	电针吸	未求数		五月
	窑沟	铁养		未求数		

河南学堂一览表

县名	学堂名目	开办日	设立者	学科	程度及毕业年限	所在地	总理姓名	教习姓名	学生额数	经费
兰仪县	官立女子小学堂	光绪三十二年	前任县令沈福源	国文、图画、唱歌、书法、算学、博物	四年毕业	北街观音堂	舒树基	岳伯春	二十名	

(续表)

县名	学堂名目	开办日	设立者	学科	程度及毕业年限	所在地	总理姓名	教习姓名	学生额数	经费
内黄县	官立高等小学堂（西阳书院改建）	光绪二十八年	前任知县周云创办，现任爱仁	经学、兴地、历史、算学、修身、图画、国文、体操	现无一定规模	城内南街	县官总理学董张寿彭	淮炳阳、孙源骞、长清	额设二十名，常不足数	繁阳书院旧款制钱一千吊，新捐银四千两
安阳县	公立高等小学堂	光绪二十八年春	前任知县李元桢，绅董王春魁、马吉森、李学钧、李时昌、孙技春	经学、英文、历史、博物、地理、算学、国文、体操	现无一定规模	城西水冶镇北关大王庙	学董王春魁创办，提调许中书，现充提调李体乾	经学等科常秀山，英文科张和鼎	二十五名	西山书院旧款一千三百吊，现由本集粮行斗捐抽收每斗抽制钱二文。无定数

永宁县小学堂一览表

名目	开办日	设立者	学科	程度及毕业年限	所在地	总理姓名	教习姓名	学生额数	经费
高等小学堂	光绪三十一年	前正堂石作械	经学、算学、史学、体操、地理	毕业展限五年	城内东北隅旧考院东	张运铣	未详	正额四十名	

洛阳县小学堂一览表

名目	开办日	设立者	学科	程度及毕业年限	所在地	总理姓名	教习姓名	学生额数	经费
高等小学堂	光绪三十一年	正堂徐仁麟	读经、讲经，一月开二课，现新添体操一门	能背《诗经》，能作议论，三年毕业	城内经司门		刘凤山，中学堂教习张金鉴兼教体操	正额二十名，副额二十名	由骡马柜筹捐

偃师县小学堂一览表

名目	开办日	设立者	学科	程度及毕业年限	所在地	经理姓名	教习姓名	学生额数	经费
高等小学堂	光绪三十年夏	县正堂温绍梁	修身、读经、讲经、算学，三八日作议论札记	五经完，算学至比例开方	城内东大街	前祥符县教谕张运昌，现告退	正关西白副杨克复、算学李德，详闻现又改派师范毕业生云	正副额各二十名	每年约一千余金

豫报（点校本）

购阅本报略则

本报每册最少出七十页，定价及邮费详后。

订阅本报者可开明住址函告本发行所，惟报资邮费必先付清，本社当给收据为证，按期遂寄。空函订购恕难奉覆。

定本报者亦可向代派处订购，由代派处发给收据，惟遇有已付报资而未能按期送到者可凭收据向原定处索取。

报资及邮费价目表

报资及邮费价目表		全年十二册	半年六册	零售每册
	报资	一元二角	六角五分	一角二分
	内地邮费	二角二分	一角一分	二分
	光绪卅二年十二月初六日印刷 明治四十年一月十九日发行 编辑兼发行者 豫报编辑部（日本东京巢鸭村四丁目一千零二十一番地长竹馆内） 印刷人 藤泽外吉（日本东京市神田区仲猿乐町四番地） 印刷所 秀光社（日本东京市神田区仲猿乐町四番地）			

《豫报》第三号

河南省留东学生第二次合影

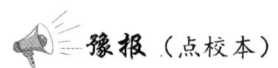

特别告白

本社事当创始,一切机关多未完全。前同人又因各校季考,是以三期出版稽迟。无任惶愧,尚乞阅者诸君原谅是幸。至报资未经汇兑者,即请从速寄下,尤为盼切。特此告白。

本社特白

牗报社广告

敝社延聘留东大学专门普通各科名士及内地经史大家,分类撰述,务以扬历国徽、阐发欧粹为归。第一号出,业蒙社会欢迎,殆已售罄。敝社愧无以副同志厚望,深滋悚励。兹从第二号起,为扩张社务起见,已移事务所于神田猿乐町二番地十五号,以后购报及来稿。

诸君请径邮示此处为盼。

日本东京神田区猿乐町二番地十五号
牗报社谨告

牗报社广告

本社以开通国民智识、阐发中外学术为宗旨。特请留学日本各大学专门高等普通诸名硕及内地经史大家分担著作、译述及编纂等事。月出版一册,每册百二十页以上。中历丁未三月朔日第一期出版。兹将本报门类及价列于下:

（一）社说；（二）教育；（三）法律；（四）政治；（五）经济；（六）实业；（七）军事；（八）时评；（九）文苑；（十）附录。

总经理人　李庆芳

售报价目表

全年十二册　二元

半年六册　一元一角

零售每册　二角

凡日本邮便能通之处，每册正价外加邮费二分，其余云贵、香港及欧美南洋等处加邮费六分。

日本东京市神田区中猿乐町十四番
牖报社事务所谨白

论　说

敬告河南官绅请急筹办洛潼铁路启

陕西来函

谨启者：自日俄战事起，而路权为地方存亡之义明；自粤汉路权收，而各省力争自办之事急。虽然办理铁路，一当审外力与主权有无关系，二当审彼路与此路交通缓急，两者处理均当，始可择利设施妥帖不颇。否则外力窥伺，乘隙干涉，虽与第二之利益有所未合，犹当竭力奔赴以图补救。况大利昭著，机不容缓，若洛潼铁路之自办与人办、速办与缓办，其中所关情形，窃愿敬进一言焉。

洛潼铁路者，孕育于汴洛铁路定约之日，至今尚未成立。而其路与汴省之利益实较他省为最要。故研究洛潼线之价值，当先研究汴省今日之现象，与办理稍缓陷落比公司手中之状况，及办理稍缓妨碍邻省西潼铁路工程，关系西北时局之危险。

今请先言此路之关于汴省者。

洛潼路线视汴洛路工竣事之早晚为该路附属之定夺，何也？自光绪二十九年，汴洛合同定约之日，此线已为比公司所范围。比公司者，非所谓俄法两国之傀儡乎？俄得芦汉铁路之势力，足以经营该路所至之区域。而在河南，东为山东之德人所限制，南为长江之英人所限制，故其路权所注，独有汴洛一带尚可任意以为支配。今洛潼路线,我苟放弃主权之责任,比公司者自必借口践约要求展造。前抚虽立案自办,但无实力以继,其后难保不别生事端。夫此路相距虽只四百八十里之数,而吾人操之则可以减北省外力之逼;比人得之则益以启俄人西渐之心。且汴洛路约第二十九款又有准造由汴至洛沿小枝路,使洛潼再落人手,必援引成例,为所欲为。是一路线为之母而无穷子线即纷至沓来,及今亡羊补牢尚恐不及,倘犹以此路为可缓办,是坐待外人之横索也。路权存亡,主客易势,事理之急,孰亟于此?此关于汴省者一也。

再言此路之关于邻省者。

其在陕西西潼铁路筹款自办,现将动工,但由潼关至洛阳莽莽数百里间,其山川险阻之为难,转运材料之不便,已费功数倍。即使竭力告成,而由西安至临潼、由临潼展潼关,其路线之范围甚隘,而运费之人必难自养,其初办也无利,则其推广也无时,此其一。其在山西正太铁道已归英人,同蒲铁道迄未就绪。为英人计,必取可以裁断同蒲之道以破坏之,使不得成立,然更无有善于洛潼,洛潼不早开工,难保其不强辞要夺之。盖英人正汲汲于正太之发展,而以蒲同之道为大患。得洛潼则有数便:一可以下制同蒲,二可以阻比公司之扩张势力,三可以直侵略秦蜀铁道以接川藏。如是,则江河两流域上游被其横断而天险亡,西北倾,人事无可图矣,此又其一。此关于邻省者二也。

更言此路之关于西北大局者。

欲抵制俄人拜喀尔湖之铁道(或贝加尔湖),非陕甘干路从速筑造不可。然陕甘不能独办,必就中部渐次发布,始可奏效。洛潼路线即为筑陕甘铁道之始基,再切言之,实全路咽喉也。故此道不修,经营西北直无可着手之地。而俄人自东方水陆失败后鹫旗虽卷,而狼心未死,回风西转,撼我昆仑。故今日者西北最为吃重,而他日为剧烈之战场也,可预决军事上机关不灵,秦陇之首先受祸也。亦可逆料彼时财产之荡烬,生命之涂炭,坟墓之陵夷,其痛苦如东三省也,虽悔已晚。故情迫势危,不得不呼吁于中原父老之前,以速此路之成。切肤之灾难,正当之要求,非多事也。况前者英人又有由正太经延安以达托克托横截同蒲之议。其截同蒲也可虞,而其分陕甘干路之势也更可忧。此所以更不得不急从事也。此关于西北大局者三也。

或者谓洛潼铁路利于陕而无益于豫,是政治上路线而非经济上路线也,不知此路线于二者皆属重要，则请就利于汴者而论之。

一曰便利移民。汴省濒界大河，素苦昏垫，地窄人众，生计多艰。毗连各省如苏皖齐鲁，近皆交通便利。手指骈阗于劳动营业者颇不易易，故汴民每岁出外谋生者，大抵由山陕以迁蒙古新疆为归宿。然汴洛等处去山陕疆界由七八百里至四五百里不等，往来转徙，行路终难。使洛潼路工早成，汴民之限于地土、长于工佣、困于饥寒者，或只身独往，或襁负偕来，或商贩营生，或糊口佣力，或另辟新土，皆将赖路政而便利执业。以及晋之平蒲等属，陕之北山郦延等处，垦务矿产林业土人力所不及者，并将为汴民利用之资。夫中国治理之缺点：一在于人有余力；一在于地有余利，今因洛潼铁道使二者调剂适宜，利益汴人，孰愈于此？

一振作工业。汴省民业耕耘而外，专恃工作。工作以原料为要。原料之运费重，则工作利微，其业终衰而不振。故振兴工业者，以减轻原料价值为第一义。汴省工业以织纺为大宗，此外如制革、如松漆、如造纸，皆居工业之大部分，而其原料多为陕甘所出产。兴汉之丝漆，西同之棉靛，秦陇之皮革药材，皆宜急利转输、减缩运费，以图工业之扩充。查陕西布匹一项，购自湖北者每岁值银约四五百万两。使洛潼路成，即布匹一宗，以运贩便利可以养路工赡民力而有余。若西北各货向由商洛转运汉口者，亦必取道汴洛，缩短路程。而晋省之炉铁煤炭、日用要品，昔之备极艰窘者，一成功后彼此受益不可计量。倘视为缓图，诿之外人之手，使利益直接者变而为间接，权力主观者变而为客观。计划之失，孰有甚于此乎？

或者谓开济与开清在所急，而洛潼可缓，则请言洛潼之所以急，而开济与开清二者可缓之理由。

查汴洛铁路告成在即，而汴省自办洛潼路事，尚在游移之际。且闻有主持暂置此路，先办开济及开清者。夫铁路为地方要政，当事者之所经画，诚不敢妄加訾议。虽然两利相形，则取其重。清济两线悬长、经费浩大，未必旦夕即可成功。况清江虽昔号繁盛之区，而今减色矣。即使路工告成，输出者不过牛皮、棉花、药材等类。而今之贸易中心点在汉口，京汉铁路已分其运输之大部分。恐他日清济告成，所入亦未必优于洛潼。此清济可缓者一也。

山东铁道南北两干线及四支线已为德国所组织，其势力之膨胀及中原，实可忧也。但其北线通而南线尚未动工，则不虞其格外要求。即有展修开济之意，而无接修开济之约，亦不虞任意支配。况此线虽名为政治上及经济上路线，而以现势论之，为防山左也，而河南无重要之兵为利转输也。沿路各处缺特别之产，徒使外货输入便利而已。此开济之可缓者又一也。

若夫洛潼之急，不徒关西北大局也，亦不徒为转输便利也。即就比公司而论，已处于万无可缓之势。盖前既有准该公司建开封至洛阳沿路招徕生意小枝路之约，我既放弃不修，难保其不据约展造。至此得洛潼而愈益推广，恐开济及开洛之议未定，而大河以南、苍莽北印之左右，历落峭函数百里间，比人汴洛沿路之小枝路，洛潼沿路之小枝路，如罗划、如蛛丝布置周密，处处皆是。彼时虽谋补救而不能。此汴洛路工之不得不急修者一也。

闻之开辟富强之基，如奕棋然，必置子于人所不觉之地，初若迂远，及其成功始惊为奇况。祸机之将发，利益之显著者乎。河南古号中原，文物之区，人才之数也。名士硕儒，必有统筹全局而先其所急者。同人等，睽切桑梓，冒昧陈词，援急难之义，呼将伯之助临颍，无任惶悚之至。

陕西留沪旅日学生同上

豫省路款说略（续第二号告父老筑路书）

"开济"线拟由开封起，至曹州界止。由曹州界至济南之路，则划归山东自办。"洛潼"线由洛阳筑至潼关，西接陕西西安潼关间铁路，东接比公司洛阳开封间铁路。

两路直线约计千里，拟先集股一千万两（吾国币制复杂，内外国银元亦未能充溢乡僻，无宁仍用银块计算，下仿此），全款分为三百万股。每股计银四两，共二百万股，合银八百万两（股份宜多，银数宜少，使一般人民皆有入股力量）。其二百万两特为使一般人民便于入股计算，计每股二两，共一百万股，合银二百万两。募股之法宜每县暂举一人，总收一町股份，但须注重公益，且宜先自认股多许，为众表率。再由一县举出十人，分地劝募。有愿入股之人，宜先编立草册，列定认股人数、银数（省中宜设一报告处，以为周知各县认股多寡之机关）。俟大局妥谐，人情翕应，而后公举总理，刊发股票，明定限期，收集股份。路工未兴之日，股银宜储殷实商号生息，不得经由私人之手。吾豫省不能办事，原因决非一般人民公德心、企业心之缺乏，良由吾国不明商法、不谙公司性质，往往一二不肖借端干没，因是洁身自爱之士相率一事不办。即有公益事项发现，人亦视之为畏途。贪人败类，殊堪发指。此次路款稍集，即当公同严立章程，预杜私弊，望我诸父老偏告乡里，苦口说明，铲此阻力。

吾豫路款全由招股，其实际与合资经商同一性质，决不仰借压力，加重租税及杂项等骚扰党邑。因取得无多，易启摇惑，且滋弊业，意外阻挠，转多棘手，无论民股及其他股份均按四金一股计算，全股收齐，列表宣告，路成后每岁赢利按股均分。此事本合豫人资财，谋豫人利益，既不加重租税及各杂项，则宜自行尽力认股。吾豫户口二千余万，每县经理之人宜调查就近户口几何，合贫富阶级，平均计较，每人出到块银五钱，即敷全款。其女界、幼年界及贫乏之家则宜使入二两小股，其官绅商富尤宜多认股数，庶可补出不能认股之家之缺额。

全款一千万两。四两之股二百万份，为数八百万两；二两之股一百万份，为数二百万两。入股本极易，今更为便利起见，拟将股份分为三期征收。一期约计一年，三年之中，如认股百份，每年不过入银百两有奇；如认股一份，每年不过一两有奇。如此办法，入股尤易。全股既经认定后，股则继续收纳，路亦继续筑成。因路之开办伊始，聘请工师测量路址、采办铁木及种种事务需时不少，股数既经认定于前，则股银不妨继续交出于后，不至路款中绌，阻碍工程。

吾豫风俗习惯本极中正，地理风水诸雄诞怪妄之说迷信极少，宜无可虑。今世界各国筑路数十万里，破坏风水无乃太甚。彼宜得祸而转享富强安宁之幸福，且使他国强订条约，强行筑路，又能持风水之说出而相阻耶？万一有此等论说发现，尚望诸父老极力劝导，若室庐坟墓可绕越则绕越，至万不能绕越，则改修之资从丰。无妨慨焉移徙，成此美举。要惟吾乡人自行办路与办一家之事同，绝非异国动举可比，此亦无可疑也。

吾豫省各州县存储之公款，原欲留办地方公益。公益之大，莫如自保利权之铁路。存储之地位，亦且无如铁路公司之稳固。至公款投入铁路公司时，公司一体发给股票（但股票上须有某州县公款特别字样）。路成之后逐年抽出此款，附入矿务公司铁路之余利，增矿务公司之基本，则路矿更有相辅而行之益（吾豫矿产极丰而开采甚少，且河北矿权旁落于人，则开矿一节直与筑路并为重要。第路矿并举，力恐不逮。故就路言，路更不搀入矿务，而矿产急宜开采，固尽人所能知也）。谅亦贤吏与望绅所乐许也。

路款有不敷用时，则公司可于股票之外发出社债券。泰西组合公司往往借社债为补助，不止铁路一事。假如吾豫省路款有股份八百万两，而此二百万两不足之款，即可借社债补助其乏。日本劝业银行有发行债券之特权，吾豫铁路公司似可仿照此法。例如所缺乏二百万两路款，可发二百万两债券。计十两一张，共二十万张，散布于本省中，用告白登其利息，按铁路筑成每年所得赢利颇丰。如照五厘行息作为债券利金，亦无损于路股之利。第铁路债券行息仅止五厘，人或不乐购买，则可于债券上加所谓割增金，与中国之彩票略同。如公司与铁路通行后偿还此债，全款凡二百万两，债券凡二十万张，分五年清偿，则每年应还四十万两，即债券四万张。用抽签法于二百万两中抽还四十万两，于原利五厘外，特加割增金五千两，每张附加割增金五两，分配此五千两于一千张债券中，俾购社债券者抽得此签，顿获意外之资，则虽利息微薄，而债券亦可畅行。夫公司所发出之股票购买此票时，可直接而获铁路之赢利。公司所发出之社债券购买此券时，则又可因公司之付息间接而分铁路之赢利。而其债券之负担，则为股款聚集之公司。其偿还方法，则有铁路每岁进款。是购买此券时尤为有利，而无损但千万两之路款，只宜发出二百万两之社债券，因公司所发出之社债券，其所付社债之息为一般入股之家所分与，借此社债，其期限若过延长时，则铁路筑成时，前数年之赢利将为此社债券占其多数。是铁路公司固不宜滥发此社债券，而购买此券则固多多益善也（借社债券筑路，路工告成无期，日日负此债息。至偿社债时，公司仍用铁路之赢利付与，是入股家代为负此数年之债息也。故就筑路而言，股票宜居十之八，社债券宜居十之二，乃为合宜。至于国家筑路，因财政困难借民债而负久日之息，乃不得已举数十年铁路进款尽为民债之本息，今日犹可为也）。

吾豫路款亦可利用富签业。此等富签业在各国近况固已废弃不用，而当吾豫铁款需财孔亟之日，则不妨籍此富签业，利用一时之投机心而为吸收资本之一助。但此富签业须路成即行停止，又彩票发行必归铁路公司经理，既杜伪造，亦便稽查。而公司刊发彩票总数亦须列表通告，由公司发行各州县、各经理人，由一县中自行开彩。一县之中城郭附近为一彩场，其四方之乡村市镇、东西南北分为四彩场，地近则购买易分辨，则不至凌乱而生弊。开彩之期一省划定一日，其彩票截止之期限定为三年，计每月开一次，每一次银数为一千两。一县之中城郭附近之一彩场、乡村市镇之四彩场各一千两，一县中一次计五千两，一年计彩银六万两，三年中则为一千八百万两（彩票未必能尽销售，不过多设额数，为按十得五之计焉耳）。

此法畅行自于路事有裨，而查售彩章程即预先宣告，谓此彩全为路款而设，凡中彩之银计四金为一股，即径行查交公司收用。开彩之日某人得彩若干两，公司可按银发给铁路股票若干份，得彩之人不惟获彩票之大利，又可因得彩而获铁路股份之大利，亦何惮而不为？且得彩之人骤获巨款，未必即能经营相当事业，且启奢侈浪费之弊，使其入股铁路绝无把持之嫌，此亦集款之小术，所谓卑之无甚高论也（但各省彩票前数彩得银过多，故全体得彩之人甚少，未免苦乐不均。譬如千两之中总以多数人得彩为宜，而银数减少则无所妨。盖此彩关于路政并非赌财银数多而得者少，黄金在前无救乞儿之饥，则易绝人希望之心，银数少而得者多，则得者正可藉此而谋铁路之利益。故如千两之彩额，每彩售银五钱，计二千人为满额，而第一彩则为二十份，每彩为银二十两，共二百两。第二彩则为一百份，每彩为银四两，共四百两。第三彩则为二百份，每彩为银二两，亦为四百两。二千人之中得彩至三百二十人之多，则数人中可得其一矣。至一县经理之人倘有弊实，则公司总理得执公议处罚）。

铁路经行之地，占地用土所需地亩甚多，其地主亦可将其地亩估价入股。自地主一面而言，其地亩原有种植之利，而吾国农学不讲收入究难畅旺，其视铁路利息不可同日而语。铁路筑成数年后，不劳耕获而可坐待原地之来归，不犹愈于仰天而望岁乎？而此后路股长存，且十倍二十倍于原地而未有已也。即转售路股与人（惟不得售于外国人），已可数倍于原地矣。近来各国筑路于吾国，地主往往售地外人，即重价犹为可耻，而所闻且有不及十金之价，夫售地外人,目前得数金,不旋踵辄尽,与自将此地入于本国路股中,执股票为铁路之主人翁将孰愈耶?固知吾乡人之乐有此举也(若地系贫乏之人,倚此为日月计,则宜立偿其值)。

而自铁路公司一面而言,试就津沽就成之价,将购地费与筑路费两相比例,每筑路一里,约八千七百余两,其设轨各费约七千余两。每路一里须占地六十亩,每亩价银以二十三四两计之,约购地之费一千四百余两。开济、潼洛两路约计千里,全款凡八百七十余万两,而购地一节,已费一百四十余万。若地主将其地亩估价入股,则有七百余万之股款,而路已竣矣。而此七百余万之股款,又分三年征收,吾豫全省,每年不过集股二百余万。观于此,则此路亦易筑耳。

认设一事甚为重要。入股利益,无俟赘述,其无危险亦可断言,故一般人民皆可量力认定。而惟商界上尚有疑义,因商界持筹握算亦可获利,或不肯投股铁路而为持久之谋,不知入股百金,铁路通后,再将此股票转售于人,百金之股票可有六七百金之价值。若执此例而问诸商业上之岁赢,且恐不能如此操左券也。至于寺庙庵观,尤宜于此时协济公益。吾国今日国穷民困,而独不耕不织而拥厚赀,于深言则近于不逊,而祸机所伏,恐有触而辄发。若能独立肩任多股,则延名誉而获厚实,亦策之上者也。

人事天命论

仗 剑

前得友人书,言及我国政府之庸劣,官吏之腐败,一般社会之顽固,若有余痛焉。而其究也,则以为此皆有气数为之,非人力所能强争也。噫,安得此亡国之言?方今我民族上受野蛮政府之压制,外受虎狼强邻之逼迫,困穷屈辱,业已达于极点,亡国灭种之祸近在眼前,犹不知发扬志气,振作精神以图自立,乃复认定气数二字以自阻丧,束手待毙必矣。优胜劣败,天演之公例难逃,何所恃以生存于竞争之世界?是宜各人反躬自问,而不容诿之于气数者也。

夫气数之说始自何时，周孔之所未道，诗书之所不载。大抵始于秦汉以降，盛鼓吹于宋明，而蔓延以至今日。当始造此名词之时，或出于咏史者之一部，咏叹既往之所用，国家之由盛而衰，世运之由升而降；或悲悼痛惜自己所最景仰、最心折之古人之遭逢不偶，求其故而不得，则假借气数二字，以唏嘘凭吊于苍苍茫茫之表。本系想象之词，决非未事之先方事之时之所宜称说也。

至后人附会推演，而一般无志气、无才能、畏罪苟免之徒，复从而唱和之，往往于事前即有"谋事在人，成事在天"之见存于中，以为天必欲亡之人，必欲兴之人，与天争万不能胜。文天祥之无益于宋，史可法之无造于明，明效大验，章章可见，援引事故，训诂气数，以自文其无能败事之耻。此说一炽，如听潘乐，人心靡靡。唐宋至今，上而政治之苟且敷衍，下而民气之萎靡怠惰，皆引气数之醇醪，甘而忘醉者也。天下事成败得失，岂有定哉？顾为之何如耳！文天祥、史可法皆受任于分崩离析、疆土尽失之后，所谓死灰不能复燃，故虽二公之才能知识不能存已亡之国。然而二公明知其不可为而犹毅然为之，经营擘画，不少懈怠，直至身死气犹未衰，二公盖知有人为而不知有气数也。

夫事之成也，必有其所以成之原因；而事之不成也，亦必有其所以不成之原因，此不可不察也。汤武革命，夏殷之亡也忽焉。圣敬跻日，积德行仁，此汤武之所以兴也。滥刑炮烙，暴虐无道，此桀纣之所以亡也。若以气数之说推之，则是汤武之圣敬日跻，德行不仁不足重，而桀纣之滥刑炮烙，暴虐无道不足以致亡也，岂通论乎？秦失其鹿，天下共逐之，刘邦项羽相持不下，厥后刘得项失，论者以大汉之兴为得天助，此大不然。高祖尝自言之矣，吾任用三杰，言听计从，项羽有一范增而不用，此所以为我禽①也。若以为一得一失皆有气数，以阴为之主，则高祖之言为不足信，而项羽所谓"此天亡我，非战之罪"，其言为不诬矣，谁其信之？今有二人对弈，其赢者必其善弈者也，其输者必其不善弈者也，此人所共知也。在善弈者方怜不善弈者之以不善弈而输，而不善弈者乃不服善弈者之以善弈而赢，而以其赢为天幸，不耻己之不善

---

① 同"擒"。

弈而输，而以己之输为天之不佑人，必以为狂矣。惟战亦然，疆场之间一彼一此，旗鼓相当，胜败未易决也。及兵刃既交，一方奋死直前，勇气百倍，一方弃甲曳兵，不战而走，则其败必矣。其败也，不力战之咎也，自败也，非气数使之败也。惟耕亦然，同一土田也，同一雨泽也，同一播种也，其收获亦宜同一也。乃或则粪壅溉灌不遗余力，或则辍耕嬉戏不知事，则收获之多寡必有悬殊矣。收获之多寡也，用力之勤惰也，于气数无关也。惟人之养生也亦然，人生世界中，七十中寿，其最普通也，若纵淫肆欲，嗜酒贪色，不顺寒暑之节，不慎起居之宜，则必早夭。是其夭死也，养生之不善也，亦于气数无关也。惟人之于学也亦然，同讲室同教员，又各有同等之才力，乃一则专心致志，惟奕秋之为听，一则一心以为有鸿鹄将至，则其成就必弗相若矣。其所以不相若者，用心之纷专也，亦于气数无关也。惟家亦然，甲乙二家，同里而居，皆中人之产也，甲之家男女老幼，并力齐心，早作夜寐，克勤克俭，土地日增，家产日隆，乙家之男女老幼，酣嬉懒惰，饮食服用必求鲜华，未久而家产荡然尽矣。贫富之形皆由人为，是岂得为之气数乎？

至于国亦何，独不然英国国也，德国国也，法国国也，美国国也，日本国亦国也，吾中国独非国乎？土地之大，大于英德法美日本也，人口之多，多于英德法美日本也，出产之富，富于英德法美日本也，然而英德法美日本各国则富强无敌，为世界冠如彼，而吾国则贫弱无能亦为世界冠如此。此果谁之咎也？英国之人人也，德国之人人也，法国之人人也，美国之人人也，日本之人亦人也，吾国之人独非人乎？顾何以英德法美日本之人人格之高尚也如彼，道德之进化也如彼，社会之团结也如彼，学问思想之进步，农工商兵之振兴也如彼，而内顾我国人品则错杂也，社会则涣散也，思想则浅近也，学问则不完全，农工也不发达，而兵更不值一提一言矣，是谁之过欤？此不可解者也。谓中国之弱为气数，则甲午之战败，明明丁汝昌之恇怯有以致之台湾之割离，二万万之赔偿。又明明李鸿章之不善外交有以致之庚子之祸，构于端庄、刚毅之信用义和团，而义和团之起又因其年直隶之大旱。今者河北之矿经程恩培、吴式钊盗卖于福公司，故福公司遂有河北矿权。事皆有因，虽欲厚诬气数，而气数岂任过乎？至谓冥冥之中皆有气数，气数何物也？冥冥之中何地也？谁曾足履之而目见之？然则既曰冥冥则其不可据也不待言矣。国家大器也，存亡大事也，舍其显然可凭者，而不致力以研究，偏寄权于冥冥不可知之气数，死则曰气数，死我也不敢争也，亡则曰气数，亡我也不敢抗也，亦惑之甚矣。又有为"一饮一啄，莫非前定"之谬说者，饮酒至醉，伤身败名，吸食鸦片，损精耗财，累及终身以死，谁饮之？非从己之口入乎？谁吸之？非吸至己之腹中乎？谓有前定可乎？试诘之曰前者何时，而定之者又何人也？当必爽然自失矣。

《太上感应篇》曰："福祸无门，惟人自召。"孟子曰："彼丈夫也，我丈夫也，有为者亦若是。"今我国亡国之大祸在即，愿我父老兄弟奋有为之气，耻向来之偷安，而大加振刷。年长有德者则正身以率其家青年，有志者则热心以向于学，少壮有力者则充兵以励于战，而耕于野者亦当采用新法，勤于作业，以重根本。人人能进取，即人人能独立，民智既开，民气自强，而国亦随之。虽不能有损于英德法美日本各国，而各国亦无能如我何。我国民可与各国立于同等地位，然后世界之和平可保。所谓两善弈者相遇则一局活棋也至于此，而气数之说盖无藏身之地矣！天下岂有难事？有志竟成亦为之而已矣，何气数之足言？兹特就我河南之最急，而又力所能为者约陈略之。（未完）

快讲学

世界上无一事不进化。茹毛饮血，进化而为火化。穴居野处，进化而为宫室。见地上转蓬而造车辇，已足便行人矣，竟进化至电车汽辙。见河中飘叶而造舟楫，水上往来亦便矣，竟进化至轮船航海。近又以舟车发明纵极精巧，亦不过于地球表面上运动，欲为升高望远之计，乃造出一种轻气球。理想家以轻气球即将来诸星球往来之轨道，虽稍涉于奇怪，以进化理推之，未必无此一日也。

盖进化之理，近经东西鸿哲极深研几，横尽虚空，竖尽来劫，确确实实无或谬也。凡事都有进化，至于战争，独不进化乎？吾敢断言之曰：廿世纪以后，蛮干触戈，枪林弹雨，争夺侵略，杀人盈野，一切野蛮举动都归于乌有，凡种与种战，国与国战，必变野蛮为文明，变有形为无形。然则文明战争、无

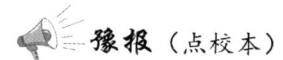

形战争，果何战争乎？农乎？工乎？商乎？矿乎？而农工商矿胥本于学问，今后之天下其成为学战之天下也必矣，学战与兵战有异，兵战也不过当其冲者受其害，且战争之起亦不能持久。历观世界大战争即如美洲之八年，欧洲之三十年，终有疲倦停止之时。至于学战，不藉军器，不赖饷源，以世界趋势之力充满郁积，久而愈烈，人即杜门不出，远避其锋，而战之厉害亦波及之，其剧烈视兵革为何如，不待智者而知矣。昔日之战，人皆增壁垒，缮甲兵，为战守备，今日之战顾不可不讲学哉。虽然讲学，亦有辨五洲交通，万国比邻，群族嚣嚣，各有争胜之心，稍一不慎，即处劣败。

故今日讲学，必审知敌情，求可一战，不可恃大而无当道理，又岂可立坐井观天论说？或者谓世界文明古国有四，我中国居其一，既有文明，即有学问，就我国旧有者而讲之，何事更张为也？然而中国旧有之学皆治内无对外者也，如孔孟为我国大圣人，无不知者，即东西亦公认焉。孔子因春秋诸侯专恣，权臣当道，目无王章，所以发"君君、臣臣、父父、子子"之说。孟子因战国暴君汙吏残害黎元，所以立"民为贵，社稷次之，君为轻"之论。孔孟以后如汉之考据、唐之词章、宋之性命不流于言诠，即走于虚无，究与人群、社会无有裨益。下此者八比策论更卑鄙不足道矣。然杜门过活，孔孟学说亦可传父慈子孝，兄友弟恭。其余学说，虽陋亦可粉饰铺张，叙天伦之乐事，岂今日门户开放，外人交涉，非家人妇子之比？无论先日之学不好。即好，亦夏日之葛，恐不足以御冬日之寒，冬日之裘，恐不足以解夏日之热。是讲学要舍旧而从新，或者又谓世界趋于文明，万国知识皆许交换。

又况东西洋大学问家发明新理想不少，取其尤以饷我国，此一交换知识之一道有何不可？岂知所谓交换者，只能交换其科学知识，至所谓国学者，不能交换也。何则？科学者，万国所同；国学者，一国所独也。甲国之学不能移至乙国，此近来研究学问所公认。非避同也，势不能也。盖国学必本其国土地之形势，人类之性情，其余一切历史风尚而定，其形势不同，而国学亦即不同。若强不同以为同，恐江南橘移江北则为枳矣！是讲学又不可舍中而从外。

总之，无论新学旧学，中学外学，能保我国强盛，足与列强一战，斯乃所谓学矣。现在我国人如一盘散沙，尔为尔，我为我，除自益自利，尚不知有别事，是我以外不知有人焉！知有国中国之名，辞外国人欲遂其吞食之欲，尤常挂于心中，试问中国人心目中有此"中国"二字乎？所以然者，即我中国人无爱情也，天地间人七零八落，惟赖此爱情始能团结一处，成为社会，成为国家。中国人无爱情，所以持个人主义，对内不爱同胞，自相残杀，对外不爱国家，任人宰割。

今日讲学惟激发中国人之爱情，始为对症药。然果由何道乎？我国字典中有所谓"仁"者，其构造此字也，以二人是不取个人主义，而由二人结合百人千万人至无量数人为目的。然二人也究非一人，欲团结之使在一处，其中非有吸引力不可。注释"仁"之意义者，曰心之德，爱之理，此其吸引力也，此二人者之所以合也，即团结千人万人至无量人亦不外此也。若能取"仁"之一字，演为学说，我中国前途度有影响乎？姑无论仁与国家有若何关系，即以一人论，若四肢有麻木不仁之病，亦不能行动。亦无论仁与动物有若何关系，即以植物论，桃李有仁而后始能生长，是仁者包孕万有，实为天地三界，十方万灵之真宰也。

我国古圣贤故以仁为重，其论仁之说，散见于书册者已指不胜屈。近世大维新、大爱国、大舍身以救众生之谭嗣同亦著有《仁学》一书。盖无人即无国，亦无仁即无人，若不将仁之观念积于人之脑中，使渐生爱情，爱人而爱国，则大本不立，纵兴工艺、整商务、讲树艺、讲路矿，其余一切政治亦仿效各国略施整理，终属枝叶焉，能孤植于烈风暴雨中也。嗟嗟五洲交通，万国比邻，挤挤大地成竞争之场，攘攘族类挟进取之心，一谈一笑亦寓战机，竞智竞能终属惨局，优胜劣败天演公例，惟有所恃可以不恐。吾望吾中国，吾望吾同胞，吾望吾中国同胞之快讲学。

教训儿童说

无知子

七八岁的小孩们，无论男女，尽是天然好学的。不拘什么物件他都好看，不拘什么事情他都好听。他一看一听，就常常想把他学会。并且小孩们良心没坏,到处都见天真。譬如看戏,他看见那岳飞痛杀金贼,功盖一世,开口便夸忠臣良将,恨不多出来几个。他见那秦桧和金杀害岳飞,开口便骂卖国奸贼,恨不立刻就把他杀了。像这虽似儿戏,实在是他的本性,是见孺子真是可教的。并且世上的人再没有当小孩的时候爱听说闲话,一给他们说起古今笑话来,谁比谁还想站得靠前些。要是听不到头,叫他吃饭,他都不肯回去。不但他听的热心,听过一遍就记下了,不忘了。嗣后没事,他想起来就对①给这个学学,那个叙叙,呈他好奇的心思。就这一想,教训蒙童的妙法,第一就是说闲话了。

儿童到七八岁的时候,智识没开,他心中空空如也,时时想寻点稀奇新鲜的智识,好像饿得了不得了,要没干净正经的东西给与他吃,就是腌脏腐败的东西,也挡不住他要足量吃的,若是不给他点光明正大的智识,就是歪舛邪僻的智识,他也要学的。这是什么缘故呢?他心中没一点智识,常常像木瓜一样,到底是意不过去的,所以这个时候必要把那公正厚道、可以养成他的德性、可以抬举他的身份、可以高大他的志气那些趣话,常常跟他谈笑才好,不然他就要去找那些狂荡淫猥、失品行败风俗的歹话去听去了。他所找的,原来出于无心初听的时候,不过觉着很新奇罢了。但是小孩们的心好像是一坑水,东边扒壑东边流,西边打口西边走,没有半点把握,虽然说学好学歹全跟指教,可是领他去学坏去,比水往下流、火朝上烘还厉害的。

就这看起来,我们对小孩们说话千万不可顺嘴胡说的,就是说笑话,莫要全当成闲话说,当成讲法的才好。或是拣那家乡远近,一切过去实有的事,随时品评哪好哪歹,教他知道好歹。或是说现在的事物,教他长点智识。譬如说空气也占地位,如若不信,拿点纸贴茶碗里底下,口朝下一直往水里按,纸决不会湿,要不是有空气在里头擎着,你说是怎么着的?又像说云彩是水蒸气浮在空中的,雨是水蒸气到空中逢着冷气又变成水滴下来的,若是不信,天愈早的时候为什么偏不长云彩、也不下雨的?再者请看锅上热腾腾的水蒸气,该云彩一样不一样?锅里头的水就越弄越少,若把个冷盘支在水蒸气上立刻就滴水下来了(若能不教水蒸气跑一点,锅里头少多少水,那里可以取多少水的)。

---

① 疑多一"对"字。

说的有情有理，小孩们自必爱听，听过也容易记得。

若是论古今人物，常常给他说二十四孝，他必想作孝子；常常给他说孔融让梨，他必想学悌弟；常常给他说当路斩蛇，他必想学义士。这些闲话偶然说来，觉着没什么要紧，其实不然，无论什么事先入到脑里是本，这就是一生不动老本的教训，也就是定运命的指南针。因为这个缘故，常想世上为父为母为兄为弟，凡当先辈的人，无论跟自家的孩们，跟人家的孩们（世上有一恶人，自己多少要被其害，孔子先知道这个道理，所以说物我无闲，常常视人犹己。训蒙是成就世人的根，所以更不可分人家自己）说起话来，总要拣那公正厚道，可以养成他的德性、抬举他的身价、高大他的志气那些话才说。你不要一时看他累赘，当做儿戏，要知道真个家庭教训的根本就是确确实实在这儿的。

像这样说起来，究竟说哪一类话才是咧？第一莫妙于说历史的趣话。我们中国历史上像那孟母三迁、张良圯桥受书、司马温公打缸救儿那些话，外国的像那想灭全欧君主的拿破仑、创立美国共和的华盛顿，他们小初身的事情，都是非常有趣。第二就是地理的趣话。像说那小瑞士国景致极好，恰像万国的花园，美国铁道伸开可盘地球十八圈，西伯利亚北方夏天热死人，冬天冻死人，那里人冬天住冰洞，出门坐橇（橇似托车，没鼓轮，套狗拉住，在冰地上滑溜着走），山西省的煤矿世界第一，都掏出来足供全世界人用五千年，这些话不也很稀奇很好听么。第三就是稗史的话。像那三国、水浒、小五义，那里头的话足感动人的也很多。第四就是俗话。像说那凤龟答话，凤说让你老鳖为窝为十年，不如凤凰一展翅；鳖说只要老鳖天天为，就怕凤凰不展翅。像这些话一猛听着很觉无味，仔细一品，用意甚深。世上自恃才高的人，还不胜才笨好学的人，实在是这个样子，像这类俗话天天说也说不尽，是很多的。上头这四类话，常常说来可以长小孩们的智识，并可以动小孩们的观感，管保万无一失的。

我们中国人教训小孩，野蛮的打罚不必再说了，怀抱的小孩不想他哭，就说你哭罢，你再哭我叫猫吃你。一到会跑，不想他到处费手，就说你去吧，那儿可有鬼，弄的小孩们脑子里头什么东西都没有，就有猫该①鬼骇的，小孩们

---

① 疑为"骇"字。

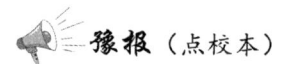

几乎看他爹娘都当成猫鬼了。又有一等俗人，特意好跟小孩们说鬼怪，以骇小孩们哭叫为得意，不然就是对小孩们说那少廉丧耻、淫猥的话，一则缩小孩们的胆，二则开小孩们的恶念，都是万万使不得的。

我见有一种人跟自己孩们说的纯是一生息事，要学老成一派话，教他的儿女都是宁人负我不许负人，步步持退让主义，逢人不惹的。像这样人，尚有半点忠厚可取，惜乎断送了儿童一生独立的气概了。又有一种人恰似曹瞒，平素说话口满，行事过脚，跟自己孩们闲谈，开口就是五伯七雄，仗势利玩本事的话，教他的儿女假装着侠义的派子，欺压一切。这一种人，所养成的子孙往往说话办事无不乖僻到底，流落不到好地方。

就这看起来，凡孩们一生受这无心闲话的恶感，要居十之八九。常常跟孩们说歹话，其害实在不浅，望大家教训小孩们千万莫要把对他说闲话轻轻看过就是了。这非是我空说的，其书本如此说，经几多人的经验也没有不说是这样的。诸君想想自己的阅历，若是不然，请把这一片涂去也不妨的。

地 理

河南地理上将来之配置

蓼红生

均是土地也，均是民族也，而文明程度之高下，进化之迟速各不相等，何也？英儒洛克曰：地理与历史之关系，如血肉与精神。有健全之血肉，则活泼之精神生焉；有适宜之地理，则文明之历史出焉。吾以为地理之适宜与否不在天然的，而在人为的。印度，山河明媚之区也，而不免于亡国。英吉利浪打风吹、寒燥脊苦之区区小岛国耳，而国旗飘飏全球，势力之盛雄长列强，是何故？天然之地理不足恃，于政治上能利用其地理则兴，不能利用其地理则亡，无所谓适宜与否也。况乎时会之变迁，具有莫大转移之力。今与古既异其势，而利用之之①法亦自不同，乃论者犹鳃鳃然，曰：某国得天然地理宜兴，某国无天然地理宜亡，真一孔之见哉！中国本部开化之次第，大抵自西北以及东南，殷周以前河北极盛，秦汉之交移于河南，渐及于江北，六朝以后扬子江迤南亦骎骎代兴。历朝战争之烈剧，皆演于江河，间之原野，近百年来两江流域日进发达。证之历史，揆之现世，其变迁为何如者？此就中国全部而言，即以一省地理论之亦莫不然。吾今且即豫省地理之大势言之。

---

① 疑多一"之"字。

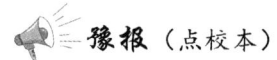

豫省居中国之中央，水则占中国三大河流之一（近人称黄河、扬子江、西江为三大河流），山则占中国吾①大名山之一。语其地势则迤西山脉纵列、伏牛横卧，大河直贯其中，据中清上游之胜，东南平野相续，土地肥沃，河川贯注，接淮南交会之通衢，诚哉其天下之冲、四战之地也！就其属内而言，可分为二部，一曰黄河南部，一曰黄河北部。

南部重要之地，视历代建都为转移。秦汉以前多重洛阳，东汉而下则重开封。洛阳今之河南府也，殷周之时俱为上都，背河面洛，扼孟津潼关之险，豫省之首地也。开封迫近黄河，水陆交汇，五代迭更之际，全集于此，赵宋代兴建一统之都会，形势虽夷，亦风气四达之地也。与开封接壤者则许州、陈州、归德诸府。陈许二州通过颍之水舟车可以四达，且与皖界相连，为南北之孔道。归德境内，土田广衍，北达曹州，足与青齐联络，东南接徐淮，居皖北上游之地，西汉之末刘永曾据其地，豫省西南之要道也。与洛阳接壤者则陕州、南阳、汝州是也。陕州地处河曲西北，境连秦陇，为豫省边地，熊耳龙门之山，伏处其界，即中国人类发祥之地。南阳南连襄汉，北通河洛，舟车便利。汝州据嵩阳、伊洛之间，山川较多，豫省最中之点也。其外汝宁、光州二属地相连络，当长淮西游为皖鄂枢纽，省垣东下之衢以此为便，此南部之大势也。

北部所占之地视南部较少，然地形之强不减南部。怀庆、卫辉二府地势略同，黄河带其南，太行峙其北，天然险固也。彰德一隅，尤山川深阻，平隰适均，为河北咽喉之地。古人所谓河北三府属之河南，实犬牙之势，此北部大势也。

由此观之，豫省数千年来都会之盛，历史之光，实亦地理之结构有以分配之也。兹更即人文之最著者约略言之。

一曰文学。中国学派之盛以春秋为第一时期，而卫地英贤宗孔门学派，思想所跻不让邹鲁，亦学者之代表也。战国之地道学极茂，庄周理想之高，诸子所莫能达，道家之嚆矢也。迄于汉初，崇尚经学，而洛阳之少年亦称当时巨子。东汉以下学术寖衰，迨乎李唐，昌黎崛起其间，为学者山斗。南宋以还，哲学伏振，伊川之学得力于心性，尤首重实行，为近世哲学所莫能及。凡此

---

① 疑为"五"。

者，皆吾豫数千年学派之发达表见于历史者也。

一曰生计学。生计学者，人类之资生视为消长者也。中国数千年无生计学之历史，惟陶朱殖产致富之术，太史公尝叙及之，虽其学识不充，不能发明于后世。而近今言生计者，分土地、人力、资财诸说，实未尝过其范围之外，是亦吾豫历史生计学之现影也。

一曰武士。燕赵古称多感慨悲歌之士，论武士者，首推燕赵。然韩魏之间，实有过之而无不及。聂政荆轲之使照耀千古，为历史光荣久矣，且毛遂仗剑而叱强楚，信陵君矫诏以救平原，实具完全武士之资格者也。且接其后者，如留候之才之学固不必赘论，即博浪一椎，尤春秋武士之结果，秦汉以下武士之先声也。其他具保国保种之热忱，诞生于数百年以前其精神，直达于数百年以下，足以振起吾民族独立之性者，如岳武穆矢志灭金，张睢痛骂胡虏，不惜牺牲一身，以留人间之正气，尤吾后人所当刻印于心而不可忘者也。

由此观之，豫省人文之发达，尤其地理之骨格也。虽然空古之事不胜记，今后之局犹未来，人事多转移，山河乃因而变色，凭吊古昔英雄，战争杀伐形势之地、险要之区，不数百年而已。若残山剩水，徒留一二历史之光荣，供后人之考拔。而所谓黄河流域之文明，已一跃而入于扬子江之流域矣。呜呼，此豫省近百年来地理人事之变迁，实豫省当今政治、军事及百般社会所当急研究之问题！吾人处此万类竞争之际，使仍视为山河无恙，版图依然，遂抱闭关自守之故智，而不知外人之鉴吾脑而扼其吭者，尚在吾人耳目不及之区而已，足制吾人之死命矣。吾豫有起而造今日之时势者乎，吾愿将关于地理之最要之故事，所急宜研究者奉告。（未完）

实　业

蚕桑泛论（续丙午第二期）

破浪子

去年第二期所列世界各国生丝比较表，大家已经看过了。无论哪一年，无论哪一国，都没有咱们中国所出的丝多。所以早几年就传说着丝茶为中国出口货之大宗货物，那话是真正不错的。可是以多少比较起来，第一属中国，第二属日本，第三属伊太利，第四属法国。若以好坏论起来，法伊二国占第一，日本占第二，咱们中国只能占第三了。所以世界养蚕出丝的国虽说不少，独自中日伊法称为四大蚕丝国。虽然若就地面大小论起来，日本地面不过有咱们河南一省大，咱们中国所出的丝必定比日本多十八倍，只算与日本多少平均这么样看起来，顶多的不就属着日本国了么？然而日本蚕桑学校先生讲书的时候，及蚕友会演说的时候，还要说大家勉励讲究，将来蚕丝上竞争，及不可不与伊法争精美，更不可不与支那争多少，这么样看起来，日本的蚕丝业将来的进化，是不可限量的了。

哎呀呀，咱们中国人若不醒悟，以后还不知道吃多大的亏哩。以前杭州太守林迪臣先生就虑量到这了，因在西湖上立了个蚕学馆，请了一位日本蚕学先生，讲究喂蚕的新法子，从此以后中国才算是兴起蚕学了。如今咱们河南也有两个蚕桑学堂，内中用新法养蚕，在下曾亲眼见过，的的确确是很有把握的。

大概才出生的黑蚁，每一钱重可成一万头茧，至好的有二十余斤，最不好的也有十七八斤。平均计算可得二十斤茧，值钱七八千文，若手熟的人，一人可喂四五钱黑蚁，成茧可卖三四十千文，通共不过受一个多月的劳苦，这样看起来不是比庄稼强的远么？要是家家都学会养蚕，何愁不能家给人足呢？可是一样一样都想照着规矩去行，势必得讲究些蚕体生理、蚕体病理、蚕病消毒法、显微镜使用法、蚕毒检查法、蚕体解剖法才能行哪！如此非入三年学校绝不能够办到的，难道说全省喂蚕之家能会因为个这缘故就搁住不喂，一直等到他们三年学成以后再学么？况且全省人口约有二千万之普，两个蚕桑学堂学生通共算起来也不过百余人，这百余人纵至个个讲公德、个个爱国家、个个爱同胞，难道说一个人能教二十万人不成？

我想世界上无论什么学问，什么事业都不是一步可以超到绝顶的。只要能以漫漫的改良就是啦！况且在下自己觉着于这一门学问知道也很有限，怎敢说给大家说法呢？不过是对于外国，只觉祖国非常的吃亏，回想故乡又觉得同胞实在可怜，因此心想挑选至简至便，乡下能行的一节一节演成白话，贡献于乡人，以求蚕业普及改良就是啦！如今把他分为三门，一曰养蚕门；二曰栽桑门；三曰制丝门。

养蚕门

第一章　养蚕的预备

孔子曾说过："工欲善其事，必先利其器。"可见无论干什么事，总得把干那事的器具预备好才能行哪！养蚕之必须预备者有好几样子，如今一样一样说与大家听听。

一、蚕室

养蚕的事，蚕室是最宜讲究。现今日本蚕学校或蚕学会都是另外盖房，专为养蚕。用的房子都是有一定的规矩，一定的样式。可只是咱们乡下普通养蚕之家一时决办不到，就在自己家房子里养蚕也未尝不可。总得预先把房子收拾洁净，多开窗户，教日光透澈，空气流通，室中温度轻易不变，这是最要紧的。

二、蚕架

蚕架用竹木做的甚多，长短不必甚拘，可因房中地面之大小而定。大概长不过一丈，高不过八尺，宽不过二尺。譬如有八尺高，上下可分八段，每段上下相离以八寸为度，如上面所画的图，乃是上下分为五段的养蚕之家。想用蚕架，就可以照这个样式去做罢。

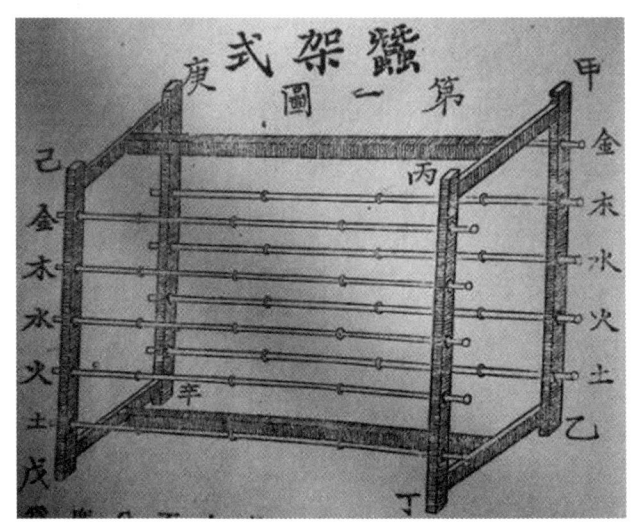

图解：

（一）甲至乙，丙至丁，己至戊，庚至辛为四柱①。

（二）丁至戊，乙至辛为长，尺寸不拘。

（三）甲与丙，乙与丁，相离皆二尺为宽。

（四）金木水火土五处皆于木柱上为圆眼，每眼相距八寸，以便竹竿插入。

（五）或为刻缺形，如第二图。

---

① 疑为"柱"。

第二图

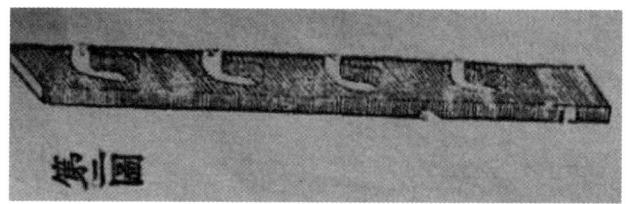

(未完)

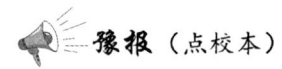

时　评

浚令热心兴学

　　自变法以来，宦海中事事反对，千奇百怪无所不有，而教育界尤为彼辈所切齿，愈加阻力，故近年来演出种种怪象，为前途障碍物久已，司空见惯矣。其上焉者，则借兴学以为保举之地位，而多立学堂名目不求实际者有之；其次焉者，则以教育为无足轻重而故事奉行，冀以掩上司之耳目者有之；其下焉者，则视学堂为仇敌，而破坏摧残之不遗余力者有之。三派当道，而中国学界前途，无论如何改革终不能有进步，无论如何变更终不能有起色，此有心人所以为学界危而并为前途悲也。兹闻浚邑陶大令竟能举上三事而去之汲汲焉，极力为之，提倡为之，扩张以开风气而醒人心。呜呼，斯人而出见于河南之官场中耶，河南有如是之官是吾河南之活佛也，安得不急表而出之？

　　浚邑，微区也，风俗勾滑，人情憸薄。自陶大令莅此后，热心施治，风俗渐为改良，人情渐为变易。而大令于教育一事，尤三致意焉。邑内高等小学堂及师范传习所俱已规模宏敞，有条有理。现设巡警学堂一所，聘北洋巡警学堂毕业生某为教员，定额六十名，开堂已数月，毕业后归各地方办巡警事。又设农务学堂一所，聘北洋农务学堂毕业生某为教员，刻已开堂授课矣。

　　夫巡警为保卫社会之要务，农务为古今立国之本原，此二事者无东西、无中外，要必以是为兢。今陶令能热心办理，而主斯席者又皆北洋毕业之俊秀，吾知实事求是，浚邑之学界其将日进不已，自此而大放光明矣。虽然官吏者，地方上之客体也；绅士者，地方上之主体也。有官吏以兴学而尤必有绅士以为之赞助，而顽固腐败且并为前途之阻力，而大令亦甚形棘手。呜呼，观于此，吾又不得不为陶令惜而并为浚邑学界痛也。噫！（闻浚邑绅士有陶某，绰号黏核桃者，大为该邑学界之阻力，陶令胡否速快而去之？）

济源小学堂之现状

咄咄！济邑小学堂之现状。咄咄咄咄！济邑小学堂之现状。济邑旧有宾兴一款，约千余串，去岁以之设小学堂八处，各各铺张扬厉，改立名目，闻者莫不谓济邑之学界将从此大有进步矣。即自济邑人观之，亦谓有小学堂七八处，前途之公事庶几容易着手，使果实事求是，力讲改良，则文明进化一日千里，此后何可限量？孰意县令狡猾，绅士贪污，狼狈为奸，表里作弊。鲁令以此学堂教员为应酬朋友之资，诸人即以此学堂教员为谋取饭碗之计。于是举人秀才彼此争夺，如逐失鹿，如获至宝，不知学堂为何物，不知教员司何事，但使有一二腐败功名出入衙门，即可俨然自居教席而恬不知耻。据最近调查，最可怪而恨者，孔某某为教习而未曾到堂田，荣芝王某某为教习而无有学生，其余或十人，或八人，无一定学科，无一定规则，甚至有学堂并未成立，而教习束脩则依然照领者，且又有去岁即支使本年束脩者。呜乎，当此兴学伊始，筹款维艰之时，而今此等劣绅吞蚀公款以饱私囊，使学界前途无复可望，而聪俊子弟错误光阴，则诸人之肉不足食，鲁令之罪无可逭。虽绮里学堂差强人意，而若辈则嫉妒之，诽谤之，又欲破坏之。嗟嗟！世人皆浊而我独清，众人皆醉而我独醒，使非有坚忍不拔、不顾他人是非之气概，吾亦恐其难免矣。虽然孔与田也，素嗜芙蓉膏，卑琐龌龊，不复知人间有羞耻事，其谋吞公利以营利，不为学界前途计无足怪也，独至王氏素未闻有何失德，乃竟从而效尤，甘冒不韪之大名。噫！吾不知其是何居心也，既名曰人，岂无天良？每当清夜，曷其自思。

怪哉温邑之主教育者

　　知县祝康祺于去春到任，仇视学堂，偏假学堂以渔利。邑有小学堂一，师范传习所一，皆前人所创设也。祝视为陷阱，听其腐败，不肯一加整顿，而民间词讼常借学堂招牌以为罚款之媒，少有不遂，五毒俱至，历查罚款约数百余金，而学堂曾未沾分文馂余。噫！吾闻挂羊头卖狗肉，虽名不副实，然市井狙狯之徒掩耳盗铃，欺人利己，犹必以此代彼，不敢徒以空名网利，较之盗窃诓骗固有异也。祝之以威劫财，是盗贼也；假公肥私，是诓骗也。以一县之尊而市井狙狯之，不若咄咄怪事？

　　邑乡有阔布一役，原来上宪发价尽为中饱，乃分派民间作为杂差，年计千八百余千。今朝延已罢此役，祝犹折价征收，仅拨入巡警局二百五十千，余欲尽充私囊。然如此巨款照照在人耳目，学堂、学会、传习所因款项支绌无法罗掘，均上禀面谒，求为拨助，祝皆拒。欲不允，又自知食难下咽，遂半途中止，曰：吾何苦结怨于民，而为汝辈作饭也？噫！有利则趋若苍蝇，无利则退若黄鹄。利己之事，则不惮为盗跖；利人之事，则偏思为夷齐。何祝之进退不拘贪廉顿易哉？方今国步多艰，兴学筹款在在责之州县，若祝某者，虽身受其任而固能得其环中、超乎象外者也。咄咄怪事！

　　邑生某某，初肄业本郡中学堂，因功课腐败，远游鄂渚某学堂招考，得蒙青眼后，鄂省因筹款艰难，该校生官费皆裁撤。某生家非素丰，欲求学则资斧告罄，欲退学则前功尽弃。乃上禀本省提学司，求其补助。提学司出于怜才，盛意大加奖许，饬该县查款酌办。祝大动老羞之怒，谓学生势力太大，胆敢禀请提学司来县要款，实属可恶。某生不知，又亲与祝上禀，并提醒款项眉目，恳求赞助。不料所指款项皆祝欲吞而未得者也，怒愈不可遏，又恐某生又上禀提学司，致招谴责，乃为先发制人之计，污青捏黄，亦上禀提学司。禀辞有某生素系刁狂，前在中学堂擅起风潮，潜逃湖北。不然豫省学堂如林，何处不能求学，而必游学他乡？请严加约束，决不准来县要款等语。

噫！欺上罔下，酷吏舞文之故技耳，岂可复见于立宪预备之世？豫省学堂如林，不必求学他乡，抚藩未敢出此言之，即提学司躬任本省教育，亦未敢出此言也。游学而曰潜逃湖北学堂，岂逋逃薮耶？潜逃者又岂止某生耶？此即今日政府疆臣严拿革命党，捕风捉影，到处株连，亦绝未忍出此言也。如祝所言，则遣派游学之政府疆臣首当罪魁矣。举他人所不敢言、不忍言者，祝乃悍然言之，而不顾果何为哉？嘻！吾知之矣，人苟权利冲突，不难陷害他人，求利专归己。祝之此举，则固以所指款项皆已欲吞而未得者，不得不借谄媚上司之手段，为钳制学生之妙计，以遂其自谋身家之秘策。此权利思想吾亦何敢妄訾？祝岂不谓吾为一县之主，则一县之财产，惟余一人是取求渺尔，学生何得遽分杯羹乎？使祝为外务部全权使，必能为一大外交家，保己国之权利，杜外人之觊觎，而好大河山必不至破碎，如今惜乎大材小用也。咄咄怪事！

教谕赵寿祺

以铜臭易是官，得祝令之保荐，为小学堂监督。薪水银只二十两，有以学堂事相商者辄曰：吾之赁金曾不过一守门仆，安望吾办学堂事？祝令将其监督名禀明提学司，为他日求保举基础，学宪来札，谓小学堂并勿监督之名，且教官不宜充监督之任。遭此谴责，而犹不舍二十金，谓祝令曰："查《奏定章程》，小学堂虽无监督而有校长，吾其为校长可乎？"且曰："此二十金乃乡者月课点名之劳金也，月课虽停，吾之二十金断不可去。"祝令诺之，遂私改其名曰校长。噫！利之于人，能令愚者智，惰者勤，区区二十金竟能役堂堂主文化之大教谕，平日畏事若虎，而不惜舍生拼死、攒头觅缝以求其必得。虽然权利义务相循环者也，不尽义务而徒享权利，二十金亦已多矣。教谕为文学官，使一州一县进于文明者，须赖乎是，如赵某者真有玷于斯文。咄咄怪事！

训导陈鹤龄

其官之来历不得其详，但生平不晓文学事耳，现充师范传习所监督。一日，本府巡视至温，到传习所问学生品行如何。陈不知品行为何物，目强口呆,作呓语,曰:"卑职常来催学生上堂。"府尊笑曰:"此不得为品行。"复问以分数如何定法,陈皱眉沉思良久曰:"五十分。"府尊又笑曰:"何以为五十分?"陈语塞。噫!教育一条为强国家之最要点,查东西洋各学堂之主教育权者,未有不自大学卒业又复于学务上确有心得而来。今若陈某者,于品行、分数二名目尚不能知,尤安望学务之发达乎?乃彼竟敢抗颜居学生教习之上,握教育之权,且自相夸耀,曰:"吾监督。"吾监督是直沐猴而冠,不复知人间羞耻事也。咄咄怪事!

附某某

某某者,邑之绅而棍也,姑讳其名。象貌雄伟,顶上圆光,一望知为奸黠徒也。向为小学堂斋长兼大王庙首事,侵吞公款,不知凡几。邑绅董君素干练,不避艰难,力刷时弊,深恨如此巨款充此辈腰缠,不能办一公事。费种种手段与之决算,从宽了结,而亏折犹有二千余金之多。董君上省禀于提学使,追发委催逼祝令,始罚彼六百两。然彼善于奔走,于未缴银期前,与祝令送山药数担,祝遂置此事于不问。噫!彼辈两小人,何足劳记者之笔?所可痛者,二十世纪之世界,一种族一大存亡之世界也,强者生存,弱者消亡,天演公例,久已昭彰。所以东西洋富商大贾、仁人志士往往投数百万巨资于公共社会,以为振兴国势起见,若某某者,不唯不投资,反侵夺公共之利益。纵一时形于便利,岂能免异日为亡国奴?

记者统观温之主教育人才,不禁泪涔涔下也。一邑而有此数蟊贼,嗟彼温邑其何以堪?夫县官也,老师也,彼皆假官吏之名,行其商贾之术,以大发财源为不二法门,彼何爱于地方而为地方谋治安?可①爱于人民而为人民增幸福?虽皇皇明诏,责以兴学,彼脑筋中亦何尝有此等观念乎?所恨者本地方之绅士生于斯,长于斯,聚家族于斯,当国势濒危、外患猛烈之秋,不思联合同志,共济时艰,反假藉官威,甘作走狗,蠹坏社会,是直凉血动物之不如,亦何怪乎?中国官长,各国称为老臭虫;中国人民,各国呼为亡国奴;我河南

---

① 疑为"何"。

省，各省卑之曰："老河南！"

省垣师范传习所监学李书元之丑态

　　李书元者，河南省有名之举人也。工于夤缘，不顾名誉，先充高等学堂监学，为学生攻退后，又求顾璜为之经营，得师范传习所监学。当豫省初开铁路研究会时，堂内学生有到场者，李皆记大过一次，嗣有学生将此事言于学务议长李君敏修，李闻之大窘，对学生常有摇尾乞怜状。未几想一妙法，凡学生家在河北者，皆记大功一次，家在河南者不然，因学务议长家在河北故也。

　　呜乎！李书元有监学资格与无监学资格，姑不必论，夫铁路矿务者，国家之最要点也，人民之贫富视此，一国之兴亡亦视此。故欧墨日本之亡人国者，往往先觊觎其路矿权，朝鲜之亡也以此，安南、印度之亡也亦以此。中国今日之路矿为各国所霸占者，几遍于十八省。如谓其无大利，则欧美人必不泛大洋而来也，如谓其无大害，则云南人不必力争滇越铁路，山西李培仁君不必蹈海以死也。就河南而论，京汉铁路已贯中心，怀庆一带矿务尽入英国之福公司手中。河南父老子弟行将同犹太人，无家可归矣。今开铁路研究会，河南之生机或可有望。李某者不唯自己不愿闻其事，反咎人之到会。欧墨各国皆曰中国人无爱国思想，如李某者亦可谓其中之一。

以马号喻学生之奇闻

　　陕州牧陈文熙到任之始，学堂监督与绅士晋谒。彼曰："今之学堂，犹马号也，上宪如委人来查，可觅人以补其缺。"堂内监督由梦昌，每日专以吸鸦片为事，置学务于不理。适委员李九瀛奉提学司命来查学，学生乃据学堂情形公上一禀。李曰："尔等不安暴弃，甚属可嘉，我回省必禀上宪，严饬州牧整顿此事。"孰意其口蜜腹剑，竟执此禀为索贿券。噫！河南全省几如大雾四塞，而犹以陕汝二州为尤甚。论河南者莫不曰河南人无进化心，今观于如此之州牧，如此之监督，如此之委员，学堂安得不腐败？学生安得有进化哉？然如这样州牧、监督、委员，又不止陕州一处为然也。

藐视学务宜阳县令傅绳志

孔提学使到河南以来，丞丞以兴学为急务，于宜阳县派增生梁凤五为劝学总董，札内有务须不辞劳怨、认真经理、勿负委任等语。梁君奉札后，即见傅令议此事。傅云："此不过有名无实，觅闲宅一所，挂一面劝学所匾额为支应之处足矣。若分定学区，选择职员，诸款俱无庸议。"梁君复据《奏定章程》、学宪札文相质。傅云："章程不必拘，札文亦通套耳，且学堂为当今大祸，何必实办？但上宪催促，不得不支应耳。"梁复云："当此外患迭乘、国亡种灭之际，即官绅协力提倡，犹惧民智不开，岂可如此浮衍？"傅云："浮衍了事，所在皆然，非余一人也，如有何责任，情愿一面承担，与生无干。"噫！傅殆老于官途欤！何其言之确凿不易也？浮衍了事，所在皆然，此中国之所以不竞而濒于亡欤！傅某寥寥数言，已足以代表全国一般之办理新政者矣！札文俱视为通套，行札者又何必多此一举？惟以学堂为当今大祸，则闻所未闻，是不得不还质于傅绳志。

河南巡警之一斑

宜阳县令傅绳志，受煤厘局委员范某之运动，用无赖棍武举黄振作、黄建选等为城内巡警总办。二黄乃大肆凶焰，与范某狼狈为奸。城内有陈米贵之妻孀居，家赤贫，不得已改适许永长，黄闻之前去索钱十千。又有穷民某持烟土一两渡河，黄吓以漏税充私囊，穷民号泣以归。

孟津县巡警兵卒系无赖汉，外镇尤甚。铁谢镇有巡兵若干名，系谢蟒带领。曾有商人持金夜行，距镇十余里，巡兵追之，断其指而夺其金，商人至总局，血流满地，号泣无应者。

呜乎！警察之设，本以维地方之治安，乃竟演出抢劫之恶剧，有巡警如此不如无矣。办一新政，不见其利，只见其弊，无怪乎乡曲藉此为口实，而风气终于闭塞也，是谁之咎？巡查者与一般社会有密切之关系，乃竟以无学问、无思想之市井无赖充之，其扰害地方，鱼肉平民也。固宜欲办巡警，非立警察学堂不可。然省城所设巡警学堂，仅招收数十人，又大半皆系候补佐贰。试思此数十人者，又岂皆有除暴安良思想？即尽有之，又岂足为河南一省之用？然则河南警察之不整顿又谁之咎？我父老兄弟思之处于大祸临身之秋，不能独立合群，自负责任，以图幸福，而又沓沓委委，一味官吏是靠，官吏岂真可靠也哉？彼辈一入官途，只知升官发财，一切便民利国之事，皆所弗知也，又岂但巡警一端？

文　苑

感　怀①

奴　性

〔满江红〕奋起精神，不过求、英雄本色。凭热血，横飞管甚，完全破缺。故土已归残外家，山半入腥膻列②。最酸心、神圣自由钟，声销绝。

泪淋漓，心悲切。凄凉听凄凉，说道国将瓜分，种将沦灭。四百兆人沉孽海。数千里路伤秋月，一番番，拔剑问青天，龙光裂。

追挽姚陈两烈士哀词

岁丙午四月有六日，为姚烈士剑生君蹈江后日。二十有三，适陈烈士星台君之柩返自东瀛道沪上。我同志等举两烈士遗骸，并归湘滨行矣，哀不自胜，乃开会追悼于上海之颐园，谨酹清酒数杯，挥泪一握，前致词于

---

① 原刊此文排在《遏陈仲子墓》后，按目录应在此处，本次整理特作调整。
② 按《满江红》词牌，此处疑少一字。

两大烈士之英魂。

呜呼！仰视圆穹兮，气苍苍兮。噫！俯瞷坤轴兮，色茫茫兮。噫！极目瀛海兮，大无疆兮。噫！沔彼江水兮，流孔长兮。噫！是将终古为罪恶之源薮兮，为怨讟之窟宅兮。噫！我神州两大伟人，曾湛身于斯乡兮。噫！呜呼哀哉！星台之没，岛国大森。伤心禹域，王气消沉。迩年曙光，渐露远岑。礼失求野，志士若林。祖国黑暗，地狱为俦。救焚极溺，端籍状游。不谓流趋，空长嚣浮。尽逞血气，而忘远谋。放纵卑劣，贻外人羞。贤者如此，他将焉求？大地腥膻，不忍回头。愿化波臣，捍卫神州。呜呼哀哉，黄浦江上，鬼声夜哭。我姚烈士，曾此踟蹰。缅怀古今，俯仰大局。翘首中原，斜阳满目。虎视鹰瞵，纷纷逐鹿。不堪言状，氓之蚩蚩。釜鱼幕燕，以游以嬉。盲人瞎马，夜半深池。达者念此，魄散魂飞。虽取人为善兮，德无常师。奈授人以柄兮，太阿倒持。俯仰就人，岂曰男儿？大权旁落，何以国为？发大愿力，兴学沪滨。如培良才，自溉其根。追踪械朴，百年树人。负山兮蚊虻力薄，填河兮精卫情殷。四百兆神圣胄裔兮，启牖五千年古国。文明兮保存其庶几乎，人勿嗤我兮为黄帝老祖劣弱之子孙。缔造经营，规模粗立。扩而张之，正未可测。内忧外患，忽而交迫。吠形吠声，流言丛集。岌岌殆哉，不可终日吁。

嗟乎！手植良苗，忍视其萎。自筑高台，忍视其颓。言念及此，肝肠如摧。地老天荒，知者伊谁。死不足惜，生安可偷。甘辞浊世，蹈彼清流。葬身鱼腹，舒我心忧。抱身自沉，掉头不顾。非云洁已，忧愤莫诉。尚希同胞，知所醒悟。消除猜忌，共相资助。勿效蚌蛤，利归鱼父。呜呼哀哉，死者已矣，生者奈何。君去不返，我疑孔多。大木尽折，厦谁支兮。鲁阳逝戈谁挥兮。时事变幻，其日非兮。豆剖瓜分，迫睫眉兮。赤县陆沉，君魂将焉归兮？干净无地，君骨将焉埋兮？且两君之生也，才大而心细兮，胆壮而志伟兮。庸讵不知两洋波涛掀天而卷地兮？庸讵不知古人有言：人之云亡，邦国其殄瘁兮？庸讵不知盛德之后难为继兮？庸讵不知吾同人等之胆薄而骨脆兮？胡不藏垢纳污，尝胆卧薪，留此身以有济兮？虽然英雄作事，其必有深意兮，区区粗迹安可泥兮？殆隐示人以生不可贪死不可避兮，殆隐示人以牺牲个人为天下利兮。苟人人以血诚相激励兮，其斯为救世之良剂兮，则宜乎宇宙垂大名兮，而信夫乾坤有正气兮。

呜呼哀哉！谁无父母兮？噫！谁无妻子兮？噫！倚门倚闾兮。噫！望断春水兮。噫！声音笑貌兮，春闺梦里兮。噫！遗尸糊模①兮，沉沉水底兮。噫！问九京之目瞑兮。噫！在后死者兮。噫！极目山河兮，破兮碎兮。噫！屈指人才兮，乏兮匮兮。噫！回忆逝者兮，真兮，梦兮，醉兮。噫！捧读遗书兮，字兮，血兮，泪兮。噫！我欲呼吁而叩帝阍兮。噫！帝沉醉而莫予闻兮。噫！我欲为两烈士赋招魂兮。噫！未启齿而泪已下缤纷兮。噫！乃泣饮而声吞兮。噫！我欲求同调于历史中之人兮。噫！古屈三闾今潘子寅兮。噫！奔奔大陆孰与伦兮。噫！目惨淡而无光兮。噫！花抑郁而不香兮。噫！繁华江山生凄凉兮。噫！是两大烈士之英魂将随毅魄而返湘兮。噫！同志而没同行兮。噫！又将结泉台之血盟兮。噫！观沪江湘江数千里之哭送而哭迎兮。噫！是诚天下之至哀兮，抑亦天下之至荣兮。噫！泪洒沪江沸腾碧血兮。噫！风激怒潮泣声呜咽兮。噫！抚柩一奠兮，我肠欲断兮。噫！临关望兮，我痛欲绝兮。噫！中心藏之何日忘之兮。噫！今夕何夕兮。噫！与两烈士为终古别兮。噫！与两烈士为中古别兮。噫！呜呼哀哉！

杂诗数首

丁未正月初三登楼望雪

申江两载苦勾留，大愿誓先天下忧。底事烦愁暂忘却，连天飞雪一危楼。蹈雪登楼赋醉余，自惭旧习未全除。回头江北哀鸿编，枵腹有人泣路隅。凭栏四顾意怆然，醉里情怀雪里天。大好江山谁作主，遥空一抹淡如烟。

---

① 同"模"。

吊姚烈士

目击时艰泪满襟,此身甘效屈灵均。遗书字字迸血泪,洒遍同胞爱国心。只缘学界起竞争,一死昭然见热诚。愿竭涓埃赞助力,为君身后放光明。

遇陈仲子墓

奴　性

家庭革命大无稽,不食阿兄竟食妻。身后廉名争不得,一抔荒土草萋萋。

小 说
（社会小说）

龙马图

评者　著者
莞　佛

第一回
热心合群高唱万岁　同舟演说唤醒国人

诸位请看那边，一个热热闹闹的地方，聚了许多的人，攒攒薮薮围着一位大汉，正在那里听他高谈阔论。只见那些人中有当军人的，越听越耀武扬威，精神焕发。有些学生，越听越扬眉吐气，顾盼自豪。有些农户商人，在那里挺着胸膛，用两三个指头儿捻着他那左右的两片胡子，笑吟吟的侧耳细听。那里边还隐隐绰绰跕着一两个道士、和尚也在那里静着气儿，一边听着，一边似乎甚用心的揣摩着。兼着夹杂些妇女、小孩子们在里头，挤挤拥拥，说说笑笑，更显得十分热闹（社会一般人，如此如此）。正听之间，忽然一片声响大声齐喊道，"中华万岁"，"中华万岁"……不多时，又大声齐喊道："中华海陆军万岁！"不一时，又听大声喊道："中华"……"文明"……"国民"……"实业"……"万岁"……"万岁"。连接着一片声响，大人小孩又是拍掌，又是乱喊,倒没听得十分清楚。

诸位仰想眼看着这般热闹的光景,不由的脚往前走了好几十步,想看看他那里到底闹的是什么把戏,说的是什么话。越走越近,不觉的也挤在那人群中去了(是热心人自能合群)。仔细一听,这才明白,诸位仰猜是什么?原来中间站着六七十岁上下一位老人,身体高大,面貌颇丰伟,身穿深墨色大方布衣,甚觉清雅,说话像河南人口音,一边说着一边用两手比划着,真是口如悬河,百倍精神,无怪乎这些人拍掌喝采。靠老人左边有一个七八岁的小孩子,倒生得眉清目秀,聪明照人,身穿橙色镶绯色细边新样操式的紧小袴褂,在那里活泼泼的站着,右手扯着这老人的衣襟,左手合手朵带浅绿叶、新开放的嫩红牡丹花,在自己口边映来映去的,笑着玩着。他也不听这老人讲些什么,他那两个小眼珠儿灼灼有光,口①管的瞧着众人,好像不知道什么的样子(惟其不知什么,故不腐败,今之社会,还是孺子可教),真是烂漫天真,令人可爱。

只听这老人说:"诸君,刚才兄弟所演说那一段道理,诸君是很愿意听的了(可惜我没听着),今就眼前的事与诸君说一段。诸君还耐烦听得么?"只见大众齐说:"愿听愿听,请老先生再与我们演说一段罢。"这老人便开口道:"今日咱们在此地方聚会是很欢喜的,却是很稀奇的。诸君细想,古今这么长远,不先不后,咱们恰同生到一世界中,不稀奇吗?(奇!)更有一层,世界这么广大,不远不近,咱们又同生到一个亚洲中,不更稀奇吗?(奇!)还有一层,又同生到亚洲中大国之中国,恰又同生到中国中之河南。(奇!)诸君细想,这同世、同州、同国、同种族、同乡里、同衣食住、同言语文字、同政教风俗习惯,这空空洞洞数千万年中,只有我们是同一世的人(睡汉听着)"。众拍掌,"这生生灭灭一个黑子地球上,也只有我们是同一国、同一省的人(大梦醒否?)。"众拍掌,"诸君,像这样看起来,我们这一世中,这一国中,恰如同一舟中。好得的大家拿定方针,乘风破浪,能渡到彼岸也不知道;坏得的各不相顾,触礁逆风,大家同葬在鲸鱼腹中也不知道。总而言之,不必计及儿孙,就我们这今生今世一定得清清白白,的的确确,可是要有福同享,有祸

---

① 疑为"只"。

同受的了（我国社会一般人听着）。"众大拍掌。只见说完这句话，老人长叹一口气道："咳，诸君，若要提起有祸同受的一句话吗，恐怕诸君听着，也要食不下咽了怎样的咧！"

新　闻

南阳府崇实公司成立

　　查吾豫居中国之腹，天然产物最为丰饶，农林而外，煤铁五金之矿所在皆是。只以风气闭塞，民智不开，货弃于地而不知采，以至困穷颠苦，几不能以生存。关心吾豫省者，皆认定振兴工艺为当今第一要着，惜无人提倡，所以大政不举。今宛郡诸君子立崇实公司，竭力倡办实业，闻之喜不自胜，以为此举虽小，然逐渐扩充，或广为劝导，使各处闻风兴起，则与吾豫生计之前途影响最大，急录之以供父老一览。

　　具禀：礼部郎中李德炳，宗人府主事李兆麟，农工商部主事罗天枢；
　　　　　内阁中书张嘉谋，度支部主事王慧闵，内阁中书杨治清等；
　　　　　内阁中书彭树堂，度支部主事李兰馨，工商部主事王廷襄。

　　为集股接办南阳劝工厂遵章改为崇实股份有限公司，预恳。

　　立案事窃以豫属宛淅物产颇饶，矿山之利既为外人所垂涎，农林动植生出熟人亦利归他所，货弃于地，民庶而贫。盖无工厂以谋改良，无学校以浚椎鲁，守宝山而号饥寒，固劣败之常理，亦绅民之深耻也。等仰读。

　　明诏与：

　　大部章程：振兴实业，官绅并责，时用竞惕，每冀合力营业，以助官力所不及。惟五金诸矿，一时股本难以骤集，拟先其所易，徐事扩充。查前署南阳府宝守，曾就城内设劝工厂，督绅试办石器、纺织等工，集金未几，宝守量移，前入赀者就厂索银，经理支绌，几于歇闭。每接厂中干事人来函，深用叹息，伏念（职德炳）等。同隶宛籍，本有应尽之义务（职嘉谋），前在籍时又亲与厂事，今若听其辍业半途，非惟经营前功弃之可惜，亦恐阻遏风气有违。

诏旨：如率尔接办漫无条理，则治丝而棼后，更难继往复。筹商非增集股本未易从事，计前集基本金，除已索还不计外，遗五百余金，不敷周转。今拟增股至五千金，按公司律股份有限公司办法，先行招股，一面垫接资金维持现局，恭恳准予立案。一俟股份招齐，即禀请注册。所有招股章程附呈于后，恭候鉴核施行。

附呈《崇实股份有限公司招股章程》：

本公司以振兴实业为宗旨，爰命名为：崇实公司。

本公司设在河南南阳府城内。

本公司已制成石版、石笔，业经天津考工厂考列优等，堪抵外洋，其余纺织手、机造纸等工业已逐渐办理，候有成效再扩充宛浙矿务、水利、农林各业。

本公司系照部颁股份有限公司办理，一切事宜俱遵行《大清商律公司律》。俟股份招齐即禀请农工商部注册。

本公司集招股银一万两为止，每股十两（银两按宛平计算，每百两较京平大五两三钱。如缴银元，亦照此核算）。凡愿入股者先交银一半，掣取收条，俟明年六月交足换给股票。息摺即以收银日起，周年六厘，给息再有盈余，按十四成起算，提一成给在厂人，花红提一成储为公积，提二成为预备艺徒学堂经费，余十成照股均分。每年十二月初一日，与官利一并凭折付给。

本公司收股处暂设于南阳因利局。

本公司不收洋股，原有股份亦不得转售于外国人。

凡入股者无论已仕未仕，利益平均。

本公司股票照公司律得辗转买卖，但卖出买进之人须觅妥保，先到公司申明缘由，并受主籍贯注册为公司承认，而后可或换花名，或仍其旧，均听其便。

股东所领收条及缴足后所执股票、息摺，如有遗失毁灭，由股东取具保证书，函知本公司，将遗失号数注销，一面登报声明，俟三月后另行补给。

本公司按照公司律、有限公司办法，股本缴足后如有亏蚀，照公司律第二十九条办理。

各股东付过第一期股银后，如无力缴足，即按照公司律第四十、第四十一两条办理，如凑足零股，即改给零股票。

入股各东遵照《部章》均有议事之权，每年正月开股东会一次，提议、决议均遵公司律。遇有紧要事，可由总董先期布告各股东，开特别会议。股东合全数十分之二者遇有要事，亦可知照董事开具事由，特别开会。

本公司接办伊始，暂设干事一人。俟股份招齐，公举总董正副各一人，查账一人，均以一年为限。凡充总董均有任事全权，但不得违背公司律。

本公司暂设南阳县城隍庙马神庙内，将来另购闳敞地基改建，并择交通便宜处设批发所，以售本厂制品。

本公司账房已设南阳府因利局内，现拟添设账房于北京珠巢街度支部李宅。如有信件，请径投该两处查收，或交各董事处转寄。

以上各条均举概略，恐多未备，仍宜随时更改、增添以期完善。其余未尽事宜，悉遵商律、公司律办理。

兰仪县教育研究会

兰仪素号瘠区，经费难措，兴学要举颇不易易。自舒树基明府莅任后，极力提倡，始劝设小学堂四十余所。然管理及教授法尚未能合宜，不过仅易其旧有书房之名耳。适傅君铜由日归里，提议组织教育研究会，以补其缺。经同人赞成，遂于正月十四日开会于文昌宫。到会者六七十人，投票公举赵连城为正会长，戴连茹为副会长。派员调查该县内各小学堂，以期逐渐改良，兰仪学界可期日有进步云。

杞县之教育会

杞县绅士武文斌，联络同人创一教育会，以改良教育为宗旨。客冬开会选举职员，凡关于学务事件，莫不悉心研究，闻干事诸君尤皆热心，论者谓杞邑生机当于斯卜之。

太扶之天足会

太康扶沟关景新、何其恕二君，力矫缠足之弊。去年春创办一天足会，每对里人苦口劝说，谓妇女缠足乃体国一极大恶风，人皆狃于习惯，不知其非屈肢体、毁肌肤，何惨无人理也！且缠足恶风惟中国然，全球各国未之见也。人非木石，自有感触，刻闻太康入会者百有余家，扶沟八十余家，两处现又联合，广为劝告。只要大家能打破积习，不难革此恶俗，拭目望之。

安阳县天足会

安阳西北乡天足会创始者为刘振声、王宝荃、程绍远、郭瑞征诸人。未几数月，入会者日以众，可知缠足之风人皆知其恶，无非乐之也者不能自拔耳。兹将入会者表示于左：

刘振声　王宝荃　程绍远　郭瑞征　张铎　张彤弓　郭岐兴　董金渠　龙金榜　连中法　申鸿恩　程芳远　程贵元　刘桂馨　董学诗　张镪　霍忠　王金星　靳先悌　朱迪吉　靳先路　程王环　王桂　王柄　王允中　黄国顺　靳

调元　王柳　王樸　王乾元　李更新　尚希望　任春生　杜树田　扬本立　王际盛　李临楷　姚希宾　张纯修　孙玉亭　史戴仁　李临海　王梓　侯新志　宋长庚　王际兴　李虎臣

此外，有不入会而实行放足者尚多。如此推行，不数年而此风当大改革云。

兰仪县天足会

兰仪留日学生傅君铜者，客腊回里时倡办天足会，遂举女学校教员岳箱春为总干事，高等小学堂教员赵连城、优级蒙小学堂教员吴维德为副干事。现除女学校生徒外，入会者已六十余家，尚陆续增加，未有艾云。

杂 俎

中国民族代表花

来 稿

企足子

客峨冬，读留东志所出《豫报》内，有译述民族的花一章，言印度民族以莲花为代表，日本民族以樱花为代表，欧米诸国民族概以蔷薇花为代表，惟我中国民族无代表的花，而贻讥外人。读既竟悠然深思，夫我中国民族其无代表花也？其果无花可以代表耶？于由悉心研究，用意检查，乃于豆科草本植物中，竟获得之不特其花足为我中国民族之代表，而其花之性质，尤足以代表我中国民族。厥花维何？曰葛，是葛原木类，经冬夏可以不死，是故神州大陆无处不任其繁殖。花深红色，一长梗可系数十丛生，有序累累，殆若贯珠。近自植物分类，因其蝶形花冠他木特殊，而有似乎菀豆蚕豆竟降一等，而列于草木之豆科。

质委弱不能独立，必缠绕依附于他木乃能生活，但无择良性，遇松柏则随之而茂，遇枯朽则随之而折。

丛生力颇强。既折之后，再抽新茎数十，蔓延各部，不数年可以还元①。

---

① 疑为"原"。

是故，处天演淘汰之中兴，群卉竞争，分布而至今犹未至灭种，全恃乎此。

仲春之际，散步郊野，村头屋角，丽然迷目，望之而一片锦绣者，葛之花也。村夫采而食之，或易之于市，市人亦有购者。昔屈原既放时，餐我菊之英，说者谓菊性坚贞，与屈子同故取之，由此而谈则我中国民族之具有此葛花性，亦足见其一斑。然且不独食其花而更衣其皮。

葛内皮之纤维为黄白色，加工制造，无异丝缕。织之成幅，其价甚昂。富人取之以作夏袴，尝指于众曰：此葛布也。酷暑炎炎，必着此方可无污。

古昔时代，有以葛布而名其氏者曰葛天氏，有以葛而名其国者曰葛伯。夫氏与国之有名称，所以阐扬族光，发挥群情。一氏有此则知有所本，一国有此则知有所戴，即所谓代表者是也。我民族当中古而上，正奋扬扩张之期，纵或良莠不能一致，而代表以葛，无乃不肖。由今溯昔，或者吾先民深察吾民族之性根，而预为提示，以示警戒乎？抑逆料吾民族之结果，而先为指明以使趋避乎？呜乎！是不可解之问题也。吾思之，吾重思之。

此外，征之古今载籍，更复不少，惟《诗》所以道性情见之尤多。如"葛之覃兮，施于中谷"，"南有樛木，葛藟累之"，"旄丘之葛兮，何诞之节兮"，"绵绵葛藟，在河之浒"，"彼采葛兮，一日不见，如三月兮"，"葛生蒙楚，蘞①蔓于野"，"莫莫葛藟，施于条枚"等，连篇累牍，更仆难数，而孔子删诗皆并存之。

虽然，莫谓孔子此举无意识也，昔孔子之居，春必葛笼。葛笼者，葛之繁盛处也。按卫生家言，人居必多近植物，以交换炭养②二素。此说虽不经见于孔氏诸书，而圣无不知，其深明此理，当亦无可疑义。是则，孔子居此原不足怪，但植物一般多半有作用。而孔子特居于葛，其爱葛也明甚，而又特以春居，其爱葛之花也又明甚。

由是言之，我民族之盛世如葛天，我民族之圣人如孔子，而一则以葛为号，一则以葛为邻。吾民族其有不忘我葛天氏之民欤？则不得不表同情于葛；其有不忘我葛笼居之士欤？亦不得不表同情于葛。《诗》云："蔽芾甘棠，勿

---

① 疑为"蔹"。
② 疑为"碳氧"。

剪勿伐",先王先圣之遗泽不可诬也。吾故曰:"葛花者,中国民族的代表花也。"嗟!我同胞抚衷三思,其伦耶,其不伦耶?

葛之名词有二,取义各不相同。一曰葛合,一曰纠葛。葛合者,形容人之处世互为亲爱之意。纠葛者,形容人之遇事缠延不断之意。吾葛花代表之民族,其于此二义果何取耶?吾欲问之。

葛之大别有二种性,各不一致。一曰家葛,一曰野葛。家葛可以解毒,入用医药。野葛可以毒人,能自保卫。吾葛花代表之民族,其于此二种果何所肖耶?吾又欲问之。

去岁之冬,予省墓渡河,而西越峻岭者三次。乍见有树一株,挺然生于道左,其粗拱把,其高及顶,长茎累累,下垂至地。当时叶已陨落,莫辨其为何种,而问诸仆,仆即其近乡人,故深悉,答曰:"是葛也。"予曰:"异哉,葛必因缘他物以生,此竟能卓然自立,何也?"仆曰:"先生独未睹此葛为数蘴缠合而成乎?其所以能自立者盖以此。"予闻是说,乃恍然有悟于团体之作用。

团体之作用,即葛合也。团体葛合之效果,即可以毒人,毒人者方可为人所惧,如今日之英德法美日本俄罗斯等诸国民族是也。不然方且为人所利用而解人之毒,如英以经济扩展病而求解于我,德以军事占领病而求解于我,美以势力平分病而求解于我,法以土地侵吞病而求解于我,日本俄罗斯以野心无厌病而求解于我。呜乎!内患未已,外侮迭来,吾不知我民族果有何纠葛不之见,横之于胸而听人之斩其根、剥其皮,尚犹不复稍动也。

嗟嗟!兴言及此,情何以堪?愿我民族培养元气,发其精神,结团体以自立,充毒液以御人,则庶几本固枝荣,为我代表花生色。

或曰葛之根多蓄淀粉,榨取之可以为糊。我国民族遇事多好涂饰耳目,或亦爱葛性所使然欤。唉,是笑谈也,吾不欲闻。

调 查

河南学堂一览表

河南彰德府林县学堂一览表

学堂名目	开办日	设立者	学科	程度及毕业年限	所在地	总理姓名	教习姓名	学生额数	经费
公立高等小学堂	光绪三十二年春	李树棠、张恩、王郁文、史永清、徐营初	历史、地理、算学、经学、国文、修身、格致、图画、体操	高等小学堂程度，四年毕业	合涧镇商业会馆	王郁文	李树棠、史永清、郭宗泰、前山西潞安府中学堂学生	共二十五名	由粮行斗捐及杂税抽收
公立高等小学堂	光绪三十二年秋	张家骏、张铭西、魏廷杰、杨沛然	历史、地理、经学、国文、算学、修身、图画	高等小学堂程度，四年毕业	任村镇	张文华	李恒谦、郭维新	共十名	由粮行斗捐杂税
官立高等小学堂	光绪三十一年夏	前任知县叶惟宪	经学、国文、修身、算学、历史、地理、体操、博物	高等小学堂程度，四年毕业	城内黄华书院	现任知县叶寿萱，提调教谕申文运，监督吕泰初，司事张裕、李兆金	石彦文、张守垲	共四十名	书院旧款八百千，库款八百千，川资一百千外，集粮行斗捐一千一百千，共两千九百千，长年的款

河南府中学堂一览表

学堂名目	开办日	设立者	学科	程度及毕等[①]年限	所在地	总理姓名	教习姓名	学生额数	经费
中学堂	光绪三十年冬	府正堂刘更寿	经学、中史、西史、地理、英文、算学、博物、图画、体操、修身、现又修讲堂，明年议添理化一科云	英文进阶初集完，法程初集将读毕，算学九章、比例、天元熟，代数略通，余科依次习，四年毕业	东关北，邻治安书院	府教授王治溥	中教习曰长庚，英文教习查文魁，算学教习梁凤城，体操、图画、博物教习张金鉴，师范简易科毕业生	正额五十名，副额十余名	

河南开封府中牟县学堂一览表

学堂名目	开办日	设立者	学科	程度及毕业年限	所在地	总理姓名	教习姓名	学生额数	经费
高等小学堂	光绪三十年七月初一日开办	县令文械设立	修身、读经、讲经、中文、算术、历史、地理、格致、图画、体操、外史、农学	自光绪三十二年三月改为科学，现逾两学期	在城内西街，由书院改造	管理员郭咸中、王东暐、吴凤诰	司鲍德，项城县附生，北洋师范毕业生	学生共三十六名	常年经费用钱一千三百三十千文
师范传习所	光绪三十二年十月初三日开办	县令恩麟设立	算术、地理、教育、外史、体操、博物、图画、伦理	现逾一学期	在城内西街，奉裁学署设立	校长训导阎凤舞，司事郭咸中、王东暐、吴凤诰	邓汉瀛，项城县生员，北洋师范毕业生	学生共二十五名	由署内筹捐钱一百千文
劝学所	光绪三十二年十月初三日开办	县令恩麟设立			在师范传习所附设	劝学员县丞陈谦，训导阎凤舞、郭咸中、王东暐、吴凤诰			

[①] 疑为"业"。

(续表)

学堂名目	开办日	设立者	学科	程度及毕业年限	所在地	总理姓名	教习姓名	学生额数	经费
高等小学堂	光绪三十二年正月二十日开办	东漳镇首事公立	均系城内高等小学堂学科	现逾两学期	在东漳镇文庙内设立	管理员县丞陈谦,司事万云衢、校立三、韩景文、杨濂	荣树楹,项城县附生,北洋师范毕业生	学生共十八名	常年经费,用钱三百二十文
高等小学堂	光绪三十二年三月十五日开办	本村首事郭咸中设立	均系城内高等小学堂学科	现逾两学期	在余庄设立	司事郭咸中、邱凌云	丁士吉,荣①阳县附生,师范毕业生	学生十七名	常年经费,用钱一百八十文

河南伊阳县学堂一览表

学堂名目	开办日	设立者	学科	程度及毕业年限	所在地	总理姓名	教习姓名	学生额数	经费
高等小学堂	乙巳春	官立	修身、算学、图画、中史、外史、文学、教育、地理、体操、格致	四年毕业	城内紫逻书院改设	监督陈云凌,邑岁贡;监学刘汝宽,邑廪生;管书张东阁,邑附生	修士楷,偃师县廪生,师范简易科毕业生	正额二十名,附额二名,自备资斧在堂	系阖邑公捐于书院膏火
初等小学堂阖邑无									
师范传习所无									
蒙养学堂阖邑无									

---

① 疑为"荥"字。

河南归德府考城县学堂一览表

学堂名目	开办日	设立者	学科	程度及毕业年限	所在地	总理姓名	教习姓名	学生额数	经费
高等小学堂一所，由旧江花书院改设	光绪三十一年二月	县令史廷瑞	与中学堂同，但无外国文字及外国史	四年毕业，程度平等	城内西门里江花书院	监学一员胡文甲，本邑教官，禹州举人	王国栋，武陟县举人，热心教育，人亦开通	初正额十名，副额十名。客岁周令莅考后，于今春增正副额五名，共卅名	由丁地银加派，每年约存银二千两
蒙养学堂两所，由前官立义学改立						司事一人苗峻岭，本邑礼房			教习一人，每年二百两
									监学司事每年各四千文
									学生每人每日约费钱八十文

河南怀庆府济源县学堂一览表

学堂名目	开办日	设立者	学科	程度及毕业年限	所在地	总理姓名	教习姓名	学生额数	经费
官立高等小学堂	光绪三十二年春	现任知县鲁恩培	修身、经学、文学、算术、中史、地理、格致、图画、体操	高等小学程度，三年毕业	城西关启运书院改设	鲁恩培	张宝贤，师范学堂毕业生	四十二名	启运书院旧款
公立励行高等小学堂	光绪三十二年二月初一日	中张二里公立	修身、经学、文学、算术、中史、地理、格致、图画、体操	高等小学程度，三年毕业	暂设绮里村龙泉寺内	周玉堂、许麟廷	李子庭，兼充监督；赵殿用，兼管理员	二十五名	无的款教习皆尽义务
官立初等小学堂	光绪三十二年二月一日	现任鲁恩培	修身、经学、文学、算术、中史、地理、格致、习字、体操	初等小学程度，四年毕业	绮里邨	赵延瑞、石春熙	郝溯泮，兼管理员；刘雾月，兼司事	三十名	官筹钱捌十千文

河南汝州郏县学堂一览表

学堂名目	开办日	设立者	学科	程度及毕业年限	所在地	总理姓名	教习姓名	学生额数	经费
高等小学堂	甲辰十月初一日	官立	修身、读经、温经、讲经、历史、算学、文字、体操、文学	四年毕业	城内龙山书院	监督张树荃，邑廪生	史作周，郑州举人	正额二十，副额二十，备额二十	半系书院膏火，半由十七保公捐
初级小学堂	甲辰十月初一日	官立	修身、读经、温经、讲经、算学、文字、体操、古诗歌	五年毕业	城内李公祠	监督刘鸿猷，邑附生	魏天然，邑廪生	正额二十，副额十名	系在城保花户公捐
师范传习所	丙午二月十五日	官立	修身、地理、文学、算学、体操、教育、中史	一年毕业	城内崇正书院		吴之干，光山举人，本邑训导	正额十五名，副额十名	系书院膏火

代办处

日本东京神田里神保町	中国书林
同	三省堂
同小川町	启文书局
同早稻田鹤卷町	麟图阁
同巢鸭村宏文学院前	田中书屋
河南省城北书店街	总派报处
河南省光州北城兴贤坊	浚智书社
天津狮子林北洋官报局	洪善卿处
汴垣双龙巷安徽会馆	戴炳炎处
南阳府唐县西关北街路西	沈立鉴处
上海棋盘街北首群学社	沈继先处

报资及邮费价目表

	全年十二册	半年六册	零售每册
报资	一元二角	六角五分	一角二分
内地邮费	二角四分	一角二分	二分

光绪三十三年四月二十日印刷，明治四十年五月二十六日发行。

日本东京巢鸭町四丁目一千零二十一番地长竹馆内

编辑兼发行者：《豫报》编辑部。日本东京市神田区，中猿乐町四番地。

印刷人：藤泽外吉。日本东京市神田区，中猿乐町四番地。

印刷所：秀光社。

《豫报》第四号

世界文明开始元祖伏羲之陵
在河南陈州府东门外

滑稽画

本社紧要告白

敝社原为开风气起见，凡河南省府州县学堂有愿阅本报者，请示明住址及经理人姓名，本社每期送报一份，不取报资。

河南僻处中心，交通不便，同胞冤苦呼吁无门。本社有代四千万同胞尽代议士之责任，提倡民气，保护人权。凡我豫同人有能将贪官污吏目无公理之种种劣迹调查确实，惠寄本社，必能代为痛陈于我十八省同胞之前，以凭裁判。

欲救中国之亡，首在地方自治。欲地方自治，必先养其公共道德心。如有无赖官绅衣冠禽兽形同盗贼，或藉新政以饱私囊，或戕同种盗卖矿山，蹂躏我人民，破坏我公益，如此恶劣行为，本社认为社会之蟊贼，是宜声罪致讨，以伸全省公愤。务望桑梓热心，伯叔昆季详确调查，函告本社，但求公是公非，不可徇一己之私情，伤大众之名誉。

本社宗旨在广联同志，各就桑梓之利害而详细研究若者当改良，若者当扩充，若者当建设。诚恐本社耳目偏于一隅，不能周到，且人之欲善其乡，谁不如我内地同志？闻见既确，消息较灵，苟能随时赐教或书所见，惠寄来稿，是同人所最欢迎者。至本省之名胜风景写真或名人照片，倘能惠寄本社，愿给以相当之报酬。

本社以苦学界之有限财力勉强成立，尚望有热心君子酌助微资，维持永久。本社当登诸报章，以鸣盛谊，并按捐款多寡敬赠本报。例如捐五元者赠全年报一份，十元者赠全年报两份，五十元以上者永远赠阅本报若干份，余可类推。有愿入股者五元一股，名为股东，至结算时利益均沾。

此报前因款项支绌，各校功课紧急，以致出版延迟，无任惶愧。今同人协力整顿，科目极求完备，纸张益求精良，按期发行，以副众望。凡愿为本社代派者，十份以上报资九折，三十份以上报资八折，但乞报资临期汇兑。日本归东京牛込区振武学校李君建堂代收，河南归省城内西大街优级师范学堂监学张君仲友代收，上海归虹口新靶子路中国公学宋君有孚代收，三期未清者即行停寄。

本社事物室现尚未定，如有来往信件及购本报者，祈寄至牛込振武学校刘君基炎处。

本社第一次名誉赞成

吴君春康	捐日金十元	河南人，山西留学生监督
刘君家敬	捐日金十元	四川人，振武学校留学生
君君凤鸣	捐日金十元	直隶人，振武学校留学生
白君宝瑛	捐日金十元	同上
戴君炳炎	捐日金五元	河南人，现充本省师范学堂教员
郄君朝俊	捐日金五元	
赵君国瑞	捐日金五元	河南禹州人，优等师范毕业生
谦君受	十元	河南人，振武学校留学生

本社第一次股东

张君仲友	入日金五元
吴君焕然	同上
魏君祖梁	同上
张君登云	同上
张君鸦翎	同上
王君印川	同上
吴君霖逢	同上
王君德馨	同上
王君大经	同上

余君文藻　　　入日金五元
南君玉笙　　　同上
李君载赓　　　同上
安君星　　　　入日金二元
苗君怀新　　　入日金五元
冯君长垣　　　同上
冯君启敬　　　入日金一元
傅君铜　　　　入日金五元
宋君庆鼎　　　同上
罗君文华　　　同上
阎君永仁　　　入日金十元
李君琴鹤　　　入日金五元
段君世垣　　　同上
张君青选　　　同上
马君名骥　　　入日金二元
史君金塘　　　入日金五元
贺君升平　　　同上
张君钟端　　　同上
陈君鸿畴　　　同上
阎君琳　　　　同上
李君庆临　　　同上
赵君梦庚　　　同上
林君维锒　　　入日金二元
丁君廷骞　　　入日金五元
岳君秀华　　　同上
张君培礼　　　同上
王君靖方　　　同上
王君泽攽　　　同上
阮君庆澜　　　同上

阮君庆潮	入日金五元
周君在鼎	同上
李君梦麟	同上
王君作宾	同上
王君庚先	同上
赵君承钦	同上
刘君文垣	同上
刘君恒泰	同上
傅君铭	同上
陈君嘉桓	同上
李君沛恩	同上
孙君润芝	同上
李君荫棠	同上
路君巽继	同上
沈君兆庆	同上
关君坤元	同上
张君镜铭	同上
段君鹏翱	同上
罗君延庆	同上
曾君祖培	同上
张君善舆	同上
张君文栋	同上
高君方潞	同上
谢君桓武	入日金二元
杜君严	入日金五元
王君瀛蛟	入日金九元
李君建堂	入日金七元
张君国宾	入日金三元
李君培尧	入日金八元

陈君树棠　　入日金十元

田君辅基　　入日金五元五角

吕君烈培　　入日金八元

王君炘彬　　入日金六元

张君子固　　入日金十元

文君锡宸　　同上

陈君庆明　　同上

王君书云　　入日金九元

王君延昭　　入日金六元

洪君陈臬　　入日金十元

王君登进　　入日金八元

王君鸿卿　　入日金九元

扬君鸿昌　　入日金七元

潘君祖培　　入日金三元

张君履乾　　入日金七元

师君瑞章　　入日金九元

名誉员

刘君积学　　入日金五元

李君锦公　　同上

王君治军　　同上

赵君云卿　　同上

阎君铁生　　同上

刘君国恩　　同上

吴君璸　　　同上

王君锡庆　　同上

何君其慎　　同上

巴君忠祥　　入日金二元

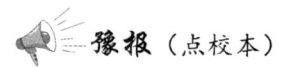

李君恒	入日金三元
黄君宗宪	同上
刘君峰一	入日金二元

本社第二次名誉赞成员

刘女士建章　　捐日币百元，俟有成效再增巨款

本社第二次股东

王君锡庆	入日币十元
宋君庆鼎	同上
张君善兴	同上
陈君鸿畴	同上
阎君琳	同上
岳君秀华	同上
王君大经	同上
刘君峰一	同上
魏君祖梁	同上
傅君铜	同上
何君霖	入日金五元
余君文藻	同上
张君镜铭	同上
王君启监	同上
陈君景南	同上
李君琴鹤	同上
刘君文垣	同上

本社征文广告

敝①社创设以来,蒙海内外诸君时赐著作,感激无涯。敝社拟自本月起,凡赐来稿者,即或不登,亦立赠报一册,以铭谢意。其登录者,酌量酬金,但来稿无论登与不登,概不奉还。特此敬白。

第一次征文题目

(一)河南地理的教育之研究

(二)芦汉铁路与河南之关系

(三)研究河南地方自治之方法

《河南》杂志广告

登嵩峰而四顾,京汉铁路攫于俄,直贯乎吾豫腹心。怀庆矿产攘于英早据,夫吾豫吭背各国垂涎而冀分杯羹者,复联袂而来,集视线于中心点。生命财产之源将尽于一网,牛马奴隶之辱谁鉴?夫前车同人忧焉。为组斯报,月出一册,排脱依赖性质,激发爱国天良,作酣梦之警钟,为文明之导线,对本省励自治自立之责,对各省尽相友相助之义,将次出版,盍速来购。

日本东京牛达区西五轩町五十二番地
《河南》编译部谨启

看!看!看!东京留学界之中国印刷所出现!

自东京留学界发达以来,我同胞孜孜以输入新知识为急务,于是掷金钱于日木②活版所者比年以来,盖已百余万元,所益固多,所损亦云巨矣。虽云吾

---

① 疑为"敝"。
② 疑为"本"。

中国地大物博，为购换文明计，此区区者原不必吝，无如文语既异，情感难通，因而欺骗留难在所难免免①，费时涉讼层出不穷。当此国危时急，吾同胞徒消耗其有用光阴，已觉可惜，况复以高尚人格日津津与市侩较短长，所失宁有涯乎？敝所有鉴于此，特不惜重资购买机械，修筑工厂，召集匠役，刻已告成。凡厂中司事，悉延学界中谙印刷事物者任之，机良字美，工程迅速。凡学界诸君出版书报均可承办，交涉便利，价廉工美，且无隔阂不通之患，较之仰赖外人，受其牵制，难易奚若哉？吾知热心君子必有乐观其成者耳。

三大特色：

（一）本工厂系由中国新女界杂志社与本国数人合资所创办，实无丝毫外股，与日清合办者不同，故不致侵我主权。

（二）监厂及外务各员悉用华人，款接来宾，务极和洽，无文语不通之患。

（三）本工厂现购备上等机械三台，瓦斯原动二马力机一台，四号活字七十余万枚，二、三、五、六、七、八号共三十余万枚，其余附属各种花边纹线一应俱全，现役工匠二十余人，凡活版、凸版、色刷、写真、制版及印刷洋装并制一切交易，俱价廉工美，诚实迅速，将来业务发达仍当大加扩充，泛应诸务。

附告

本工厂现役在中国新女界杂志社后面，凡蒙诸君赐顾，请即驾临，当面交涉最为便利。

日本东京小石川区竹早町三十四番地
中国新女界社合资印刷所谨启

中国新女界杂志社特别广告

本杂志第四期出版后，本拟将五、六、七、八等期于八、九两月一律发行，俟因预算各期印刷等费至年终出至第十一期止（每期出版五千册）。其为

---

① 疑为衍文，多一"免"。

日本印刷所所得者共需日金三千八百余元之多，而内地代派之报费又不能按约寄付，有出无入何以持久？故于西历八月起，即倡议筹办印刷部，嗣以基金不充，改与同志数人出资合办中国新女界社合资印刷所，经营七十余日始克告成。

夫所以自办工厂，原为维持利权、弥补漏卮而设。故此数十日中，各期全稿虽已告成，仍迟迟未由日本印刷所出版者，正为此耳。今工厂已成，自第五期起，统归此处印刷，工程迅速自不待言。预计西历十一月、十二月两月以内，必可赶出至第十一期。此乃确有把握之事，与听命于日本印刷所者不同，毫无延误，可以预决。

本杂志第五期之出版延期，实由拟节经费主持久远起见，别无他故。用特声明，祈阅者鉴谅为幸。

日本东京市小石川区竹早町三十四番地
中国新女界杂志社谨启

论　说

论河南将来之经济界

补　天

　　二十世纪，经济竞争开幕之时代也。巴拉马运河不日开通，世界经济竞争之剧场以太平洋为中心点，其影响于亚东者，较苏伊士运河为尤巨。夫苏伊士运河开后，仅数十年而我国经济陷于失败之地，已若不可收拾，将为埃及人之续辙。况加以太平洋之潮流，航运之便，船舶之大，机械之利，输入于中国者累兆盈亿，且开港之场、互市之埠举步皆是，其以经济胜于我国民，不待龟卜蓍兆而知其必无生理，此我国民之大悲运，决无可逃者也。虽然滨海诸省触接世界文明最早，而人民冒险经商之性质较内地为稍捷，一朝觉悟群出，其坚忍耐劳手段以备一战，胜负亦未逆覩①。

　　乃遥思我河南同胞之生计，素以安土重迁、耕田而食为政策，间有贩运逐什一之利，不过当交通未便之时代，肆剥削于土著，偶尔投机他如操盈虚、通有无，诸事业尽让诸秦晋楚粤人之手，而自食其唾余浸。假至于今日，恐并此蝇头微利亦不可得，必将听人鱼肉，膺人马牛，终至膏原野、填沟壑，靡无孑遗而后已。闻者终疑吾言乎，请观京汉铁路开通后之现象何如也。物价腾贵，

---

　　①　同"睹"。

生计艰难无论矣，西南赊旗镇，东南周家口，非货盈阛阓之地乎？今则商业日绌于昔而无起色矣。禹州固商贾萃聚之中心也，已如日夕之市。北而道口，西而荥汜，皆由盛而衰，有绌无盈，垄断丈夫，悠悠忽忽，漠然不知其所以然。稍具知识者不遇①曰此铁路之影响也，岂知羽毛不丰，不能高飞，终罹戈②人之祸哉！夫铁路之影响乃其小焉者也，请再观开封商开③埠开放后之现象又何如也。通商市场以有易无，以人之有余补我之不足，且以恢复自国之贸易权，达于进占他国贸易权之域，此开埠之通义也。

河南富于物产，生货杂多，而熟货实少。何物为销用之要品，而不受洋货之侵占？何物为输出主要品，交易之利益？何工商业而能利用观摩之益以促其发达？固漫无把握，智愚共晓者也。尤可惧者，通商条约既有在内地制造土货之权，河南之土货遍地，即河南之权利遍地皆是，俯而拾之已觉有余，不数年而权利尽为所吸引。彼之市况愈盛，我之生命愈绝。试取一近例观之，自汉阳开纺织厂以后，湖北洋纱之销路畅，而河南木棉之销路塞。种木棉者，坐是失业数万家。省与省之问④利害不相通且如此况，国与国之间而以商人为先导，资本为后劲，工厂为参谋之潮拥而来哉。不但此也，经济学家凡关于外国贸易有保护贸易、自由贸易之说。保护贸易者，以国家之权利干涉外国贸易，或禁其入口，或科以重税。盖防外国品之竞争，而保护自国人之产业。若自由贸易则鲜⑤彼此贸易之限制，委诸个人之便宜，使自由竞争。中国通商素为自由贸易性质，而非保护贸易性质。以中国人与外国人，遇十犹九败；以河南人与外国人，遇其为所败必矣。

然而交通世界，势难闭关，输入文明，增长知识，不无间接之利益，亦视乎竞争之力何如耳？吾乃为河南父老忠告曰：今日之河南，非昔日之河南。昔日之河南主保守，今日之河南主进取，进［取］乃所以谋保守也。保守之道，一曰厚资本，二曰兴实业，三曰蓄知识，四曰合群力。

---

① 应为"过"。
② 应为"弋"。
③ 此处多一"开"字。
④ 应为"间"。
⑤ 同"解"。

（一）厚资本必先设银行也

银行者，利用自己之信用，而为资本集散之媒介及兴业设备之机关也。银行种类甚多，而最便于河南今日之情形者，无如兴业银行及贮蓄银行。河南利源操诸钱侩之手，利不及于社会，而富于资本者，尤往往喜窖藏、好守金，有此二特性，其阻碍于文明之进步者甚大。盖资本贵流通，不贵滞塞也。日本人民十钱以上能贮蓄于邮局，一元以上能贮蓄于银行，在个人无浪费之忧，在社会有利用之益。故民间饶于资本，而社会文明种种事业措手即办，恰与河南人性质成反比例。河南筹立学堂则无款，谋办矿路也无股，岂真比室悬磬，不名一钱哉？何以困于贪吏索千金亦出，捐其顶戴需万金亦有也？掷此巨款博何趣味？可谓不善用财者矣！且坐守囊金，梦魂不安，或耗之于水，耗之于火，耗之于盗贼，耗之于己身及其子孙之挥霍。其有形之害，一人一家受之，而无形之害，直波及于社会。愿河南之富于资本者，力扫恶习，开设贮蓄银行及兴业银行。凡财产贮蓄于银行，既可自得其利息，而银行又可借之第三者以谋利益，因之银行亦得第三者之利益，是既流通资本于社会，以导文明之进步，兼可开蓄积之习而养俭勤之风。河南虽有票号、钱局，名义稍近于银行，然不过供取求贩运之便利，为个人事业而影响不及于社会，非所取而耳。诚能仿效外国银行法则，而国家保护其信用，俾各州县钱店均改良为银行，一面兴业，一面贮蓄，各得其利，有俾于河南之开化者，正未可量也。

（二）兴业必先开工厂也

近闻省垣设游民教育局，以六百人为限，固宜大书特书以志喜。然此等性质与日本养育院为近，乃于正德厚生之道具臻完备之后，藉以补其缺则可，而教养之根本殊不在是也。河南全省游民之数何止百万，即省垣一隅，亦何止数十万，都会愈盛而游民愈多，不谋久长，仅出于补苴之策，似未识大体耳。日本东京一处工厂以数十计，大者容数万人，小者亦容数千人，在此以资得佣，在彼以力得食。交易得所，市无游民，故工业曰罄①发达，生计亦渐舒裕也。纵谓河南工窳农疲，未遽可以彼况此，必不可不于今立其基础，而于异日企其

---

① 应为"日臻"。

发达。抑我河南天产之重要品，若丝、若纸、若铁、若磁、若木棉，苟设工厂以制造之，则寓教养于工业中，未见其劣于洋货也。纵又谓河南地瘠民贫，无资本家营业，官府难于措手，然不可不于提倡之中而寓劝导之意。日本都市之地，每区皆有劝工厂，其法萃百货于一所，良楛贵贱任人贸易，纵人观览如市廛然（鄂省已仿行），而百工益劝此行于平时者，又不时开劝业博览会以奖励振兴实业之精神，此行于临时者。河南虽有陈列所，几同敷衍门面，无裨实际。诚能于省垣设劝工厂以振其精神，更设工厂以课其实力。庄子曰：天下事"其作始也简，其［将］毕也巨"。想营业者必闻风而起也，近南阳府设工厂矣，卫辉府绅士正在计划中。同此耳目心思，安见终邻木石乎？否则不自为之，恐有他人默计其后也。

（三）蓄智必先立实业学堂也

日本教育家裯苗代之言曰：实业教育者，谓计述事务之进行，研究其原因结果之关系，叙述其原理原则。凡应用诸种之科学知识，如农业、工业、商业等直接之生产事业，为图其发达繁荣而授以考究手段方法之知识技能，乃以直接为目的之教育也，以其关于国计生存至大，故其施设经营为近世各国所焦虑。中国近世亦知提倡实业学堂，然多出于私人之设施，而官立者实鲜。河南清化、荥阳、禹州各蚕桑学堂出现后，日在惊慌时代而无巩固之基础，郑州实业稍始萌芽，足见河南实业教育尚幼稚也。际此实业战争时代，各州县必当应土地之状况，设各种实业学堂。如富于农产处宜设农业学堂，盛于商务处宜设商业学堂，近于山泽处宜设工业学堂，均不可一日缓者。况中国人心沉沦于文章丹铅之中，而未脱鄙夷实业之风，尤不可不特别奖励补助，以祈奏好结果耳。然日本实业学堂分普通、专门二种，普通实业学堂郡县担任之，收入小学毕业生，专门实业学堂如高等工业学堂、高等商业学堂、农林学堂、蚕桑讲习所学堂，而官府任其责。州县宜立普通实业学堂，如农业学堂、商业学堂、工业学堂，而地方任其责。省垣次第设立，俾州县速为筹办，一州县至少一所，私立者不在其例，庶几近于富教之义，是所望于主持学务者及热时之君子也。

(四)合群力必先立公司也

公司之利,无庸赘论也。伺①中国公司组织之机关未尽完善,而信用又不足以辅之,故公司之出现者虽多,而败坏者实亦不少。河南公司稍稍萠茅②,大半出于官绅提倡之所为,而普通之经商营业,依然派别支分,而未汇众流于一系,所谓个人自由竞争是也。夫当商战之世,大资本家挟其巨资以扑灭细商,如折枯摧朽,不费全力。故西人积众商而成公司,而成托辣斯,使全国商业尽出于一机关之所使用,当其冲者无不投③靡。日人先觉,所谓合资会社、株式会社次第出现,渐臻完备,盖欲厚其势力,以抵抗托辣斯东渐之祸耳。河南商人既无审势之识,而又乏合群之性,此业与彼业相角逐,同业又与同业相倾轧,故力薄势微,一业倒闭,遂无复兴之势,而受其累者亦濒于衰落之域,欲商务之发达,非南辕而比④辙乎?夫商业活动,全恃大资本,而后优胜于竞争。故以十万者与百万者遇,十万者必败,以百万者与千万者遇,百万者必败。生计现象怜⑤同政治现象,所谓大食小、强吞弱,无或爽者。至今日而西洋酿成社会问题,职是故也。然其影响波及于中国者,正方兴未有艾也,闻经济学家言曰:物产消费,止有此数。西洋各国母财进而业场不增,深为焦虑,现剩中国为一好销路耳,故各国视线全注于中国,继自今而不组织公司以制造士⑥货,不及百年无噍类矣。

凡是皆人人所知,人人能言,闻者必以老生常谈,斥为聒耳。然今日非议论时代而实行时代,中国之积弊类皆议论多而成功少,我国民之特质又类皆忽于远祸而苟于近安。袁简斋诗曰:"使我明日饥,我已今日饱。使我明年死,我已今年好。"斯语真足代表全国之思想。而河南人蓄此思想尤牢固不破,反饰为达观以自慰,洵孟子所叹谓"安其危而利其菑,乐其所以亡者"也。呜呼!世界盛唱经济铁血主义而集矢于中国,抉其藩篱,入其堂奥,破箧盗金,

---

① 应为"伹"。
② 疑为"萌芽"。
③ 应为"披"。
④ 应为"北"。
⑤ 应为"恰"。
⑥ 应为"土"。

河南犹酣眠于黑甜乡中，无闻无见，不识不知。迨及醒悟，惟有同盟罢工，乞余沥于彼等之马前耳。已焉哉，额虽未烂，心已如焚，使不幸多言而中，徒忆及［徙］薪曲突之忠告，则益重余悲已。

敬告河南创立天足会启

女子缠足足①之风作踊②虽不可考，大抵肇端于五季，而毒流于今日。其结果大至关于民气之强弱、国家之盛衰、种族之存亡甚矣，非细故也。愚尝究心世事皆有为而为，独缠足一节有令人不可解者。

《孝经》云："身体发肤，受之父母，不敢毁伤。"乐正子春云："父母全而生之，子全而归之。"斯义也，固社会中所一般公认者也。女子五官俱备，赋秉犹人，顾乃视成附属品，以毁其肢体为荣，揆之古训亦显然背之，此不可［解］者一。

废疾之人谓之天刑，见者怜之，或侪以货财，或教以工艺（案：东西洋各有盲哑学校），尚欲以人事补天行之缺，若缠足之废疾，始由父母督责于前，继由亲朋规劝于后，终遂养成一无关痛痒之人格。斯刑也，天与之乎？抑人与之乎？此不可解者二。

古有肉刑之制，后之贤君犹痛除之，谓其极惨酷也。然肉刑虽惨，不能及无辜，若缠足之风，至率天下之女子妇人，矫揉造作，自戕身体，果因何罪而罹此灾乎？此不可解者三。

万物之中，惟人最灵，所谓灵者，富知识、富感情、当③运动力。女子而缠足，眼线不能远及，斯情意日流刻薄，比鱼之泳游沧海、鸟之翱翔九霄其所见所闻，始不及远甚。俗云女子多嫉妒，嫉妒非本性有以使之也，明明为人而故使不如物，此不可解者四。

---

① 此处多一"足"字。
② 疑为"俑"。
③ 应为"富"。

于不可解中而终不求解脱之术，则黑暗牢中产出种种障碍。更有可忧者：

（一）生活界之关系

东西各国无论男女皆入学，或师范、或工艺、或商业。惟首先预备个人独立之资格，后始计及家庭细务。故巾帼中有须眉之气，而男子亦得脱身局外相征逐于廿世纪之大舞台。我闵①女子因缠足故不工、不商，全依男子为生活，男子亦多为所累，而不能远离。由是士甘于陋、农甘于拙、工商甘于窳败，值大通世界利权全被外人所夺，元气日亏，久将自毙，此生活界之可忧者一。

（二）教育界之关系

教育以造就完全之国民为目的，而女子实国民之母。故东西洋于女子教育最注意，有体操以强壮其身体，有科学以启发其知识，有音乐以陶淑其性情，而复有胎教之说，为培养国民之本。我国女学未曾普兴，则知识之优劣无论矣，即缠足一节大伤血气，故我国女子多血气凝滞之病，未产小儿，先此受病体之遭②传性，成人后其不能身体强健，以成此完全之国民也，亦势所必然。此教育界之可忧者二。

（三）政治界之关系

政治之思想非独男子有之，即女子亦有念及此者。现③美洲之南北战争为女子者，亦曾尽心竭力组成团体，或募款，或看护救助，为男子添一劲旅，为政界出一特色。我国女子缠足迹不出户庭，耳不闻世事，仅恃半数男子供奔驰。微论不尽有爱国思想也，即尽人而有之，外国得其全而我国仅其半，政治之不能占优胜，亦不卜可知。此政治界之可忧者三。

由是以思我国今日维新学校也，工商业，路矿也，海陆军也，固振兴之必要，而女子放足一节尤要中之要。呜呼！扬子江一带既先我着鞭矣，而黄河流域如山陕、直隶、山东等，亦皆有影响。独我河南为我国中心点，犹狃于习惯，不知其非，无论其与全球竞争也，即就将来之中国论之，亦甘居劣败者矣。目下我河南如太康、扶沟、祥符、安阳等天足会创始诸公，本社均登报以

---

① 应为"国"。
② 应为"遗"。
③ 应为"观"。

彰盛举，更乞我全省大家努力破此积习，则幸甚。

哀中国

击楫

我国之与西欧交通也，肇端于康熙，而渐盛于道咸。道光之际有鸦片之役，咸丰之际有联军之役，其战争之目的，不过击破锁国主义，得以自由通商贸易而已，非真有并吞之念以存乎其间也。至甲午战后，日人破我全军，现我真相。列强遂从此各施其强硬威吓之手段，则惊涛骇浪，卷地而来。我国于斯时内部之势力不足，而外交家亦复不善，日形退步。斯外患益亟，然犹沉沉瞢瞢，如在梦中，以致庚子之变，乘舆播迁，生民涂炭。识者乃翻然变计，废科举而兴学堂，练陆军以储武备，客岁复预备立宪，派五大臣游历各国。吾以为庞大睡狮当醒而一跃万丈，奋扬武威矣，不幸满汉说兴，顽固者遂藉此为阻挠维新之计，革命军起，贪诈者益假此为营谋利禄之门。更可笑者，安徽恩抚被刺之案出，而大吏惊慌间有闭门谢客之举。呜呼！时危势迫，若火燃眉，衮衮诸公请出登大舞台也。要抑知种族之问题，何非因政治之问题而起哉？政治不良则国危，国危矣而民何生？诸公非全国之代表乎？势不能不问［诸］公也！

今将列强对待我国之方针与我国将来之险状胪陈如左：

（一）日俄

俄自大彼得以来，世世以侵略为主义，奈其国为大陆性质，行动颇不自由，故亟思得一不冻港，以为侵略之根据地。其初自黑海经薄斯颇拉海峡，出埃及领之海岸，以谋握地中海之海上权也，为列强干涉而败。其继自里海南岸出波斯湾，以谋握得陆上权也，复为英国阻挠而止。于是卷翅东向，越乌拉岭，渡贝加尔湖，蚕食满洲，侵入西伯利亚一带之地，遂攫取浦监斯德（海参卫①）。然浦监斯德之气候不良，一年之间半年结冰，于行军颇为不利。乃

---

① 疑为"崴"。

于千八百九十七年,出其狡猾手段,一举而获辽东全部,所谓太平洋岩①之良军港如旅顺者,亦归其掌握中矣。陆地则有西伯利亚延长之铁道,海路复得不冻之旅顺以为军港,俄自以为百年大计定于此矣,孰知日俄战起,不三年间,举夙昔满洲之所经营者,尽归于他人之手。呜呼!此岂俄人所及料哉?亦岂俄人所甘心哉?吾知俄人于此必饮恨泣血,求雪前耻,虽目下元气未复,不敢言战,然所谓气息仅存老大无能之帝国何处不可为铅力②之割?果尔则蒙古一带已告警矣,夫蒙古者,西北之保障,蒙古一入于俄,则山陕之危可立而待观。近日东洋各报所载,北自雅布鲁诺,南达库伦,俄人视之直无异自己之领域。殼③领事馆、邮便局、教会堂、银行、矿山、会社,更进而立通商根据地于张家口,以与直隶各分厂相呼应,又库伦、恰克图间航业则俄人营之,金矿则俄人掘之,劳动者亦俄人居半,是俄人已视蒙古犹外府也。蒙古之经营成,据北方高屋建瓴之势,以临我国内部。此时虽各国亦不敢与争,而北方各省直不难再作第二东三省。观此则俄人之大企图,而我国人所当注目者也。

(二)曰英

英国数十年前在我国之经营,唯长江是其醉心点,盖长江者,横贯我国大陆之东西,而为我国之大动脉,自交通上、军事上各方面观之,亦我国极重要之一部分。欲握我国利权,势不得不占长江。今得偿所愿矣,而犹以为未足也,更欲自绚④甸达云南,自云南达四川之重庆府,更自重庆而至汉口,修数万里之铁道,欲略取中国之西部,以与印度相联络,而为席摇⑤东大陆之势。其大志雄图,目前虽难见实行,然抱此目的亦可畏矣!

(三)曰德

德自租胶州以来,百计经营,未尝少缓。胶济铁道成,沿铁道之矿产,为其处⑥掘采者不知凡几,然犹虎视眈眈其欲逐。逐观德国商务卿之报告,曰德

---

① 应为"沿岸"。
② 应为"刀"。
③ 应为"设"。
④ 应为"缅"。
⑤ 应为"卷"。
⑥ 此处多一"处"字。

国连军①经营胶州之费，海军一项用六七百万磅，振兴商务用五六百万磅。夫德国不惮以千余万磅投之于胶州者，岂无故哉？盖欲北据青岛，南联汕头，骎骎乎由河南以窥汉口，与英国决雌雄。观今岁为津镇铁路，与之交涉数次而终未得许可者，可以知其用心之所在矣。

（四）曰法

法自灭越南以来，远跖高撑，大有旭日方升之势，其视云南广西也，直无异异日之殖民地。就目下之侵略论之，而云南其尤甚者也。尝闻彼国旬报一种，直以云南地图插入，其开博览会也则亦陈设云南地图，为举国之政治家、实业家、教育家之嚼咀品然。此犹就在彼国之情形而言之，若就在我国之经营而言，滇越铁道汲汲建设，顺铁道旁，或三里，或五里，遇有扼要处，必建炮台、筑营房，或穿地为暗营，名曰居工人，实以藏兵士，甚或不遵法律，私运军火于内地。本年间藉口于土司土民之阻碍路工，派兵士二中队，直抵云南蒙自，其蔑视我主权已达极点。我国大吏何尝不与交涉，然势力薄弱，终归无济，致彼得尺进尺，得步进步。故法之妇女子尝曰中国官吏可欺，而云南人可愚。嗟嗟！云南人岂真愚哉？有使之者也！今则痛及骨髓，奋然兴起，创死绝会以与之敌。壮哉斯举！云南可谓有人矣！且夫滇越铁路一成，不唯云南危，而东界龄②粤，北邻川蜀，西接藏卫，亦因此而受影响，则祸端之传播也无穷。噫！此铁路已入法人手，期三年而告成矣，我政府当早为防备也。

（五）曰日本

日本虽以区区三岛，不足以当我二十倍之一，然挟其两战后余威，早摈我国于印度、朝鲜之列。故于我国之经济上、教育上、内政外交上之研究，几成一门好科学。外假保护同文同种之好名词，内行其挫骨吸髓之毒手段。所谓司马昭之心，路人皆知也。日俄一役，七博士之上书实为一举两得之计，幸而胜后，满洲握诸掌中，有隙可乘，势必长驱直入，以蹂躏我国本部，况朝鲜得而根据尤为巩固也哉。观近顷日人之用心，一方面防备他人之干涉，先已与英同

---

① 应为"年"。
② 应为"黔"。

盟,今复与法与俄同盟①;一方面实行其膨胀主义,学生暑假之旅行也曰满洲,无赖徒之谋生活也亦曰满洲。然要和②今日日人之所经营者,岂仅满洲哉?今大隈伯重信承伊藤博文灭朝鲜后,复自任游清,素名极毒极猾之政治家,将又为我国施钩饵也。据米国上议院斯通氏之言曰:支那距第二朝鲜不远。嗟嗟!我国而愿为朝鲜乎?我国民而愿为朝鲜民乎?吾敢断言曰:朝鲜亡只亡于日矣!我国而为朝鲜也,则剥之、削之、敲之、吸之者,岂仅日人耶?

至若美,虽与我国隔太平洋,向守门罗主义,不与他国通。嗣因极东之门户开而方针亦变,并布哇,占菲律宾群岛,将来于巴拿马运河开通后,于二鸟③中,一为海军根据地,一为海军休息地,太平洋中即彼之绝大势力场。我国破,彼必不能坐视也明矣。

噫!环顾四境,若者自西北而来,若者自东北而入,若者自西南而并力以图,茫范④大陆成为群虎竞争地。虎集不并立,将来之冲突,驱我国四万万同胞以与同胞相争杀,亦势所必至。呜呼!今日之亡国岂昔日比哉?今日我中国而亡也,即求如波兰、安南、印度、朝鲜也,又安可得哉?吾敢大声疾呼,为我四万万同胞告曰:国家者,众人之国家,非一人之国家。一人而亨⑤国家所有权,则当为全国之人谋幸福,保安全,斯乃古今之通义,世界之公理。顾乃一蹶不振,再呼不醒⑥,坐视盗贼入室,吸众入⑦之膏血,绝众人之生机,而不惜有以谠论激刺之者,彼反变羞为怒曰:是乱臣也,贼子也。嗟嗟!人孰无良,谁忍出此耍抑?思灭国灭种之祸,惨无天日,不知无论矣,知之而犹若醉若痴,不振刷精神以求抵制,是明明以一人革数万人之命矣。是⑧有识者,当集中外古[往]今来之亡国君,编成一大革命史。曷言之,国家之组织也以法制,其存立也以实力。实[力]者何始?为面积与人口,面积多则生产盛

---

① "同盟"应为"协约"。
② 应为"知"。
③ 应为"岛"。
④ 应为"茫"。
⑤ 疑为"享"。
⑥ 疑为"醒"。
⑦ 应为"人"。
⑧ 应为"后"。

而财用足，人口多则生齿繁而势力厚，有斯三①者，而国家之基础立。

虽然地广矣，人众矣，而欲达其进步发达之目的，则教育万不可缓。教育者，非养成一种奴隶性，专备一人驱使之谓也，须扩充其知识，鼓动其感情，知身与国有密切之关系。夫而后，士不安于陋，农不安于拙，工商不安于窳败，合全力以与世界相竞争，而乃占优胜之位置，尽人而欲占优胜也。强者与弱者争，强者又与强者争，则国防必要矣。则②夫国防，不外海陆军二部分，海陆军之设施，全视地势以为之分配，故就东半球论之，日英岛国也，则海军较陆军为尤重。然无论海军也，陆军也，非徒手可观厥成，楞腹可能从也。一切之布置供给，尤视财政上之预备何如。财政丰啬之理由，首在相本国土地之宜谋，产业之发展。然则各国之注意农学矿学也，非无故矣，产业达于极点矣，非但供国内交换之便，而国际交换又为经济界绝大一问题。采彼之所需，窥彼之所无，独力不能创办也，则分业而营之。消息不灵而交通不便也，则邮电铁道必须普设，水运船舶更宜广造。故觇国者觇此等数目之增减，而商务之盛衰可知。由是以思，立国有自然之秩序，无一可忽而并可敷衍者也。我国面积有四百三十万平方哩之广，人口有四万万之多，不可谓无大国基础矣，然就其教育、国防上、财政上、产业及商业上各方面现③之，微论其完全与否，添一新名目，多一新弊政。岂橘过淮而为枳，迁地弗良欤？予不敏，愿将现在原因及将来结果为吾四万万父老昆弟约略陈之，使［我］国而即早变计也，则我等幸矣。使我国犹上下蒙蔽，因循粉饰也，则祸不远矣。予非好言者，予不忍不言。（未完）

---

① 应为"二"。
② 应为"且"。
③ 应为"观"。

地　理

自然地理之概略

大地茫茫，其创造之所始兴，夫变迁之所终，地学家推测论说，分歧不一。而验诸事实，究未尝有确凿之证据，兹故置而不论矣。吾今惟先就地学家普通所言者以明示现在地球上为如何之现状，略述梗概，而为研究斯学者贡其所知。虽错杂无序，简陋不精，难免贻讥于识者，而或藉此稍知地形之全体，未始非无微益于初学也。

（一）地形说

地球之大部分概为水陆二者所成，仅以吾人眼界所能穷之际观之，不过一片平铺，略显有丘陵凹凸之象而已。若统而观其全体，则实不然，盖恰为一球状，虗①悬于天空，以廻，下同。② 转于我太阳系之周围焉。夫地为球形之证，率尽人而知之，固无俟吾之赘言。然而以云地球之真形，则又非如寻常所谓浑圆之球形也，盖地之两极稍平而赤道稍隆，为一楕③圆之形状，且大洋之水面牵于地心之引力，略成两侧高而中央低之形，以呈其一种表面不平

---

① 同"虚"。
② 同"回"，下同。
③ 同"椭"，下同。

之椭圆形也。

(二) 地球之经纬度

经纬度者，盖假设以定地上之位置者也。地球之一方，常指北斗七星而终古不移者，谓之北极。由是而直走于南之一端，谓之南极。联南北两极假画一道线，则此直线即为地轴。围绕此地轴描经过两极之大圈，则得经线。两经线之间为经度一度，以此经线分地球表面为三百六十度。而其经线之始线，则以经过英国克里尼基司天文台者为准，由此而东西各至百八十度曰东经西经。在光绪十年时，万国开此会议于华盛顿府，而议定者也又描东西走之直线圈而为直角于经线者则得纬线。其中央之最大圈谓之赤道，二纬线之间为纬度一度。而由赤道为起点，其南北各分为九十度，曰南纬北纬。此经纬度之大略也。

(三) 地球之五带

五带者，所以表示地球寒暑差异之点者也。地球之赤道南北各为二十三度半之纬线，名回归线，又曰冬至线、夏至线。盖太阳于冬至夏之①期来于此线，而复归于赤道也。又在其南北各为六十六度半之纬线，曰南极圈、北极圈。而地上之温度于此等纬之间各有相异，赤道之间以日光直射，故最热；两极地方以日光斜射且趾②离日光太远，故最寒。由是遂分地球为五带焉。曰热带，即在两回归线之间者也；曰温带，即在两回归线与极圈之间者也；曰寒带，即在两极圈以至两极点之部者也；而寒带与温带之间两者各有其南北二带，故曰五带云。

(四) 地球之运动

地球常运动于天空之中，而无或稍止。而其运则分为二种，一为自转，一为公转。地球以地轴为中心而自西徂东廻旋运动者，自转是也；地球顺其轨道以廻转于我太阳系……，公转是也。因有自转而昼夜生焉，盖面于太阳则为夜③为昼，而背于太阳则为夜也。因有公转，而四季区焉，盖地球以三百六十五日四分之一而公转，终其间历春夏秋冬也。而昼夜之有长短，四季之变化

---

① 疑为"至"。
② 疑为"距"。
③ 此处多"为夜"二字。

者,皆以地球轨道形为椭圆,而地球之位置有不同也。

(五)地之构造及变态

考地球初本为酷热之液体,其后外皮渐冷,而生地壳。其构成地壳之物质总称曰岩石,峻岭崇山之岩块,以及平壤沙漠之土沙,皆所谓岩石者是也。虽然而其起此变动之力者,一由于内部,一由于外部。其起于内部者,地心为极热之体,而外部之地壳,收缩繁密强压迫之,则其热忽然膨胀,而影响及于外界。如地壳稍有龟裂,地热乘隙进出,遂至成火山。而地中熔岩及水蒸气喷吐而出,则谓之火山破裂。此等喷出物,堆积四围,久之遂成山形,谓之火山。其状多为圆锥形,而顶上有火口者是也。又如因地热放散之理,而地球表面或隆起,或陷没,至生褶曲。近来地质家发掘地中,见水产物之化石及得历史上之遗迹,盖皆为此等变动所致也。而其变动之现象,要不外土地升降、火山破裂、地震生起之三者焉。其起于外部者,不外风水之作用。如水常环绕地球之内外川流不息,其间成侵蚀、运搬、沉积之三作用。又雨降下时,因酸化作用而可霉烂岩石至于销磨而失其全形,又河流能啮陆地造洲渚,而风力亦有筑妙丘、削石山之效果。凡此者,皆所以使陆地变动不息之故也。

(六)海水之度态

地球上之水以海水为最大部分。海水者,清水于其百分中约估九十六分,其概为塪①类,故其味带咸。而此等塪类一部为海水之所自有,一部为由河流之输入。而海水之蒸发愈盛,则所余之塪质亦愈多,盖因清水皆化水蒸气而逸出也。故塪质多在于水流停蓄之处,若河流输入之处则甚少。海中有洋流,其流动皆有一定之方向,恰如海中北半球洋流,其方向与表针之回转相同,而南半球之洋流则成反对。其理盖由赤道地方受太阳直射之热则温度高,故膨胀而有涨溢之性,遂向两极流行,所谓暖流者是也。至两极地方气候严寒,故冷缩而沉降于下,向赤道流行,所谓寒流是也。两洋流之最大著者于太平洋及大西洋见之。

(七)风气之作用

空间之气压,若一般而无殊异则不能生风。风者,乃因气温之度而大气遂

---

① 同"卤",下同。

不同，其疏密彼此补换而风生焉。普通一定之风有三，曰海陆软风，曰贸易风，曰季候风，无一不基诸此理。凡陆地收热早而放热亦速，水面收热缓而放热亦迟。当昼时陆上大气温度高，而海上则较寒冷，故冷风向陆而吹，是曰海陆软风。若朝夕二时间二气流互相交代，故静稳而无风。又赤道气温以受日光直射之热，大气膨胀上升而向两极，其下层大气稀疏，而两极沉积之冷空气至此填补之故，在下层者曰贸易风，而在上层者曰反对贸易风。又有与海陆软风同一理由而生者，则有季候风。夏季于北半球，亚细亚内地受高热，因之气压减少，而印度洋上之高气压向内地吹来，故斯时印度地方有西南风，至冬季反之，则更见东北风，盖此因季候而生一定之风向也。其他因低气压急而生起螺旋状之旋风，其大者曰飓风，此等风其进路亦有一定之方向，在北半球者与表针之进行相反，而南半球则同于表针，与前述之洋流恰为反对之现象焉。

（八）云露雨雪之成因

地上之水受太阳光之热，变而为水蒸气，蒸发上升而含蓄于大气之中。大气所含水蒸气之量，温暖则多，寒冷则少，故气温低下，则水蒸气渐相结合，遂不能浮游于大气中。为露、为云、为雨、为雪，皆遂其温度之高下而变其形体焉。草木之石之上因夜间放热而寒冷，其附近大气中之水蒸气渐附着粘于其上，结合而为露。而露之多于晴夜，少于阴夜，何耶？盖因阴夜游云笼于其上，而地面之热不能放散也。于阴云浓布之夜，而吾人反不觉其甚冷者亦职是故耳。雾亦水蒸气触冷凝集而成者，但下层近地则为雾，上层浮空则成云而已。云冷则结合成雨，若其气温在冰点以下，则或结为霜，或降为雪，气温骤变则或为冰雹。其形虽异，而其同为水蒸气之所成则不殊也。

（九）动植物之产地及成因

大地之上，无论何处皆有生物存焉，而其实适者生存，此定例也。盖凡一切生物，苟非适于其气候、土质、食物以及其四围之所感化，则必不能保全其生活，繁殖其种类。故地异者，则其所存之生亦异。蹫①淮之橘，化而为枳，非其实验者乎？而世界生物所受气候之影响，尤为最大。如动物中之狮子、

---

① 同"逾"。

虎、象、犀、蟒、鳄鱼、鸵鸟、孔雀、鹦鹉诸猛兽皆为热带之特产，熊、海狸、海马、驯鹿、狐等皆毹①毛深厚则为寒带之特产。若夫植物，亦各有殊。热带之植物，率皆枝干茎叶粗大，而花艳实甘，如榕树、芭蕉、椰子是。寒带之植物，率皆矮小，惟见灌木、苔藓之类。温带之植物多建筑材及食料，如松、杉、桧、柏及五谷果实等是。近来地学家因其生物之差异而分动物区域及植物区域，二者之中又分为大洋区域及陆岛区域，所论尤为最精，而今且略之。

① 同"绒"。

植 物

花及其进化

所谓花者，人皆知有色、有香、有美，浓淡争娇，怡心悦目矣，而不知实尤为生殖上必要之点。故以形态学论之，叶也而变形，或为萼，或为花冠，或为雄蕊，或为雌蕊，丛丛焉并生茎上，然究其作用无非为保护胞子，以播世代交蕃之计。而其于有管植物也，胞子生于叶上者为普通。其于羊齿类之植物也，胞子生于寻常叶上者亦［不］少。其于显花植物胞子虽亦生于叶上，然其叶则必异乎，寻常叶而为变形叶。又凡显花植物之胞子，共分二种：一种曰大胞子（亦曰胚囊），一种曰小胞子（亦曰花粉）。其生大胞子之叶曰心皮，其生小胞子之叶曰雄蕊，而包藏保护心皮之大胞子者曰雌蕊。若花粉必期达于雌蕊为目的，故又有风媒花及虫媒花之别。或因流水荡荡，或因清风徐徐，或因蜂蝶翩翩，各以其奇妙之术遂其生殖之繁焉。由是观之，所谓萼及花冠者，即花、叶之别名也。而花之俱胞子叶与花叶者，即谓之变形枝亦无不可。而有所谓裸子植物及被子植物之花者，如松杉之类即裸子植物也，其花专由胞子叶之集合而成，花叶缺如，名曰毬果，此花之最下等，而进化之程度亦最低者也。然被子植物之花亦有极简单之下等花，就形式言之，亦较裸子植物为尤又[1]进化一

---

[1] 此处多一"又"字。

步。故至其复杂者，则多样之构造，巧妙之发达，穷态极妍，奇形尽致，即熟视而细玩之，亦几难名状，况又香色俱备，尤足以悦人目而袭人衣也哉。所谓花之进化者，今试折一枝，极发达，极巧妙，极艳丽之法而研究之，不知其几经淘汰，几经竞争，始由简单时代而得进化之路径。考究其种种方式之幻奇，可就被子植物之分类法而论之，盖因其类中近族之植物不只一船①之构造相似，而花之构造亦相似也，兹示其种种进化之路径如左。

（一）裸状花进化而至有萼及花冠之花

花之最简单者，无花叶（萼及花冠之并称也），只由胞子叶而成。至最下等之有花叶者，而萼与花冠亦甚不分明，作鳞片状，从此再进化至稍高等，而萼与花冠虽一览了然，然形状色泽究躏②少异，故必必③再进化至高等花，则花萼与花冠判然明晰，各分业而营养。其在外围者（花萼也），或为鳞片状，或为小寻常叶状。其在内围者（花冠也），其质柔软，其形扩大，其色鲜美，大概多有香焉。

（二）花之部分由螺旋状排列进化而至轮状排列

在最简单之花、胞子叶及或有花叶者，俱如寻常叶以螺旋状而排列于轴之周围，而此轴者继长之，增高之，则花之各部分俱为无限数而现出焉。此螺旋状排列及所现出之无限数，皆花始原之种性然也。至高等者则此轴较短，而螺旋之排列状又上下相接近，故花之部分及其系列丛丛而生，一见若轮状排列，然此所谓轮状排列，凡花所有之部分虽不尽如轮状也，如再进化而至最高等，则花之各部皆④分皆有一定之轮状排列。故从螺旋状排列进化至轮状排列时，而花之各部分必先倾向一定数之方向，而进化至完全而成轮状排列时，则此等之数亦一定不易，然此数实皆由众多之植物而特征之者也。如举其例，则轮状排列之单子叶植物，大概由三个之器官而排列之。如轮状排列之双子叶植物，大概由五个之器官而排列者居多焉。

---

① 应为"般"。
② 应为"无"。
③ 此处多一"必"字。
④ 此处多一"皆"字。

（三）由雌蕊之上位进化而至雌蕊之下位

简单之花，其花叶与雄蕊俱生雌蕊之下部，故子房则稍移于上，如此者曰雌蕊之上位。如此而花之雌蕊以外之各部分，再转移而倾向于上方，至俱生于雌蕊之上部，终又至萼与花冠及雄蕊，俱生于雌蕊之顶头，如此者曰雌蕊之下位，然此而子房则不在花盖之内矣。

（四）由分离心皮之花进化而至合生心皮之花

简单花之心皮，全一一分离。每一心皮各形成一个雌蕊，其雌蕊之数与心皮之数相符，如此者曰分离心皮之花。进化至高等者一般之花，其心皮俱相结合而形成一大个之复性雌蕊，如此者曰合生心皮之花。

（五）由离瓣花进化而至合瓣花

下等种类之花瓣，全互相分离，各不相与，如此状态者曰离瓣花。至最高等被子植物之花，则花瓣互相连结，花冠大概成筒状，如此状态者曰合瓣花。

（六）由整齐花进化而至不整齐花

其在最简单之类，叶之各部分同一形状而成，此曰整齐花。其形状之再进化者，则花之部分有多少特别之花瓣，与各片俱不相同。试举其例，如最普通之紫花地丁，其一个之花瓣名曰距作袋状。如豆科植物之花，则花瓣之形状各不相同焉，此名曰不整齐花。

高等花及下等花之判定。

由以上所述各种之进化路径，而种种之花各现种种进化之程度。如就其各个体之间而论之，则高等、下等之关系，虽不能以绝导的而判定之。若有一种之花而裸生焉，其各部无定数且雌蕊上位而心皮分离，则可审定其为下等之花。若有一种之花而花萼、花冠俱备，为完全之轮状排列，且雌蕊下位，而心皮合生合瓣花冠，又不整齐，如此者，则可审定其为至高等之种类。

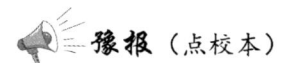

动　物

麒麟新语

韩退之曰："麟之为灵，昭昭也。咏于《诗》，书于《春秋》，详①于传记百家之书。"可知吾中国旧书，凡言麒麟者，莫不以为灵兽，必有圣人出而御世。其仁爱之德，洽八垓、被四表，而麒麟始至，以昭圣德、鸣圣时，为不世之瑞。故记其形状曰：其身同麕，其尾同牛，其啼②同马，其腹为五彩色且下黄，其高一丈二尺，圆蹄而一角，且角端有肉以护之不触生物。其记德性也，曰：不履生虫，不践生草，不群居，不侣行，其音中钟吕，不入蹈穽③之中，不罹网罗之内，非有至仁之王而不出，且无种而生，故世不恒有焉。呜呼！所谓麒麟者，果尔耶何？今日之所见所知者，不然也！英国名之曰（Giafrfe）④，产于亚非利加洲撒哈拉大沙漠之南伊西阿比亚地方，与牛等同，为偶蹄反刍动物。然比属只有此一种，其足与胫俱甚长，故适于采高树之嫩叶而食之，实所谓适应者也。又其所最嗜食，以为最珍美之味者，则莫如含差⑤草类中所谓挨

---

① 韩愈原文为"杂出"。
② 应为"蹄"。
③ 同"阱"。
④ 疑此英文应为"Giraffe"。
⑤ 疑为"羞"。

加斜草。而其尤当注意者，即颚椎为九个之颈骨而成，观其形状，颈较细而小，耳较长而大，其舌长而广，伸卷自如，故有长广舌之称。其上颚无犬齿，与骆驼相似，其齿为 $I\frac{0}{3}, C\frac{0}{1}, B\frac{3}{3}, M\frac{3}{3}$，其鼻孔可以随意开闭，尾亦不短，其末端带骢状之毛，其高一丈有六尺许，诚为动物之冠。就其皮肤观之，其色如现为少浓之茶褐色，作斑纹状，其他处则较此少淡，故其形如网之有目，然而腹面及四肢之下部皆为一样之淡褐色。其角甚短如本株，然而以有毛之皮包之，至角之内部则为骨质，且雌雄俱有二角，永久存在，绝非若鹿角之年年解脱焉。而此二角之前方，鼻骨之中部，又有一突起物，此突起因年龄之大小次第而增加其高，故人有谓此为第三角者，而胆囊则通常皆无有也。由是观之，何以与吾中国旧书所记载之形状竟若是其大异也？且也若果为灵兽，必后至仁之圣人而生，何至如糜①鹿、牛羊为群为伍，戢戢其角，湿湿其耳，时时往来于山林野草间？斯时也，意必祕其灵秀之姿与吉羊②之符，必不与今之极不仁之境，极惨酷之世，而诞生旷野于焉来游，以供人之罗致，之玩弄，之并讚③赏而咏叹之，以壮动物园之色，以增博物馆之辉焉。然何以与吾中国所记载之德性称为灵兽者又竟大不相同也？于此而再三继思穷究其故，盖吾中国所记载者，想像之麒麟也，即不然实有如此之灵兽，尝游于吾支那大陆之间，而载笔记实者必未曾以覩④其形态，而只于口碑传颂之下，摹写此一种灵异之奇态为绝对的灵兽，以遂诞妄之说而蛊惑后世之听闻也。不然麒麟果如是也？何以古之麒麟如彼，而今之麒麟竟如此也？岂不可怪也哉？

今岁五月间，有一麒一麟，俱三岁上下，从西洋来日本，置之东京上野动物园中，以供观赏。夫麒麟为物大概二三十头左右，居成群行为伍，同游栖同饮食于山径之蹊间。此麒麟之性质也，别加（Beede）氏狩于亚比西尼亚时见有百头许，群居而偕行者。呜呼！其优秀高雅可想见矣。闻现今世界之最大者在英伦敦博物馆中，其高一丈有八尺，高出千众麒麟之上，固麒麟中之麒麟也。

---

① 应为"麋"。
② 同"祥"。
③ 同"赞"。
④ 同"睹"。

生　理

生理卫生论

　　生理者，卫生之体也；卫生者，生理之用也。讲卫生者，必先言生理，犹治水者先导其源，行道者先审其径，源得而活水来，径悉而方针定，此理有必然而无疑者。独惜中国自汉唐而后，以宗教影响解剖之学中衰，斯生理之学不明，卫生之道亦因之而全废，生死存亡只听诸彼苍之冥冥。而市头操医业者执刃圭处方笺，亦惟是针灸旧术、苓藿故物为患者起疣疴，幸而菜虑汗丸，偶尔奏效，即名噪杏林，享一般社会欢迎之价值。试就斯人而问之五脏之位置若何，血液之循环若何，人体之化学的成分若何，则茫乎弗能以对。然亦无足为彼怪也，解剖之学不明，何知人体之构造及关节之作用？构造不知，作用不悉，又何知燃烧酸化，五官发育之机障碍传染百病起伏之源？语以器官之组织则骇为奇闻，读以剖割之手术则斥为酷谈，语以菌霉毒传播之猖獗，寄生虫生活之状态，则惊为咄咄怪事甚矣。井蛙不可言天，中国十九世纪之医术，诚所谓浮沉于黑暗潮流也。

　　考之中国史册，佛教未输入以前，未尝无解剖之学。《汉书·王莽传》使太医尚方刳剥刑人之尸，量度其五脏；《史记·申子传》载有医人王明者，解死者之心，观其状态，摸以为图；《魏书》载华佗有麻药之方。至于治疗之法，则熨法见于《灵枢》，灌水见于《仓公传》及《伤寒论》，张仲景传导尿之术，与西人灌伤①之法通，而此导尿之方，人②见之于《千金方》一书。解剖之学发明于中国者，征之历史，班班可考。自汉桓帝建和二年，有月氏国之太子安世高者，以佛教入中国，译佛经百七十六部，以其人善医方，使译医书以饷来者。所译有四百四十病经，其中多杂以梵语，有《九横经》《人病医不能治经》《温室洗浴经》等篇。五行生克之说滥觞于是，自是而中国医术一坠于五里雾中矣。近日有创中西汇通之说者，似于岐黄之术建于完全之目的，不知中西可分用而不可以兼施，可参照而不可以通融。彼言中西汇通者是骑墙语也，是犹系不相及之马牛而引之于一途也。何则中医悉以风火处实论病之源委，尚理想而少实验；西医多以菌毒传染为致病之媒缘，重实验而排空。论宗旨各殊，恶能化胡越为一家？即如《内经》《金匮》《百科全书》等著作，悉出自中土名医之手，然五脏作用悉以五行名目配之，机关构造，终未详其目的。其间蹈于影响者居多，即如脑髓为高贵之器，从未有知其为职司智觉者；交媾为生人之始，并未有识其为精虫孵③化者。即此两事观之，中医之幼稚皆由于生理学之不明。故曰攻医者不自医，始自剖解之学始。生理之学明，斯知全体千百之机关皆非虚设，且各有天然之发育，可保养而不可戕贼，夫而后打破疑团、剪除旧说，乃能达于真正卫生之目的。

第一章　论人体之构造

　　有一地焉，若花、若草、若虫、若兽，遍动植两界之物。溯其源，究其委，其必有一物焉为之原始，而后花草虫兽以增殖，以发生，以庄严此锦丽世界，此维何曰细胞之机能。细胞发明于千八百三十八年，生物大家塞路持谓植物悉由细胞而成，其后有塞文者始证明动物亦由细胞而成。夫细胞为生物之个体，等于国民为国家之个体，国家不能离国民而独立，生物亦不能离细胞而独存。试放开眼界，遍观全球，小之一虫一鸟，大之一家一国，无不由简至繁，由粗入密。分子愈密切，总体愈坚固，分子对于全体负赞助之义务，总体对于

---

① 疑为"肠"。
② 疑多一"人"字。
③ 疑为"孵"。

分子有连合之责任，集数万万之小体而成一庞然之伟物，而后以生，以息，以养成绝大之生活，此讲生理学家所最先着眼者也。该细胞为一个原形质之集合体，半流动性，内部有核，恰如一小胞。以弱力显微镜视之，细胞原形质呈颗粒状；以强力显微镜检之，其全形质悉由网状之小纤维而成。细胞核之构造亦如之，其形状不一，有扁平形、圆柱形、多棱形、纺锤形、长纤维形，形质极细，非肉眼所能见，为单纯一个之生活体。故呈生活现象，有运动、摄食、生长、繁殖及分泌等之机能，于人之生存有严①密切之关系。勿论醒②觉时固呈活泼现象，即睡眠中亦动作不止。调节得宜者，即心神健全，举动敏捷。苟一部分调节失宜，即忽而病作，全体亦为之不快。若细胞之作用全为停止，实惟一死而已。以是知人之生与死，全在细胞之活动与休止。故细胞病理学创案者 Virchow 氏之言曰：疾病者，细胞机能之减退或消失之谓耳，名之"病理的变化"。

以上论细胞，而又从细胞生出种种之组织。细③织大别四种，曰：上皮组织、支柱组织、筋组织、神经组织。（一）上皮组织。被覆全身及体腔之表面，由细胞而成，其细胞间仅充填之以间质（细胞分泌物）。因细胞形状不一，而上皮之成形亦现出数种之皮态。故有扁平上皮、圆柱状上皮、骰子形上皮等之区别而是等之。上皮细胞有单层，有复层，故有单层上皮、复层上皮之别。上皮细胞之外又有色素上皮，毡毛上皮。若色素上皮细胞中含有色素，随处现各种之颜色。毡毛者为圆柱状，尖端有细微之毡毛，而上皮附属之物，即覆腺器内面之细胞也。腺有管状及葡萄状之二种，管状腺者以其形似管状而名，与排泄管相连；葡萄状腺者，形状恰似葡萄之房，多数球形之腺胞体附着于一个之④排泄管。（未完）

---

① 疑多一"严"字。
② 应为"醒"。
③ 疑为"组"。
④ 疑多一"之"字。

实　业

蚕桑泛论（续第三期）

破浪子

三　蚕箔

向来河南省养蚕之家所用的蚕箔，大概是用秫楷制的很多。大约长处有五六尺，宽处有二三尺，未免太大，不惟移动不便，且喂蚕之时桑叶容易不均，所以蚕的起眠就不能齐了。现今日本所用的蚕箔是用竹做的，以①又起名叫做蚕笼。大约长不过三尺，宽不过二尺，在蚕架上上下转换是很轻便的。其底眼须有一寸余大，以通空气，四围须有边缘，以防蚕外落，但至深不可过二寸，恐怕妨碍空气流通故也。今把蚕箔的样式画到后面给大家看看，好教竹匠照样子去做罢。

甲乙丙丁为上口，戊己庚辛为下底。甲乙与丁丙皆长三尺，甲丁与乙丙皆宽二尺。自甲至戊，自丁至己，自丙至庚，自乙至辛，皆深二寸。

---

① 疑为"所以"。

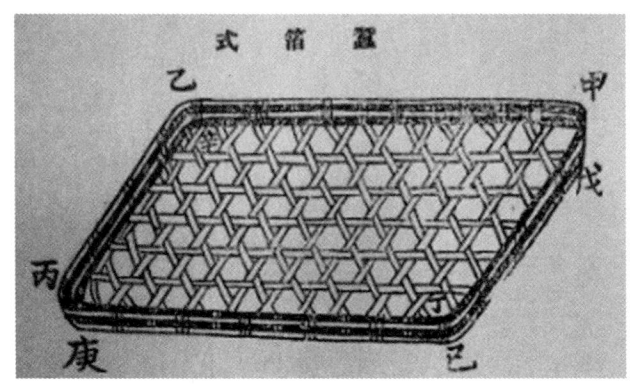

四蚕席

蚕席又叫做蚕座，是用草做的，大概就像草衫子一样，只是比草衫子薄得很，宽处、长处皆跟蚕箔一样。把这个物件铺到蚕箔里头，把蚕养在上边。除沙（就是俗下所说桑蚕，又叫做抬蚕）的时候随时换席，省蚕儿湿气。况且草那样东西，本能除湿，所以蚕席用草，是很相宜的。日本蚕席都是用稻草织成的，若是没有稻草的地方，不拘何草皆可。

甲乙为宽二尺，此系卷形，故长处没有符号，然长处三尺前说已言明矣。

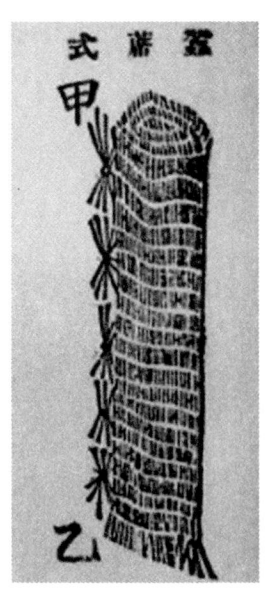

五蚕网

蚕网或用麻绳,或用草绳织成皆可。草绳虽不如麻绳经久,可是也有好处,用草绳网能收蚕沙、间湿气。其长宽亦可与蚕箔相仿些,微宽大一点,不妨两头穿以小竹竿。五龄(就是俗所说那大眠以后)除沙的时候,用网是最要紧的。这是什么缘故呢?只因蚕到五龄的时候,吃叶很快,蚕沙又多,必须天天除沙才能教蚕不受伤哩。若是用手漫漫①的去除,不是少喂回数,便是不能一天一回除沙,那可当误大事不小。况且五龄之期,往往正在麦熟的时候,又不能有好些闲人在家专意办这个事儿,你说有多少不便呢?若是用网除沙,把网盖到蚕儿身上,然后把桑叶撒布网上,大概喂到两回,那蚕就都上在网上了。于是用两手撑住网竿,把蚕抬起放在净蚕席上,转眼不及就把这蚕沙除去了,你说便当不便当呢?可是蚕网之数,必须比蚕箔多二倍以上,以便更换洗晒。但蚕网的制法也是很多的,无论哪一样网,其网眼总得有一寸五分长、一寸宽为准,如今略画两三样式于后。

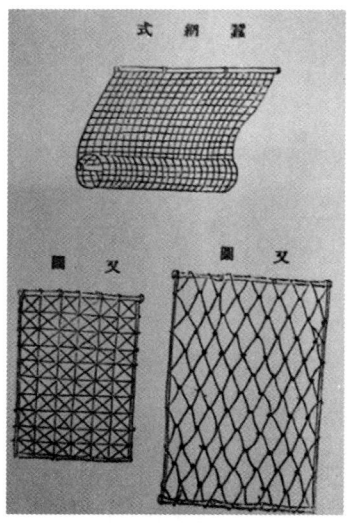

(未完)

---

① 疑为"慢"。

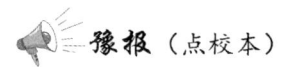

小 说

新三国

白 眼

第一回

迫时局朝廷变法　割庙产僧道揭竿

话说我们中国居亚洲东部,为世界文明一个大大的祖国。自从唐虞而后,文明便立了基础,由是而夏、而商、而周、而秦、而汉,更觉文明程度朝云旭日似的飞腾起来。但是天下大势不能久而无弊,亦不能久而不变,国家当变新法而后可治,与人常吸新空气而后可生是一个道理,所以当日管仲变法而齐强,秦鞅变法而秦霸。

虽然变法固可以强国,后来变法而国家还有转亡的也往往不能免。咳,这个缘故岂是变法把国家变亡了么?不过是那些黑暗政府、野蛮官吏不振刷变法之精神,仅只悬一面变法的招牌,把国家弄亡了的。即如他立许多名目,说来倒也有趣,又是甚么兆伤局(招商局)、寻惊局(巡警局)、失业学堂(实业学堂)、无备学堂(武备学堂)、睡务公司(税务公司)、逛务公司(矿务公司)。要说他不是变法,外面上却也有点冤枉他,要办起事来求其发一点热诚，认真办理，不苟且塞责、吞公肥己，只怕一百人中教我编小说的戴着一千六百倍显微镜去找，也找不出一两个来，然此不过是做官人祖传的不二法门也。不消说得，如果我们能明地方自治要义，结聚团体，振起精神，不虑成败，敢作敢为，当改革的改革，当创立的创立，就是有那种政府官吏，他也不敢任意胡为了，又何怕不能把我们的江山陶铸成铁桶一般？谁知那些丧尽天良、狗彘不食的绅士，不但不背①出来提倡维持，还要去拍上官的马屁，行他利益均沾的手段，与民贼一同打劫。当这个时候，就是个无事的国家也要被他们折的七零八落，况且是个淹淹②待毙的国家，还能够不亡么？总而言之，变法则强，不变法则亡；变法得其人则强，不得其人则亡。看官，不是我编卜③说的要谬定这两句话为铁板柱脚，确确实实是这个道理，是上下数千年的大圣人、纵横五大洲的大豪杰所不能易的。

闲言少叙，书归正传。却说秦楚而后，有一个白衣大豪杰汉高祖，他以丰沛起义，不数年扫清宇内，成了帝业，想大家都知道的。后来光武中兴，传至献帝，自从献帝即位，国势日见危急。建宁二年，献帝诏问群臣治安之策，由议郎蔡邕上疏，以为汉当斯世正如千钧一发，欲使叠④卵之危转为磐石之安，含⑤变法以外别无良策。献帝本是一个无作为的皇帝，及一见蔡邕疏中说要变法，倒很觉为难起来，无奈疏中洋洋数万言，说得源源有本，井井不紊，于是他就也就勉强依议了。隔过数日，自宫内颁出一诏，着群臣议变法的规制。当时群臣接过诏旨，各自分头去研究办法不提。

光阴迅速，转瞬已是数月，谁知足足忙够两三个月，仍是无头绪。你道因为甚么两三个月仍是无有头绪呢？原来这一班大臣一半是十常侍的党羽，一半是出身选举。十常侍的党羽无有学问也不消说了，但是出身选举的虽说不是八股匠人，却也是策论贩卖所的经理，平时脑筋里只印着"不愆不忘，率由旧章"八个大字在内，并不记得"齐一变，至于鲁；鲁一变，至于道"那个道

---

① 应为"肯"。
② 应为"奄奄"。
③ 应为"小"。
④ 应为"累"。
⑤ 应为"舍"。

理。所以到了此时，遍想也总想不出个好法子来，后来还是蔡邕又上个条陈，大概不外广设学堂、大兴教育的宗旨。獸①帝看罢随②提笔批子③："着照所请，钦此。"颁诏各郡，即速开办。

各郡得了这个消息，好是晴天打个霹雳一般，吓得手足无措。这时有位太守是个久任官④途的，听说这个消息连忙拿出平素掩耳盗铃的手段，一面写个粉饰耳目禀帖呈给上宪，说这学堂已经开办，一面择城箱⑤内外枯寺古庙，分悬几面遍⑥额，几个虎头牌，说是某学堂重地，闲人免进，如敢故违，定行究惩（咳）。自外面看起来，倒有个派头，要是想他的内容，只怕用炸弹炸这个学堂，除将几个泥胎炸壤⑦以外，万不至于损伤一人罢。后来视学官来查看的时候，他又拼上几百银子，送一分厚礼，视学官就含糊了事，欣然而去。

看官，汉世腐败到了这步地位，难道无有一个能办事的么？不是没有，只是□□□□□□□□□就不得展行其志了。警⑧如涿县县令姓蔡名达，与蔡邕是叔伯弟兄，为人却很能办事，在涿县南关立个陆军学堂，所定一切功课章程，俱臻完备。后来因为蔡邕奏参十常侍，十常侍以他事陷邕于罪，于是把蔡达也撤归田里。蔡达去后又换了一个县令，一日到学堂查学生的功课，见一个学生桌上放着一纸，拿起看时，上面写着"扫除宦祸，重兴汉世"。这个县令本是抱着十常侍粗腿，看了这两句话头，不觉失声大叫，说："这还了得？学堂学生敢如此造谣言，岂不是要造反吗？"又见功课中有每日练操，心中更不以为然。当晚回到署中写一封信，把学堂从前所请的教习全班换完，又拟定一个章程，不准学生演智⑨操法，学生见教习须请安行礼。可巧换的教习倒也实在听话，进学堂以后即施行所定的狗屁章程。把学生叫到面前说："从前你们的老师不知是哪个地方出来的，野蛮一点好处没有，尽教给你们坏处，说什么

---

① 应为"献"。
② 疑为"遂"。
③ 应为"了"。
④ 应为"宦"。
⑤ 疑为"厢"。
⑥ 疑为"匾"。
⑦ 应为"坏"。
⑧ 应为"譬"。
⑨ 应为"习"。

'扫清君侧,重兴汉世',你想咱们汉朝眼前虽说不算十分太平,却也无有什么不了的事,你们得入这个学堂,也算是有了饭碗,要是好好拍拍上司的马屁,将来得一官半职[也]不敢定,何必胡说乱道呢?这个时候漫说天下太平,就是不大太平,也用不着你们去管他,况且此时十常侍的势力最大,人人都想去结纳他还恐怕结纳不上,谁敢去①如此大胆说什么要把他的杀[了]?却只怕这句话要教他们知道,不但不能杀他,要先把自己的命送了罢。以后要安分守规,不可冒犯上司,才算是当学生的道理。"看官,他放屁一连放了雨②点钟之久,早就有人忍耐不住,欲要发作还没发作。后来他又说出操法为叛乱的祸根,不准演习,又叫过一个人来做请安的样子,数③学生们来学。只听得对面吼的一声,说道:"你讲这一片话全是放屁,我们汉家历代受官④官之祸,此时就是把他们削身万段、削骨熬油也不能解我心头之恨,你还说什么去拍他的马屁恐怕拍不上,这不过是你们一群奴隶罢了,你老子岂肯去[拍]他的马屁吗?至于你说学生见教习须请安行礼,你老子又是生来的一双硬腿,向不跪人的,若要教你老子行这个礼,你老子还有一对铁拳头教你试试,不过把你这个混账东西打死,各人走他娘的就是了。"说着就上前把将教习拉倒在地,又是拳打,又是脚踢,及至旁人劝住,早就把教习吓得半死不活了。

(此篇未完)

---

① 此处多一"去"字。
② 应为"两"。
③ 应为"教"。
④ 应为"宦"。

文 苑

贺云南死绝会文

凌 云

呜呼！中国之危亡，不自今日始也。中国今日之危亡，不独云南然也。然而云南今日之危亡，实中国全国之代表也。夫金马碧鸡代生伟人，滇海苍山间钟王气，考诸历史，征之事实，洵足为滇中数十万同胞自雄也。讵意欧风怒吼，缅越之屏藩既倾而唇亡齿寒，滇中之形势益孤。秋色凄凉，故国不堪回首，妖云浓布，魔气最易祟人。眺目西望，茫茫大陆，则所谓吾以生长聚族之安乐乡，其不变为异种酣睡优游之殖民地者几何哉？

然物理学家之言曰：凡物不有以激动之，则不逞反应之作用。物理如斯，人事亦然。吾国民前此之丰耳蔀目、汶汶暗暗，以歌舞升平于混沌世界者，识有所蔽也，智有所壅也，去其蔽斯明，开其壅斯通。而谓吾国现值虎豹豺狼环身四处，磨牙伸爪之际，我国民其终肯倪倪伈伈、坐以待毙，不有以逞其发扬蹈厉之气概，历万难而莫阻，遭万劫而不挠，背城借一以决最后之胜负也乎？此近年以来吾国民气潜生暗滋，跃跃欲动，大有黄河决堤、一泻千里之势，夫岂非起死回生之动机，雄飞奋謄①之先兆欤？

---

① 疑为"腾"。

他且不暇论，即以最近报章所宣传者滇中志士设立云南死绝会一事，观其言论之宏阔，宗旨之伟大，本于爱国保种之热肠，发为矢死救生之谠论，此不独滇人宜铭心刻骨，永矢弗谖，抑亦四万万同胞所当视为暮鼓晨钟，时相警惕者也。诚如是，则民权日张，民气日盛，弥纶磅礴充塞于宇宙，以之干旋万事而何事不济？即内以扫除野蛮政府之魔障，外以挞伐白皙人种之凶顽，直谈笑间事耳！凡此皆要基于死绝之一念，而食其幸福于无穷也，此吾所以有贺云南死绝会文之作也。

或曰乐生恶死，人之恒情，今人以死绝自誓，会以死绝自名，不意世竟有丧心病狂如子者，余曰唯唯否否。夫砒霜者，能杀人之毒药也！然当病入膏肓症瘕深隐之时，非用此药不能划除其病根。今日者中国之现象，何异于是哉？故谋国者不可徒事于治标而忘却百年大计也，且置之死地而后生。古人亦既言之矣，则知畏死而偷生，终乃必至于死；舍生而求死时，或可以得生。故曰：即生即死，即死即生。生也，死也，一而二，二而一者也。世有识者倘不以予言为谬乎，则吾敢下一断语，曰云南之死绝会者，即他日撞自由之钟，树独立之旗，腾飞世界，独霸欧亚一大纪念物也。吾于是馨香祝祷，顶礼膜拜，食不敢暇，寝不敢忘，拍掌大呼，仰天长笑，以为云南数千万同胞前途贺，并以为中国四万万同胞前途贺。

杂诗五首

长 叹

异学子

此生不料已苍头，伏枥犹怀老骥羞。静气凌晨评越绝，雄心半夜看吴钩。雕鹰羽健常思杀，松柏骨坚不病秋。明月一天光照爵，元龙何处共登楼？

清 夜

半庭秋影压书楼,池水欲冰静不流。月色照醒天地梦,钟声敲破古今愁。北风旅雁程程紧,秃木寒鸦点点稠。我正平心观物理,宵更已报第三筹。

拟 古

七百数已过,虎狼天下满。我欲访英雄,舍之东溪馆。马迟恨路长,心急苦日短。何期道遇之,赠我窥天管。劝以福生民,返觉应答懒。我岂妄男子,肝肠火比煖。作苦惜分阴,平寇赖陶侃。

端阳感怀

浩叹生

漫道今吾异故吾,榴花依旧笑南都。娥江有恨怜曹女,湘水无灵泣楚孤。城上梅花警自落,天涯蒲酒忆谁娱。宜男藉卜夸香草,何事阶前□满铺。

又

前 人

皇皇四顾欲何止,天可回兮志不移。满目河山增旧恨,两行血泪和新诗。桑麻利溥先畴服,花鸟情深故国悲。江上晚来潮益急,鱼龙乘起逐波时。

时　评

述张公治荥之特色

张公旭初，湖北咸阳人也，壬寅夏莅任荥阳县。

（一）热心兴学

壬寅年科举未停，人方驰骛于策论、词章之空文，而不知科学为何物，偶有提及兴办学堂者，非骂为洋奴，即斥为非类。公独不避嫌怨，设法筹款，首于该县内立一高等小学。经费不足，则损廉以补助之。初年课程只经、史、舆、算四门，次年即添聘北洋师范学校出身者以为教习。于是，各门科学渐次完备，而学堂之基础立。

（二）开通民智

新书、新报为文明之导火线。荥邑地处偏隅，非交通之区，一切新书新报无从多见，此民智蔽塞之一大原因也。公乃多购书籍，无论城乡士绅，察其稍稍留心时势者辄赠之。又恐其民间无由购买也，乃复派人往汉口采办新书多种，置本城车马局内，令以原价出售，不图重息。又捐时报数份，置礼房及车马局内，俾资阅览，以广见闻。于是民智渐开，知所变计，即书吏中人，往往有禀求出房而向学者。

(三)培植人才

甲辰之夏,上宪札饬各县保送学生,应练兵处派送出洋之选。公则预备川资,遣送五名,合格者仅三人,即现在日本振武学校卒业生马名骥、韩凤楼、张鹗翎也。继以教员缺人之故,复设法筹款,派张玉琳赴日本学速成,派李芳春、马骏赴保定学农科,派蔡廉泉、蔡绍通、王万全赴清化学蚕桑,派李经天等数人赴天津学工艺。尚欲筹款派人学习法政、美术等科也,惜被上宪撤去,有志未逮。

(四)扩张教育

乙巳夏,张君玉琳卒业回国。公与接见,即令条陈师范学堂办法,随即筹款借地,克日开学,并附设初等小学,以为师范生之实地练习校。生分官费、自费,官费卒业分派四乡,充小学堂教员,自费卒业给与凭文,许应教授之任。故邻邑之有志向学者,亦得藉入此校,以为文明之助焉。

(五)振兴实业

甲辰之秋,选木工、织工中稍聪秀者数人,派一人带往天津游历工厂,并购三等织布机器,令该工仿造以备扩充。城内设一平民习艺所,现该所所制之洋布、洋斜等销路日广,立见起色,与天津工艺不相上下。复设纺线厂,先购札①花机器两具,而纺线器械将次第购办,惜亦以去任之,故未奏成功。

(六)劝兴水利

荥邑乃半山半川之地,掘井灌田,实为至便,然贫富不均,而经济问题筹划甚难。公乃使人由天津购来吸水机器两具以倡于前,并饬各村长调查,将各处水距地面若干及旧井若干详细具册,以备区划。有有志无力者准首事担保,借用仓谷以为资本,并成后如数交还。张公之关心民事,如此不为不周也。

---

① 疑为"轧"。

杂　俎

世界新闻

将来之空中旅行：发明电话著名之英国加儿博士近告敦伦①一新闻记者曰：目下空中航行之术发达已至极点，不久必有人于黎明乘空中飞行器，从欧洲起程，于二十点钟之内经过大西洋，翌晨能在美国朝膳矣。今后不出二三年，必能造成每点钟能行一百七十五、二百英里之飞行器无疑。即空中飞行军舰，亦不久定可造成，其先他国而第一次制造者，恐必系美国。

世界最大之冰块：格林兰地方有一极大冰块，为全世界所无。其面积有六十万平方英里，厚一英里余（一英里合中国三里），诚可谓患脑病者最宜之静养地也。

世界之铁道哩数：据最近调查，全世界之铁道延长里数不远将达六十万哩（一哩合中国三里余）。其中南北美三十余万哩，占世界铁道全长二分之一，欧洲二十余万哩，亚洲五万哩，非洲一万五千哩。

世界之商船：据罗爱德船籍所载，除军舰并百吨以下之小船不计外，英国船之吨数占世界之首位，即商船五百八十五艘，总吨数百三十万六千吨（一吨合中国一千六百斤）。此外，比利时二艘，三千二百吨。丹麦七艘，九千七

---

① 疑为"伦敦"。

百六十五吨。法国十七艘，四万三百吨。德国九十四艘，二六九九五二吨。希腊四艘，七七四吨。和兰三十二艘，三九五七吨。那威三十二艘，三三三五八吨。西班牙一艘，一〇六五吨。瑞典十艘，九六〇吨。合众国三十七艘，六六六〇八吨。

七雄之新舰队：昨年列强进水之新舰队（战舰、装甲舰）合计二十二艘，三十万三千二百二十吨。英国五艘，八万余艘①。俄国六艘，七万余吨。德国四艘，五万艘②。美国三艘，四万余吨。日本二艘，三三四七〇吨。法国一艘，一万三千余吨。和兰一艘，五千一百三〇吨。

世界最大之电信局：伦敦之电信局每日发送电报之数十余万通（一通合中国一封），电信机械千二百二十六个，电话机械二百个，局员四千六百人，走送电报者八百八十人云。

俄国革命党之牺牲人数：彼来罗姆报记载俄国革命流血之统计云：自前年九月迄昨年九月俄国宪法发布后一年间，革命流血并负伤者计有二万五千人。就中与兵对抗受伤者二二七五一人，受死刑者一五三人，受禁锢者八五一人。其立于反对地位之俄国官吏被革命党杀伤者，在波罗的诸州死伤者之数三百五十四人，波兰二百八十二人，南露西亚四千三百六十八人。彼等革命党之事业过去之一年间，段③掷暴烈④弹二百四十二回，袭击官衙九百四十回。又彼党秘臓⑤之短枪、爆烈弹、火药、机关炮等物被政府发现者百八十处，密送人民及军队间之革命书籍被政府没收者百八十三回，因此等被捕者计二万三千七百四十一人。

电传照相法：科学之发明如留声机器、德律风及无线电报勿论矣，其最新奇者莫如近年德国葛恩之电传写真法，能于一千英里外电传照相，异常清楚，其电传时刻约十二分钟。目下，英法各画报馆多利用之。

德国人之勤俭教育：德国农家小女子每至能步行之时，父母即悬一袋于其

---

① 应为"吨"。
② 应为"吨"。
③ 应为"投"。
④ 应为"烈"。
⑤ 应为"藏"。

胸前，令其将散落于房间四周之鸟羽拾而藏入袋中，俟归家后父母即为取出，装入蒲团或枕中收藏之。盖德国人每当小儿年幼之时即欲养成其俭约之习惯故也。

新　闻

华盛有限牧植公司简章

本公司股份以一百串文为巨股，以十千文为小股，以五千文为半股。

本公司创立为开风气起见，每年提余利若干，设义垫①及各项，惟各股东公议，不分股之大小而决成司事员与会长。

每年应得余利按股各分地内所出之物件，会中不代为变卖运送。有不便分卖之物件，须由会中专售。

每年分余利时，有出外及远方股东将本人应得余利若干即时邮给本股东，不得停留。其邮费出自本人，即于余利内扣留。

名曰华盛有限公司，非华人不许入股，即华人中之素不安分及一切无来由者，亦不许入股。

股份惟小股半股者第一期交清，其余分两期交清，第一期本年八月十五日，第二期十月十五日。

交清股份，即给执照折子，按年取余利。如有遗失，须先到公司说明，换给执照折子，前照折无用。

公司为永远计，与国同休，以后无论事之大小，不许抽股。若本人乏嗣，

---

① 疑为"塾"。

即支子亦可代领，如真无人，充公办事。

入股者如真家贫如洗，准将此股份让与别人，另换照折。

每年年终会聚一次，算明出入各款，出榜示众。

公司办事人如有不妥处，年终会聚时同众指明，另议执事者，并罚三年不得分余利。

公司账目各事，有愿办者皆可帮办。

公司现设汁①省琉璃庙街南头路东庞宅，如入股份，寄此处无错。

发起人：庞平甫　王坦之　汪汇海　张治　李泽堂　王锡兰　吴宪章　吴明甫　李俊　冯林卿

祥符天足会章程

在会者结姻宜先在会中人家选择婚配，如不相当，再与会外人联姻。然既嫁娶之后，急速放足，方合会中规矩。

入会之前必须心口自问，再四斟酌，不得于入会以后忽而反复，以遭②他人话柄。

在会人家嫁娶之礼，宜各安本分，力戒奢侈及一切恶习。

在会人家男娶女嫁，会中进鼓乐花红，以示奖勉，而正风化。

在会人家之女子如仍旧缠足者，公议罚钱十千文充公。

入会者每月捐钱卅文办公，至于家中贫寒者，量力捐助。

在会之家女子有愿入学读书者，先尽在会女学堂上学。至于束脩，称家之有无，俟农林成后，概不取脩。

每年年终在会人员公议择日聚会一次，并算明一年会中花费若干，下存若干，出榜共知。

---

① 疑为"汴"。
② 应为"遗"。

在会人员如如①有要事出门者，俟回省后，如数将会钱补出，方见义气。

会中公款，无论会中、会外人等，概不许分文挪用。

嗣后入会人家较多，捐助亦广，必须公议举出存款处，或公议应尽之义务，均临时斟酌办理。

省垣为五方杂地，良莠不齐，必须身家清白，方许入会。如无来由，报名面阻莫怪。

会在初创，诸凡章程未臻完善，入会诸大雅见有不妥处，请随时指示，以便更改增补。

会末：姜渭山　李泽堂　王坦之　李安斋　庞平甫　王锡兰　吴宪章　王堂浩　王汇海　李俊　张治　吕芝延　仝献

---

① 疑多一"如"字。

专　件

汲县绅民拟提庙捐兴学详情

汲县西关盐店街有大王庙一处，为该邑盐商桐和庆号由盐车船户及杠夫抬盐等名下扣除，累年积款两万有奇，是邑中第一丰富之庙产也。盐商中人无不争渔此款，以供挥霍。光绪三十一年，该盐商乃于庙中创立商立小学堂，每年提款二百千以为经济，盖仅提起庙捐而已。经立二年，略著成绩。今岁不出分文，以致中止。本地绅士不忍斯校之废也，遂有数热心兴学者出而担任义务接办此校，经半载之久而该商漠不关心，因此绅耆公愤，将其苦刻工人实情及累年所有积款控告官府，拟请提出设立半日学堂及工艺厂云，兹揭其禀槁如左。

具禀：额外外委李含润，童生邵清泰、王廉臣，廪生张养源、李作楫、赵诚。

为请提庙捐与养立教事，窃卫辉府汲县西关盐店街向有大王庙一所，自光绪八年汲县盐商桐和庆等创议重修戏楼及看楼三座，名为盐商公摊，实则由抬盐苦工、运盐船户名下扣除。计自光绪十三年开府怀庆两厂扣钱约陆千零七十五串文，卫辉厂约一千二百二十四串文。夫以下级劳力血汗之钱为该商歌舞燕神之用，其理本至不公，然该商犹实有用之。庙内者虽①茧者泯，抑无可说。

---

① 应为"茧"。

乃至光绪十四年以来，庙已停修，钱捐如故。经众工向之索讨，乃于每工抬盐之十二文半内归出一半，车户之十三文内减扣三文，计至光绪二十二年又得一万余串文矣。既不照各庙社之例，年终榜示又不将收捐薄籍俾众周知，而该商之欲犹未压也，复于车户船户名下每包又加控钱二十文，名曰伙助汲商外事李嵩年，计迄光绪卅二年，又扣钱一万八千五百余串文。夫以堂堂盐商穷奢极欲，一席花酒每数十金或或①百余金，不惜恒舞酣歌，几成故事，何独招一司事反青②令胼手胝足之徒加以伙助？况李早陈死，款尚不除，谓非虐工，其谁信之？该商挟其威势，众工一经诘问，辄以送官究打为辞，谁敢将浮③此虎须。况复去年以来，火车运盐之局成，小工靠盐之生计断，眼前千百壮丁、千百住户流离沟壑，势所不免，□□等屡读上谕，酌提庙产，兴学校，立工厂。

恩旨惶惶，官绅并责。□□等私居窃计统卫辉庙捐之富，无过于大王庙者，统各庙私弊之最，亦无过于大王庙。若得□□大人惠此愚氓，立饬该商桐和庆司事人等，将此庙存款悉数提出，设立半日学堂及工艺厂，为失业贫民挽回生计，则上对圣主，下福苍生，地方所消弭隐患。颇闻该商亦有兴学劝工之事，想无不乐于赞成也，上叩。

---

① 疑多一"或"字。
② 应为"责"。
③ 应为"捋"。

调 查

七月大事表

七月份中外大事表

表中用●者,确知此事件之出现时日者也。用○者未知此事件之出现日,而据本报记载之先后以为编次者也。

中国之部

初一日○豪①古八旗常购外洋军火,外务部拟严订章程限制。
●广州是日开始禁烟,阖城商学界大申庆祝。
●芜湖烟馆是日一律辟闭。
初二日●奉懿旨全行化除满汉畛域,着内外各衙门条陈办法。
初三日●日使向外部请将奉天新借款数目预行示悉。
●日人谋分松花江航路权,向外务部交涉。

---

① 疑为"蒙"。

初四日〇徐世昌与日本交涉，节节退让，言官纷纷参劾，政府电令将交涉司陶大均撤差。

〇徐世昌借俄比款四千万元已有成议，比国出名，实俄为主动。

●粤督岑春煊假期届满，奏报未到，奉旨谓其有病，着即开缺。

初五日〇侍读周爰诹奏请将留日学生尽行撤回，以前毕业回国者一律废业不用，并停止女学堂，交政务所学部议奏。

●奉懿旨考察政治馆改为宪政编察馆，会议政务处归并内阁办理。

●前户部侍郎汪鸣銮卒。

初六日●尚其亨补授福建布政使，湖南布政使着吴引孙调补。

〇哈尔滨大旱。

初七日〇海牙平和会股长讥中国委员丁士源越分妄为，请代表使陆徵祥、钱恂严为诘诫饬遵军纪。

〇会议政务事宜归并内阁①，派宝熙、吴郁生、王垿为总办。

〇政府谕饬辽东半岛地方不准运谷类出口。

〇外务部照覆日使，北京自来水已定议自行招商办理，请日商无庸干预。

初八日〇前江西捉获之乱首姜守旦说明为误认，并非原人。

初九日〇中俄条约展期至八月再行开议。

初十日〇皖抚冯煦拟按新官制在抚署设会议厅。

十一日〇岑春煊不到粤督任，葡萄牙复扰边界，迫湾仔地方渔船改泊澳门，侵估海权。

〇广东商界学界公电政府，请留岑春煊督粤。

〇政府电饬各使臣领事，劝导华侨，设立戒烟会。

●度支部具奏议覆行用金币折。

十二日〇御史江春霖奏劾杨士琦，措词甚厉，奉旨留中。

十三日〇库伦办事大臣延祉请以俄商柯尔德为库伦矿务监办官。

●奉旨派杨士琦赴南洋抚慰华侨，如有集巨资振兴大宗商务者，予以爵赏。

---

① 疑为"阁"。

十五日●皇上圣躬不豫。

○闽督致电外务部，请严拒日僧到福建传教。

○政府决议将新疆开为商埠。

○广澳铁路中葡合办期限已满，粤商倡议废约自办，易名广前铁路，定招股二千万元。

十六日○外务部照会日法公使，谓日法协约中所称保全中国领土一节，中国土地自有完全无缺主权，无庸他国干涉。

○东三省煤矿合同与俄使订妥签押。

○安徽徐锡麟党马子畦奉旨正法，各学生开释。

○天津地方议事会开办，举定议长。

●滇督锡良奏劾前督丁振铎贻误滇疆，奉旨丁振铎交部严加议处，部议革职。

十七日○外务部奏请授伍廷芳为本部头等顾问，官派驻海牙保和会为公断会员，六年一任。

十八日○日僧在闽传教，日领事并为宣布告示，以为声援。

●北京京报馆因登载议立储事，被民政部勒令停刊。

十九日○杨士琦赴南洋农工商部右侍郎之缺，以耆龄暂署。

二十日○京中各衙门会议化除满汉一折，具奏内容计十二条，限六年逐渐施行。

廿一日○政府拟施行防谷令于大连湾，日本大为反对。

○驻藏帮办大臣张荫棠奉旨授为全权大臣，办理藏英交涉事宜。

○法人调兵赴滇北，托词保护侨民。经驻法钦使力争，法廷已允取消此举。

廿二日○日本极力运动借款，筑造福建铁路，催外部从速订约。

○东督徐世昌奏陈外交棘手、才力不及等语，奉严旨切责。

●袁世凯进京陛见。

廿三日○日使照会外部，谓东督徐世昌借外债四千万实有其事。

廿五日○日人在奉天设置警察，侵夺主权，并有插标占地事，徐世昌电请外部向日使交涉。

廿六日〇度支部尚书载泽奏请通国划一银元以维币制。

廿七日●奉旨袁世凯补授外务部尚书，与张之洞同为军机大臣，吕海寰着开缺，以尚书充会办务大臣。

廿八日●湖广总督着赵尔巽调补，陈夔龙补授四川总督，又奉旨直隶总督以杨士骧署理，吴廷斌署理山东巡抚，又奉旨张曾扬调补江苏巡抚，浙江巡抚着冯汝骙补授。

廿九日〇泽公力驳徐世昌借外债以办新政之举。

●陕西布政使着颜钟骥补授，崔永安着补授浙江按察使。

●苏人集议，拒张曾扬抚苏，拟电督察院代奏。

外国之部

初一日〇韩廷决议册立颖里亲王为皇太子。

初二日〇英皇弟克瑙脱公爵被举为地中海一带海陆军总司令官。

初三日〇韩国总监伊藤受命为韩国民政长官，鹤原定吉为宫内次官，木内重四郎为内部兼农工商部次官，田原为学部次官。

初五日〇韩国初等裁判所判将赴海牙之代表正法，尚有二人判永远监禁，韩皇批准。

〇美境电局工人罢工，蔓延至西南各部，共有五十余城。

初七日●日俄协约是日发表。其大意两条：一两国互相尊重其领土权；一保全中国之独立及领土，且约与列国均一机会之主义。

初八日〇海牙平和会决议设立永远公断署，准各国派议员四名驻会。

〇英政府于本国舰队中调遣三十二艘，并入地中海舰队。

●韩皇下诏禁国人早婚。男以十七岁、女以十五岁为限，且此时方许有承袭家业之权。

十二日〇韩皇下令国人一律剪发。

十三日〇俄京定于西历明年四月开万国赛工会。

〇美国电报罢工之风潮业经了结，照常任事。

〇印度黑死病盛行。

十六日○韩国太子定议往日本留学。

十九日○日本议设统监分府于间岛，托词保护韩人，调兵队前往驻扎。

二十日○日本函馆地方大火，各国领事馆除美国外均被灾，城内房屋约烧去十分之七。

●新韩皇行登极礼。

○日本东京多雨，为五十年来所未有，各处多被浸没。

廿三日○日本函馆火灾共烧毁约八千万元，房屋约一万五千间，民人失所者约六万人。

廿四日○美国外部新设远东股，其制度如中国总理衙门，专办理亚东事宜。

河南学堂一览表

河南府商城学堂一览表

学堂名目	开办日	设立者	学科	程度及毕业年限	所在地	总理姓名	教习姓名	学生额数	经费
官立第一等高小学堂	光绪卯五年月	商城知县张力堂，直隶完县人	修身、经学、历史、地理、算术、格致、理化、图画、体操	前学科不完，嗣后遵照定章四年毕业	城内，系旧日贡院改建	前系翰林院编修蒋艮，现为湖北知县熊宾，四川知县黄关同候补知县同庆恩	陈喜祺，信阳廪生。余文蘠，本邑廪生。熊琨，本邑增生	学生六十名	由旧书院款项贡田宾与贵揆充外，又提鈌棚猪行各项，每年有万数千金
官立第二等高小学堂	光绪午四丙年月	商城知县戚渠清，浙江绍兴人	同上	各学科均照新章四年毕业	城内，系旧日文峰书院改建		何牧钺，本邑附生。古式训，本邑附生。盛[]，光山附生	同上	同上

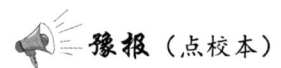

(续表)

学堂名目	开办日	设立者	学科	程度及毕业年限	所在地	总理姓名	教习姓名	学生额数	经费
师范传习所	光绪丙午四月头班已卒业,现招第二次	初次系戚渠清,二次系商城现任知县延寿	教育、理化、历史、地理、算术、文学、博物、图书、体操	各学年均照定章一年毕业	城内西门,系崇福寺改建	吴鸿均,本邑拔贡	戴峻鹏,光山增生。陈[],湖北附生	学生三十名	同上
官立初等小学堂	光绪丁未六月	商城知县延寿	修身、文学、历史、地理、算术、格致、体操	五年毕业	附官立高等小学内	总理同高等小学堂	教习同前	学生六十名	同上

河南府淇县学堂一览表

学堂名目	开办日	设立者	学科	程度及毕业年限	所在地	总理姓名	教习姓名	学生额数	经费
官立高等小学堂一所	光绪三十二年十二月初一日开学	淇县知县王同文,系山东长山县人	修身、地理、经学、理化、文法、博物、中史、图画、外史、体操、算术、官话	各学科均照定章第一学年课授,惟外史一科系由经学钟点内裁换,定期三年毕业	城内东南隅,系旧日篆筠书院改建	县知县王同文,系山东长山县人。杨赓良,山东青城人,系本堂教习兼充。耿霞蔚本县人,系本堂庶务	莫文华,彰德林县人;耿霞蔚,本县廪生兼高等班科学;杨赓良,山东青城人,兼高等科学	学生三十名	由旧年书院存款拨充,又按地亩差事拍补约一千二百串
师范传习所	光绪三十二年六月初一日开学	同上	教育、文法、地理、算术、理化、博物、图画、农学、体操	各科学均照简易师范科科学讲授,半年毕业	附官立高等小学堂后院	同上	杨赓良,山东武定府青城县人	正班学生二十名,附课学生六名	由旧年普济堂余款等充,约五百千
高等预备科	三十二年七月初一日开办	同上	修身、历史、地理、图画、体操、读经、讲经、算术、格致、官话、文法	所授科学均照初等第五学年,高等第一学年参酌讲授,一年毕业充为高等小学	附官立高等小学堂西院前截	同上	暂由师范生轮替授课,俟师范毕业后挑选优等,专司讲话	二十六名	学生伙食均系自费,图书器具等费由官立高等小学内抽拨,约二百千

(续表)

学堂名目	开办日	设立者	学科	程度及毕业年限	所在地	总理姓名	教习姓名	学生额数	经费
官立初等小学堂	本年八月十六日开学	同上	修身、地理、读经、讲经、格致、历史、官话、文学、体操、算术	程度及毕业年限均照章办理	附官立高等小学堂西院	同上	同上	三十四名	学生自费,书器等费均甲官捐廉支用,约百二十千
公立半日学堂	本年七月初一日开学	耿霞蔚,系官立高等小学堂庶务。薄学礼、薄怀良,系本县附生	修身、算术、官话、选报、地理、字义、农报、体操	共分两班,午前教年少者,午后教年长者三点钟	在东门内,系由崇胜寺改设	薄怀良、臧华载	蒲学礼,本县人	十六名	由崇胜寺庙产筹充,地亩三十亩,约四十千

甲　豫报刊误表

页	行	字	误	正
一六	一〇	一六	遇	过
一六	一一	五	戈	弋
一六	一一	二九	"商"字下多一"开"字	
一七	八	九	問	间
一八	四	一五	"进"字下脱一"取"字	
一九	八	一九	饗	响
二〇	四	二二	曰罍	曰臻
二一	四	二〇	伺	但
二一	九	一八	投	披
二二	一	二〇	比	北
二二	三	九	怜	恰
二二	六	二七	士	土
二三	二	一〇	"及"字下脱一"徙"字	
二三	四	五	"足"字下多一"足"字	
二三	八	三〇	"可"字下多一"解"字	
一六	一〇	一六	遇	过
一六	一一	五	戈	弋
二四	二	一五	當	富
二四	八	七	閔	国
二五	一	二〇	遭	遗
二五	三	二一	现	观

238

乙　豫报刊误表

页	行	字	误	正
二六	二	一二	"问"字下脱一"诸"字	
二六	九	二〇	岩	沿岸
二七	一	五	力	刀
二七	三	一〇	殻	设
二七	一〇	二六	绚	缅
二七	一二	一一	摇	捲
二八	一	六	"其"字下多一"处"字	
二八	二	五	军	年
二九	二	二二	龄	黔
二九	一〇	二一	同盟	协约
二九	一一	二六	和	知
三〇	六	二	鸟	岛
三〇	六	一	"破"字下多一"坏"字	
三〇	八	八	范	茫
三一	一	一七	入	人
三一	五	二三	是	后
三一	五	三二	"实"字下脱一"力"字	
三一	七	二	三	二
三二	一一	二二	则	且
三二	一〇	一三	现	观
三二	一二	一三	"使"字下脱一"我"字	

丙　豫报刊误表

页	行	字	误	正
三六	七	二	"为""画"二字	上为"夜"二字
三六	一三	六	軆	体
四一	五	一〇	"亦"字下脱一"不"字	
四二	五	七	"尤"字下多一"又"字	
四二	一〇	二四	船	般
四二	二	一〇	蹠	无
四三	二	一四	"坂"字下多一"必"字	
四三	一〇	三一	"部"字下多一"皆"字	
四七	三	三二	啼	蹄
四八	一一	一一	糜	麋
五四	九	二九	醌	醒
六〇	二	一七	戍	戎
六八	六	三二	背	肯
六八	四	二八	淹淹	奄奄
六八	六	九	卜	小
六九	二	三	叠	累
六九	二	一三	合	舍
六九	一一	二四	獸	献
六九	一一	三二	子	了
六九	一三	一七	官	宦

丁　豫报刊误表

页	行	字	误	正
七〇	三	一〇	壤	坏
七〇	七	九	警	譬
七一	一	一八	智	习
七一	五	三二	庇	屁
七一	六	七	"职"字下脱一"也"字	
七一	八	八	"敢"字下多一"去"字	
七一	八	二〇	"杀"字下脱一"了"字	
七一	二〇	一六	雨	两
七一	一二	四	数	教
七一	一三	六	官	宦
七二	六	此篇未完		
八二	八	一三	艘	吨
八二	八	二八	艘	吨
八三	六	六	段	投
八三	六	九	烈	烈
八三	六	三〇	臓	藏
八七	四	二七	谱	遗
九〇	三	二〇	虽	蛋
九〇	九	二一	青	责
九〇	一一	九	浮	将

广告价目表

期限	一页	半页
一期	六元	四元
二期	十元	七元
三期	十五元	十元
半年	二十五元	十五元
全年	五十元	二十五元

小石川竹早町三十四番地

广告取次所：中国新女界杂志社

东京代派处：

神田骏河台町	中国留学生会馆
神田里神保町	中国书林
同	三省堂书店
神田小川町	启文书局
早稻田鹤卷町	麟图阁
神田	富山房

报资及邮费价目表

	全年十二册	半年六册	零售每册
报资	一元二角	六角五分	一角二分
内地邮费	二角四分	一角二分	二分

光绪三十三年九月廿六日印刷

明治四十年十一月一日发行

编辑兼发行者：豫报社

日本东京神田小川町一丁目一番地

发行所：河南同乡会事务室

日本东京牛込鹤卷町二十三番地

编辑处：东京馆

日本东京牛込区辨天町二十六番地

印刷所：明文舍

中国代派处

北京豫学堂	
天津	总派报处
天津经丝胡同	中州学堂
保定府优级师范学堂	王泽敷处
上海虹口新靶子路中国公学派卖所	宋有孚处
上海棋盘街北首群学社	沈继先处
河南省优级师范学堂监学	张仲友处
河南省第二师范学堂	戴炳炎处
河南北书店街	总派报处
河南光州城北兴贤坊	濬智书社
南阳府唐县西关	沈立鉴处
河南巩县师范传习所	宋经裕处
河南兰仪县城内高等小学堂	赵全壁
禹州城内	梁乾元
开封中牟县	源茂恒
郑州荥阳县	张青峰
彰德府城西水冶镇小学堂	
卫辉府新乡县	王骏声
彰德府武安县	聚泰昌
怀庆府河朔学堂	李右泉
南阳府南阳县	孙润芝
道口镇后大街	吴天泰
长葛县	鸿泰昌
信阳州师范学堂	曾予吾

《豫报》第五号

汲县各小学堂联合运动会摄影

本社紧要告白

敝社原为开风气起见，凡河南省府州县学堂有愿阅本报者，请示明住址及经理人姓名，本社每期送报一分，不取报资。

河南僻处中心，交通不便，同胞冤苦呼吁无门。本社有代四千万同胞尽代义士之责任，提倡民气、保护民权。凡我豫同人有能将贪官污吏目无公理之种种劣迹调查确实，惠寄本社，必能代为痛陈于我十八省同胞之前，以凭裁判。

欲救中国之亡首在地方自治。欲地方自治必先养其公共道德心。如有无赖官绅衣冠禽兽行同盗贼，或借新政以饱私囊，我[①]同种盗卖矿山，蹂蹂[②]躏我人民，破坏我公益。如此恶劣行为，本社认为社会之蟊贼，是宜声罪致讨，以伸全省公愤。务望桑梓热心，伯叔昆季详确调查，函告本社，但求公是公非，不可狥[③]一己之私情，伤大众之名誉。

本社宗旨在广联同志，各就桑梓之利害而详细研究，若者当改良、若者当扩充、若者当建设。诚恐本社耳目偏于一隅，不能周到，且人之欲善其乡，谁不如我内地同志闻见既确，消息校灵，苟能随时赐教或书所见，惠寄来稿，是同人所最欢迎者。至本省之名胜风景写真或名人照片，倘能惠寄本社，愿给以相当之报酬。

本社以苦学界之有限财力勉强成立，尚望有热心君子酌助微资，维持永久。本社当登诸报章，以鸣盛谊，并按捐款多寡敬赠本报。例如，捐五元者赠全年报一分，十元者赠全年报两分，五十元以上者永远赠阅本报若干分，余可

---

① 根据第四号内容，此处疑为"或戕"。
② 此处疑多一"蹂"字。
③ 疑为"狗"字，通"徇"。

类推。有愿入股者五元正①股,名为股东,至结算时利益均沾。

此报前因款项支绌,各校功课紧急,以致出版迟延,无任惶愧。今同人协力整顿,科目极求完备,纸张益求精良,按期发行,以副众望。凡愿为本社代派者,十分以上报资九折,三十分以上报资八折,但乞报资临期汇兑。日本归东京牛込区振武学校李君建堂代收,河南归省城内西大街优级师范学堂监学张君友仲代收,上海归虹口新靶子路中国公学宋君有孚代收,三期未清者即行停止。

本社第一次名誉赞成员

吴君	春康	捐日金十元	河南人,山西留学生监督
刘君	家敬	捐日金十元	四川人,振武学校留学生
尹君	凤鸣	捐日金十元	直隶人,振武学校留学生
白君	宝瑛	捐日金十元	同上
戴君	炳炎	捐日金五元	河南人,现充本省师范学堂教员
郗君	朝俊	捐日金五元	
赵君	国瑞	捐日金五元	河南禹州人,优等师范毕业生
谦君	受	十元	河南人,振武学校留学生

本社第一次股东

张君	仲友	入日金五元
吴君	焕然	同上
魏君	祖梁	同上
张君	登云	同上
张君	鹑翎	同上
王君	印川	同上

---

① 此处疑为"一"字。

吴君	霖逢	入日金五元
王君	德馨	同上
王君	大经	同上
余君	文藻	同上
南君	玉笙	同上
李君	载赓	同上
安君	星	入日金二元
苗君	怀新	入日金五元
冯君	长垣	同上
冯君	启敬	入日金一元
傅君	铜	入日金五元
宋君	庆鼎	同上
罗君	文华	同上
阎君	永仁	入日金十元
李君	琴鹤	入日金五元
段君	世垣	同上
张君	青选	同上
马君	名骥	入日金二元
史君	金塘	入日金五元
贺君	昇平	同上
张君	钟端	同上
陈君	鸿畴	同上
阎君	琳	同上
李君	庆临	同上
赵君	梦庚	同上
林君	维钬	入日金二元
丁君	廷骞	入日金五元
岳君	秀华	同上
张君	培礼	同上

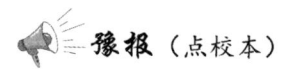

王君	靖方	入日金五元
王君	泽攸	同上
阮君	庆澜	同上
阮君	庆潮	同上
周君	在鼎	同上
李君	梦麟	同上
王君	作宾	同上
王君	庚先	同上
赵君	承钦	同上
刘君	文垣	同上
刘君	恒泰	同上
傅君	铭	同上
陈君	嘉桓	同上
李君	沛恩	同上
孙君	润芝	同上
李君	荫棠	同上
路君	巽继	同上
沈君	兆庆	同上
关君	坤元	同上
张君	镜铭	同上
段君	鹏翱	同上
罗君	延庆	同上
曾君	祖培	同上
张君	善与	同上
张君	文栋	同上
高君	方潞	同上
谢君	桓武	入日金二元
杜君	严	入日金五元
王君	瀛蛟	入日金九元

李君	建堂	入日金七元
张君	国宾	入日金三元
李君	培尧	入日金八元
陈君	树棠	入日金十元
田君	辅基	入日金五元五角
吕君	烈培	入日金八元
王君	炘彬	入日金六元
张君	子固	入日金十元
文君	锡宸	同上
陈君	庆明	同上
王君	书云	入日金九元
王君	延昭	入日金六元
洪君	陈臬	入日金十元
王君	登进	入日金八元
王君	鸿卿	入日金九元
扬君	鸿昌	入日金七元
潘君	祖培	入日金三元
张君	履乾	入日金七元
师君	瑞章	入日金九元
刘君	积学	入日金五元
李君	锦公	同上
王君	治军	同上
赵君	云卿	同上
阎君	铁生	同上
刘君	国恩	同上
吴君	璸	同上
王君	锡庆	同上
何君	其慎	同上
巴君	忠祥	入日金二元

李君	恒	入日金三元
黄君	宗宪	同上
刘君	峰一	入日金二元

本社第二次名誉赞成员

刘女士	建章	捐日币二百元

本社第二次股东

王君	锡庆	入日币十元
宋君	庆鼎	同上
张君	善与	同上
陈君	鸿畴	同上
阎君	琳	同上
岳君	秀华	同上
王君	大经	同上
刘君	峰一	同上
魏君	祖梁	同上
傅君	铜	同上
何君	霖	入日金五元
余君	文藻	同上
张君	镜铭	同上
王君	启监	同上
陈君	景南	同上
李君	琴鹤	同上
刘君	文垣	同上

本社征文广告

敝社创设以来，蒙海内外诸君时赐著作，感激无涯。敝社拟自本月起，凡赐来稿者，即或不登，亦立赠报一册，以铭谢意。其登录者，酌量酬金，但来稿无论登与不登，概不奉还。特此敬白。

第一次征文题目

（一）河南地理的教育之研究
（二）芦汉铁路与河南之关系
（三）研究河南地方自治之方法

《河南》杂志广告

登嵩峰而四顾，京汉铁路攫于俄，直贯乎吾豫腹心。怀庆矿产攘于英，早据。夫吾豫吭背各国垂涎而冀分杯羹者，复联袂而来，集视线于中心点。生命财产之源将尽于一网，牛马奴隶之辱谁鉴？夫前车同人忧焉。为组斯报，月出一册，排脱依赖性质，激发爱国天良，作酣梦之警钟，为文明之导线，对本省励自治自立之责，对各省尽相友相助之义，将次出版，盍速来购。

日本东京牛迈区西五轩町五十二番地
《河南》编辑部谨启

论　说

二十世纪之河南

悲　报

今试执一人而问之，曰："子无家？"则其人未有不色，然怒者曰："吾家位于某乡也，有田若干顷也、童手指若干也、马蹄躈若干也、泽中凫若干足、水中鱼若干石、山中枣栗若干树也，吾稽核惟审，吾奈何无家？"

客曰："子诚有家矣，虽然有并若田者、有御若童若马者、有蚀若凫若鱼若枣栗者，子有亦家。"如无家，则其人未有不皇①然惊者，将急奔其家，巡其田、数其童若马、检其凫若鱼若枣栗、视其并之御之蚀之者，果出于豪右，抑自于强奴，若其有之，则必亟亟研究。所以，抗御而钩制之者，以为保家持业之地，此必然之势也，惟国亦然。

今更执其人而问之，曰："子无国？"则必历举地户口、畜牧、农业、工商以对，愤然以证其国之巍然存者，亦将如前答无家之问者也。继而问者为言土地若何被人侵占？户口若何为人遥领？畜牧、农业、工商业若何任人经营而控制？则其人且或瞠目而不解。所谓家国之间，其理本一是非难晓，且其人亦既动于无家之说矣。岂闻此而不能反证而立明之急筹，所以挽救之法者，是无

---

①　同"惶"。

他。常人恒囿于所习而不能见远,恒浮观于外局而不能见里,又徇于苟安而不肯为久远之谋,蔽于私欲不知顾公民之幸福,是故中国之民专知有家而不知有国。征盐数米救田问舍之人多急公好义、济物利民之人,所以,日少也充其弊之所至,遂致中国流于如此之废弱。呜呼!是岂之国者,家之积也。不有国者,家何与存?故欲救家者,当先纳家于国之中,而矢言救国,吾侪河南人也。家与河南者数百万,若吾侪徒自处理,其一家而善,果何恃以应河南全局之变?故吾侪自谋必先谋河南,然河南者亦中国全国二十分之一而已,吾侪即自处理,河南而善,又果何恃以应中国全局之变?是吾侪欲谋河南当共谋中国,则吾侪之专言河南者,其主义似失之偏狭,其运用亦复不足以肆应顾,何以竞竞以河南为帜?虽然是自有说,谋中国是矣。

顾中国行省且二十四万万人口,其谋之也后先之程序若何?地域之区分若何?是不可不熟思审处。夫绳之绝也必有绝处,事之行也必有起处。吾河南人而谋中国者,其着手之地点应从何起?将着手于中央政府乎?则执政者不过最少数人,安得尽以河南人厕入之?又方今阘茸①户位贪瞀偾政,吾辈素不信政府万能者,此更何能号召天下?且教育也、农工商业也、地方自治也,皆非中央之所有事将着手于各行省乎?则风习既有所不知,利害复有所不明,形格势禁措施维艰,朝廷设官例严回避,大率以他省人办他省之事。试观方今官吏,自督抚以至牧令,政行而治举者果何?人即谓彼蝇营狗苟视同传舍,其弊害有为吾辈所必不蹈者。然其风习利害之说则向为一大因(尔来俗有本省奸绅贱民盗卖本省利权之事,此自未中之蟊螽为除之可矣)。由斯以谈吾河南人徘徊四顾殆舍,吾河南不见有商榷治事之地,故吾侪谋河南者非私河南也。河南居天下之中,天下人皆可共谋之,特吾侪于河南为独亲、知河南为独审、事河南为独忠,故计河南之发达,进河南之福祉者,河南人之天职也。吾侪既倚河南为家,今请公其心、一其志,共起而巡河南之田、数河南之童若马、捡河南之蠡若鱼若枣栗,以河南为性命相与,教养息息不懈。倘他省人者,如吾之所以谋河南者,课其省,不数年治具毕张,云起飚应。若德意志之联邦政纲一致,中国骤进为第一强盛国良非意外事,若河南人策河南不

---

① 疑为"茸"字。

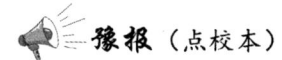

力，适反乎。前之所言，则河南立亡，推之各省人而皆如河南人者，则亦皆立亡，于是中国沈①于九渊此亦非意外事。是可知河南者，翕翕与中国相为存亡，有河南则中国存，无河南则中国亡。吾河南人之眼光不可不如是观，是河南顾不要乎？夫中国方立于二十世纪之潮流，策中国者必针对二十世纪之大势，惟河南亦然，遂作二十世纪之河南。

二十世纪之河南者，谓立于二十世纪之河南也。夫国之能至于二十世纪而存立者，自美洲为新辟未久之国外，以中土号称最古国，则必有数千年绵延发达之历史。历史者，所以记民族文野擅递之迹及民族与民族分合竞争之趣者也，国于天地必有与立。故凡治一国者，必先熟于其国之历史，察知其国之种族，而后可定其施设之方。则谋河南，当先审吾河南之历史，兴言及此吾河南所负之历史，乃有当深书特笔为吾伯叔昆弟勖者。

民族者，历史之所为沿衍者也。中国民族原始炎黄始祖自帕米尔高原东下沿河而趋，全国文明即以此为发轫之点，故中国文明开发之最早者莫如大河南北数省，就中河南为中原当天下之冲，其地迭为帝都，诸侯四方之纳贡职者，道里维钧，输运而辐集，以此文明之翕受浸至而由斯传达者亦至宏。在三皇为陈（太昊之都，今陈州府淮宁县）；在五帝为亳（帝喾之都，今河南府偃师县）；在三代为亳（商之都，见上）、为洛（周之都，今河南府洛阳县）；在七国为大梁（魏之都府，今开封治）；在两汉为洛邑（东汉之都，见上）；在三国为邺（魏之都，今彰德府治）；在两晋为洛邑（西晋之都，见上）；在十六国为邺（前燕之都，见上）；在五代为汴（梁之都，后晋、后汉、后周皆同之，即大梁，见上）；为洛邑（后唐之都，见上）；在两宋为汴（北宋之都，见上）。居天下之中枢，控制六合，奔走天下，豪杰战时而驰驱，平时而牟冶者，亘二千余年，此其文明酝酿之深至者，果何？如谓非历史上未有之光荣，而吾河南人所独负者哉？夫所贵乎历史者，谓前人有优美绝特之种质，为之子孙者能不失其贻留；有奇伟芳馨之事迹，为之子孙者能永存其模范。于是古之文明不失而今之文明益进，历史之效用信如斯也。而吾河南被服神明遗胄之号，摩挲二千年经营缔造之迹，近世以来绝不闻有所发展，大江流域文化日开，中国政治实业之中心几悉在江以南，而

---

① "沈"同"沉"。

大河之间远瞠乎其后，此因时会之所趋，而地理上之因，应亦有以致之。然大河民族之不自兴奋以重辱其历史而甘居于劣败之列者，其咎不可不深省。呜呼！吾侪抒怀旧之蓄念，发蒿目之深叹，吾河南果可以长此终古？否也者。

夫当炎黄之立国处东夷南蛮西戌①北狄之中，非战胜不足以自存。蚩尤者者②苗人之枭帅也，涉数千里，逾河大举伐我炎帝时，蚩尤军势绝大，黄祖几斩，黄帝起而驱之，后经颛喾尧舜禹数代之恶战，中原始无苗患，其他与他族混争之事无代蔑有。以此，人民习于战争，气绝刚劲、体质雄伟、足副所用，大河南北在大地之中俨然为一种沈毅英武之民族。较之长江流域之民文弱无力、嫮婀而畏死者，如以精铁为之界限，是以大河流域为全国之代表，从③横驰突恒不失其牛耳者，在历史上时期为最长。虽江南文物声誉特长，而整军经武亦颇以士马精雄自耀卒之，北来之兵渡逾淮江当之而辄靡者，在历史上已数见不鲜。说者曰文明之精神恒不敌野敌之武力，以罗马之文化为大地冠而一遇日耳曼森林中之蛮族，而帝纲遂以解纽。为此解者，固不必满意于野蛮武力，而负此野蛮武力者，亦正未可自贬。惜乎！吾河南负此雄武绝伦之质而不知所用，近数百年来，各种之竞争皆远出于大江流域之人之下，徒感慨乎。侯嬴朱亥之义侠、诸葛岳飞之韬略不能再现于二十世纪之河南。朔方健儿好身手，昔何勇锐今何愚？吾不禁流涕欷歔，为吾邦人诸友咏也。

说者又曰：斯巴达民族亦一沈毅英武之民族也，在希腊为极强盛国，乃以文明程度不及雅典，遂至为雅典民族所征服。大河民族其沈毅英武殆无逊于斯巴达，大江民族虽不知较雅典何若，而大河文化则实远不逮江以南，是大河民族之劣败于大江民族之下，与斯巴达民族之屈服于雅典民族之下，其理正同，斯言也，亦自近似得半。盖大河民间以武事自矜，而文事易流于简略，自非能如江之民之具有天然美秀之质，然此特就普通性言之。若人文蔚起亦自未可以方域限，且吾河南亦自大有可矜耀俾后人效法而流之无穷者。贾生洛阳之少年，痛哭陈词文情斐蔚，较南方之屈原又何多让而服？子慎之于《左传》、郑康成之于《尚书》《周易》，乃与江左之王辅嗣、孔安国、壮元凯南北辉映。

---

① 应为"戎"。
② 此处疑多一"者"字。
③ 同"纵"。

书家之褚遂良,其秀劲且夺南帖之席,而宋时之洛学者,且巍然称巨宗焉,所谓关学、闽学皆出乎其次,是此,数者何一不可供后人之型模景仰。夫历史上之所赖夫有前人优美之性与学者,以人类为好模仿的动物,皆具有好模仿的器根,而此最能唤起后人之模仿心者也。使后人之先有一二焉,切切模仿之,再继而十百焉,再继而千万焉,皆切切模仿之,驯至蔚成风俗而文化即已是成。呜呼!吾河南良不能居于好模仿的动物之外,是模仿心果何?由而耗失者倘能保持之续续而光大之,则吾河南之文化且久已大告成功于天下,更何江南文物之足云。今若是焉,是乌得不惊呼而促其促省也。(未完)

河南之前途

鲁阳戈

政治家之言,曰二十世纪无专制国立足地,吾则曰二十世纪无顽懦人生存地,此天演之公理,抑亦人类进化之标准也。夫中国为世界最古文明国,黄河流域又中国最先开通区,则今日之中国宜雄飞而为世界主人翁,而当黄河流域之冲之河南应屈指而为世界文明中心点。顾何以十余年来一败于日本,再挫于联军?外人遂目中国之帝国为老大帝国,中国之人民为野蛮人民,相率而攘我边地、夺我海港、干涉我路政、要胁我矿山,已骎骎乎!有蹂躏我腹心、钳制我生命之现象,况今所谓《日法协约》《日俄协约》者,直不啻为瓜分中国之一大宣言书,其祸将不旋踵而至。凡稍有人心谙世局者莫不奔走呼号,倡言改革普及教育矣,地方自治矣,实行立宪矣,开设国会矣。凡所以鼓吹而提倡之者,虽不过为幼稚之萌芽,而各省中或竟为权利之收回,或渐见学堂之推广,或已先自治之着手,故俨然波腾云涌、日异月新。独大河毓秀、嵩岳钟灵、沃野千里、人民稠密,为中国最早、最古、最开辟、最重要之河南反寂然茫然如醉如梦,一若处乎黑暗时代混沌天地者。然故过都越国问俗观风之士莫不众口一词,称河南为顽固之中心点,而试办地方自治之公权,亦遂为国家所靳与(政务处议试办地方自治,以河南程度不足令缓办)。所谓中国之中国之一新名词，直不啻为河南加相当之徽号也。呜呼！中国既如彼矣，而河南又如此。夫中国人见中国微弱或归咎于政府之种种废弛，河南人见河南腐败或致慨于官吏之种种阻挠、种种压制，有以招致而酿成之，是固然矣。抑知中国者，全中国人之中国，非政府一二人之所得玩弄也。河南者，全河南人之河南，非少数官吏之所得败坏也。即彼英法德美日本之所以为世界强国者，岂必其政府诸人之独智耶（日本于胜中胜俄后，政府以外交失败屡为国民所推倒，其人非神圣可知）。曰国民能合力对外，故英法德美日本之政府之所以不能为暴于上，与地方官吏之不能行私于下者，又岂其政府官吏之独富良心耶（美桑港之市长受贿日议院之议员行贿，其事虽罕，其污秽则与中国官吏相同）。曰国民有参政权、监督权，故故①凡一切权利请愿保护人权之诸大宣言、大建议蓬蓬勃勃，直为国民之生命财产安全固定之护符，奈何举世争新而我独退化，人合群力而我主个人。人重视责任，确享权利，而我乃委卸责任，放弃权利。一循夫依赖委靡之故习而不思，所以急起而改图之，未有不终归劣败被淘汰于天演中者。印度、安南、朝鲜之人民与夫非、米两洲之铜黑人种，其借鉴之前车也。呜呼！侮中国者，非外人，中国也。轻河南者，非各省，河南也。惟中国人不自强自治，故外人得乘间而侵略之；惟河南人不自勉自奋，故各省人又从旁而讪笑之、蔑视之。吾安得不为中国前途危，又安得不为河南前途惧也？今试进而论河南之前途。

教育之前途

夫所谓教育云者，岂惟是易书院为学堂，改学差为学使，遂足以振刷国民之精神哉。二十世纪为国际竞争最剧烈之时代，亦即为国家主义、国民教育最发达、最圆满之时代，故一国家之强弱，全视其国民教育之盛衰。普之胜法，日之胜俄，其形势则在海陆军，其精神则早基于国民教育，此现世万国所公认也。今中国固已立学部，河南又依例驻提学使，设议长、议绅，一高等学堂既开办于数年前，师范中学、高等小学又渐成立于各府州县。通算而合计之，学堂之岁耗经费当在数十百万上下，学生之备数充额或亦数千有奇。若谓规模之不宏大，饮

---

① 此处疑多一"故"字。

食、衣服、空气、卫生之不讲求，而固已建一学舍报销以千万计，一学生费用一月以十数元计，方之东西洋教育界其程度当有过无不及。若谓提倡之无人办理之棘手，而现自提学署分课授事以下一切管理员及教育顾未闻缺席，以待不敷差遣者（惟议绅照例尚少二人）于戏盛哉，亦可谓形式大备、位置充满矣。顾何以京视学来矣，省学堂急招补额；省视学来矣，府州县始募人凑数。凡得诸报告见诸报章者，非酸笑醜诋之声即痛叹歔欷之语，可一言断之曰：河南之学堂为调剂官绅之窟，河南之教育为吃喝淫荡之媒，即直谓为无学堂、无教育可也。

更进一层，高等学生既入狱而被遣，武备学生又监禁而革除。举文明国之斯养走卒所不能忍、不轻受者，河南遽加之于学生，又直谓河南之学堂非人才培植地，乃犯罪养成所也。

更进一层，各州县以兴学筹款借口苛捐，新蔡县竟以办学忤官频兴大狱。是不有学堂而为外人足迹罕到之河南，尚河①偷安旦夕，既有学堂遂添一扰民殃众之邪魔，又直谓河南之学堂为河南陷阱可也。

更进一层，地方官以学生动攻讦其冈上行私之故，因切憾学生者，并迁怒于学堂不惟不提倡办理，且阳奉而阴挤之，流风所播影响遂及于愚氓，于是一般人民多不解。所谓学堂教堂之辨动，以仇视教者仇视学堂，通许之殴辱学生，卫辉之捣毁学校，其最著者。而凡公立私立之学堂之不发达，要皆此不从洋教之一念为之梗也。循是以往吾见，夫河南之学堂不加多河南之学生，必渐少河南之读书识字者，必终至于凤毛麟角之不得一见，而所谓国民教育之一名词，且随化为乌有。虽欲不与黑奴棕种生蕃土猺日衰灭以俱尽，其可得乎？夫国民教育者何也？非造成一二高等之人才为贵，而普及于一般国民为贵（各国有强迫义务教育，而无强迫高等专门教育，于此可见），非大学高等诸显贵之学堂须多，而蒙小学堂之遍设为要（各国小学林立而专门大学多不过数十）。自高等小学以上，虽腐败尚有形可指，此下则捕风捉影之无从（若以各州县将祠堂古寺悬挂牌匾及所虚报者为学堂，则未免欺菩萨而哄生人者矣）。何官吏之巧于敷衍，绅矜之安于固陋，使黑暗一至此极耶。

（未完）

----

① 疑为"可"字。

学 说

国权原论

民 德

太古之初鸿濛未辟,人类少而禽兽众。毛羽麟介诸族,恒与圆颅方趾者争生存蕃殖于地球上。人类力不若牛、走不若马,无爪牙以利搏噬、无羽翼以利飞翔,宜其被征服于异类,供鸟兽之牺牲,乃于天演界中独占优胜者何?曰以其能群也。动物非不能群,特其群也为无意识的,为一时乌合的,不如人类知觉机敏有共卫性,众志合一有排外力,明于血统源流,有庇同种斥异族之自然心理,故相摩相荡人卒战胜禽兽而开人类社会之新纪元。然人类既能群矣,陶怡七情、感孚五性、太宇为庐,不限以珍域四海为家,不界以尔我相与耕田凿井、含哺鼓腹、熙熙嗥嗥、乐其自然。不藉礼义法制以相缚束,无不可以适于生存,奚必其有国家也。曰人生不能无群,群而无分则争,争则乱,乱则离,离则不能胜物,故一其群也以权力,治其群也以法制,国家主义于是发生,然则人类具此能群性,谓为国家原始之基础可也。

浑噩无为之世,蚩蚩生民组织国家缘何起点,无确然可征之文献,政治家各异其说,莫衷一是,大略可分为三派。

一曰神学说派。谓国家起原基于神创,此思想因上古人民多迷信鬼神,国家假借神权支配民族以陶铸其仁爱之德,固结其服从之心,而后法治能行。故当时国家多以宗教权利维持秩序,而谓法之起原由于神授也。其在中国征诸经传书,曰天生民而作;曰君诗曰天命玄鸟降而生商;又曰穆穆文王于昭于天,周虽旧邦其命维新,皆谓王者受命必源于天;又禹谟曰天序有典、天秩有礼,直谓国之法制皆由天赐。可见古代思想必以国家由天创造也。中国所谓与欧洲所谓神同义。故国之神创说,中国实有之矣。然此等观念以国家萌芽由造物播种于太空渺茫之中,描书一种最高权力以统摄群生,实失人类国家之本质。故世界文明渐进,绝无宗守此说者。

二曰社会说派。谓国家起原本于契约,元来人类平等,皆有天赋之自由,故组织国家由人人割弃自由,一部赋与国家服从于法律之下,必因人民自由协约而后国家成立,是说也。于欧洲十七世纪独占优胜,推到①专制政体,使自由种子播满寰区,立宪制度昌于世界,实奏殊世奇勋,卢梭《民约论》所以脍炙人口也。然此学说根于理想,以律近世文明国家,如北美之独立,比荷之分立,则确以衡元始。时代之国家则不无误谬之讥,无他契约者,法律行为也必因国家成立,法制粗具后乃有契约之可言,而谓上古之民亦有此等文明思想,是昧于进化之顺序也。况自由原于天赋,只能割弃己之自由,不能割弃人之自由,今组织国家,必使子孙永不能脱离国家关系,是割弃子孙之自由有是理乎。

三曰历史学说派。谓国家起原为历史上自然发生之事实,不可以法理解释者也。然此事实发生之初于历史上果系如何现象,欲穷其源,仍不得不以人类普通性理为准,此性理即一类能群之本能也,因共同生活之欲望为休戚相关之结合。文情生礼,合众生法,礼法不可逾越,逾越则害群,故立禁;禁立而莫之司不可,故设官;官设而莫之一不可,故立君;君立而国家之形式具焉,故人类之有国家,实因社会渐次发达而成,既非神授以权,亦非由于契约明矣。

国家既为历史上自然发生之事实,故随世界文明进化、时势推移演出种种之变象。太古时代,交通融绝、人事简朴,生活根据范范②围甚狭,只有家族观念无国家观念。公家庶政,家长司其权及统糸③繁衍,族属众多、交通四

---

① 应为"倒"。
② 此处疑多一"范"字。
③ 疑为"系"字。

启、争讧靡息，狭意之家族不足维持和平，故集无数家族为一统一之种族，以谋公共之治安，是为种族的国家。斯时国家主义源于家族主义，继续血统排斥异族之力最强，所谓宗法时代是也。久之，人民殷庶，亲族观念日形微弱，多数民族渐生尊卑贵贱之等差，或以亲而揽政权、或以疏而服义务、或因勋劳而爵位、或由罪谴而降为舆台，国中政权专制于少数贵族，是为等族国家，所谓封建时代是也。然后世文明大启，民智日开，权利平等主义大放光明，一唱百和，势如烈风骤雨勃然莫之，能御贵族专制余孽，渐灭净尽无复根蒂之可存，是主义也。国家为国民公共之国家，非君主一人或少数种族所得私为己有也。人民巩固团体之生活，以组织国家为保护己身之繁荣，创设政府运用之权利皆自国家。卑之最高权力虽存于国家，但国家有人格无意思，实以国民总意为意思，故国家主权惟国民公有之也。政府进而为执行国权之机关，退而为组成国家之分子，君主臣民无主体客体之分，权利义务人类平等，是为国民的国家，近世欧美立宪政体，皆贯彻此主义而行之者也。

中国五帝以前书阙有间，国家主义无由稽其详委，然大率为种族国家。黄帝氏起，征服蚩尤，分茅胙土，爰立封建之基。唐虞之际，舜宾四门，群辟入觐，禹会涂山，万国来王，封建之制盛行。商周继起，因袭旧制，众建屏藩以卫京师，弼成五服，曰侯甸绥要荒，爵列五等，曰公侯伯子男，膺封锡爵者，世治其国卿士大夫，亦世官世禄永袭祖宗遗荫，故自黄帝至于周为封建时代，类于欧洲之等族国家也。周政不纲，列强崛起，废弃典籍，莫修朝觐之仪，各设法制自治其国。国权分裂，化为与国，兼弱攻昧、取乱侮亡之祸日益剧烈，延及战国七雄并峙，封建遗制芟灭殆尽，且各思固结民心，取威定伯，皆使卑逾尊疏逾戚，破除贵贱等级之例以招聘贤士，布衣庶士一跃而列为公卿者不遑枚举，世禄世官之制卒不可行矣。当是时，民智日启，学说大昌，儒墨刑法，大家辈出，家思剪灭列雄，统一国政，以立一大帝国之基，是启国民国家主义之端倪者也。秦并天下而为郡县，似开公天下之端矣。然复以国家为子孙帝王万世之私产，焚弃典籍，愚弄黔首，演成王政专之国家，使国民国家主义反湮没而不振。自汉以后，历席①余威变本加厉，

---

① 疑为"帝"字。

暴君污史①代作，抑遏国民之精神使不得发扬蹈厉，伸张国权者二千余年，此则大可叹息痛憾者也。

国家主义虽中斩于秦，然唐虞三代实贯彻此精神于封建制度之间，征诸典籍，当时国家主义有三大特色可述者。

一曰主权在民而不在君也。孔子曰：大道之行，天下为公。所谓公者，国民公有之意也。太公曰：天下非一人之天下，天下［人］之天下，所谓天下者，指国民全体而言也。书曰：民为邦本，孟子曰：人有恒言，皆曰：天下之本在国，国之本在家，家之本在身。又曰：民为贵、君为轻，皆为国家权源以民为本也。古代帝王秉政必待天命，天之视听在民，民之所欲，天必从之。书曰：天聪明自我民聪明，天明畏自我民明畏。又曰：天视自我民视，天听自我民听，是人君直接受命于天，而天受命于民也。民默意授权于天，而天授权于君也。故从民之欲罔不兴，逆民之欲罔不亡，君主继天作，则必乐民之乐、利民之利，敢不敢厉民以自私，此与威廉一世谓朕即国家公仆同义也。昔者尧荐舜、舜荐禹，必俟暴之于民而民受之。舜受尧禅、禹受舜禅，亦必待天下之民从之。禹荐夷而民不受，夷避启而民不从，卒不复受禅，是知国家权力司于国民，非第采舆论以决从违，实有一不敢违反国民公意之势。在秦汉以下此义不明，不过国民放弃固有之权利，非元无此权利者也，故曰国权在民也。

二曰君主尚贤而非尚贵也。盖中国种族膨大、文化早开，中古以上之人民已无认国之有君等于家，长必统系不易者，惟在选贤任能，畀以国政义取保民而已。墨子曰：天下之乱，生于无政长，故选天下之贤可者，立以为天子。韩非子曰：上古之世，人民不胜禽兽，有圣人作构木为巢以避群害，民而悦之，使王天下，号曰有巢氏。民食果蓏蚌蛤腥臊恶臭伤害腹胃，民多疾病，有圣人作钻燧取火以化腥臊，而民悦之，使王天下，号为燧人氏。中古之世，天下大水而鲧禹决渎。近世之世，桀纣暴乱而汤武征诛。盖古之圣人必待民悦其德，使王天下，非敢帝制自为也。若昏暴失德、虐民自恣，臣民亦得放之诛之。孟子曰：闻诛一夫纣未闻弑君。书曰：抚我则后，虐我则仇，盖以假借国权肆为不法，乃个人之犯罪而非国家之行为。独夫已耳，仇敌已耳，何君之有？且废

---

① 疑为"吏"字。

君立君臣民坦然为之，无所顾忌，帝喾崩，帝挚不德，百姓废之，迎尧为君。汤崩，太甲嗣位，不贤伊尹放之于桐三年悔过乃复之。周初，厉王暴虐，国人逐之，周召二公共和为治。春秋，晋平公问于师旷曰："卫人逐其君不亦甚乎？"旷曰："或者其君实甚。"齐宣王问卿，孟子对曰："君有大过则谏，再谏之而不听，则易位废君，大事也。"曰放，曰逐，曰易，毫无假债于君主，苟非臣民应有之权利，乌能如是，而孟子且以为正乎，是故古者君无定尊，贤则奉之，暴则去之。国民实司其权，尧询于四岳群牧，明扬侧陋，举舜为君。周礼小司寇掌外朝之政，以致万民而询焉，一曰询国危，二曰询国迁，三曰询立君。其位王南向三公及州长百姓，北面群臣，西面群吏，东面小司寇，摈以序进而问焉。是唐虞三代确有国会载在典章，凡国家大政必得国民之决议，而立君实居其一。管子曰："国之所以为国者，民体以为国；君之所以为君者，赏罚以为君。"君主代民行权而为国执法，必以上贤为本，虽三代以降君位世袭，不过为设置国①家机关便宜之政策，故曰非尚贵也。

三曰人臣忠国而非忠君也。古时既认国权在民，故君臣以职务分名，非以尊卑定分，任职与否，皆国民之自由，君主无强制之权力。尧以天下让许由，许由避之；汤聘伊，尹三聘而后就；文王访吕望，奉以为师，其明征也，延及春秋，此道不衰。桓公三薰三沐郊迎而臣管仲，魏文侯往见段干木，段干木闭门不纳，逾墙而走，虽欲臣之而不得，乃知国民未臣以前无服从之定分。一旦委贽，致君民泽。民所以为国，非私于一人也，故大臣在革君之非。汤放桀，仲虺以为为下克忠。晏子不死，棠公以为非为社稷，诚明于君臣之大义也。夫君臣一体也，上下一德也，尊卑贵贱以别职务之等差，非表人格之高下。孟子曰："君之视臣如手足，则臣视君为腹心；君之视臣如犬马，则臣视君如国人；君之视臣如草芥，则臣视寇仇。"直德相报不扬君以抑臣，贬下以阿上，可知民臣定位职任虽悬而人格平，此等也明。夫国家之真理，则君与臣同当尽忠于国，苟君盗国以自私，贼民以自利，则君不君，臣谀君以求倖，蠹国以取容，则臣不臣。二者厥罪，惟钧非人臣独任其咎，后世致身授命媚于一人，乃

---

① 此处疑多一"国"字。

寺奄①妾妇之道，不可以训国人，故曰非忠君也。

以上三者皆近世欧美国民主义之精神，而吾国先民早已发明此义。征诸历史，昭然若揭中国国家主权所在，不俟赘述已明矣。彼法学家援法为断，见其国君权重，则曰主权在君，民权重则曰主权在民，此皆拘泥之解释，置人类平等主义于度外，未达国家之通义也。夫人民为公，同生活计而组织国家，国家者，假定一人格以为国民权利团体之代名词也。有国家必有权，有权必有所司，众建机关不可无所统一，故置行政之首长或一人、或数人，或选举、或世袭，形式虽殊，其为国家之机关则一。故国家无主君大统领而国仍存，国家无国民则其国必归于消灭，此国权不可不存于国民之原理也。彼君主专制不过一时擅权以凌下，贵族专制不过一时窃权以欺众，所擅所窃者，皆国民之权，非其固有之本能，乌得因民力消长，遂谓主权不属于民乎？

国家必有主权，主权必在国民，前既言之矣。然此权为国民公有之权，非民私有之权，故主张此等权力必在国民全体而不在个人。通常以国民为合成之国家，代表之，行使之，国家要素，主权居其一。国家凭借此权内修庶政，收统一之实效，外接强邻，得外交之自由，必最高无限不为他国所侵蚀，外力所扼制，而后国力发展达于圆满之域，国民权利巩于苞桑矣，否则一部丧失，国斯不国。埃及于一千八百六十七年及一千八百七十三年间，前后与佛英独墺伊诸国缔结条约，许设混合裁判，所以司法独立权委诸欧人，埃及亡。英之于印度，法之于安南也，亦保留其国王惟收揽统治主权，别置总督司其行政，而安南、印度亡。波斯民力脆弱，政府庸劣，今次《英露协约》直瓜分其领土，代行其其②主权，惟留区区之地，使政府苟延残喘，而波斯不能不亡。日人之于韩也，初只夺其外交权，而统治主权随被攫取，箕子遗封遂转瞬而侪于保护国，化为殖民地。呜呼！国家最高主权之不可不岌岌保存也，伊谁之责？国民之责也。

---

① 疑为"庵"字。
② 此处疑多一"其"字。

立宪当以自治为根本

梦 生

今日中国所处之时势，当以何者为至？当不易之国是乎？莫不曰当以立宪为国是。虽然以立宪为国是固当矣，立宪而不先研究立宪之原则，与维持立宪之基础，而遽言立宪，无论立宪之事，终不能以成立，即强而为之，必至有形貌而无精神，有虚名而无实际。不立宪固不免于亡，即立宪亦不能救于亡而卒，为各国所讪笑。夫国家有非一人之国家，乃多数人类相团结而成之国家也。国家既由人民之结合而成立，人民必需有发达国家之程度，而其程度在有政治上之智识与参国政之能力，然欲养此智识与此能力，舍地方自治则无由。考之西洋诸国，凡宪法之设立无不以地方自治为着手处，迨地方生活之发达日盛，而宪法遂大集其成，即证之，日本尤彰彰可见矣。自明治四年废旧幕时代之制度以后，无时不留意于地方自治，后山县有朋复至欧洲研究自治制度，又于本国聘学者以讲述之，二十一年法律第一号发表市町村制、郡制、府县制，至是而地方自治遂达其完全，迨二十二年始颁布宪法。由是以观，自治先于立宪，非立宪先于自治。立宪乃强国之根本，自治乃立宪之根本，欲强国而不先立宪，则国家终无巩固之可言；欲立宪而不先自治，则宪政终无发达之一日。故凡立宪之国未有不先急急于自治，以为立宪之引导也，且地方自治之设，自国家之一方面言，有莫大之利益在。自人民之一方面言，亦有莫大之利益在也。

国家之利益

（一）凡自治之国，其人民爱国之热心较诸不自治国其热度必高，盖自治之人民平日既参与国政，知国与身有密接之关系，故爱国之心浓。不能自治之人民素不知政事为何物，觉身与国家漠然无关痛痒，故爱国之心薄，爱国心之浓薄既分，而国家之强弱亦定。

（二）夫专务中央集权而不使地方分权者，凡民间固有事务皆于官吏而责其成，使官吏一不得人，上无益于国家，下有害于百姓，而社会之弱点亦因之而起。即使官吏皆贤能，而事务纷繁，必非一人所能治理，势不得不多加派遣为之，轻其责而分其劳。然官吏派遣既多，国库之支出必增，国家经济不免有消耗之病焉，若委任于自治，可以免其弊矣。

人民之利益

（一）国家官吏行政必国家之法律令为先，而以地方之事情为后，凡举一新政即于民间大有差支，而以其有合于法令趣旨，亦必直行而不顾。而自治则不然，自治行政若事于法令，无大相背谬者，可随地方之方便而行之，不至使民间有不便之处。

（二）地方住民每于教育、卫生、土木诸大端相扶相助团结而为之，其公共心日趋发达，积久遂成为坚牢不拔之习惯。且从事地方上之公务既久，其得政治上之经验必多，一旦选为议员，必不尸其位而旷其责。观夫英德两国，其议院中之占多数者，多出于地方自治之委员，可以知其凡矣。

（三）夫在集权之国，政府所定之方针、计划令官吏以施行之，其始非不依事务之前后缓急而定，以期国民之发达。然土地之性质有不同，即地方之事情亦有异，有自国民全体而见之则为适当者，自偏隅地方而见之或为不适当者。若以政府所定之方针而抹杀地方所定之方针，非所以发达国民也。地方之事，任住民自权其前后缓急而自治之，又何至有利于此而不利于彼之弊哉？

（四）今如中国县州之制，以数百里地而治于一官，以数百万人而理于一人，则土广民众事件必繁，必非一二人之精力所能烛照，且官吏素未悉地方之情形与人情之向背。故官所行之政未必尽合于民，民所欲与之事不能尽得于官，官民之间渐相壅蔽，感情既绝，弊害丛生，官民之冲突每因是而起，而其遗害遂渐及于社会国家，若在自治之国则所罕见矣。凡于地方有利者，以公共力担任其成，于地方有害者，以公共力扫灭其迹。官吏之负担既轻，民间之利益亦广，而国家社会之基亦因之而增巩固矣。

由是以谈，既利于国家又利于人民，谁谓地方自治非宪政唯一之方针、国家至切之根本哉？中国自宣言立宪以来，于地方自治之制屡有明文，督促地方从速办理。故近来各省之中已渐有影响，而独吾河南目盲而无睹、耳塞而未闻，学堂不立如故也，道路不修如故也，卫生不讲如故也。惟日事优游焉、嬉戏焉，若枯、若朽欢呼于梦生醉死之乡，故政府定地方阶级置河南于三等，非无故也。呜乎！中国既为世界三等国，河南又为中国三等省，是河南人不唯不能与世界人比肩，并不能与中国人比肩，不但为外国之奴隶，又将为中国之奴隶矣。凡稍具良心者，犹肯习常蹈故，任人淘汰，不为牺牲精神，以痛洗此耻耶。夫河南地居大河南北，于数千年前已达开明之域，故帝王都会多建居于兹。而历代之大政治家、大法律家、大哲学家、大军政家，亦以河南为最著，是河南人之聪明材①智不为不足？脑力精神不为不壮？以理势推之，日新月异有进无已。至今日，地方文明之发达不独为二十行省之标准区，且为二十世纪之观光地，固其宜也。奈何昔文明而今降为野蛮，昔隆盛而今流于衰微，不惟不进化而且退化，不惟不积极而反消极，岂地运之有隆有污足以转移乎？人乎抑人谋之不臧而不能操纵地运乎？昔日本不过贫弱一岛国耳，一经明人变法，今则列于强国之林矣；昔上海不过荒凉一片土耳，一经西洋通商，今则列为繁华之区矣。盖人杰则地灵，非地灵而而②杰，野蛮耶，文明耶，隆盛耶，衰微耶，是在人转旋之能力、操纵之手腕也。今列强以万钧雷霆之压力，继以阴险迅捷之手术，如龙如虎、风腾云踊卷地而来，其图存耶在今日，其衰亡耶亦在今日，千钧一发，稍一放纵坠于深渊。

故云南立死绝会以拒法，福建办保国会以抗日，各省亦奔走号呼，力图地方自治以保同胞之生命财产，独吾河南酣醉未醒、大梦方兴，几不知亡国灭种为何事，岂河南人皆凉血动物乎？亦何顽冥若是其极也？然细而察之，一由于官吏不提倡，二由于劣绅之把持，三由于守旧派之阻挠，有此种种之恶因，故结此种种之恶果也。然［二］十世纪之世界中，有问不自而治能保全生命者乎？有不自治而能存立国家者乎？盖我不自治而人将治我，势所必至，理有固

---

① 同"才"。
② 疑为"人"字。

然。今如印度不自治而为英国所治,安南不自治而为法国所治,朝不鲜①自治而为日本所治,自治与被人治,其治一也。然而主人奴隶之界分焉,苦乐荣辱之境异焉,生死存亡之途殊焉。河南而欲为印度、安南、朝鲜则已矣,如不欲为印度、安南、朝鲜,则地方自治一端,又安可一日容缓哉?

---

① "朝不鲜"疑为"朝鲜不"。

生理卫生

生理卫生论（续前期）

第二章　论传染病及预防法

日本渡边拙齐先生曰：传染病者，无形之劲敌也。变幻出没、流行迅速，恶毒之蔓延，而一人，而一家，而一国，甚而遍于世界万国，死于疫者，几如恒河沙数不可以屈指计。考诸疫史，耶稣生前三世纪，有疫流行于阿拉比亚、西利亚等地，垤以窝泥，修斯记载此事甚详。又于耶稣降世处六世纪半顷，此疫自亚细亚入欧罗巴，势极猖獗，毒害人生至全球人口四分之一。耶稣降生处一千三百四十七年至一千三百六十年间再大行于泰西各国，人心惶恐，有朝不保夕之虞，黑死疫之名盖昉于此时，以其尸体生黑色斑，故也，厥必时起时伏，蔓延不绝。

至一千八百七十八年，俄军出征土耳其适遇此疫流行，而死者甚夥，传延及于阿斯陀拉，俄国政府乃大捐国币，百方捍御，至翌年冬始扑灭。一千八百九十四年流行于各港，各部均派委员前往检查疫源及传播实状，且此疫在印度及中央亚细亚势尤猛烈，如台湾及南清沿海一带起伏，不时概岁，莫不受其害。一千八百九十六年行于台湾，一千八百九十八年行于神户、大阪，历征史

册知疫为莫大之劲敌，猖狂迅速，以区区菌毒之微物，足以制亿万人之死命，枪林炮雨不是过也。东西洋视疫之流行为第一要务，政府广派医员，都会市町及行旅往来之道路，莫不严行消毒检疫法，使疫毒不得纵意传导，杀其势而绝其缘，而感疫而死者尤数见不鲜。我中国无医员之可派，而政府又置之膜外，又无预防检察之律，一旦天灾流行，束手无策，死亡累累，都会之区日之死者辄以数百千计，孰惨于是！孰烈于是！中国壬寅庚子之年，罹兵燹而死者不过十之三，罹疫毒而死者有十之四五，种种惨状至今犹令人谈之而毛发悚立也。

夫疫者，一种物最也，其形极小，具传染性，与往昔之说疫者不同。忆欧西自五百年以前言疫者，或谓毒气，发自地中，随风雨为传播；或谓以气候不调，酿而成灾；又或谓鬼神有灵、妖魔作祟，遂尔妄事巫觋、钟鼓乞哀而病势益烈，其害不啻洪水猛兽，民智未开，在欧西已有此迷信。厥后医术渐进，乃察疫之根源与其所以生灭，系种一①有机性毒之所使，而人犹未之深信。至西历一千六百七十五年，荷兰人列勿音博库制少类于显微镜者，察验病人之泄泻物中含多数细虫，视虫之状态蠕蠕蠢动，颇具生活，乃慨然曰此即致疫之源也，此说一出，众所禽然。厥后显微镜一出，法人司夺儿法、德人廓荷等同时用之，大收其效，征诸实物，知向之凭空想像者，皆蹈于影响。近时医学日进于精通，疫之源委及疫之预防法愈知明而处当。

夫疫之传染，原来为最微小之下等有机体搀入于人体内而发生者，其物有二种：曰菌、曰寄生虫。菌属于植物，大抵由腐败物而生者，有杆状菌、螺旋状菌、球状菌、连锁状菌、葡萄状菌、双球状菌等。寄生虫为动物，多寄生于动植物中，有滴虫、蛔虫、绦虫、裂头虫、鞭毛虫、胞子虫等。此两物形体极细，然用显微镜不得见，故生物学家统称之曰"微生物"，又曰"有机小体"，俱有毒素。其传染于人体也有种种原因，如趁风水而传、杂秽土而传、混饮食物而传、粘衣服家具而传、缘病躯死尸而传、附虫族而传之类，大抵由人之呼吸而传入者居多。始入于人体其数少、其势弱，不能遽为人害，再遇人之胃肠强健与一切天然扑灭之法（如强温、烈寒、日光、新空气等，皆有杀菌毒之力），则有机体以发育不良而渐即于消灭。若入人体必得遂其发生之机，则蔓延

---

① "种一"疑为"一种"。

之速力出人意表，一日可增数百万或数十亿呈其毒素之作用，现种种危险之病状，至此谓之为第一征候，或曰潜伏丛，又曰病伏期。然此期蟠踞虽固，势力犹弱，若用适宜之手术及强性之药饵，挫其锐而攻其坚，则弱不敌强，即败北而处于灭亡之势。不然则自此登陆上岸，气焰愈盛，即对于万温、强寒、干燥、消毒药等，而抵抗之力甚强，此谓之为第二期，治之也甚难。然专门名医用强猛之剂攻之，不为功，倘于此而不能背城借一，则病毒之进行益益猛悍，夺门斩关直侵入重要之脏器而制人之死命，此谓之第三期，又曰末期，虽有良医，无能为矣。

试将传染病诸名列之于左①。

（未完）

麻　疹
发疹窒扶斯（中国热伤）
赤痢（中国赤痢白）
黄热

风　疹
肠窒扶斯（中国伤寒）
虎列拉（中国霍乱）
麻拉里亚（中国疟疾）

痘　疮
回归热
实布的里。

水　疮
猩红血
百思土（中国鼠）

---

① 按当时报刊的排版，传染病诸名列于左面。

教 育

豫省亟宜推广小学校

杞 忧

岌岌哉！今日之豫州，枕黄河之大流，不获与杨①子江同享文明输入之幸福，其俗獉狉，其民顽固，揆诸秦汉以上之文明历史，其退化不知几万阶级，致使十八行省士大夫群相鄙薄，不目之为腐败，即目之为野蛮。均为黄帝之子孙，独标一不能同等之现象，我豫何罪而贾此奇祸也？然而正自有故，变法以来，各省注重学堂而尤推广小学，以养成国民普通之知识，我豫兴学最迟，学校如晨星落落，而教育正值黑暗之时代，遂致一班人民程度之卑劣甲于他省。故鸡公山之案件，西人违背约章，我豫士民不知据法力争也。怀庆左右之矿物为豫省之性命，财产被贼臣售与福公司，我豫士民不知亟筹废约也。京汉铁路之通过豫省，全境大河南北无不有西人之足迹焉，我豫士民不知集款赎路以挽利权而防侵略。且潼洛铁路、开济铁路久为外人所垂涎，我豫士民不知合群策群力以谋自办也。噫！岂我豫之士民独愚哉？吾闻之，德意志之战胜法兰西也，曰善于教育，故日本之战胜俄罗斯也，亦曰善于教育，故夫教育之善不善而国之强弱因以发生。教育普及，则国民之程度优，国以强；教育不普及，则

---

① 应为"扬"。

国民之程度劣，而国以弱，教育之关系不綦重耶！

据最近调查，德意志人口五千四百余万，公立小学五万九千三百有奇，其在学之儿童八百六十六万人，以人口与校数为比例，则九百十五人中即立一学校（每校学生百四十人左右）。日本人口五千余万，小学校二万七千五百余处，其在学之儿童五百十五万二千九百七十三人，以人口与校数为比例，则千八百二十六人中即立一学校（每校学生百八十人左右）。夫中国人口八九倍于德日，小学校亦当八九倍于德日，自无待言，即就豫省一隅而论，人口三千五百三十一万有奇。若仿德意志人口与学校之比例，则当设三万八千校，在学儿童应有五百三十九万人。若仿日本人口与学校之比例，则当设一万九千余校，在学儿童应有三百六十万人，乃豫省小学校切实开办者，仅二百处左右（其余或仍旧书院的性质，或仍旧弘①塾的性质，悬挂学堂牌匾以虚报学务处者不下二百余所）。是人口与学校为比例，十七万六千五百五十人中只建立一学校（每校平均三十人左右），在学儿童仅六千人，较之德日两国，学校数及学生之数不过百数十分之一耳，其人民程度之低，盖以此乎。自海牙会议既成之后，世界公认中国为第三等国，自中国预备立宪以来，政府议定河南为地方自治之第三等省，是昔日所谓豫省为中国之中国者，今可易一新名词，曰古豫省为三等中之又三等。

呜呼！中国未亡而我豫先退处于印度、越南、朝鲜之地位，即卧薪尝胆已恐迫不及待已。发奋改图，推广小学以开民智，则我豫之贵者、贱者、富者、贫者为人牛马，任人宰割，讵不大可哀耶？古语云，见兔②顾犬未为晚也；又云，失之东隅，收之桑榆。吾甚望我豫之官绅、士民振刷精神，亟起而救危亡，视小学校为我豫之命脉，视推广小学校为成豫命脉生活之机关，庶有豸乎！谨拟推广之方法以备采择。

（未完）

---

① 疑为"私"字。
② 应为"兔"。

历　史

历史文明之概说

经地质之种种配合而成地球，绝地球上之数多民族及数多社会之种种建造的、破坏的，而演成一部极伟大、极活动之历史。历史为自然民族及文明民族之组合而成，自然之民族大都会富感情，多迷性爱恋乎！诗歌崇拜乎！日月星辰、山川草木及罕见罕闻之动物，其所居地位类皆受动的，而非能动的。因此而社会上无团结力，政治上无变动力，一言以蔽之，曰知保守而不知进取而已。且夫保守即中止之义，然就天文上之进化（据法天文学者拉普拉西氏之言曰：太古之初，宇宙唯一稀薄气体之所弥纶，后或因力之作用，其气体各部遂离合而成无量数之星雾。然因相离也，则发热而有光，复因相合之密度不同也，则生回转，因回转则次第散热于空间而渐冷，形体亦渐收缩，收缩愈骤则回转愈急，因之而赤道之部分膨胀，遂离中心体而为独立团体焉。中心体即恒星，分离而各为独立团体者，即游星也）与地理上之进化（地球之成立因液体而成团体，然体质虽固，嗣因风水及动植物之建造及破坏的之作用，遂变成或高、或深、或方、或圆之形）及人类上之进化而论（据考古家之言，曰地球先有植物而后有动物。亚里士多德即从而推究，曰植物有发育性而无感觉性，动物兼而有之，人类亦然。故其所看之动物书中，以人与四足类比较，唯人与猿类，就解剖上观之，而人类亦有与动物一致者。由是以思，人或亦因进化遂渐渐与他之动物相离脱，亦必然之理欤），不进则退，断无中止之说。

即若近世扬威耀武之白皙人（英法德俄），昂昂然高视阔步于二十世纪之大舞台中，咄咄曰文明！文明！然试问彼等之先型，考彼等之历史，寄生活于西欧数百年间寒带之森林中，麛集而游牧，强悍而好□，虽间服从酋长之命令，然尚属野蛮社会而未形成家国者，非纯一自然民族耶。洎乎纪元前一百四十一年至八十七年间，汉武帝大举而击匈奴，匈奴之势遂衰，其强而有力者，复渐渐西侵，一派向西南而达里海以东，一派向西北而入欧洲，直捣蟠居大陆自然民族之巢穴。而此等民族遂东奔西窜，眼界益开，吸收罗马之文化，崇信基督之教义，日新月异致成近世强国。由是以观，自然之状态为文明民族过去之历史，可断言矣。然其间进化不无迟速先后之别者，又地理上之关系，非民族固有之性质有别也。

即就有史以前之时代而比较之，人智自然之开化分三期，第一期为石器时代（The Stone Age），第二期为铜器时代（The Bronze Age），第三期为铁器时代（The Iron Age）。然此三期中，在伊大利为铜器时代，而［其］他欧洲地方尚属石器时代，希腊则已进入铁器时代，所以者希腊、伊太①利得海岸交通之便，而于埃及及美苏波他米亚平原诸古国之文明直接而非间接，其进步之速自非他处所可同日而语者。因此之故，而文明之进行一昂一低一进一退，为螺线的而非直线的，其愈进而愈发达也，恰如木之由干而枝，由枝而叶而花而实，并非始终如一老死不变之动物焉。故愚尝言曰：无论宗教也，学术也，政治与实业也，皆活物而非死物也，活物看成死物是成其性质灭其生机矣。嗟嗟！世间岂有不变之文明哉？今试即历史家所分东西文明之潮流而细索之其间，进一步则变一象，有令人不可思议者然。

（一）东潮流

东潮流者何？曰佛教，曰儒教。佛教肇兴于印度而发明于释迦，释迦之诞生印度，适我国周灵王十二年。当斯时，婆罗门族擅作威福，蔑视他姓，群罹苦海，怨深骨髓，于是释迦起而揭普渡之旗，创平等之制，教化蔓延几遍亚东大陆而与儒教相对峙。其所著小乘、大乘之说虽与儒教之修身立行相表里，然

---

① 疑为"大"字。

一切厌世的、戒杀的导人于虚处寂灭之乡，则与儒教之实行的又大相反对也，且夫儒教之进行果始于何地哉？夫亦夙崇儒教之中国耳。

佛教之入中国也，始于汉而盛于唐，受其教化之影响，变成一种深奥之性理。学者则肇基于宋，宋儒之论性理，恐学者之群起而攻也，复牵合古圣贤之言以成一己之说，遂不免有怪诞支离之病。虽然儒教受佛教之感化而流于艰深，佛教吸儒教之精华而气息盖厚，即就日本维新以前论之，始为遗三韩输入之儒学，继复为叙明帝十五年自百济而来之佛学。佛教之来东也，苏我马子提倡于前，天武及持统帝扩充于后，于是寺院林立，教化宏布，而僧侣之有志者复因佛教研究结伴而至中国。盖佛教之起于印度也，属草创，其至中国也，已润色之矣。戢是之故，而日本藉此研究佛学得直接我儒学，其所获利益较前此之论语、千字文及五经医术等之咸从百济而来者更多数倍也。

故考日本以前历史，则文学之进步唯僧侣之功居多，有好老庄者，有宗程朱之说而讲经者，其他如所著之《保元物语》《平家物语》《童子教科书》及《源平盛衰记》皆简洁汉文，出自僧侣之手。而日人文学思想之发达，要以是为基础欤！至若周秦诸子学之研究、汉唐学之研究、宋明学之研究，然导其先者僧侣。故日本以前之僧侣佛教而兼儒家，其教育直谓之佛儒混合之教育也，亦无不可，所谓东潮流者，尽于是矣。

（二）西潮流

西潮流之进行也，凡六期，其状态也，亦凡六变。第一期为自埃及及美苏波他米亚平原之诸古国而至希腊。希腊于输入之初步数学、医学、天文学及象形与楔形文字也，有哲学家、史学家、演剧家以阐明其理，而复有雕刻家、建筑家、绘画家以描写其神，故前此之文明为层积的，至此而进于美的。至希腊亡矣，而复至罗马为文明进步第二期。第二期文明之光华虽较第一期稍逊，然政治之改良、法律之编纂与夫扩张海军、修筑道路等，皆实行主义而非仅托空谈者，故文明至罗马则又由美的而进于实的。至罗马瓦解，而沙兰生人之勃兴也，文明复为沙兰生人所吸收而入回归线，欧洲归，再野蛮，是第三期矣。

此三期又谓之反动的而非前进的，虽然反动即前进之作用，反动之时愈促则前进之力愈强。故纪元一〇九六年至一二七〇年宗教战争中，两人种相接触遂成第四期之文明导火线，古文学由是而兴，封建制度由是而废，商工业由是而促其进步之动机。故论者谓是役虽未遂恢复圣地之目的，然直接之利益不少，其文明非但进行的而并发展的。发展既足，势必膨胀，驯至地理之发见①，文明复渡大西洋而入亚米利加，其随地殖民而文化之胎生，遂有北美合众国独立之结果，是第五期也。若六期即为日本维新之醉心欧美，而一切学术制度等之取法乎美者犹多，故本日②尝目米为先进国，而米以日本后进称之。然究之日本教育之方针，以东流者为经，以西流者为纬，东西相结合，则文明固又复成的而非单纯的也。噫！文明之勇于进行也，如此能使顺之者昌而背之者亡，其势力之大，又如彼今既为区区一岛国利而用之矣，翘首西瞻不知犹有招待也。

---

① 同"现"，下同。
② 疑为"日本"。

译 丛

保护国制度（译报知新闻）

突尼斯　突尼斯者，法之保护国也，位于亚非利加北端，面临地中海。其西方即欧洲外交界中心之摩洛哥，面积五万一千方哩，人口三百万，气候适宜，产物丰富，其海岸俾塞违为突尼斯良港，对于地中海之海上权居最优胜之地位。千五百七十五年隶属土耳其。千六百九十一年，格利特岛自立，支配突尼斯全国。千八百七十一年，国王细齐阿沁遂离弃土耳其废朝贡，而土耳其亦放废宗主权而不之责，自是法国侵略之政策得长足放步于突尼斯矣。降十年，即千八百八十一年，法公使及司令官举大兵围突尼斯王城，缔结《喀斯烈士条约》，突尼斯居法国保护下，继续以迄于今者，皆根据于此条约也。

法国自《喀斯烈士条约》成，遂于外务部设突尼斯局，凡突尼斯所有政权悉有局员指挥之，所谓外务部特别事务也。又设统监驻突尼斯国内，职居九部首席，以掌挥其外交权，各部大臣法人居其七外，亚剌伯①二人。行政区域分为十三州，皆以法人为其长官，其他二军管及邮便电信局长亦以法人构成之，突尼斯人不过为其下级官吏而已。法之得突尼斯政权也，所谓法国之保护权也，实则突尼斯国权活动之原动力，悉出自法人之手，是即法国领土之变

---

① 阿拉伯的另一种音译方法，下同。

相，世界政治家、学者所公认者也。今统监塔德阿罗室资沙巴氏，以突尼斯军费及其他用度举归之法政府预算案内，此其实征矣。

法之得突尼斯也，以殖民政策论之，较之统治阿尔嘴利得多大之成功，盖法之殖民政策原用同化主义，据历史上之实验，劳苦而功不多。今乃一变其主义，采取英国殖民制度，如突尼斯者，可谓政策之大发展矣。

马达加斯加　马达加斯加横居海中，距亚非利加东岸二百四十哩，广袤二十二万八千方哩，世界三大岛之一也。十七世纪中叶，法国政治家黎赛纽始至其地，创设殖民会社，筑要塞于频富安浸，假土人暴乱残杀法人殆尽。时法国政略注重欧洲大陆霸业，无暇顾及殖民地，亦遂置之。十九世纪初，土人拉达马一世征服全岛，即王位，移植欧洲文化、整理军备纪纲，大振自其治迹，观之几与俄皇彼得相颉颃。千八百四十六年，拉达马一世崩，纳剌普洛拉立，专采排外主义，不复修理内政。至拉达马二世那索叶利纳继起，又采用欧美文明事业与北美合众国缔结通商条约。那索叶利纳崩，纳剌普洛拉二世继承王位，法国国际间关系之事件遂以此时发生，至纳剌普洛拉三世时，遂成为法国之保护国矣。此保护国也，与属国无甚差异，盖先修好条约中既与法人以土地、家屋、仓库所所①有之权利，而女王纳剌普洛拉二世又以英国宣教师之教唆撤法国保护地三色旗，侵害法国既得之权利。千八百八十二年，法国派遣军队大战而败之，七月，纳剌普洛拉三世立法。更于千八百八十四年，遣海军中中将毕约率远征队以征之，时马达加斯加防战甚力，法兵不得逞。翌年八月，更遣精兵千五百，大破马达加斯加军，缔结保护条约，法割得查哥索列次世界最良之港湾，而确定法全岛之宗主权。千八百九十年，英德亦出而认之。

法国自保护条约成，驻统监于马达加斯加首府，法既任其国防，又外交亦悉由法政府代表，女王不过主宰其内政而已。后马达加斯加人激于一时之排外心，杀害法水兵，捕房法人，统监密尔特镇压之。驻法大军队于首府遂乘机以扩张其保护权，即不经由统监不得与外国交涉，又内外人一切免许状必须统监认许，是也。然国人恃英义勇兵团而骚乱全国，统监与马达加斯加政府交涉，

---

① 此处疑多一"所"字。

而政府慢侮之，不为应。千八百九十五年，法遂派遣军队拔达剌剌①利城而据之，于是女王请成于法，缔结第二之保护条约，时法国组织新内阁，皆唱道合并主义，外务大臣怕尔铁洛尤主张最有力的者也。当缔结第二条约时，仅由女王一方盖印，成一《片轮条约》，此千八百九十六年一月事也。《片轮条约》之成立也，国际关系一转为内部关系，事实上法国主权即马达加斯加国主权之变体。八月，法议会既议决并吞马达加斯加全岛，而女王不悟其国已亡，待统监犹若臣仆，而旧臣亦时时反对法政府，以图恢复。于是千八百九十七年二月，枪毙内务大臣赖阳特烈兰班特利及王族拉齐马曼加，而流女王于烈约尼温岛，后二年又徙之阿尔嘴利，后不知所终。

安南　安南，中国之外藩也。北与云南、广东、广西接壤，西隔中立地带，与暹罗②相对峙，南为交趾、支那及柬埔寨等，东临支那海，有东京海湾为世界良港。日俄战争时，俄波罗的舰队东航，沿岸一带惹起列国外交家注目，其为亚洲重要之地点，从可得知其国内产物富饶，农业为第一，五金矿产亦无不丰备。千七百七十五年，有权臣篡夺王位之事，越二十余年，先王子乞师法国，得自立，由是法国干涉其内政，自其国割夺南方交趾、支那、东③埔寨等，且设立其保护权。千八百五十七年，安南人杀法宣教师，法乘机遣大兵拔顺化府而据之。千八百六十二年，交趾、支那等既归其领土。又千八百八十六年二月二十三日条约，安南确认法国之保护权，国内政治组织与突尼斯如出一辙。统监驻首府，凡一切政务皆自其手出，而又用法官吏指挥而监督之，且驻屯陆军以镇国防，亦以防内部事变之起。国王仅拥虚位，虽执行内政而条约上之制限最为严密，就事实上言之，即谓安南内政概为法兰西所掌理，殆无不可。故今日现状，非独外交军事悉自法政府出，即租税、关税、土木诸事亦靡不掌诸法人之手，安南政府久无内政之可言，盖渐次隶归法国之领土矣。

按保护国制度为强国制御弱国一时权宜之制，皆准国际生活之自然现象，以能保护国之自由意旨而定之，无学者研究之余地也。日本后起，朝鲜今为其保护之邦，其事实之发生，虽多缘自然之情势，然历史上之比较法则，一一规

---

① 此处疑多一"剌"字。
② 泰国旧称。
③ 疑为"柬"字。

随于法兰西，此不可掩之事实也。考突尼斯人口三百万，而意大利人七万余，[其]他希腊、西班牙人以及自欧洲大陆移住者十余万，故突尼斯交涉之关系于他国者最多，而名义上则土耳其为有其宗主权，法兰西之侵入也。在离弃土耳其保护之后，其离弃土耳其也为法兰西教唆与否，此外交之秘密，今不可得而知。然其自离弃宗主国，而法人长驱以略其地也，则固明甚。朝鲜，中国之属国也，日本谋朝鲜，首必使之离中国而独立，明治维新以来即苦心积虑以求之，然《江华条约》《济物浦条约》《天津条约》皆不得效力，终非出以最后战争之解决不可。中日战争所以排斥中国之宗主权，日俄战争所以排斥俄国之保护权，劳兵费财三十年始达其目的，是则朝鲜无他国之关系深，日本保护之制度不得不取稳固之态度，故第二协约成日本保护条件，与法兰西施行于突尼斯、马达加斯加、安南者，几无铢黍之差别。统监驻韩京城，为一切政权之原动力，外交权、军事权、财政权既尽归日人之手，而协约之所承认，且得援用日人官于朝鲜指挥而监督之。数年之后，势不至，如法之于突尼斯各部长官皆用日人不止，而遑论其他耶。

吾观于此，其轰轰然，刺吾脑筋者一事即被保护国多一次之暴动，而能保护国多一次之进步也。突尼斯千八百八十一年条约条文简略，内政司法皆阙而不详，即军事亦不过略言，以两国官宪维持秩序而已。嗣突尼斯杀法人袭其管理之铁通，法以兵镇定之，解散突尼斯全国军队而追加前约所缺之条款。马达加斯加经两次开明，吸取欧美文明，改刑律，国中学校九百余，徒以国无宪法不旋踵而国日敝，久之陷为法保护国。纳刺普洛拉信英国宣教师之言，撤法国保护地之色旗，遂以割地赔款确定法全国之保护权。千八百九十三年，又杀法人袭取其全矿，法议会始采合并主义，囚女于荒岛。安南千八百六十二年，《柴棍条约》虽多关于保护，然名为平和及同盟条约，自黑旗军起事而新保护条约始成。千八百八十五年，四方群起叛法，聚兵三万袭法将军，焚其营舍，法政府乃用占领费七千五百万以统监伯罗镇抚之，自是法、安南保护之关系益深浸，成为今日之领地。此被保护国皆以暴动得恶果，而能保护国转以增进侵略之政策，此方积极一分，即彼方消极一分，昭昭然无或爽者。日本之于朝鲜也亦然，日俄开战时，日本惮他国之诘责，且不欲挑拨朝鲜之恶感情，故议定书不过为国防援助、外交监督二事。虽战争既终确立保护协约，然其时日本对于朝鲜独立于保佐人、后见人之地位,不过行使其主权之一部分,朝鲜之内政权、军事权固仍然存在也。日本自立统监以来,设施既备,日韩保护之关系对于第三国效力益深,于是势力求其巩固,惟日以待事机之至。韩皇派遣密使参与海牙平和会议,是助日本之成功,而日本国民所日夜祷祝以求之者也。新约既成,解散朝鲜军队,收揽一切政权而又加之暴动,使保护条约之实施而发生伟大之效力,至是,日本始踌躇而满志矣,于乎何?愚昧之国民必循此灭亡之轨辙,若是也。

虽然反以观之,吾国则又何如?庚子拳匪之乱,列国胁迫制限军药入口,折毁吴淞炮台,其他丧失国权之事不可胜纪。驯至今日,各国协以谋我前者日英之同盟、俄法之宣言,近者英俄之协约、日俄之协约、日法之惟约皆渐次出现,以腾沸于一时之外交舞台,而各国兢兢言者,则有所谓机会均等之一新名词。夫机会均等云者,以中国为世界竞争之中心点,各国政治家皆投身此政争之旋涡中,使各以阴鸷之手段掠夺中国之权利,而他国不获均沾,则将如气压高低之趋于同度,以搅乱东亚之和平。今以机会均等确定于盟约中,则携手同行,联骑并进,平时则肆静稳之,侵略互相默认而不害其势力之进行;乱时则各固其势力范围加一层严密之约束。即范围有所扩张,新与中国订立条款亦无须相互请求其说明,是则机会均等之效力,在平时犹少,在乱时最多何也?乱时风云飙举,各国于危机四伏之发展,侵略之素策,使犹狼顾而狐疑,瞻顾第三国之干涉,则将忙①然失据,野心终不得发据,惟有机会均等之约在,则虽值变乱之际,皆得披棒剔莽而为康庄大道之进行也。夫列强在中国通商传教十年,足迹几遍内地,无地不生关系,即无地不可构成机会,于其权利有纤微之损伤,皆得为彼所借口。故中国于今日对于世界各国无权利妨害问题之发生也,则已有之,则予以最良之机会也,妨害之范围大同,将予列强以最良之机会,无论矣。即令今日对于甲国予以一无谓之口实,甲国利用此机会而进一步他国,即援均势之说而共进一步。异日对于乙国予以一无谓之口实,乙国利用此机会而进一步他国,即援均势之说而共进一步,是吾国一地之问题即全国之问题,对于一国之问题即对于全世界之问题也,何也?机会均等,故也。

---

① 应为"莽"。

迩者，吾国有议联德美以谋抵制者矣。夫德侵略派也往与俄法同盟，今俄法加入保全派而德尚徘徊于其间，必求一当以自逞。美虽保全派而在中国之势力又向不与各国平均者也，倪吾国与之联盟，在德美当极欢迎，且将用其轻妙圆滑之手段以与中国交欢，然吾国有敏腕之外交家，始终以保全权利为主义，认同盟国为必要，聊复尔尔，未为不可。如偶出以依赖心先丧失权利以蕲之，则在美原以势力不平均者将掖之，以与各国平均；在德将以最终之胜利，各国保全派之连衡而悉归于侵略一派。风云诡谲、天地惨憺，沈沦之祸于兹为烈矣，要之依赖人国而以可以自立，朝鲜早自立矣。朝鲜无独自立营之历史，最近数十年政争剧烈之点，不外党清、党日、党俄诸派翻覆朴兴之所致，当国家祸乱未烈时，徒碌碌，依人不知早为之。所以图根本上之存立，及至最终之运命而以暴动出之，致使国权扫地，以尽十三道整饬之河壤，作一段无聊之结束，不亦大可哀耶。今者列强保全派颇占势力，为吾国千钧一发之时机，前者既已往，后者不再来，使吾国上下刷新，兼程并进，急谋地方自治，整理全国一方，则开国会、布宪法，使全国人同一而任其责，则十年之后，中国或可以自强。而不然者，利人之保全，苟且以偷生活，时机一去，永坠九渊，至绝命时虽千百华盛顿出亦无能为力矣。美国上院议员师顿氏在圣路易市演说，谓日本勃兴实为黄祸，支那则不久为第二之朝鲜，以他国政治家眼光观察吾国，吾知其必有当也，于戏吾安得尽起，吾国人垂涕泣而告之耶。

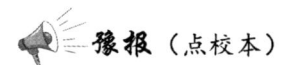

来　稿

临颖县高等小学堂自治学会叙

　　鸿濛辟钥，而植物动物各蕃育生植于高原、平野、山林、洋海之间，独圆颅方趾者能以智巧心思制各物之生命，而受制之物竟无逃于天地之间，何者其智不足而不自治也。虽然以不能自治者与能自治者遇，则然能自治者败矣；以不善自治者与自治者遇，则不善自治者又败矣。博博大路，莽莽五洲，色目人种以息以游，而红色、铜色、黑色各种族已俯首帖耳，喘息于白色人之村下，其能与白人颉颃者，独有我黄帝子孙耳。

　　今我又不竞物，物腐虫生谷空风，外人凌辱我、逼迫我、要挟我、强夺我，进而为爪①分我之言，转而为保全我之言。天！保全二字，岂有心肘者所忍闻哉？况各强协约已成强硬手段，恐终不远云南为法人口中食、福建为日人囊中物、山东为德人俎上肉、西藏为英吉利所摒当、内外蒙古为俄罗斯所布置，其他国则垂涎染鼎，各注目企足以相俟，岌岌殆哉？奈之何哉？贾子有心真堪痛哭，阮生无路何处回车？岂杞人之忧天，实鲰生之误我，欲不为奴隶牛马其可得乎？然烈士暮年满腔热血，男儿有志双手扶天，与其引颈以就擒，曷若同心以自励？于是同人相与，立一自治学会，朝夕研究德业之进步焉。君是

---

　　① 疑为"瓜"字。

少年好组织我少年，虽老大愿唤醒我老大河南，毋曰一隅无能为也，请为同胞之嚆矢；毋曰人少难集事也，敬为志士导先河。越王尝胆吴国为墟，隋人修德楚不敢伐，转祸为福是在我辈之趋向而已。

光绪丁未年仲秋月光山
刘启恒识

临颖县学堂劝立自治学会公启

天地遘屯、种族纠纷、优胜劣败、文明竞争抉五千年之锁钥，破九万里之波沦，为东亚扶声誉，为祖国放光明，此非异人任也，是专在我辈之责成。今夫国者，人之积也，有国而不治，是谓乱国；有人而不治，是谓愚民，国乱亡地，民愚亡种，天演公例，理不可逃。欲治国先治民，欲治民先自治。然玉之润也，必资磨砺；金之粹也，必资锻炼；学之成也，必资规劝，是非立自治会不为功。

嗟呼！中国积弱由来旧矣，近十余年更形逼迫，欧潮美浪澎湃，东来割地赔金司空见惯，伤心惨目，后路茫茫。顷者，日俄、英俄、英法之协约又见告矣，突厥黑人已成奴隶，犹太士女无家可归，殷鉴匪遥大祸立至，乃举国酣嬉，湖山歌舞，火烧眉睫犹在梦中，岂红羊之真不可逃耶？慨我桑梓，指日邱墟，敬告弟昆及时振奋蚁营，犹能成涇。况列冠裳蚊聚尚可成雷矧存面目，女娲炼石终可补天，王朗拔剑不禁砍地。凡我同志性命相依，共此切磋勉为公益，互相纠察去彼私心，欲日起而有功，先实事以求是，同人幸甚！中国华①甚！

---

① 应为"幸"。

豫南学堂研究会发起通告书

撷数千百年文苑儒林之精华，探数十百人专门名家之奥窔，汇两大潮流汪洋浩瀚之文明，星宿海如今日之学亦煌煌乎。巨观哉，不幸生乎！今之世，所学非所用，至使农于惰于田，工窳于肆，商折阅于市，军事财政外交屡失败于朝，遇事瞀乱徒抱，相形见绌之忧然，犹幸生乎！今之世，因我之短，学彼之长，扩张一时，眼界开拓，万古胸襟感慨愤发，尚不失识时俊杰之名。学之存乎其人而因乎其时，夫人而知之矣。虽然学诚急急，而提倡此学者几何人？从事此学者几何人？当此新陈代谢，一二有志之十①抱其热诚、鼓其毅力，日言兴学，乃效未睹而弊已生。凡教学之冲突，新旧之激刺，其事一起，至轇轕纷纭而莫之能解。鉴乎此，此者父老或戒其子弟以入学为危地，官吏且愚其人民以办学为畏途，闭塞固陋、因噎废食，遂至学人稀若晨星，学舍鞠为茂草居，今日而无学，并旧有之学而亦失之，吁其痛也！论者曰，是学务废弛之故也，是固然矣。然欲救废弛之弊，其何道之由？夫寻源者勿郤曲于绝潢，循轨者勿旁皇于歧路，天下事固有冥想不获而探求自知者，故学务贵有研究，既研究矣，而难言效果何也。独居深念，何如集思广益，彼学齐语者必置之庄岳之间，赛珍奇者必聚于五都之市，况事关学界，尤宜合群才群力以求进功，故研究贵有会以中国近日学务言之。

京师有专部，省会有专司，而兹之仍须设学务研究会者，其宗旨厥有数端。一曰扩充学堂也。世界各国如法律政治、如海陆军、如经济诸学，各有专科，其最盛者为蒙学、为女学，虽至盲哑，以及一技一能莫不各有专校，一国之中学校林立，多至数万，故人无不学，遂成富强之业。中国亦知兴学矣，然人口生殖之多，土地面积之大，而以学堂之数与各国为比例，其相去奚啻什百，比年以来答笈四出，其无学堂可入者比比皆是。至于留学海外，漏卮既钜

---

① 应为"士"。

枋下，何堪兴言及此，感愤并集，是必通力合谋，自图兴学。凡教习负何等责任，管理定何等权限，经费何以不虚縻，情谊何以不隔膜，教育之权何以不得授之外人，遇事持平，勿拘一隅之谈，勿胶一人之见，俾内地学堂逐渐扩充，国家前途庶有望乎，研究会之宜设者，此其一。

一曰专精学业也。欧洲近百年来科学发达，大都于普通卒业后分入专科，务求抉择其精微或更发明其新理，学重专门，故进步之速不可思议。吾国学者亦知重科学，然往往任意去留，有朝工艺而夕理化者矣，有今日兵而明日商者矣，以有限之岁月、有尽之精力，徒消耗于往来转徙之纷烦不重，可惜哉！即以普通学论此学堂教法与彼学堂异，前讲师学说与后讲师异，半途改学前功尽弃，非甚不得已，何见异思迁？如是，是必互相戒勉，共求专精，苟有余力，自不妨兼习他科，学其同一学科者可以质疑问难，其各一学科者可以转输文明。其有模糊之论说、诘鞫之名词、不经见之理解勿论得之，听讲阅书皆可以订讹而正谬，见闻所及或留为笔记，或编为学报，经验既多，饷遗尤广，学界进境讵可限量乎？研究会之宜设者，又其一。

一曰会通学派也。同一孔道而汉宋分，同一宋学而朱陆判，党同伐异，贤者不免则至。今则更有新旧学派之别，汉注也，唔疏也，宋明之语录，金元之词曲也，皓首吟哦，风流自赏，此旧派也。美雨也，欧风也，希腊之哲学，拉丁之文字也，中心向往，顶礼膜拜，此新派也。在两派中，岂无豪杰有志不自菲薄，而足与大有为者祇以意见不合动成水火，持之者愈坚，攻之者愈力，同一诚心，向学之人适为学之障碍，岂前途之福哉？夫学无常师，唯善为师。以周孔而生于西欧，亦为西欧之神圣；以亚里司多德、柏拉图等而生于东亚，依然东亚之哲人。试以中西学理参观而互证之，礼乐非德育乎？射御非体育乎？书数非智育乎？且虞书记载，孟氏之言多宪法之精神，而大陆学者发明新思想，其原理原则往往与我古先圣贤之大义微言隐相诉合，公理所在天壤无殊。是在两派学者破除成见，融会众说，则老师宿儒无固守之心，英年隽才无纷歧之患，党派绝而学术宏，可断言也，研究会之宜设者，又其一。

繇斯以谭则学务者，固全国之公益也，夫何限于河南，又何限于河南一部分之豫南而兹之。拟立豫南学会者，则以为豫南之人尤当负豫南之责也。客岁，学部奏定学会章程，各行省中传诵而兴起者，不知凡几，即以河南论，河朔先着鞭矣，开郑与我同志矣，我豫南既当免尽责任而聚议学务，其道里之适均，言语习惯之切近，关系俱由此生，其便利何如也？仆等侨居海外，绻怀桑梓，热从中来，每相与拟议，欲就豫南适中之地（信阳最善）立一总会。豫南以外如本省（省城为要），如京师，如各省（天津、保府、上海为要），如东西留学界，凡有豫南同人者，均协议设分会。特以留东学界力量绵薄，仅于东京设发起会，事关学务，不涉他端，假定章程，规模狭隘，譬诸乾坤万象开于始，算术万数起于点，而由此开始，由此起点，力图发达，窃愿诸君子肩此仔肩。夫豫南当黄河流域与扬子江流域之冲，南北密迩宜若可以得风气之先，乃察近日学务之状况，若无甚起色者，然仆等忧之，诸君子当亦不忍坐视之，务希高明擘画或就居匠之地组织同人，或于游学之方联络同志，以豫南为此会根据地，由豫南而各省、而各外埠，源流一贯，中外一心。则虽谓豫南学界之光荣，大有影响于中国之前途，可也？语云，一篑之土可以成山，涓滴之水可以成渊，果由此会而扩充之，将来教育既普人才自多，南阳龙卧讵无诸葛复生，汝水波澄当有黄生复出，而光黄间多隐君子，又安见山川钟毓乏继起之伟人耶？海天万里书不尽言，无任吁祷待命之至。

天足俗语

嗟哉汉女	缠足成习	缠足之害	曷其有极	关系一身	苦不忍闻
影响社会	致弱与贫	刀割人肤	痛虽难言	然数月后	犹可复元
缠足之痛	地久天长	时日一丧	与汝偕亡	安逸劳苦	虽因境异
鸡眼回潮	尽人则一	平居无事	一步一颠	若遇患难	更有甚焉
联军肇乱	日俄开衅	缠足之女	迭遭蹂躏	殷鉴[①]不远	近数年间
犹不止此	更话秦川	忆昔汉回	互残之时	刀兵雾列	炮火星驰
孤女惨哭	寡妇悲号	血遮霞日	命轻鸿毛	谓予不信	父老常谈

---

① 疑为"鉴"字。

言犹在耳　口沫未干　倘未缠足　岂少木兰　与子同仇　执戈直前
孰知事违　人尽育娘　敢言敌忾　逃且弗遑　生众食寡　生财之因
得此则富　反是则贫　国有一人　必有一用　若其无用　与无人同
莫论西方　且说东邻　日本女史　何其可钦　应用学问　活泼精神
妇女各具　与男比伦　贮金递信　女判任官　幼稚学校　女教授员
医院看护　女执其役　工厂织纺　女司其职　旅舍营业　女多司柜
电话交换　惟女专对　制造烟草　女工殷勤　印刷书籍　女业苦辛
其他职务　更仆难稽　要以女力　助男不及　奈我妇女　裹足不前
矫揉造作　举步维艰　铁中铮铮　或解吟弄　庸中佼佼　仅事针工
所作之物　无关重轻　何益国计　何补民生　况富贵家　妇女更差
立时依人　行时驾车　饭到张口　衣来伸手　年方二八　即如九九
修饰愈甚　疾病愈多　淫奢日月　医药山河　中国户口　虽四万万
阴阳配合　男女各半　女皆坐食　累及于男　男子俯蓄　内顾多艰
家既不富　国遂以贫　凡事结果　皆由于因　致弱之事　千条万端
惟有缠足　是其根原　骨折血滞　母弱不康　未有母弱　生子能强
身体日脆　寿命日戕　东方病夫　万口口扬　民之云瘝　国何以昌
白种骄儿　遂恃嚣张　胆生鹿逐　指染龟尝　兼弱攻昧　取乱侮亡
藩篱尽撒　门户洞开　欧风美雨　卷地而来　取久租借　势力范围
保全开放　貌安实危　俄虽顿挫　尚窥蒙疆　法营两广　英控藏江
德根胶澳　日有辽东　群欲大陆　作彼附庸　矿产抵押　铁路敷设
断我命脉　吸我膏血　得寸思尺　饥鹰翱翔　升堂入室　饿虎獗狼
瓜分豆剖　时势日急　前车之覆　印度埃及　为害如斯　缠足何济
若不思返　伊于胡底　旁观者白　当局者黑　不识不知　顺俗之则
或谓缠足　系为婚姻　若比大足　将难求亲　岂知女子　四德为贤
女德女功　女容女言　窈窕淑女　君子好逑　何蒙不洁　自别成囚
况今设会　济登彼岸　当不十稔　天足概见　文明女子　自有佳偶
若彼所虑　言殊可醜　或谓缠足　习惯难违　吾亦沿之　乃得无非
岂知君子　易俗移风　能造时势　斯为英雄　国与俗较　孰重孰轻
何必守俗　不顾国倾　且人所贵　独立性成　岂因人浊　我亦不清

缠足之人　世界劣种　若其不悛　民斯下等　或谓缠足　亦有道也
以人治人　戒淫奔者　岂知因此　淫风更添　状比新月　名题金莲
视人之足　与玩物同　玩物丧志　旅契所攻　诐辞僻僻　假正遂邪
出自谁口　其堪诛耶　缠足果正　殆出何经　足天下同　圣说有征
或谓放足　洋人是效　由今之俗　反古之道　岂知前古　无此荒淫
南唐后主　始作俑人　伊岂有心　重病天下　流失败坏　遂此至也
宋世士夫　犹力斥非　濂洛大儒　莫不勉规　满洲入关　禁令曾申
近兹有志　提倡尤殷　放足复古　并非学洋　过而不改　丧心病狂
或谓中国　重男轻女　即不缠足　亦何所取　岂知中国　女何尝缠
易地天泰　礼男下迎　男位乎外　女位乎内　内外虽分　贵贱则未
后因缠足　下贱自坠　凡自贱者　人不能贵　易礼既晦　古道遂亡
失而求野　反谓学洋　男女平等　窃我流传　美国女子　且充议员
平等平权　谈何容易　有义务者　始有权利　我国女子　与欧美殊
因少义务　权利亦无　何无义务　不学之缘　因何不学　缠足使然
今之政府　已言立宪　欲恢女权　天足为先　或谓各国　异俗殊风
中国缠足　未尝不通　岂知民族　虽各不同　黄种之外　白黑棕红
然顾全球　天足则则　西藏满蒙　亦复卓立　人何其智　我何其愚
滔天大祸　即在斯须　请从此始　歃血以盟　女妖刑绝　众志成城
女障既去　女学方兴　体育日发　种族日增　驾彼泰西　主盟亚东
誓达目的　勉底成功　东南半壁　风气大通　天足成会　焕发群蒙
痛秦士女　生帝王州　维新盛业　我劣人优　天足之会　绝无仅有
天足之人　寥寥罕觏　劝我兄弟　盛倡此会　人孰无良　岂忍反对
天下之大　匹夫有责　当仁不让　共济何惑　劝我姊妹　速入此会
当作先锋　莫殿后队　老者已矣　巾帼少年　能放则放　未缠勿缠
我伤女界　我吊国魂　忧心殷殷　撰此俗文　虔心沐手　奉我乡人
馨香祷祝　勿置罔闻

录放足良法

若是幼女足，包缠不久，开放容易，去了裹足布，穿上略大袜鞋，数日即复原如初。妇人放足亦无难事，其法初放时，每日用热水洗数次，每次将足浸软，小心搓干水气，将足指并足心折断处轻轻分开，用棉花或破絮衬于各指缝并足心折断处，穿上合式的袜子，外套略大的鞋，照常行走。夜睡时宜赤足，每次洗后，或早晚尤宜用手按摩搓揉，自然血脉活动，数日之后，小足改成天足矣。放足时，其足指并足心折断前皮肉破烂，以硼砂水敷洗之，即愈。

（以上上海天足会论）

（前略）

目　录

（一）做宽大的鞋袜

（二）去脚带的法子

（三）放直脚指头、脚心的法子

（四）脚上皮肤绷痛或是鸡眼老茧嵌痛的治法

（五）去裹面高底的法子

要晓得底细，请听下文：

（一）讲做宽大的鞋袜

放脚的鞋袜要比原来穿的放长一寸或半寸，放宽二三分，起头穿在脚上嫌大，可以袜些棉花在鞋头里，脚渐渐的大，棉花渐渐的少衬。到后来这套鞋袜不衬棉花也不嫌大了，就再做第二套鞋袜，比第一套又要放长半寸，这样越放越大，直放到脚指头不拳、脚心不断为止。鞋底的宽总要比脚底宽一二分，这样穿在脚上可以平稳，否则脚还是立不稳，鞋底容易歪的。

（二）讲去脚带的法子

缠脚的人，脚里的血脉向来被脚带挤住，已经不流通惯了，如果一天工夫忽然解去脚带不缠，血脉下行太暴，往往脚要肿痛。所以初放脚，总要留二三尺脚带，松松的在脚上缠一两层，余多的绕在脚踝骨的上头，一天一天渐渐放松，半年之后，才可以不用脚带。放脚时候，脚带的缠法要同缠脚的时候缠法相反，缠脚时候要把脚指头缠到脚底下去，所以左脚是顺绕的，右脚是反绕的，现在是要把他缠回原来，所以左脚要反绕，右脚要顺绕。

（三）讲放直脚指头、脚心的法子

小脚没有力的缘故，一半因为着力的地方小，一半因为脚指头压在脚底下，受不起大力量。要治这两个毛病，就要把脚指头脚心放直，而且脚指头尤其不可不直。放直的法子先要临睡的前半时用热水温和筋络，再用黄花士令搭在折缝里，同鸡眼老茧等，若又用棉花垫在折缝里，外面用脚带挡住，不叫花棉离开。脚心的棉花须把脚带从脚背绕到脚底，绕两周拦住脚指头。折缝里的棉花要用半寸宽的布条，连棉花连四个脚指头绕住，外面再加脚带。脚指头半开的时候踏在地下，脚指头有点顶痛，可在鞋底里垫一层绵①花，垫棉花的厚薄以不觉得顶痛为止。

（四）讲脚上皮肤绷痛或是鸡眼老茧嵌痛的治法

年纪大的人或者脚缠得格外紧的人，脚上皮肤往往不很滋润，一惊动他就觉得绷痛，还有脚上生了鸡眼老茧也要嵌痛。治的法子就照前一条温洗搭绕，这些痛的地方自然就不痛了，而且不滋润的慢慢的会滋润，鸡眼老茧也会慢慢的好了。黄花士令是一种外国的油，外国药房里都有得买，如果不便，可用生羊骨中间的油搭些也好做。如遇皮肤破烂，用硼砂泡水熏洗，亦极见效。

（五）讲去高底的法子

如果向来装里高底的忽然不装也要不惯，可用几层蒲包或是厚纸，做得同高底差不多厚当高底用，自然不会不惯。蒲包厚纸越踏越薄，踏结实了，重做新的，照踏旧的差不多厚，再踏结实了，再做新的，照第二回踏旧的差不多厚，换一回薄一回，到后来就可以不用了。照这样放脚，万稳万当，一点难处没有，一点坏处没有，不论老年人、少年人，任凭脚小，没有不能放的。我们

---

① 同"棉"。

会里有七八十岁的老太太也放了，放了脚的舒服便当好像瞎子有了眼睛一样，不是笔墨所能够写得出来的，也不是不曾放脚的人能够意想得到的。而且脚缠的人不大活动，容易生病，放了脚，活动了，百病也会好，身体也会结实多哩。

（后略）

（以上苏州放足会女士演说）

同人已函举郗庠瑞、杨先荫二君为经理员，先组织一天足会于华阴县西北乡南洛村，详细章程现在订印之中，欲入会者请至报名并俟散给章程可也。

留日华阴同人

党基璋　郗朝俊　张益谦　张缙绅　　　撰启

阴历光绪三十二年六月二十四日

阳历明治三十九年八月十三日

如上所录，愿豫人之兄爱其妹、弟爱其姊者，亦以此天足俗言互相劝告，则甚幸！

小　说

新三国（续第四号）

白　眼

此时旁观的人也有吓得目瞪口呆的，也有恐怕受累逃跑的，里外乱得如水滚一般。看官，你道此人是谁？原来就是涿郡城西张楼的张飞。张飞生来就是个暴性，未入学堂以前，终日在外饮酒浪荡，一日见刘玄德坐在一块大石上对天叹气，他就厉声问道："大丈夫不与国家出力报效，何故在此长叹？"玄德见他容貌异常，就问了他的姓名。张飞道："某姓张名飞字翼德，世居涿郡，专好结交天下豪杰。"又问了刘备的姓名。刘备道："我本汉世宗亲，姓刘名备字玄德，今宦官为祸，汉氏甚危，欲扫除之，恐力不及，是以长叹耳。"张飞道："现在本郡内设陆军学堂，与君同入学堂后，来联络天下豪杰以图大事，何如？"玄德道："君如有此心，弟当相陪，以图后举。"

于是二人同入村中饮酒，正饮酒间见一大汉进了店内，便唤酒保快快拿酒，玄德见他也是个志士，就邀他同坐一席，问了他的姓名。那大汉道："某是山西蒲州的人，姓关，名羽，字云昌，后改云长，因为本地的土豪仗势欺人，吾把他杀却，已经逃难五六年不曾回去，今听说贵县立陆军学堂，特到此地游学，以为后日用武之举。"玄德、翼德齐声应道："好了，好了！"遂把自己的志愿告知云长。三人说话投机又结成异性兄弟，玄德为长，云长次之，翼德为弟,于是三人就一同去入学堂。

俗语说得好,山水易改,秉性难易,张翼德就是入学堂以后到底不能改他的脾气,多叙闲文,当误正传。却说张飞当闯下此祸,三人遂商量道,这学堂有了这种奴隶章程,已经不可久存,今又招此祸,那县令万万不能与他们干休,不如投奔别处以图后举,于是三人连夜投奔他方而去。

三人去后,本县县官也到了学堂,连忙去看教习,原来教习无有受甚么重伤,不过一时受惊,到了此时也就好了。一见县官来到面前,不禁呜呜咽咽哭起来,道:"兄弟到堂以后,就与把老兄所定的章程宣示他们,教他们遵行,不料兄弟话未说完,就有一个学生把兄弟拉倒又打又骂,说兄弟与老兄都是奴隶,彼一时兄弟被他气得昏迷过去,认不清是哪个学生,请老兄查明惩办,以杜效尤。"罢,旁边一个学生连忙来到县官面前恭恭敬敬请一个安,起来向后倒退两步,垂手趾立道:"我们老师是张飞打的,学生是没有动手。"县官道:"知道了,你们要好好为学,不要同他们一样不安分,以后都有好处给你们。"这学生连声答应几个是字,又请一个安,倒退出去。县官回过头来笑孜孜对教习道:"都与刚才这个学生一样有多么好呢,与老兄怄气的那一个学生,兄弟早知他不大安分,兄弟初查学堂的功课时候就见他桌上放着一张纸,上面写的'扫除宦祸 重兴汉世'字样,如今又将先生打骂一顿,实在可恶极了,老兄只管调养,不必操心,兄弟一定重办他们就是。"说罢起身回去,一面差人拿这三个学生,一面又补三个奴隶进去,不提。

却说当时巨鹿有兄弟三人,一名张角,一名张宝,一名张梁。张角本是个不第秀才,终日想作乱,无奈人心不服,他也就不能举事了。恰好当时各郡县令借着筹款名字又要割庙产,庙里的僧道齐去见他,同他商量办法,张角就将他叫至里边,问道:"你们来到卑舍,有何贵干?"众僧道齐应声道:"山主还不知道吗?各郡要都把庙产充归公款,山主你想这庙产都是老山主施舍教我们看守的,要是教他们割去我们倒无法子,将来领山主教看是怎么样?我们想山主们也断不能平白的教他们割去罢?"张角听罢,冷笑一声,说:"这个事情倒是个狠[1]大的题目,要就他们如今的势力,看起来万万不能够抵抗的,他们

---

[1] 同"很"。

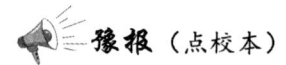

要割,只可教他们割去罢。"众僧道又道:"山主要是不管,我们也不敢烦琐山主,但是山主难道当真无有法子么?"张角道:"漫说没有法子,就是有法子你们也不能办的。"众僧道又道:"只要有法子,就是火池我们也跳。"张角道:"既然如此,咱们借着扫清君侧为名叛乱起来,我一面作些符箓,说是天神所授,你们一面联络天下僧道共举大事。"说罢,众僧道辞了张角,各自去联络天下僧道,张角兄弟三人遂号大贤良师与人治病。说来也奇怪,人有不能治之症,经张角一治就手到病除,此后徒众日多,角乃立三十六方。大方万余人,小方七千,各立渠帅,称为将军,迟了数日,黄报也都造齐,正要择日进兵,忽来一个电报,张角看毕,不觉失声大叫起来。欲知其中说些甚么,且听下回分解。

杂　俎

照录各新闻

伦敦之繁盛：目下伦敦之人口六百万人，市界之总面积二百里，每月驱驰街上之马车一万三千辆，市中需用瓦斯之费一日约三千五百万元，制造场之女工十四万人，在邮政局服役者有三万七千五百人之多。

美国富豪之美举：美国现称铁道大王之哈利曼若本年正值六十岁，彼在距今五十年前不过一贫人之子，其父为一贫寒传道师，当时其父每年只能得四百元之进款，讵知哈利曼竟能从此赤贫之境脱颖而出，获得最满足之生命。彼在今日实为世界无比之富豪，近时哈利曼偶归故乡，追思往事，观察人生变迁之状态，不觉大有所感触。因决计在故乡建设一幼年会馆，冀施幼年之完全教育，从此中养成可重可羡之人物，以为故乡之光荣，现在已支出五十万元建筑校舍矣。

鲸肉供食用价值：鲸鱼之肉，他之国从未以之为食品，独日本国如肥前土佐长门等处，均以鲸肉为主要之食品。而于九州、四国等处，则亦以之供人类之食用，其肉价广而味美，尤富于兹，养分与牛肉无异，唯水质略多耳。

纽约金库之现款：美国政府之纽约金库局长哈米尔顿斐兹西君近来任期已满，更行留任四年，照美国大藏臣之章程，凡金库局长任满之际，必须当查检库内所有之金银货币。该金局库长从西五月十三号起开手检查，计目下现存该库之银货共有七千四百万元,其重量计有二千吨;金货计共一亿七千八百万元,其重量凡三百六十吨。欲一一计算,以上金银货币预定须用十名之吏员与二十名之工人,经过五十日之久云。

植物学之新发明:那太尔者,理科博士也。曾以电瓶置于树木付①近之地,另以引电线分阴阳二途插于树根之两旁(离树数尺之遥),相对成直线,两线之电在地中必相成合,于是得流行树根之中。此植物既经得电力,发达逾于平常,博士曾于数年前实地试验,先植各种果而以电气培养,其所得果,果能满意。凡杨梅之受电力者,其结实较常树增加百分之五十至百分之廿八;五谷之属增加百分之三十五至百分之四十;马铃薯则丰收加多百分之二十云。据博士言,凡中等地质,一经电力之后,各种植物平均可得丰收百分之四十五,又谓两极各地凡常有晓光者恒甚肥沃,盖晓光所现之地,其空中恒富有电质,故也。法国曾于田之中心置一引电机,下连一铜线网布于土中,如是则将空中电气尽行摄下,而田以肥矣。凡草木于日间受日光之力而夜复受电力,其生长之速而茂,恒逾于常云。

蚁酸治病之发见:德国柏林医学界近数年来研究蚁体内一种毒质者颇不乏人,今已发明此种毒质乃系一种弱性之剧药,可称之为蚁酸,于医治偻麻窒斯病最有效验。德国某处自古凡患该病者必将患部入蚁穴中令蚁刺之,无不立验,各医士亦常注意此事,现亦认其确有效力。现又发见为用蚁酸少许专注人体血管之中,则其人立时精神畅快,能抵平时二倍之劳动。此外,以之医治患精神衰弱者及患结痎症者亦颇有效。

---

① 同"附"。

八月大事表

1. 广东防城县被匪攻陷，焚毁衙署，县令宋渐元全家十九人均被杀戮。（初一日）

2. 法部沈侍郎奏陈各省，现拿革命党立即就地正法，其中恐有冤狱，应请饬令。嗣后遇有此等案件，请将供据咨部核覆办理，以示慎重，折留中。

3. 苏抚陈中丞奏参铁尚书前至各省搜括财政，致舆论骚然，渐成满汉之见，词意甚为严厉。

4. 袁军机力保杨士骧署理直督，因北洋辨①理各项要政，一切款项多系移东补西，且经手事件多未就绪，若易一非亲信之人，不但交代掣肘，恐于北洋要政亦多变更。（初二）

5. 军机次序首庆邸、醇邸，次世张鹿袁。

6. 民政部奏定报律奉旨允准。

7. 政府因俄人欲在哈尔滨设立自治局，电饬关道迅办自治。

8. 钦派考察宪政大臣达寿往日本，汪大燮②往英，于式权往德。

9. 肃邸赵乘钧先后上化除满汉折。（初三）

10. 俄国派探险员六人赴蒙古考查，政府电疆吏随宜对付。

11. 报律十条已经肃邸核定，不日出奏。

12. 东三省督抚奏裁驿站以设邮局。

13. 防城匪党进围钦州被防营击退，钦州祸乱仍剧，电线均被割断，县幕

---

① 疑为"辦"字，简体为"办"字。
② 疑为"燮"字。

典史同及于难，学生数十人亦被戕杀。

14. 闽人电达政府反对尚其亨，方伯尚亦欲赴任。

15. 学部右侍郎达寿赴日考察宪政，其后任为郭曾炘补署。外务部右侍郎汪大燮赴英考察宪政，其后任为梁敦彦补署。

16. 近日会议立宪事宜，庆邸泽公及诸满员主张沿袭日本宪法，喜其不脱专制，驻外各使及欧美学生多请仿英制，袁大军机以仿英制则陈义过高，主用德制，两宫迟疑不决，故派员赴三国考察。（初四日）

17. 鄂臬梁折参庆袁铁、徐唐等。

18. 政府拟实行裁撤①军机改为内阁，设总理大臣一副三庆，张袁、孙那世可望简援其一。

19. 滇督锡良电，保粤督岑春煊仍任粤事，以免糜烂。

20. 浙抚张电，称继方伯决意乞退，不到苏抚任。

21. 张相国电诒岑督病状，并谓近日时事多艰，鄙人奉命入觐，公有嘉猷嘉谋尚祈赠教，而公虽身处江湖仍勿久作逍遥之乐，云云。

22. 张相国奏保良鼎芬才具优长，可否仰恳天恩，准其随臣来京参议宪政，云云。

23. 京报停刊并非专出于袁军机之意，盖以发表建储一事触怒宫廷，肃邸召见时奉面谕令从速封闭，故不得以不强制力执行之云。

24. 礼亲王管钦天监前日召见时，慈宫询以彗星灾异应主何事，礼邸奏曰主皇太后万寿无疆。上曰现在国步艰难，凡在臣工允宜直陈，何必效宫妾之所为，以媚取悦，礼碰头曰属实，两宫咨嗟不已。

25. 上谕杨士琦出差，农工商部右侍郎着沈云沛署理，贵州布政使着松聘补授，关以镛补授贵州按察使。

26. 湖南巡抚岑春蓂已将贵州提学使奏参司道大员一折查明，奏覆贵州布政使兴禄革职，前署云南迤道石鸿革职，永不钦用。

27. 本日召见军机后，太后密召庆邸袁大军机商定大计，袁言建储立宪同时并举恐人心益更惶惑，请暂缓议。（初五日）

---

① 疑为"撤"字，下文则在文中直接改正，不再注释。

28. 袁大军机奏缉匪过严恐生巨变,请电谕南省疆臣陈解革命党方略。

29. 汴洛铁路汴抚奏,派刘果为总理,王祖同为协理。

30. 御史英奎请禁早婚,为强种计议办婚姻印花税,上等五元,中等三元,下等二元。

31. 防城被围,势甚危急,郭人彰电誓以一死报朝廷,幸西军速援,得解围。

32. 张相国电陈抵制日法协约四策:(一)兴复海军;(二)广开商埠;(三)于东南西北界驻扎精兵;(四)填①浙两省宜从速筑路。(初五日)

33. 西北改建行省,因库款支绌袁大军机议从缓办理,惟先移民实边,并派大臣督办矿物,以开利源。(初五日)

34. 英商威尼斯在增留守任内兴矿物委员私订开采,通怀七属,全境矿产合同增祺为之具奏,咨部、外务部饬赵次帅核议,赵以失权过甚力驳之。外部复致书为威尼斯,说赵姑允指定一处,而威尼斯意未满,故尚无成议。(初五日)

35. 滇督锡清帅电致外部,谓滇省铁路归法承办,宾于中国主权有碍,若不赶紧收回自办,则铁路工竣,云南版图恐非我有,云云。外部接电代奏,奉朱批着该部妥议奏覆,钦此。当即电商驻法刘使向法筹赎,据覆称法政府意须俟全路告成方允备赎,并言赎路时及赎路后之手续甚多窒碍云。

36. 哈汉章请将旗兵分配各镇一折交陆军部议覆。

37. 近来中国学生在法国巴黎城发行《新世纪》《自由》两种杂志,以鼓吹无政府主义,外务部电饬驻法刘使查禁。现经覆称该报由法报馆出名代印,惟法系言论自由之国,无术可禁,只宣谕留法学生勿为所惑而已。(初六日)

38. 北京政治官报改为宪政官报,其常年经费由各省筹解,盛京、吉林、直隶、江苏、山东、山西、河南、陕西、浙江、江西、湖南、湖北、四川、广东十四省每年各应分认筹解银三千元;安徽、福建、广西三省每年各应分认筹解银二千元;黑龙江、云南、贵州、甘肃、新疆五省每年各应分认筹解银一千元。(初六日)

39. 鄂臬梁鼎芬劾庆袁狼狈为奸、毫无廉耻,东西各国无以亲王为总理大

---

① 疑为"滇"字。

臣之例，袁重握兵权亦不应入阁。

40. 江督端午帅密奏，革命党供词与报纸甚不相同，并牵涉某大员。

41. 铁尚书奏请海陆军经费一千五百万两，令军机会同度支、陆军两部议奏。

42. 御史裨寿奏，宜整饬纲纪以防政权下移，并奏粤路事宜交粤督张查办，勿循情面。

43. 外务部人员冗滥，袁大军机拟考试交涉事件以定去留，并保梁敦彦能办交涉。

44. 度支部奏请拨银行余利以济东三省要需。（初七日）

45. 张相国奏，保冯启钧为湖北巡道，刘保林为劝业道，奉准。（初七日）

46. 民政部奏，定报馆暂行条规共十条，其禁例：（一）诋毁官廷事项；（二）淆乱国体；（三）妨害治安；（四）败坏风俗。凡违犯此条规者，分别轻重科，发行人、编辑人及印刷人以一月以上一年以下之监禁，或十元以上二百元以下之罪金，日报停止三日至七日，旬①报停止一期至三期，多偏于干涉主义。（初八日）

47. 驻北京英使作照会外务部，催请指定山西省所许兴福公司矿产区域，以免冲突。（初八日）

48. 浙抚张会扬因秋瑾冤狱株连过甚，为言官所劾，转调苏抚以息舆论。

49. 张相国奏岑春煊、赵尔巽材识优长，徐世昌骤跻通显得意太快，尚少阅历，溥颋糊涂不知事理。又谓宜赦党人，不可以土匪为革命党，立宪宜速，不宜藉预备为辞，迟疑不决。

50. 拟开惠州为商埠。

51. 津镇②铁路借款合同已与英德二使签押。

52. 江督札司局筹备侦探经费。

53. 电旨饬令皖省、两湖、江苏各大吏奏陈解散革命党之策。

54. 出使大臣孙宝琦奏请，从速议定立宪暨改革中外官制办法，早行

---

① 疑为"旬"字。
② 疑为"滇"字。

宣布。

55. 学部通咨各省，调查各府厅州县所设各学堂数目及堂中课程表册。

56. 学部奏设满蒙学堂，派伊克坦总司其事。

57. 京师鸦片专卖，民政部以一时筹款无着且有某国从中干预，尚须磋商，故且从搁置。

58. 晋臬丁宝铨回任，将办福公司，晋矿交涉。（初九日）

59. 陆军部挑选八旗兵丁，别练新军一支。

60. 外务部照会各国钦使，请电本国政府于弭兵会中国委员以头等国相待，谓中国每年所担该会经费亦与各头等国同一无异云。

61. 侍读学士周爰诹奏请撤还留学生停办学堂折中，有今日之学生不如昔日之义和团、义和团能扶清灭洋及革命之风炽、满洲之命绝等语，张相国特命取该折阅之，亦为之大笑。

62. 御史联名奏参闽督松鹤帅昏聩无能，纵容日僧传教，将启边衅折留中。（十一日）

63. 定遣庄王、涛贝勒、荃公等亲贵八人出洋。（十一日）

64. 膏捐大臣柯逢时奏请将烟税划归各省自办，已经度支部议准。（十一日）

65. 度支部议筹款赎京汉铁路，官商各半。

66. 粤护督电饬惠属文武认真防范余党。

67. 川省赵护督电覆外务部，请撤废英商矿务合同。

68. 东督电外务部向英使议，阻英使开采奉天海龙矿产。

69. 税务大臣订定枪支弹子进口章程十条，咨行各将军督抚。

70. 东督奏裁驿站已奉旨交部议覆。

71. 美国派驻上海知事官。

72. 英国公使催询外务部，请议定保护福公司条件。

73. 颁给会议，藏约大臣张荫堂敕谕与英特派大臣商议光绪十九年中英所订藏约。

74. 学部堂司会议具奏，请饬度支部按年拨给经费。

75. 铁尚书奏保甲午之役，奏参革职海军废员蔡廷干奉旨允准开复。

76. 赣抚瑞中丞以各处党人为患、防不胜防，特奏请病假三月。

77. 浙抚札饬商务局，禁止外人于租界外开设店肆。

78. 上谕大理院总检察厅厅丞着成勋补授，刑科推丞着许受衡补授，民科推丞着周绍昌补授。（十二日）

79. 滇督锡良电奏，请正法管带田应杰、孙殿奎奉旨着照所请。

80. 湘抚禁止教员不得短发西装。

81. 谕设资政院以立议院基础，派溥伦、孙家鼐充该院总裁。（十三日）

82. 袁大军机面陈两宫：（一）现在改良政治、办理国事必须上下同心；（二）嗣后颁布谕旨或发政令，务当实力奉行，昭信天下；（三）京外各署官缺，其有政务大同小异者，亟宜裁并；（四）用人宜量材授职，不拘资格；（五）三品以上官员应准专折奏陈时事。

83. 各省应设之陆军中学，统有陆军部厘定章程，派员措置。

84. 农工商部提议嗣后各省办矿必经部中核准，给领执照方准踏勘，以免外人觊觎，致生交涉。

85. 农工商部奏，酌议奖给商勋章程以劝实业。

86. 江抚陈中丞派员调查吉林与俄国接壤边地，并饬交涉局照会俄领事，转饬该地俄官知照。

87. 粤胡护督密电端午帅查拿由南非洲回华匪党。

88. 上海巡警总局汪督办将查勘西人擅移界石实情，移请沪道，照会该管领事交涉。

89. 大学士张之洞着管理学部事务。（十四日）

90. 张相国请将上奏排斥学堂，请复科举，诸人一并严加申饬，庆邸持不可。（十四日）

91. 闽人以日法协约成立，该省前途愈形危急，特组织求援会研究对付之法，旋以官绅压阻，未及开议。（十四日）

92. 湘抚岑尧帅严札各府州县，禁止乞留送伞陋习。

93. 粤省农工商局奉督宪札，开辟琼崖各属荒地。

94. 政府电饬各省办理党案宜禁株连。（十五日）

95. 程雪帅电告外务部，黑龙江齐齐哈［尔］至昂昂溪一段铁道由英人承造，已订立合同。

96. 外部与法使磋商，在越南河内、西贡等处设立领事。

97. 袁军机奏参蔡钧奉旨革职，驱逐出京。（十六日）

98. 日本领事促徐督将南满铁路沿线矿山问题解决。（十六日）

99. 度支部开议币制办法。

100. 张相国请从速开国会，以收海内人心。（十一日）

101. 甘督允升售甘肃矿权，与比商林、阿德林到京将合同暗售与俄人，闻已签押。（十三日）

102. 廷寄已革云南提督张春发交皖抚差遣，已革南澳镇总兵潘瀛交鄂督差遣，均开复原职。（十三日）

103. 外务部议商各国公使，重建大沽口炮台。（十三日）

104. 民政部会同学部议定于京师实行强迫教育。

105. 陆军部决意推广制造厂四处，制造一切军用器械。

106. 张、袁会同各大军机详议地方自治办法，决定通饬各省仿照天津成案于省城商埠择要设法成立，以立地方议会基础。

107. 拟位置李经义、丁振铎、陆元鼎以资政院参议。（十八日）

108. 枢府诸公会议，通饬各省设立息讼公所。

109. 度支部通告各省督抚严禁提用认定应解赔款。

110. 张中堂会同护川督、护粤督及湘抚奏，准联合四省建设铁路材料制造厂。

111. 日僧到福建恃强传教，该国领事复为之出示张贴通衢。

112. 学礼二部奏准学堂服制。

113. 学部通饬各旗实行强迫教育。

114. 陆军部咨行各省整顿巡防。

115. 谕饬疆臣筹划八旗生计。（二十日）

116. 奉天警察与日人冲突一案，经日人要求数款：（一）赔偿受难日人；（二）革斥关系此案之警察员；（三）奉天一部分之警察不准携带军械，徐督皆已照办，现且由徐督与日领事获原会商巡警总局新颁对待外国人规则；（四）外国人虽违章犯法，理当和颜谕阻，不准厉色叱骂；（五）遇外国人滋事，须先驱散闲人；（六）外国人即以暴行对巡警，而巡警有巡警身份，不得回手殴打;(七)非真有性命之虞时,身旁除佩刀外无一物可以自卫者,不准拔刀;(八)小事能解散者即行劝散;(九)确有毁伤华人财务、身体须送究者,但可令其同行,不得竟行拘执,若不肯行,则以一人守之,一人走报分局;(十)解送之巡警不可多于外人二名;(十一)外国军人滋事只须记明其领章颜色、号数,毋庸定带至分局;(十二)外国人事件须有见证;(十三)交涉案件须立即通报;(十四)外国体面人,如领事馆随员及军队、大商人等,除杀人凶犯外,如他事只须索取名片或请他用铅笔书于手折,任其自去,一面飞速报知,总局自有办法。

117. 东督徐世昌要请日人将宪兵即行退出间岛,并命步军三小队、骑兵数名前往关东考察边界事宜。

118. 德人倡议敷设青岛达烟台铁路。

119. 云贵总督电致外务部,商议滇蜀铁路工程师事。

120. 袁军机调查东三省交涉折电,拟与日俄使臣开议。(廿一日)

121. 周学熙禀袁,请借洋债六千万办金币,以关内外路余利作抵。(廿一日)

122. 赣省南康县匪徒起事,焚毁教堂。(廿一日)

123. 御史江春霖奏请将西北一带改设行省,奉旨交政务处及西北各省将军督抚妥议具奏。

124. 俄使璞科第至外务部提议交涉事件:(一)要求准许俄商接办黑龙[江]吉拉利①河金矿;(二)要求改正北满洲税关细则;(三)要求撤退北满洲铁路沿线驻扎之中国军队。

125. 俄人于黑龙江各处采出矿产数处,要求合开,经程雪师指出种种不合,照会俄使,据理力争。

126. 张相国奏裁撤驻防,但节费用非平满汉,平满汉当自贵族始。(廿二日)

127. 京汉铁路比公司言,共费四百五十万磅未及期满,拟赎须另以巨款赔偿亏空方可,邮传部堂官令司员议筹款办法。(廿二日)

----

① 疑为"林"字。

128. 梁诚电覆粤路公司允就总理任。（廿二日）

129. 粤省官吏派兵输数艘往港迎迓新督张安帅，以未语港例致被英差干涉不准湾泊后，由宝壁兵船管驾吴盖臣白该船头官陈明事，由始得照准。

130. 张、袁两军机合词面奏，戒饬中外各大吏不准再唱中央集权之说，以免互生意见，已奉谕允。

131. 宪政编查馆已具奏，请派定搭克什纳都统唐椿森阁学为总裁，并派志格等十员为调查官。

132. 外务部提议，谓德人派有该国学生五十名在山东境内一带地方游历，并聘请该省候补人员指授各属地势、山脉、河源及人民户口，均详细考查，绘图贴说，此事宗旨安在殊令人疑，拟即照会该国公使饬令迅速撤回云。

133. 张相国提议整顿边省学务。

134. 京师报界近呈递公禀于民政部，要求十余款，其要点有三：（一）报馆访事员乘坐火车须给免票；（二）访事员准赴审判各厅署观审；（三）封禁报馆须声明确实罪名。

135. 伊犁将军电致政府，请招募甘肃、四川两省土著人民往新省开垦。

广告价目表

期限	一页	半页
一期	六元	四元
二期	十元	七元
三期	十五元	十元
半年	二十五元	十五元
全年	五十元	二十五元
广告取次所	小石川竹早町三十四番地中国新女界杂志社	
东京代派所	神田骏河台町	中国留学生会馆
	神田里神保町	中国书林
	同	三省堂书店
	神田小川町	启文书局
	早稻田鹤卷町	麟图阁
	神田	富山房

报资及邮费价目表

	报资	内地邮费
全年十二册	一元二角	二角四分
半年六册	六角五分	一角二分
零售每册	一角二分	二分

光绪三十三年十月廿六日印刷

明治四十年十二月一日发行

编辑兼发行者　豫报社

发行所　日本东京神田小川町一丁目一番地河南同乡会事务室

编辑处　日本东京牛込鹤卷町二十三番地东京馆

东京市小石川区竹早町三十四番地中国新女界社合资印刷所

中国代派处

北京豫学	总派报处
天津	
天津经丝胡同中州学堂	刘阳伯处
保定府优级师范学堂	王泽敷处
上海虹口新靶子路中国公派卖所	宋有孚处
上海棋盘街北首群学社	沈继先处
河南省优级师范学堂监学	张仲友处
河南省第二师范学堂	戴炳炎处
河南北书店街	总派报处
河南光州城北兴贤坊	濬智书社
南阳府唐县西关	沈立鉴处
河南巩县师范传习所	宋经裕处
河南兰仪县城内高等小学堂	赵全璧
禹州城内	梁乾元
开封中牟县	源茂恒
郑州荣①阳县	张青峰
影德府城西水治镇小学堂	
卫辉府新乡县	王骏声
彰德府武安县	聚泰昌
怀庆府河朔学堂	李右泉
南阳府南阳县	孙润芝
道口镇后大街	吴天泰
长葛县	鸿泰昌
信阳州师范学堂	曾予吾

---

① 疑为"荥"字。

《豫报》第六号

北宋宫殿之遗迹

本社紧要告白

敝社原为开风气起见,凡河南省府州县学堂有愿阅本报者,请示明住址及经理人姓名,本社每期送报一分,不取报资。

河南僻处中心,交通不便,同胞冤苦呼吁无门。本社有代四千万同胞尽代义士之责任,提倡民气、保护民权。凡我豫同人有能将贪官污吏目无公理之种种劣迹调查确实,惠寄本社,必能代为痛陈于我十八省同胞之前,以凭裁判。

欲救中国之亡首在地方自治。欲地方自治必先养其公共道德心。如有无赖官绅衣冠禽兽行同盗贼,或借新政以饱私囊,我①同种盗卖矿山,蹂躏我人民,破坏我公益。如此恶劣行为,本社认为社会之蟊贼,是宜声罪致讨,以伸全省公愤。务望桑梓热心,伯叔昆季详确调查,函告本社,但求公是公非,不可狥②一己之私情,伤大众之名誉。

本社宗旨在广联同志,各就桑梓之利害而详细研究,若者当改良、若者当扩充、若者当建设。诚恐本社耳目偏于一隅,不能周到,且人之欲善其乡,谁不如我内地同志闻见既确,消息校灵,苟能随时赐教或书所见,惠寄来稿,是同人所最欢迎者。至本省之名胜风景写真或名人照片,倘能惠寄本社,愿给以相当之报酬。

本社以苦学界之有限财力勉强成立,尚望有热心君子酌助微资,维持永久。本社当登诸报章,以鸣盛谊,并按捐款多寡敬赠本报。例如,捐五元者赠全年报一分,十元者赠全年报两分,五十元以上者永远赠阅本报若干分,余可

---

① 根据第四号内容,此处疑为"或戕"。
② 疑为"狗"字,通"徇"。

类推。有愿入股者五元正①股,名为股东,至结算时利益均沾。

此报前因款项支绌,各校功课紧急,以致出版迟延,无任惶愧。今同人协力整顿,科目极求完备,纸张益求精良,按期发行,以副众望。凡愿为本社代派者,十分以上报资九折,三十分以上报资八折,但乞报资临期汇兑。日本归东京牛込区振武学校李君建堂代收,河南归省城内西大街优级师范学堂监学张君友仲代收,上海归虹口新靶子路中国公学宋君有孚代收,三期未清者即行停止。

本社第一次名誉赞成员

吴君	春康	捐日金十元	河南人,山西留学生监督
刘君	家敬	捐日金十元	安徽人②,振武学校留学生
尹君	凤鸣	捐日金十元	同上③
白君	宝瑛	捐日金十元	直隶人,振武学校留学生
戴君	炳炎	捐日金五元	河南人,现充本省师范学堂教员
郗君	朝俊	捐日金五元	
赵君	国瑞	捐日金五元	河南禹州人,优等师范毕业生
谦君	受	十元	河南注防,振武学校留学生

本社第一次股东

张君	仲友	入日金五元
吴君	焕然	同上
魏君	祖梁	同上
张君	登云	同上
张君	鸮翎	同上

---

① 此处疑为"一"字。
② 据第五号,此处为"四川人"。
③ 据第五号,此处为"直隶人,振武学校留学生"。

王君	印川	入日金五元
吴君	霖逢	同上
王君	德馨	同上
王君	大经	同上
余君	文藻	同上
南君	玉笙	同上
李君	载赓	同上
安君	星	入日金二元
苗君	怀新	入日金五元
冯君	长垣	同上
冯君	启敬	入日金一元
傅君	铜	入日金五元
宋君	庆鼎	同上
罗君	文华	同上
阎君	永仁	入日金十元
李君	琴鹤	入日金五元
段君	世垣	同上
张君	青选	同上
马君	名骥	入日金二元
史君	金塘	入日金五元
贺君	昇平	同上
张君	钟端	同上
陈君	鸿畴	同上
阎君	琳	同上
李君	庆临	同上
赵君	梦庚	同上
林君	维铱	入日金二元
丁君	廷骞	入日金五元
岳君	秀华	同上

张君	培礼	入日金五元
王君	靖方	同上
王君	泽攽	同上
阮君	庆澜	同上
阮君	庆潮	同上
周君	在鼎	同上
李君	梦麟	同上
王君	作宾	同上
王君	庚先	同上
赵君	承钦	同上
刘君	文垣	同上
刘君	恒泰	同上
傅君	铭	同上
陈君	嘉桓	同上
李君	沛恩	同上
孙君	润芝	同上
李君	荫棠	同上
路君	巽继	同上
沈君	兆庆	同上
关君	坤元	同上
张君	镜铭	同上
段君	鹏翱	同上
罗君	延庆	同上
曾君	祖培	同上
张君	善与	同上
张君	文栋	同上
高君	方潞	同上
谢君	桓武	入日金二元
杜君	严	入日金五元

王君　　瀛蛟　　入日金九元

李君　　建堂　　入日金七元

张君　　国宾　　入日金三元

李君　　培尧　　入日金八元

陈君　　树棠　　入日金十元

田君　　辅基　　入日金五元五角

吕君　　烈培　　入日金八元

王君　　炘彬　　入日金六元

张君　　子固　　入日金十元

文君　　锡宸　　同上

陈君　　庆明　　同上

王君　　书云　　入日金九元

王君　　延昭　　入日金六元

洪君　　陈梟　　入日金十元

王君　　登进　　入日金八元

王君　　鸿卿　　入日金九元

扬君　　鸿昌　　入日金七元

潘君　　祖培　　入日金三元

张君　　履乾　　入日金七元

师君　　瑞章　　入日金九元

刘君　　积学　　入日金五元

李君　　锦公　　同上

王君　　治军　　同上

赵君　　云卿　　同上

阎君　　铁生　　同上

刘君　　国恩　　同上

吴君　　璸　　　同上

王君　　锡庆　　同上

何君　　其慎　　同上

巴君　忠祥　　入日金二元

李君　恒　　　入日金三元

黄君　宗宪　　同上

刘君　峰一　　入日金二元

常文德　　　　入日金三元

本社第二次名誉赞成员

刘女士　建章　　捐日币二百元

本社第二次股东

王君　锡庆　　入日币十元

宋君　庆鼎　　同上

张君　善与　　同上

陈君　鸿畴　　同上

阎君　琳　　　同上

岳君　秀华　　同上

魏君　祖梁　　同上

傅君　铜　　　同上

何君　霖　　　入日金五元

余君　文藻　　同上

张君　镜铭　　同上

陈君　景南　　同上

李君　琴鹤　　同上

刘君　文垣　　同上

《河南》杂志广告

　　登嵩峰而四顾，京汉铁路攫于俄，直贯乎吾豫腹心。怀庆矿产攘于英，早据。夫吾豫吭背各国垂涎而冀分杯羹者，复联袂而来，集视线于中心点。生命财产之源将尽于一网，牛马奴隶之辱谁鉴？夫前车同人忧焉。为组斯报，月出一册，排脱依赖性质，激发爱国天良，作酣梦之警钟，为文明之导线，对本省励自治自立之责，对各省尽相友相助之义，将次出版，盍速来购。

日本东京牛込区西五轩町五十二番地
《河南》编辑部谨启

请看一看

告　白

　　本社开设东京市神田区中猿乐町四番地，承办所有铅印、石印、照相、铜印等项，专用瓦斯 GAS 机器，印刷极为明晰，四方赐顾者请移玉到本处面议可也，倘或赐函，则敝社员造府趋谒，面订亦可。

帝国出版协会
秀光社

SHUKOSHA

No. 4　　Nakasarugakucho　　Kandaku

TOKYO, NIPPON.

请看一看

论　说

改革国民之心术说

泪红生

神州士夫疾首于国是之日，非强邻之日，肆睨柱拔剑，奔走号呼，以讲扶救之策。醉心德日欲求开明，则立宪主义之说炽驰神；美法欲致共和，则社会主义之声高扬镳。鸣鸾分途并进，赵帜汉帜齐树禹域，其思想极一时之盛矣。然何以倡立宪主义、共和主义之说者，至今皆不能奏效也。君子曰：不求其本而求其末，不清其源而清其流。纵起尧舜于于①丘墓，出孔孟于尘沙，令彼治之，恐亦终不能治也。然则本源何在乎？曰在心术。心术者何？百行之本、万事之源也。国民之心术不改革，虽日日谈立宪主义，谈社会主义，报纸腾播于皇域，议论充塞于汉城，著之者笔秃唇焦，阅之者家弦户诵，究无益也。国民之心术一改革，纠合之以举大事，譬诸驾良驷而驰，坦途欲东则东、欲西则西、欲南则南、欲北则北，其情势无异引黄河之水以灌蝼蚁，扶太行之石以杜雀巢，纵横左右有不如意者乎？极之方行海表，统御全球，当亦在所不难，区区改造政府，直一指顾间事耳。

或曰今日中国之时何时乎？中国之势何势乎？内忧外患迭出不穷，天灾人

---

①　此处疑多一"于"字。

祸愈逼愈紧,前年南方大水,去年北方大旱①,日法协约既成而英俄继之,当此千钧一发之际,国家兴亡之所关系,纵大声疾呼,提国民之耳而命之,对国民之面而申之。曰:不立宪则革命,不革命则立宪,千人同口,千口同音,登高一鸣,四海响应,急起直追,犹恐不及,而子乃掇老生之常谈,效蛊②人之说梦,咕咕而喋喋,冀动世人之听闻,非但不切于实用,抑亦招通儒笑而遗当事羞矣。答曰:呜!是何言也?是何言也,为是言者,是于心理学上无判别之能力,易为外物所牵引,故第顶礼膜拜于他人之说,不思探索本源也。亦世所传为大病垂危,群医喧噪、心神惊遑、药剂俱下,无暇问其症之对照与否也,医人若此,其人有不立毙乎?医国若此,其国有不灭亡乎?何则中国今日之病,其结症在心不在他也,非对此以访神似,乞宝丹示针砭之术,显灵妙之手。第补苴寡隙,枝枝节节而为之,不啻以薪救火其火愈大,以水援溺其溺愈深,亦惟敖然若焦,若焦而已耳。苟且徼③幸冀望或得必无幸也,谓愚不信,试一研究国民心理以供考核之资料,可也?但非敢学轻狂少年,喜④笑怒骂,第籍以为恶戏也,实由欲明真理有不得不然者在耳。

彼昏蛋朦茫,有同原人米酱籫豆之外无知识,纳粮负税之余无责任,以户牖为天地,以家庭为邦国,偶与言一方之风俗人情已有所不悉矣,又焉知外人宰割我山河、侵占我土地也。是心也,何心也?命之曰愚昧心,进此者则为略知世界之大势、国家情形,然惮于艰难、阻于权利始也。犹有毫末热心,继则谓人生行乐耳,问国事其何为?高卧终余年,自号为义皇人物,而不自知其为凉血动物也,是心也,命之曰怠惰心,然此二者犹曰在下而无政柄使然也。

试论在上者,高标徽旗,互相倾轧,阴谋诡计,凡可以升官发财者无所不为,甚至爱钱如父、疾民如仇。对外则惟诺惟命,对内则残虐是逞,锦绣山河不尽送他人而不止,磊落英俊必置之间散而甘心。又复趾高气扬,自鸣得意,燕雀相处于焚林之上,鹬蚌相争于河滨之间,其态状不足喻也。官长欤!实盗贼也。吏治欤!实臧获也。卑鄙污辱并不知人间有羞耻事,是心也,何心也?

---

① 疑为"旱"字。
② 应为"痴"字。
③ 同"侥"。
④ 同"嬉"。

命之曰禽兽心，然此犹曰宦场腐败也。

试论学界读西文，演算数，精益求精，熟亦求熟，矻矻孜孜，死而后已，且青①年进半百，发白齿堕，犹然身厕校内与青年相竞争。究其所以为此者，其志在富贵而不在事业，在作官而不在救民，伏首求伸，挟小丧大，天良尽昧，神明天诛，是心也，何心也？命之曰卑鄙心，然此犹曰内地学界不甚开通也。

试论留学界非无卓绝非常之才，所抱正大令人起敬者，次则希图利禄，借终南为捷径，三年毕业，八月弹冠，较其能力虽不逮季子，然其荣归故乡，睥睨嫂妻，骄傲父母，较诸季子殆有过之而无不及。又次则流于酒色者有之，流于盗窃者有之。又次则数日速成文凭一纸，遂欲藉此以致暴富，吓诈乡邻，结席联床之友谊，一入国门便如仇敌，相谋相覆而不相顾，或乞怜于学使，或请托乎议绅，苟有可以固吾之位置，虽卖友亦所不惜。前日以国民自任为口头禅，今日变为奴隶之真面目，是心也，何心也？是曰利禄心而变为鄙诈心。

他如军界之心，则只知杀同胞不知御外侮。商界之心，则仅知谋国内之利而不知谋国外之利。言念及此，有令人欲泣无泪、欲呕无血，恨不将四万万同胞之心脏一一抉出，遍招五洲之洗濯。夫以为黄帝之佣，雇人取加里酸四万万，搊和挥发油四万万，两大洗涤于太平洋之中也。而子猥云我掇老生之常谈，效蛬②人之说梦乎！若此者特救目下之显象而言耳，尚未及于后日之结局也。倘为子详言其结局，子必精魂震魄，瞿然惧狂然奔，不自知其情之所由致矣，何以言之？

藉令在下之心术不改革，愚朦昏昧谓其无关于轻重，试问扬帆万里商务为前驱，殖民为后劲，我国民能与英人竞争乎？科学甲，全球军事冠，万国侵吞，野心勃勃欲动，我国民能与德人竞争乎？采博爱精华，持和平政策，海防陆防迥不犹人，我国民能与美人竞争乎？敏慧精悍，争占先著，越南既已并吞，北窥犹或未已，我国民能与法人竞争乎？学制兵制踵武欧美，满洲一役遽胜，强邦得陇望蜀，无日不思逐鹿中原，我国民能与日人竞争乎？抱虎狼之

---

① 此处疑多一"青"字。
② 应为"痴"字。

心，居建瓴①之势，民性雄点、世界惊心，我国民能与俄人竞争乎？吾知其必不能矣。夫不强则亡，不亡则强，二者之间断无中立地，彼玩时愒日不思，汲汲以改革民心者可以深长思矣。

藉令在上之心术不改革，倾覆灭亡可立，而待越南、朝鲜为其前车，印度、波兰是其远鉴。行见中国沃壤为白人长子孙卜居宅耳，斯时也，不特披荆斩棘、手挥大斧，开创中国之黄帝不血食于地下。即长白山一系自诩为贵族者，亦无牧畜乡矣，肉食者鄙，实无远图，子女姊妹作人妻，拿方寸不变，阃室之忧也。

藉令学界之心术不改革，希望未遂，国已灭亡，皮之不存，毛将焉付②？东海西方之美人果能与亡国奴平等乎？普通专门之证书果能为无耻辈作护符乎？学权为外人掌握，问谁能为尔等谋佳地乎？一念不慎，后悔无及。

藉令军界之心术不改革，万一黄白决战于疆场而杀敌致果者将奚属。况商界之心术不改革，年耗数千万，莫大之漏卮，谁塞有出无入，惟苦吾民耳。吾尝闻诸苟③子曰：道王者之法，与王者之人为之，则亦王；道霸者之法，与霸者之人为之，则亦霸；道亡国之法，与亡国之人为之，则亦亡。治国固然，民心之变化，亦何独不然？我国民苟看破此中消息，窥定此中要窾，取其心而修之、练之、磋之、磨之，适于今日之世者扩充之，背于今日之世者刷除之，一转移间已占优胜之势矣。且夫欲定曲直者，非持绳墨者不能也；欲画方圆者，非执规矩者不能也。当举世昏浊之际而欲明大道，革民心置诸正当之域，非有最善方针、最妙手段，终亦如入海求似④、望卵生毛，能想像而不能现实也。

是以欲革民心，须先立方法；欲立方法，须根据于历史习惯，面面观察、处处体贴，或不致谬。请先就历史上考察我国民之心术，浑朦之世无文考证，自黄帝习用干戈以征，不享披山通道，擒蚩尤于涿鹿，其间不知经若何艰苦、若何拮据，始从帕米尔高原率种族而奠都于此。据《史记》所载，其时又播百壳草木，淳化鸟兽虫蛾，劳动心力耳目，节用水火材物，当日民心虽不脱茫

---

① 疑为"瓴"字。
② 同"附"。
③ 疑为"荀"字。
④ 疑为"仙"字。

漠时代之态，然已蓬蓬勃勃而向化矣。及至唐虞夏商周，端悫浚锐，照耀古今，为我国史上民必德最盛时代。尧典曰：平章百姓，百姓昭明是唐虞时代之民心有足称者，夏之时民心质朴，殷之时民心肃穆，史册具在，斑斑可考。周则置免之，野人可作干城进御之，媵妾能识星卯，即较诸现今之文明诸国，人人有普通教育，军国资格，其心理亦何当多让也。况春秋战国之际，诸子百家因时并起，将官吏士无才不具，为我兼爱之说坚异同之论，澎湃荡渤增江河之光，突兀峥嵘生华岳之色，言工艺则离娄公输当首屈一指，论医学则扁鹊仓公亦技超同伦，其余如外交、如内政、如法律、如政教等更车载斗量，不可枚举。由是以观，则泰西今日之盛乃因日积月累而成，而我国民之心理已无所不备矣。

惜乎！祖龙一炬，文化大伤，为可恨耳。下迄两汉，民心纯厚，吏治修明，发皇奋励虽不及春秋战国，犹未可厚非也。晋魏以还夷人猖狂，加之文人学士耽夫黄老之糟粕，脱乎礼义之范围，所号为心教者无人思有以维持之，崩放散溃百疾齐生，遂使我国民至尊至贵之①心一变而为至卑至残之心，神出鬼没不可收拾矣。浸淫至于唐宋韩愈、柳宗元、欧阳修、苏轼辈，复以散体文字自相高尚，至礼义廉耻所由发生之地，为我国一日不可不讲明之，神圣学说遂无人问津。一时士风所趣，专知崇拜韩柳欧阳苏等，转相仿效毫②不知返实，我国民之最大不幸欤！其次则为周颐、程灏、朱熹等，以道学互相标榜而世俗所奉为鼻祖者也。然皓首著作不外尊君抑民之邪说，穷世撰述只是邪正善恶之浮词，姑无论现代公理愈愈发明多为彼等所未梦见，即我国史上最可宝可爱，又尸而祝之之学说，亦被若辈所误会，得其糟粕而失其神髓也。岂知宇宙内神圣之学说实人人心中之所同有，所谓俯身即是，不取诸邻也。当若辈读书稽古之时，亦何尝不于彼等五脏内大放光明。然议论多而成功少，门户炽而是非淆，宋之亡，道学误之也，岂知其所以为此者由于失其良心，阶之厉也。非然者，何以朱子论君臣之间亦云当辨是非，不当专辨名分。周颐西铭于天地万物，亦大有一视同仁之概。程氏亦曰，君臣之交似不可专责臣，亦宜责君，谓

---

① 此处疑多一"之"字。
② 疑为"毫"字。

非天良之流露乎！苟即此天良流露，推充至尽，使无毫末纤微之憾，则立宪共和之精神早实行于我国而为五洲师表矣。乃竟如景星庆云，一显即灭，其后专倡尊君之邪说，遂一令宋朝君主专横，柔懦于上，而人民亦莫敢，谁何？金元乘机屋其社稷，惟然而谓宋之亡由于道学误之，岂深文罗织以谤古人哉！

盖立宪共和之至理，周、程、朱，三子未尝无此思想，惜不能扩充其学说以寿世，故不免于罪耳！然则创神明学说，为医国圣手者，其惟陆、王乎？陆、王之学以心为根据，其立论精当，足以撼天地而泣鬼神。三代后，小师竖儒拾人唾余，株守自喜，均无由望其肩背矣。按陆氏谓为洞悟，王氏谓为即知，即行知，即心之洞悟也。总观二氏之学实，一而二、二而一，无所分轩轾。煌煌国史自唐宋以迄今，兹考其学案，惟二氏可钦佩也，惜二氏之学说为程朱之学说所掩蔽，至令我国民不知存二氏之心，行二氏之事以保存二氏之学说，散帙四出，驾黄海而东渡，大放光明于日本。噫！东西产学说，东亚人食其福固也。

然同为东亚人，一则用之而致霸，一则弃之而垂亡，人何其幸，我何其不幸也！虽然见兔顾犬未为晚也，亡羊补牢未为迟也。日本者，即用王学改革心术之前师也，于此而有爱国志士应时而主提倡绝学，大招国魂，本陆王学说参以泰西新论订为国学教科书普及于社会，斯人心变而国强矣。特是推行之次序，当以学界为始，凡各校当以心学编入功课内，讲明天地生我、父母养我，必如何始可以全我之天职。人之国何以强？我之国何以弱？其强非幸致也，其弱亦非无因而来也，有所以然者存乎其中也。惟推致其良心再证之，世界公理、哲人学说不相背谬，而其志乃可坚定，迨一坚定，斯其身可生、可死、可杀、可辱，而此心必不可昧矣。

学生者，社会之关键也。学生之心术既改革，由学界而入商界，斯商界之心亦改革；由学界入而①军界，军界之心亦改革；由学界而入官界，官界之心亦改革。商界、军界、官界之心均改革，则全国之人心虽欲不革改②而不能，试观中古宗教之大改革，近世政治之大改革，何一非学生为之动机也。彼日本

---

① 疑为"而入"。
② 疑为"改革"。

明治维新之盛业，得力于王学即知即行，用此变一时人心之趣向。我中国步其后尘，青出于蓝而胜于蓝，冰生于水而寒于水，亦意中事耳，我四百兆同胞勿以予言为河汉，则幸甚。

河南之前途（续五号教育之前途）

鲁阳戈

虽然河南之教育界其将黑暗以终古乎，抑犹有转圜之一法乎，是今日急当研究之问题也。夫地方官吏既昏庸顽固者多，一班①国民又能自觉悟者少，而握我教育全权之提学使亦以一人之手足耳目，罔所能周。即使日张告示、日下札文，而嬉嬉自嬉、瞆瞆终瞆也。然则河南教育之前途有可为转圜之不二法门者，果谁任而谁责耶？曰：是惟我有责任、有价值、有独立机关、有转移实力之议长议绅，即河南教育前途之托命也。疑者曰：提学司既归督抚节制，议长议绅又在学司指挥之下，层层牵制，种种障碍，虽有良法美意恐亦莫由设施。曰：是殆未能辨明议长议绅之性质，而纯以为被动的而非自动的也。原夫议长议绅之设虽依学司为行动，而究其实质则以本省士绅熟悉本省情形，故使之参议本省学务，冀其能统筹全局、因地制宜。某州县司划分学区为若干，某学区可依人为比例应设学堂若干，某地方之学堂经费或可移闲款，或可就地筹，或可由官补助。某地方之兴学可以劝导，某地方之教育宜用强迫，某地方之宜派某某语言无隔教员，某绩弊之当急剔除，某劣员之必须淘汰，举一一依次建议见诸施行，图全省教育之发达，固非仅终日空谈。于学务处今日待命议一禀批，明日依例议一札文，纯被动而不克自动之，附属品也。议长乎，议绅乎，倘不以鄙言为望之太奢而责之太过，宁肯牺牲不甘放弃也，则且敢进数言备刍荛之采择焉。

夫河南学堂之所以不见推广，地方之所以不克发达者，大抵由于经费之难

---

① 同"般"。

筹与管理员、教员之难得其人耳。（顷信扬州师范学堂教务长李某者，非学堂出身，滥竽充数，但横抄宋儒语录，诋新学为梦醉东洋，尤以压制学生、拍道台马庇为得计。其一班教员，教地理者不知咸湖淡湖之分，教英文者不知发音造句之法，教博物者在东津购买三五月文凭，常诩诩对学生曰吾在日本常到植物园考较，以借掩其短。惟尽与李某互相朋比，视信阳学堂为诈取银钱地，动以联名告退，挟制道台，强压学生。噫！不知中原大陆何地产此一班劣种，竟污我河南教育界，即得人之难，可见一斑。）而地方官吏所借为惟一之口实者，则尤不外"经费难筹"四字，今试先为之解决经费问题，次论养成管理员及教员之方法，夫筹经费云者仍不过开源节流而已。

甲　开源。烟酒有征矣，食盐重税矣，加之水旱不时，百物腾贵，各个人且谋生之不暇，又安能别开无限财源为兴学巨款乎？不知所谓开源者，固无庸再为剥削我豫人民也，但就地方公款清查而提出之，无益陋规酌裁而移用之，即任办无数学堂当已不虞其不足。夫所谓地方公款者何？即各地方除学田、义田外更有一种官田（官之数，惟河南独多，或明末祸乱，河南所受独酷之故欤），此种官田各州县之各里、各堡皆有，其始或由收没、或由兵燹凶荒等，因绝灭无主，缘时既久，公不属之国家，私下不属之国民，中①成为官吏、书役之私庄或恶绅之强占。若移为学堂经费，按之势则顺，揆之理则公，且是等官田久为众人所侧目，一旦提归公用，人将争趋之不遑，其着手当亦甚易。此可为学堂经费者，一至于无益陋规则尤不胜缕，述第就其大而著者，则莫如官契纸一端，原乡间买卖土地，其所结契约必须用官出契纸为证，所谓契头、契尾是也。无论土地之价值若干例，有契约一份，胥吏即索钱千文与官署平分之。且有地方劣绅或棍徒倚官吏势力通同作弊，每自吏书手中领出此契纸转强售于买土地者，依土地之价值为比例几十分而取一。夫富者，积金钱以殖产业，国家乃设法课税以应要需，按之租税原理固不为苛，今尽以饱官吏奸人之私橐，不亦冤乎！且税契约正金依例不过百分之六割，而官吏则百分索十有余矣。今计此等契纸与税契约正金两项之浮收，以河南百余州县推之，无县不有，无乡不有，盖未有户口或及五十年中不互相买卖土地者，故知其为欤，甚

---

① 疑为"终"字。

巨，为用亦可常也。若提出此项税目或归学董，或归学会，劝学所公办之，以其赢余充学堂经费，仍是因地方之财，兴地方之学，人民罔不乐赞成焉，此可为学堂经费者二。

尤可痛者，烟酒一征已家及而户遍，无论其作何使用，作何开支，吾人民固不得而知也，即按之各州县均摊之实数，一处岁不过数千，而其取之于国民则太巨。盖各户纳之于差役，差役既饱其私囊；差役纳之于官衙，官衙又沾余润。且地方无业奸民借以舞弊、骗欺者所在多有，故实数应缴钱一二，乡间则已倍出至十及二十矣（予光邑人也，光邑分二十里，又相分为九十六堡，每堡各出烟酒税二百串有余，此实亲见，非敢诬也，余县当可类推）。

呜呼！谁生厉阶，至今为梗。固不得不哀人民滥纳之愚，而且以愚重自哀也。有以吾豫人民之负担较东西洋各国民之负担为甚轻者，曾亦思彼国民之生计程度何如？所享之权利何如？财政之支出正当何如？——与吾国相比量，当知此为重而彼为轻。但烟酒滥征，国民既勉纳而成为习惯后，此依例收之固仍所愿，然与其饱诸私人，孰若移为公用（有贤者起，将凡百苛税剔弊或捐除之，固所祷祝，吾言乃比较的为好），使仍以各属学董或学会、劝学所等承办此项税务，每年将应缴正额外尽数提为兴学经费。吾豫人民虽愚，当无为梗也，此可为学堂经费者三。凡此或地方旧有之款、或地方应征之款、或地方已出之款，统筹而合计之，当无虑数千百万，非兴学之一大财源乎？

乙　节流。财政上之必须监督，司一国之出入宜然，即司一事之出入亦莫不当然，况中国积弊既深，一般国民大抵视钱如生命，非人性之果恶也。久处专制政体下之国民，习于知有家而不知有国，知有个人而不知有道德，故捐私心以谋公益者日少，而假公事以徇私利者日益多也。试横览目前之现象，各州县之所谓兴学，无款则人人推诿，有款则营监谋管理、争教授者踵相接也，且缘此而寡廉鲜耻之徒遂以夤缘得势，贞明公正之士反退处而不欲与闻，故一学舍建筑未竣，报消①已属不赀，收学生未有几时，巨款已成乌有。凡一切之洋烟费、酒食费、养家费、应酬费、钻营费等，举莫不仰给于学堂公费，而且侵吞公款者时有所闻。无惑乎！经费之每难为继也，尚先事勒为预算，明定支出

---

①　同"销"。

之有由，后事公同决算研究，私人之舞弊则滥用之根株可绝，而公款多缘此以保存。

故吾之所谓节流者，必以预算、决算为最要。次如建一学舍不必西洋式也，窗户不必其定嵌玻璃也，只需光线适于卫生而已足，且操衣器具等之购置不必以外来之材料（际①书物及科学用品外）与流行之品物为优美，称壮观也。但就地方之出产，依乡间之惯习因应而制，其宜于事实则可行，于经费则多省，抑亦节流之一大端也。或有谓比年来学堂经费以管理员及教员之月支薪俸为大宗，盖一人一月之支取莫不数十元有奇，较之科举未停时举贡生监所谋之一年而不得者，今则一月取之而犹为未足，是未免待之过优而给之过厚也。不知风气初开需人孔急，即凡百优待尚恐难得适当人才，故吾不以管理员及教员之薪金可减，而以管理员及教员之任事宜兼。窃尝考日人学校，总里而外虽亦有学长、教头、事务员诸名目，然以管理仍兼教授者（除交际、会计课外）实居多数，且每以一教员而应数校之聘焉。况吾国兴学未久，人才本有缺乏之忧（若无论如何无品学之人皆可充管理教授则无恐），而何以监督以外又有监学、稽查、教务长、堂长诸独立机关，借为素餐，不识教育为何事，至一切教员、教授上之分配既不均平，故时间之多寡亦无规定（就各教员所任教授之时间言），甚有一日仅一二时间之出席而即为了事者，其虚耗经费为何如也？若以管理与教授互相兼摄（各地多以腐儒宿学充管理，岂知未习科学者不足以膺管理，犹之不谙国文者不能为科学教员，故管理教授实二而一也）则冗员可汰，教授上之时间均其分配则教员可损，先圣有言，"官事不摄焉得俭"，故兼任实节省经费之要着也。至其他斟酌情形尚有可以随时节省者，则恃当事者之临时擘画，非先事所尽能悬揣也。要而言之，吾之对于学堂经费问题所谓开源、节流之方法，亦第举其大端而略其琐细，举其简易可行者不及其阻力多而难行者而已，虽未能饱足学堂之需要，当亦学莫大之补足焉。而况风气日开，立学堂则尽人收学费，非全部之概需筹款也。有兴学之责者（不专指官吏），慎毋再以"经费难筹"四字为河南教育前途梗哉。

（未完）

---

① 疑为"除"字。

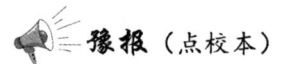

河南铁路警告书

杞 忧

嗟嗟！河南名为金瓯无缺，其实则四分五裂之祸已潮如涌，奔腾澎湃，而发现于目前我辈聚家族于此者，不啻若草头之露、危幕之燕、釜中之鱼，伈伈伣伣、坐以待毙。他日演出亡国灭种之惨剧比较之印度、越南、朝鲜而尤烈，我父老兄弟其知之否耶？请竟其说而为我父老兄弟告之。夫昔日之河南，所恃以保其一片干洁土者，惟其地居十八省之中央，为西人足迹所罕到，故未受腥膻之荼毒耳。今则京汉铁路通过河南全省，此路为河南之干路，已为俄法所攘夺（原为法比公司，而比实俄人之傀儡，故云俄法），因而汴洛支路亦归俄人之掌握中。他如潼洛支路、开济支路、信浦支路则有俄北瞰、英南瞵、德东瞬，明目张胆而为瓜分豆剖之谋。若河南人不直起立追而一任白人之喧宾夺主，则铁路属于俄者即为俄人之势力范围，属于英者即为英人之势力范围，属于德者即为德人之势力范围，由是而削剥我河南之财产、奴隶我河南之子女（乙巳年，京汉铁路之洋奴于信阳一带强取民间池鱼，有出而问之者反触其怒，监之私室敲笞指臂。去岁，又有鸡奸幼男之案，种种妄为真惨无天日矣）、钳利我河南之生活自由，遂至绝灭我河南之种族性命。路权既亡，我河南三千五百一十万之人口欲不与之俱亡，其可得乎？所谓四分五裂之祸者，此也。

虽然我[河]南之父老兄弟甘于放弃责任，听其灭亡，固在今日；若欲挽回利权，力御外侮，亦在今日时乎！时乎不可失，其惟近顷信浦铁路之问题乎！原光绪二十四年，总理衙门与英商订五铁路草约，准其承修，而苏杭甬、信浦皆与焉（原约以七年为限，今已九年矣），但英商逾限不修，此约应当作废。故苏杭甬路线经苏杭两省，人民前岁要求政府与英人废约，奉朝旨准予自办，讵料政府今秋复翻前案，强苏杭人借英债修路，苏杭人大动公愤，迭与政府磋商，尚无头绪。夫政府视苏杭不甚爱惜，又安望其爱惜我河南？弃苏杭甬如弃敝屣，又安见其不弃信浦如弃敝屣耶？语云兔死狐悲，又云前车之覆、后车之鉴，我河南人其早自为计乎！试思信浦路线虽经过河南者甚少，而关系河南者实甚巨，倘让英人之割据此路，则西洋各国必以为河南人之易与，德人乘此占领开济铁路，俄人乘此占领潼洛铁路，且京汉铁路值赎回期限之内，俄法人或背约而不肯承认，是外交一败，而河南全省之铁路皆非我有，可不惧哉！可不惧哉！

夫西人之谋我河南，将以侵占铁路为侵占河南之先驱，我河南人之自为谋，当以保护铁路为保护河南之上策，尚其力争废约与苏皖协谋以抵抗英人，富者投巨金，贫者捐余囊，一指顾间而数千万巨款不难立至。彼江浙拒外债以来，仅数月间耳，而募款三千万有奇，谁敢谓我河南之父老兄弟其急公赴义不如江浙耶？况铁路入股为近今致富之捷径，京汉铁路每年获利数百万，津榆铁路始以五十金入股者，今则增值千余金，是其利息之丰厚较之服商贾、置田宅有过之无不及者，我父老兄弟何惮而不为乎？今请先投信浦之路股而开济路股、潼洛路股，赎回京汉路股，继续投入则致富之源滔滔不绝，美洲铁道大王之豪富安见不产于中国耶。由斯以谈铁路归于自筑，则辟莫大之利源；铁路授予外人，则启灭亡之奇祸，我父老兄弟盍早图诸。

教 育

豫省亟宜推广小学校（续第五号）

杞　忧

一筹经费也。如上所云，我豫若仿德意志人口与学校之比例，则当设三万八千校；仿日本人口与学校之比例，则当设一万九千余校，是每年义务教育之经费必需数千万元始克集事，此项巨款将以为国家之担负欤？抑以为地方之担负欤？如以为国家之担负，则豫省常年课税之收入即悉以供教育界之用，其不敷者尚巨，况军事及一切新政，在需费而不仅教育一途耶。如以为地方之担负，则豫省商务不振，经济学之研究较之南七省最为让步，今忽于正项课税之外又加十余倍之教育费，我豫人民其何以堪此？惟其然数千万之巨款欲募集之于一朝一夕，诚为必不可得之数，而学校数之增加欲遽，踵武德日亦为必不可得之数。

考之德意志义务教育之结果，一千八百七十九年，万人中无学者百五十七人；一千八百八十九年，万人中无学者五十一人；一千八百九十九年，万人中无学者八人。又日本义务教育之结果，中日战争以前，百人中无学者数十人，近日则百人中无学者仅十七人，是德日两国之学校皆由少数而渐增至于多数之程度，其教育费亦皆由少数而渐增至于多数之步合。我豫模仿德日既不能一蹴而跻于比肩之地位，则教育费只需逐年增加，固不必骤筹数千万之巨款。或仅如湖北省常年教育费数十万，直隶省常年教育费百五十万，以为改良伊始之计画未为不可，且此数十万或百余万之款半出于政府之补助金，半出于地方之公费，其措手诚为易易①顾，何以豫省之官绅辄以"无经费"三字为委卸责任之名词，坐视学界陆沉日甚一日。青年子弟废书而叹，而不肯推广小学以维持于其后，政府不察，误信为豫省之地瘠民贫不能担任义务教育之经费，非州县之官吏、乡里之绅衿不热心提倡之过也。岂知豫省虽地瘠民贫，而官吏所索于民间之陋规较诸他省为尤甚，且地方之义田义塾所在多有，区区兴学之费，何忧不集？彼官绅把持其陋规之，献纳义田义塾之赢余据为一人一家之私产，积习相循牢不可破，反诬我豫人民不能担负义务教育之经费，何官绅善于敷衍蒙蔽之手段而卒无人发其覆乎！

更有甚者，官吏侵蚀公款，恒籍鬼蜮，狐媚言夷，由而行盗跖之败类以为羽翼，如固始县令颜缉祜吞学堂公款八千余元，而该邑绅张理齐为之作伥是也。绅耆阻害公益又恒假醉生梦死、不分黑白之污吏以为护符，如新蔡韩一德以谋吞学堂公款兴讼，而该县令褚辉祖为之偏袒是也。呜呼！我豫百余州县即仅此一隅有如是之污吏劣绅已足为文明之障碍，况据问俗观风者之所述，大河南北其蹈固始、新蔡之覆辙者几乎小异而大同，此亦我豫官绅之怪相而学界前途之不幸者乎。然河南者，固三千万同胞共有之河南，非少数官绅所得剥之、削之、罥之、窬之，如骑马首穿牛鼻而莫敢反抗者，路易十四世，朕即国家之悖语已为世界所指摘剢貌，尔官绅何可容其横暴。法律家之言曰，担负税务者皆有参与政治之权利，我豫三千万同胞既有税务之担负，自当有权利之要求，胡尔默默自甘放弃耶？彼官吏无政治上之能力而徒吸吮我同胞之膏血，绅衿无代表同胞之能力而徒假公以肥私，是皆我同胞之公敌，当群起而击之，发其阴谋俾毋逞圆滑之手段，捣其巢穴俾悉绝盘踞之根源，而后兴学巨款不难骤集数百万，入学儿童不难骤增数十万，此殆推倒个人主义而主张国家主义之问题乎！

何谓发其阴谋？彼官吏勒索民间往往假设名目以为苛征，如开封属、许州属、汝宁属及彰卫怀三府，正供之外又有所谓车马费者，取迎来送往之虚文为

---

① 此处疑多一"易"字。

搜刮一空之实计,每县岁出之金额由二三千至六七千左右。在昔日铁路未通,过客之沿途护送尚需经费,今则京汉铁道贯于豫省南北,开郑支路、汴洛支路渐次告成,凡驿亭旅馆之招待费既因时代而消灭,而官吏犹蚕食其中以为利薮吁,可恨已!又如光州属、汝宁属,酒税之浮收多至过倍,其最著者光州属之光山县,每岁所征酒税至五六千金,而官吏输于藩库不过三分之一而已。夫车马费及酒税皆我父老兄弟之担负,所以报国家,非所以供一二官吏之置田宅、长子孙也。故无论正税、杂税倘无正当之报销或浮于正当之原则皆可理论力争,立破官场之弊窦,俾无余地以饱其欲壑,则税务上多一奇零,即学界上多一入款,有断然者。

何谓捣其巢穴?彼官吏对于州县之优缺,绅衿对于乡里之公产,未遂其欲则日夜钻营,既遂其欲则靦颜恋栈。闻之,我豫宦途优缺中又有明暗之区别,如金杞县、银太康之语深印入人人之脑中,寤寐寝兴誓必得此而后快。夫杞与太康非若亚弗利加洲之富于金产、亚米利加洲之富于银产而因此以命名耳,不过以人民之肉血为金窟,以人民之骨髓为银矿,予取予求而每岁可致七八万或五六万也,县吏视此为商贾居寄之地,上宪视此为调剂人员之地,此所谓明缺者也。他如孟县、武安、安阳、修武、上蔡、汝阳、唐县、邓州、舞阳、新野、浙①川、夏邑、虞城、永城、柘城、许州等处,每年中饱略有轩轾,大概在二三万之间,且非著名优缺,而大吏之杂派可以逍遥局外,此所谓暗缺者也。

夫明缺、暗缺固皆官吏之巢穴也,与夫绅衿之垄断乡曲,或并合公会款,或占领义田义塾者(此等事件每州县中层见迭出,指不胜屈),同出于狡兔②营窟之。故智不畏舆论、不惜声名、不顾国家而惟持个人之意见,徇私利不谋公德,学务之所以不发达者,实若辈为之梗耳。愿我豫之父老兄弟只公认其税务,勿公认其税务以外之浮收,则官吏之巢穴空;只公认其尽义务而后享权利,勿公认其享权利而不尽义务,则绅衿之巢穴空。夫官绅之巢穴既空,由是取民间所出之余款以供民间学堂之用,不需加税而教育费已裕如矣。

---

① 疑为"淅"字。
② 应为"兔"字。

来　稿

唤醒国民白话

第一节

　　列位都知道我们中国受外国欺诳到这步田地却是为什么了吗？大家想想或是他们的国大我们的国小？再不然是他们的人多我们的人少？谁知道全都不为这个，论国度的大小，可地球上五十多国惟有英国零零星星这一片、那一片凑到一块儿秫算比我们的［国］度大，其余地界连在一块的国度除了俄国以外都没有我的国度大。况且论人数的多少，可地球上五十多国共有人口十六万万，我们中国一国就占了四万万，是人数最多的就数着我们中国了。哇！这样说起来，我们中国为何到①成了一块软地？不但受英国、俄国及德国、法国、美国的欺诳，就是最小的国，如日本也诳得我们不敢吭一声，不敢出口气哪！这其中的缘故不一而足，归到一总说起来为的不过是这几样却是那几样的。一则为的是外国人富我国人贫；二则为的是外国的人强，我国的人弱；三则为的是外国的人智，我国的人愚；四则为的是外国的人巧，我国的人拙；五则为的

---

①　同"倒"，下同。

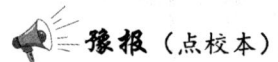

是外国的人齐，我国的人散。有此五样毛病要是不赶快治一治，我们这们大的国、这们多的人可要全被外国的人瓜分了，全作外国人的奴隶牛马，被他漫漫①摆置的都要死绝了蛙②，你看可怕不可怕呀！

第二节

什么叫做瓜分哪？远年的话不必提，自从我国与日本国开仗我国战败以后，各国看我们中国连一区区的小日本也战不过，从此都起了欺讹的念头了。譬如一个软弱的人家叫一个小光棍讹去了许多的东西，那许多的大光棍自然个个也都要来欺讹了，中国一块大土地就比仿一个大瓜，既被一个小光棍用刀切开抢去了几块，那们些的大光棍自然也要一齐动手都要抢去几块了。列位不知道我国被日本打败以后，我们的属国高丽国叫日本夺去，台湾一省也被他割去，并讹去银子两万万吗？当这个时候各国皆生了心，这国比那国的手辣，那国比这国的心更狠，俄国起先动手，占了我们的旅顺口并将我们东三省也圈到俄国的圈里头了。德国次动了手，占了我们的胶州湾并将山东省连我们的河南省沿黄河一带的土地也圈到德国的圈里头了。从此法国也动了手，占了我们的广州湾，并将广东、广西、云南各省也圈到法国的圈里头了。英国也动了手，占了我们的烟台，并将江苏、浙江、安徽、江西、湖北、四川沿扬子江一带直通西藏，与英国所灭的印度接连一气也都圈在英国的圈里头了。日本看势不好，眼看中国要叫人家占完了，又赶快动了手，将福建一省圈到日本的圈里头了。各国所圈的地方都强逼我们中国与他们立了约、画了押，许与这一国就不准再许那一国。比如唱戏，山上的大王要抢民女成亲，先打发一个二小子强将礼物留下，就将这个民女占住不准再嫁别的人，我们中国遭这们大的羞辱，受这们大的欺压，你看看可气不可气呀！

---

① 同"慢慢"，下同。
② 同"哇"。

第三节

　　以上所说还是整块的瓜分，乃又越逼越紧、乱抢乱夺，今天这一国占了我们的煤矿、我们的铁矿，明天那一国就占了我们的金矿、银矿、铁矿、铅矿。今天这一国占了我们这一条的铁路，明天那一国就占了我们那一条的铁路。整块瓜分以外又加上零星瓜分，比如一个不争气软头脑的主身，从前既叫些恶霸将各大门都占去把住了，各院落都圈定围住了，已经是不能过日子。后来又向我们的各院里头五崩六瓣，十字八道都要开成路经①，并且乱动动地齐向我们的各屋里头乱挖乱刨，要取出我们地下藏埋的银钱来，受人威逼到这个样，这还算个人家不算个人家了？既是弄成这个模样就该生一个好法子赶快打救才好，乃生不出好法子，偏生出坏法子了，却惹出塌天大祸来。就如外国在我们这里传教，不过是他们教里头规矩与我们不一样就是了，他传他们的耶教，不守我们的孔教，原自两不相干，乃我的百姓偏要看不起他们的教民，而我中国人民入他们教的偏又仗着教的势力欺压我们的百姓，又兼以地方官判断词讼不能尽善，民教两面往往不得其平。更遇着近几年来各国瓜分中国的主意越逼越紧，我们的百姓因种种受人的欺诈气忿不下，遂不问轻重、不分皂白用出野蛮的手段，竟惹出庚子年义和拳的大乱子。也不管是那②国的人，只要是洋人便要杀；也不管是那国的房，只要是洋楼便要烧。抓住吃洋教的自然是要解他们的恨，就是遇见打洋伞、穿洋布的人也硬说他是二鬼子，登时就要要他们的命，闹出这一场的大乱，因此动了各国的怒。英法德俄美义奥日本八国始一齐统兵到来，夺了大沽口，破了天津城，不到几天就将北京也攻开了，逼得两宫跑到长安。直隶一省的人不知被洋人杀去了多少，银钱财帛不知被洋人抢去了多少，做官读书的人叫洋人捉去做苦工的不计其数，就是青年妇女被洋人的糟蹋，抢到外洋的也有许多。惹出这场大祸我们没有法了，洋人叫杀哪一个大臣就杀哪一个大臣，叫坏哪一个的官就坏哪一个的官，又赔了各国的兵费银子四

---

① 疑为"径"字。
② 同"哪"，下同。

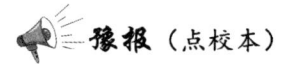豫报（点校本）

万万，方才与我们讲和。列位！列位！我们中国这一场大羞耻岂不是人人都知道的吗？

第四节

当各国在北京讲和的时候，俄国就趁好这个当儿赶紧在他圈住我们的东三省里头实行动手瓜分的主意，一面赶紧修铁路，一面又赶快调兵，东三省要紧的地方都叫俄兵把住了。我们黑龙江省的百姓不服，又叫他杀了一万多，还有许多的男妇老幼叫俄国用兵围住，投入黑龙江水中，淹死的不计其数，吉林、奉天两省一齐都大受了俄国的糟蹋，那是更不用提了。无奈中国是一个软头脑儿，自己的土地被人侵占，自己的人民被人杀害却全然不敢过问。日本倒却下不去了，要与俄国开仗，这是什么缘故？难道说日本真个要替我们报仇吗？这是断断没有的事！究竟日本为的是什么？说起来又是话长，都只为我们中国叫日本打败以后，讲和的时候已经把老关东的辽阳州至旅顺口一带地方许割给日本了，俄国从傍①边心生一计，说老关东是你们朝廷的老家，硬要叫日本割去你们中国就甘心忍受吗？我们中国说怎能甘心忍受，因被人家打败，也是无可奈何了。俄国说我们同你们中国相好还可以出来帮忙，管叫他不敢割去。我们中国听了这句话真是喜欢得了不得，说俄国只要替我们争过来必然重重的酬谢。俄国知道我们中国已经跳到他的圈里头了，乃赶快撺掇了法国、德国，叫他两国也一同出来与我们帮忙，同向日本去说必须让我们中国将老关东出钱赎回，若是不听解劝，口里虽未说出，心里早已暗地含着若是不听，俄法德三国就要与日本一齐开仗。日本受他的威逼敢怒而不敢言，只好忍气吞声勉强答应，叫我们中国于两万万赔款以外，又赔给日本两千五百万才将老关东赎回来。我们中国自此觉得俄国成好朋友了，才许他在东三省开铁路，又许将旅顺口借给他，准俄国在那里屯兵。自从上了这个当，才惹起德国也占了胶州湾，法国也占了广州湾，英国也占了烟台，各省都叫他们圈了去，纷纷乱抢乱夺，争路争矿也都是从此惹起。列位！列位！你看看我们中国是个傻呆子不是？你

---

① 疑为"旁"字。

340

看看我们中国是个软头脑不是？

第五节

　　以上所说中国这模样傻，受各国那们大的欺讹，全然不能自强暂且不提，单说日本国，自从受俄国偕同法德两国强逼日本将我们老关东自辽阳州至旅顺口一带地方准我们赎回以后，全国人心大为不平，以为我们的东三省已经吞到日本的口中，却叫俄国从他们的嘴里头夺将出去。日本不比中国好惹，怎么肯与俄国甘心罢休？从此鼓励胆气、抖起精神，上自他们的天皇与他们的谋士、战将昼夜打算，下至全国的百姓无不摩拳擦掌预备战事，与俄国誓不两立。甚至学堂七八岁的小学生、客店内接客的妓女也恨得咬牙切齿，说他们日本与俄国有不共戴天的大仇，必须有一场血战将俄国打个弱弱而败，方才能吐这一口恶气。赶紧的多造兵船、多铸快炮、天天练兵、家家筹饷，准备着时候到了始与俄国开仗。刚刚凑巧遇着中国义和拳大乱，中国与各国让①和的时候，俄国在我们的东三省修路调兵，强霸横行当儿里头，日本就挺身而出，先劝我们中国与俄国讲理，我们中国与避猫老鼠一般，哪敢与人家论理。日本乃把中国撒到一边，自己与俄国讲理，俄国仗凭他是大国，把日本全没看在眼里，任凭日本怎么样说都是不听。日本全国的百姓全动了气，人人要战，父劝其子、兄劝其弟、妻劝其夫，能与俄国拼命死到战场方才是好男子，若是叫俄国打跑回来，贪生怕死，家中都不要他了，国中也不认他是日本的民。甚至在外国贸易的、做工的、当教习的、做学生的也争强回国当兵，与俄国要决一死战。日本的民气如此强盛，所以一与俄国开仗就打一仗胜一仗，任凭开花大炮、无烟快枪、地雷炸弹全然不顾，一直上前，前面的兵被敌打死，后面仍是往前上，所以攻破旅顺，打开辽阳，夺了奉天省城，直把俄国的兵赶回到哈尔宾②的地方。俄国又从黑海里面调来许多兵船，又被日本东乡大将用计诱敌，将俄国兵船诱到一块突出猛击，打沉的打沉、夺获的夺获，竟然一鼓成擒。日本打败俄

---

① 疑为"讲"字。
② 应为"滨"字，下同。

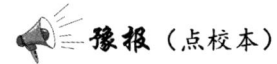

国且不必提,而我们自己的东三省全成了两国的战场,我们自己的百姓死的死、逃的逃,却全然不能作主。列位,想想中国到这个模样,还成个国不成个国了?

第六节

日本打败了俄国,我们的东三省虽然没叫俄国全占去,也不过从狼嘴里头又叫虎夺去了一大半,并叫群狼群虎都来帮着吃就是了。这是怎么说法?东三省比方三大块肥肉,从前俄国定要独自吞下去,自从日本将他打败,只有哈尔滨以北俄国还得少吃点子,哈尔滨以南却全叫日本夺到嘴里头并且要买个好,许各国都准来吃,显显他的仁义。列位须知道不是真仁义,都因日本与俄国未开战以前,俄法德三国是一气要整个的瓜分中国,日本英美三国是一气要零星的瓜分中国,俄国不听日本的话,所以才开了仗。及至日本得胜,瓜分中国的办法自然仍是要照零星的办法了。这却叫做什么主义?就是开放门户的主义。什么是开放门户?就比方我们的家从外边来了许多的忤徒混鬼,不准我们自己关住门过日子,一定叫我们大开着门户,随着一伙的外人在我们家里任意居住、任意往来、任意霸占产业、抢夺钱财,东三省成了这个模样,有血性的人真是要把肚气破。且不但东三省是这个模样,就是我们的新疆、蒙古、西藏,连我们内地的十八省,这国也要来开矿,那国也要来修路,并且这省也许他通商,那省也许他行船,你抢我夺四分五裂,我们的中国岂不是叫外国全都零星地瓜分了吗?

第七节

列位!列位!大家想想他们各强大的国一定不准整个地瓜分中国,偏要零零星星地瓜分,这是什么主意?难道说整个的爪①分不如零星的痛快吗?这是一定的!不然了究竟为的是什么?只因各国的利害不同,我们中国的东三省及

---

① 疑为"瓜"字。

蒙古、新疆各地方处处与俄国相邻，整个瓜分自然是俄国得的最多，与俄国甚是合算。法国自从灭了越南，我们的云贵、两广同法国的越南都紧相接连，整个瓜分与法国亦甚合式。德国占了我们的胶州湾，虽没有俄法两国占取地面大，但德国兵力甚强，要是整个瓜分，他所得中国的土地一定是不少，所以俄法德三国都要整个瓜分。至于日本与中国仅隔一海，又老关东的地方与他所灭的高丽国地头相连，且中国各处地方都是他嘴边一口食，在中国的商务也好，更兼俄国强逼他还回老关东，这个仇气又甚大，苟叫他们整个瓜分了中国与日本大大的不利。英国在中国各省商务到处茂盛，外国在中国通商的大利英国一国就占了十分之七，在我们中国地界通商，中国是一块软地，怎么样讹怎么样受，不能多抽他的税，若是各国整个地瓜分了，除了他自己所分的地方可以随便通商，其余为别国所分的地方都要任意加税，通盘打算与英国的商务大有不利。美国在中国也只有个商务，尚未占得我们的土地，也不利于整个瓜分。所以日本英美三国都不以整个瓜分为然，倒不如凑到一块，中国各省的地方各国都可以吃点子，与他们三国有利，所以才要零星瓜分了。列位，想想在不知道的人或且说整分则中国亡的快，零分则中国亡的漫，各国这样办法到却与中国有益，却不知各国全不是为中国打算，也都是为他自己打算。若是整个瓜分，各国利害不同，必然互起战争，一群虎狼相斗必且都受重伤或且都要咬死，那时我们这一群死绵羊反或可以逃去，安然无事。惟有零星瓜分的办法，此要开矿、彼要修路，此要通商、彼要行船，你抢我夺、四分五裂，外国越入越深，中国就越病越重，千刁①万刮凌迟处死反不如一刀之罪，倒还落个快幸。列位！列位！中国到这步田地真是哭天也没泪了。

第八节

以上所说瓜分的办法如此可怕，怎么瓜分，以后我们更要作外国人的奴隶牛马，被他们漫漫的将故们摆置得都要死绝了哪！为的是外国人格外的势力，哪一国能打胜仗，他便要格外抬举，说他是文明贵种；若是这一国叫人打败，

---

① 疑为"刀"字。

无论你的礼义风俗怎么样好,他也是格外瞧不起,便说这是野蛮贱种,不得与他贵种的洋人一样看待。我们若叫洋人灭了以后,做官的人必然都是他们,全不准我们的人带兵,岂不是他们外国都作了主人,我们都作他的家人奴婢了吗?既当他的家人奴婢,一切房产地土都要加上重税,比我们现在完粮定要加上好几倍,并且人口也要出税,鸡狗也要出税,凡有出产无不出税,甚至娶妻嫁女、送丧埋人都要出税。居家须有营业税、出门须有路要税,样样加捐、层层剥削,到那个时候无论挣钱少的要困死,就是挣钱多的是都被他揭皮剐肉,里除外剥,整年讨尽了力气也剩不下一个钱。这就比如牛马一般,整天打着叫拉套,除能少吃点草料仅仅不叫饿死以外,总是一无所得。所以,一被外国瓜分,我们四万万的同胞不但要当外国人的奴隶,并且要当外国人的牛马哇!你看看可怕不可怕呀!

第九节

被人灭了就要当奴隶、当牛马,也不是凭空捏造,故意要说吓人的话。英国灭了印度、灭了缅甸,法国灭了越南,日本□□□□□灭了高丽都是这个办法,现在编出来的书都在的,明明白白。我们乡下的粗人动不动便说谁家坐天下我们便当谁家的百姓,还当是外国人跟我们从前的得天下的一模一样,都要一样安民待百姓,都要一样好,这可是糊涂打错算盘了。外国人灭人的国,不但是都要作他的奴隶、作他的牛马,并且生法摆置叫你万古千年永远不能翻身。法国灭了越南,四家只准用一把切菜刀;日本灭了高丽,虽一家准用一把切菜刀,却必须将切菜刀用铁索吊在梁上,不能随便取下,其余一概兵刃都严加禁止,搜出来便要治罪,虽忍受不过,想要造反也反不起来。当中国汉朝的时候,西方于一个犹太国被洋人灭了,算到如今已有一千九百七十多年,其民人漂流无定,永为无国的游民,到哪一国哪一国不当人数看待,他动不动就被人杀死许多。从前的犹太国也是一个大国,人民甚众多,至今在世界上的早已零零落落,种类将绝。美国当明朝开国的时候,一大州的地方尚都是红色人种,自从西洋白色人种占了美洲,白色人越来越多,红色人越死越少,算到至今不过三四百年,红种的人现今只剩有六十来万。日本北海道的野人从前也是甚多,至今也只剩有几万人,可见国要叫洋人灭了,就是一灭不能再兴,漫漫摆置的就要挖苗除根了。照这模样看起来,中国若被本①人瓜分,岂不是一定也要犯这个症候?我们四万万的同胞赶快一齐醒醒罢,不要再睡了,开眼看看就不得了啦!

论中国今日之危亡及将来利害比较说

呜呼!我同胞其已矣!其已矣!我之希望断绝我中国其坐以待毙矣!不观近年来各国之举动乎!自四国协约以来,日人之待我中国直不啻已縶之牛羊杀之、烹之,各尝一脔,有令我应接不暇之势。西江之捕权也,苏杭甬浦信之铁路也,铜官山之矿山也,要求者,英人也。谅山之添兵防匪也,建汀邵三府之矿务也,要求者,法人也。开济之铁路,荥阳、巩县一带之矿产也,要求者,德人也。而且英树旗惠州、日本占间岛、俄占珲春、葡人蚕食澳门外,此航权森林等件,凡我同胞所赖以生活之权利无不要求、无不侵占。即今日而论,楚歌四面,危亡情形迫在眉睫,然而立宪之预备既成画饼,革命之风潮徒骇听闻,已寒之骨何能再生?已死之灰何能再燃?吾同胞椎胸泣血、牺牲性命,以惕魂摄魄之行唤醒我同胞之醉梦者虽络绎不绝,然种因收果虽为理想所必然,而就今日情形论之,政府之专制,学问之幼稚,陆军之实力简单,海军之扫荡乌有,教案之纷纷迭出,水旱灾荒之处处见告,会党之互相攻击,官绅之迭起冲突,处此协约发表之时正如数十饿虎擒一羸牛,欲望其不为所噬也,难矣。至此,而吾之保国保种之希望,变而为国亡家灭后之希望勿为亡国奴且为亡国鬼,不过国亡家破之后不甘为印度、越南之续,倾颈血以宣战,借头颅以博名,为历史增数句光彩而已。

夫人之伤心也,莫过于预备死。印度、越南不知其亡国灭种而国亡种灭者也,我同胞知其国亡种灭而终无由免于国亡种灭者也。无由免于国亡种灭,当

---

① 疑为"洋"字。

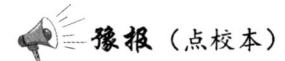

此数年间正所谓预备国将亡、种将灭时之如何对待者也,不知其亡而亡,不知其灭而灭,此心尚可少快。至于明知其亡国灭种而预备国将亡、种将灭时之如何对待者,历史上未有如此之惨情,舞台上未有如此之悲剧也。虽然我同胞何由以至此,言公益则千百万股转瞬可集,言士气则蹈海绝粒接踵继起,言民心则妇孺工役抗颜保国,有奴隶之性质,而后可以为亡国之奴隶,我中国之亡国其何由以致此。尔不见夫苏杭甬之借外债乎?尔不见夫西江主权之授诸英人乎?尔不见夫钳制舆论之上谕乎?尔不见夫姜桂题之帅兵南下,陈建基之逮捕乎?

然则吾中国之亡,有所以亡之者矣!吾中国种之灭,有所以灭之者矣!欲中国之不灭不亡,当先有以处此所以灭之、所以亡之者,虽然此有利害,也不可不为我同胞一比较也。一曰多数上之比较利害者,非对待之名词也,杀身非利也,然有灭族之祸,而杀身可以己之,则杀身为利,灭族非利也。然有亡国之祸而灭族可以救之,则灭族为利,至于灭种之祸,则吾之身吾之族不惮杀之灭之以救吾种,何也?盖边沁氏之最大多数之最大幸福为社会伦理所公认也,久矣。一先后上之比较,国既亡、家既破而以吾身殉之,国未亡、家未破而以吾身殉之,二者孰利?则必曰国未亡、国未破而以身殉之者利,谓其殉身尚可以保我国家也。一曰爱情上之比较避寇者,负爱子而逃,遇寇则将弃爱子而保己身,非不爱其子也,爱其子不若己之切也。

呜呼!处此死亡旦夕之时,与其顾一己之性命,固不若救同胞之性命;与其死于国亡以后,何若死于国亡以创;与其为他人所牵制而死,何如忍情割爱而求自立。然则有可以亡吾国者,吾即举吾身以相争;有可以灭吾种者,吾即举吾族以从事。彼专事威福以济其媚外之手段者,抑知我同胞于杀身灭族之祸不足以相恐吓乎!

光山学务研究会序

处物竞天择优胜劣败之世界,而欲以迂疏腐窳之人才挟其旧习之经济文章出，而与英日德美法俄诸文明邦争强角胜，冀以保吾种存吾国，吾知其必不能也。即迩时出洋游学者，中国不下万余人，而按之一省一府一邑之中则寥寥无几矣。迩时各省学堂林立，各州县士子肄业之多者亦不下数十百人，而按之一乡一里之间则亦寥寥无几也。况喜新学者每诋旧学为不足，与谈守旧学者又诋新学为徒步人后，游移于新旧学之间者，模稜①两可、袖手旁观，而于学务间之发达减缩置之不问，无阻力亦无助力也。有此三者各私其心、各私其力，即各私其学而欲团结其心力以赞成学务者则未之有也，藉曰有之亦居其少数，心有余而力不足，莫可如何耳。且夫学务之事，其所以能发达者，固赖合群心群力而始克有济者也，提倡者不过一二人，从而和之者由数十人、数百人、数千万人，以至于数万万人皆踊跃争先赞成此举，则学务不患无发达之一日，何也？

国家之盛衰视乎国民之智愚，国民之智愚视乎教育之普及与否，教育之普及与否则专视乎蒙养学堂与高等小学堂以为根基，而根基之成立又必期于完善美备，则学术始有进步，故此曰学会之设，其必能化士子新旧学畛域之见，犹其末焉者也。而要先以改良学务、普及国民学育为宗旨，使学会不设则学堂万不能遍立，立矣而不能改良责之官欤，官不实办委之绅欤，绅无特权互相推诿，日复一日学势废弛，人心涣散，起视民智依然瞀蔽不开。问以公法条约则茫然不知也，问以学堂教堂则混然不辩也，与之论舍旧谋新变法图强之至意，彼则反唇讥之。与之谈印度、越南、波斯诸亡国现时灭种之惨状及中国近时剥肤之危行，而彼不笑其为梦呓之谈，则以为苍天必不绝我中国也。其最下者犹有复科举之见横于胸中，加以迩时皖省风潮，故父戒其子，兄勉其弟，群以学堂为不可入，积弊相沿，滔滔皆是，其势力不至于为鱼肉、为奴隶牛马不止。

（同人）等有鉴于此思，所以挽回而补救之，欲开民智必先开士智，欲开士智非公立学务研究会不可。学务会者握改良学堂最上之机关者也，必加以研究者学务之程度资格，全国之命脉系焉，全国民之精神视此焉。其发轫也，虽自学界始，而农界、商界、工界、兵界、女界、政治界、经济界、外交界，一切学问事业之发达概缘于此。异日无人不学，无学不精，雄飞大陆登廿世纪之

---

① 疑为"棱"字。

舞台，不徒此日为士子联络情谊①、扩充识见，为学界放一线之光明也。然则学务固全国之公益，夫何限于河南？又何限于河南一部分中之一县？然（同人）等之拟立光山学会者，则以为责无可以旁贷，而时不可以再误也。况客岁学部奏定学会章程，各行省中传诵而兴起者，所在皆是。即以河南一省言之，河朔导其先矣、开郑继而起矣，豫南学会之形式发表于同乡之侨居海外者不日告成矣。而我光山之学会一举再举而卒无起色，倘仍寂寂无闻则不惟对于外部之耻，而对于内部之耻已不堪言状。（同人等）忧之同乡，诸君子谅亦不忍坐视，务希同存此心、同输此力，以同赞襄。此日之学务所有学会中应尽之义务期于共任之，则他日学会中应享之权利自然共受之，光邑幸甚！河南幸甚！

---

① 疑为"谊"字。

调 查

芝罘地势及外国人杂居之现况

芝罘突出渤海湾，位于山东之北隅，当北数省航路之要冲，与金州半岛相对峙，为渤海湾之锁钥，背后环以丘陵，去东方海上约二十四五里处崆峒岛耸立，北隔水面十余里，与芝罘岛相对，西间数里山脉，由南趋走以临海。海滨一带皆砂地，北趋约四里许为一地峡，接续芝罘岛之中部，遂构成一广阔海湾，湾内水深五寻至六七寻不等，海底沙泥相混，故港内大小船舶之着锚无处不宜。烟台山自南突出，湾内与芝罘岛之东端相向，其西与砂地相对而成一海湾，小汽船多碇泊于此，若其稍大者则常投锚于烟台山下之西北，此港冬期无天津、牛庄等处结冰之虞，故四时船舶往来不绝，港内设埠头便于客货之搬运。然该地方每年自十月至翌年三月多强烈北风，风之暴起或数日不息，加之港口过广，由外海激起之波涛无法可防。芝罘岛虽在其北面，因湾内过广阔，当北风强烈之际，港内波浪山涌，船身为之震荡不堪，于是系留于烟台山下之船舶常避难于芝罘之岛荫处，至冬期一月中可以衔下货物者不过十数日，实该港一大缺点也。近时欲弥此缺点以维持从来之繁盛，自烟台山下拮抗青岛、大连间筑长大之防波堤之议，官民间甚形踊跃。修筑该地与潍县间之铁道以便海陆交通之说，民间有力者多倡导之。此二大工事若实行，芝罘之面目将为之一新，但工事不知何日开始也。

该地尚未划定居留地界，外人随处杂居。光绪二十三年有唱①设定各国共同居留地之议，各国因利害关系及其他种种事情久碍于难行。至光绪三十二年此问题复炽，居留之外国人于是开总会议，设委员、制定规则，经各国领事递付北京外交团与政府交涉。政府主张仿宁波、苏州居留地之制，由政府出资本经营且监督之，与外人议未协，故此时尚未确定。此地外国人居住地域为自然一区划，自港埠头沿东方海岸至东炮台延长约亘四里余，刻下于此等地外犹欲扩张，其幅员狭则半里，宽则里余。居留之外国人为图共同利益组织一外国人共同委员会，凡关于外国人居留地域内一切公益事，如道路之修缮、街市之灯火、沟渠之浚渫、尘介之扫除等均归委员会监视，且雇用我国巡查数十名，以为街路之警备。

其经营居留地之费用乃由居留域内土地所有者随意纳付税金，其科目如次：

收入

时间＼科目	不动产税	人头税	墓地收入	破纸收入	人力车税	合计
光绪三十二年（佛仙）	391847	50970	35750	13500	……	492094②
光绪三十三年（佛仙）	354120	55000	35970	21150	47850	514090

支出

时间＼科目	道路桥梁修缮贴	墓地维持费	卫生费	街灯费	警察费	印刷费及杂费	合计
光绪三十二年（佛仙）	296120	10446	60043	61396	145740	8461	572206③
光绪三十三年（佛仙）	148076	10740	68042	62087	172080	4561	465586

---

① 疑为"倡"字。
② 此处数据合计疑有误，实际合计数据为492067。
③ 此处数据合计疑有误，实际合计数据为582206。

该地居留之外国人、商人、传教师①、官吏及家族等居大部分，其总数八百一十二名，兹区别其国籍如次：

国籍	人口
英吉利人	141
（此处原文为空白）	8
北米合众国人	124
瑞威人	7
法兰西人	60
意大利人	6
德意志人	25
瑞典人	5
俄罗斯人	20
墺大利人	1
日本人	569
和兰人	11
土耳其人及希腊人	15
合计	812②

威海卫租借地势及外国人杂居之现况

威海卫在渤海湾之南岸，初为我国军港，光绪二十四年《中英条约》之结果，该地及其附近之水面遂为英国租借地。自刘公岛、威海卫湾水面之全部及湾内诸岛屿，并沿岸三十余里之地，面积约九百方里管辖权全属英国，约定对于英国兵备范围内无妨碍外，我国亦有管辖及海军使用权。东经百二十一度四十分以东海岸及其附近地方定为警备区域，面积约四千五百方里，是处英国

---

① 疑为"士"字，下同。
② 此处数据合计疑有误，实际合计数据为 **992**。

虽无管辖权，然于设兵备、用水、交通及病院等事，英国亦得以任意取必要之地所，且约定除中英两国外，他国军队不得入。

租借地大部分为不毛之地，有岩石质之山脉所结成。刘公岛几不见一木，海湾对面大陆之山腹，矮松灌木甚繁茂，处处岩石现露，多洞穴及渴河，一年中约九个月不见水，但雨期若至水流速急，涤荡多量之土砂，河口为之成砂洲。

租借地域内村落三百三十，人口约十五万余，建筑用之石材甚富有，金矿一归欧人采办。旧威海卫城人口约六七千，外人多居去街北三余里之码头及对岸之刘公岛，未设一定区划，与我国人杂居，英国诸官衙多在码头。

租借地之政务，康密司雄儿政务长官依千九百一年七月二十四日之敕令，制定《租借地之法令》，遂永为行政厅行政之根据。司法事务，政厅附属之裁判官掌之。政务长官为裁判官，居第二审裁判所，裁判之终审在香港高等法院，管内村落之裁判事务依我国从来法律习惯裁断之。

现今码头及刘公岛居住之英国人数及职业大略如左①：

	职业	男	女
右威海卫码头	官吏及军人	12	
	传教师	3	12
	学校教师	2	
	商业	2	2
	旅馆	3	……
	合计	22	14
	职业	男	女
右刘公岛	官吏及军人	30	
	工匠	20	
	商业	8	12
	传教师	12	
	合计	70	12

---

① 根据当时报刊的排版，此数据统计列于左。

胶州湾租借情形及青岛半岛地势

第一款

千八百九十七年一月，山东曹州府起教案毙德国传教师二名，同月十七日，德国舰队遂占领胶州湾。翌年三月，《北京条约》调印后，该处遂许德国九十九年间之租借。自阴岛至劳①山港，直抵湾口北方之半岛，又自湾之西南极端至湾口南方水面全部，如齐伯山岛、笛罗山岛、炸连岛及胶州湾外海上诸岛，苟对于该湾为紧要防御之处，一切隶于租借地界内，且由湾之周围内地延长五十启罗米突之地域定为警备区。区域内主权虽尚属我国，然约定于租借期限内我国无实行主权之权利，租借地之政务由德国政府特派总督统辖之，为施政之机关，评议会政厅各部之部长及租借地内特选之议员二三人组织成，且有学务委员、地租评定委员等。

第二款

胶州湾在山东之东岸，冬期无结冰之虞耶。伯林岬自西南、青岛自东北突出，回拥海水相对峙，其距离不过一浬四分之三，湾内广阔为稍圆形，其直径约十五浬。注入此湾之川河有五，当雨期骤至时湾内填积之土沙几充满全容积四分之三，故北西南三方海底极浅，即当潮度最高时仅二三处可泊小舟。湾之东南有一岬突出，西南其两岸水甚深，最适大船之碇泊。碇系于南方者可以防北风，碇系于西北方者可避由南来外海之波涛，德之所以经营青岛者，盖为此岬也。

湾之沿岸有塔埠头、女沽、沧口、三民船港，埠头居胶沽河之会流点，去

---

① 同"崂"，下同。

胶二十里,未开港前行于该地货物皆于此处上陆。女沽位于湾之东北部,濒于拍伊河口,沧口则在南方租借地内,皆即墨门户也。数年前行于该地货物均于此两处登陆。

第三款

青岛地势大部分由劳山及其支脉结集而成,那阿泰山为该岛高山之第一,其高达千二百三十米突,山东省东部之最高地也,花岗石现露土面,西南延至江苏省界。

多沙砾。渴河年中流水稀少,当五六月间雨期频至,水流急激涤荡山麓土砂,河口滩积成砂洲,渐次推押于湾内,故半岛之山谷为流水啮耗,处处成异状之断崖。野火年中不绝,妨碍树木生长,土民不俟其生育又从而剪伐之,是以此地到处多秃山。

租借地内其重要树木则白杨、柳、胡桃、樫栗、榆枫、樗桑、杜①丹、杜松、黄杨、山楂等;果物则杏梨、樱桃、苹果、桃、柘②榴、葡萄等;农产冬则小麦,夏则豌豆、大豆、落花生、甘薯、稗粟、芋头、茄子、烟叶、蒜、山东菜等是也。

第四款

青岛原在港口之北方,青岛湾之东部乎!该岛与半岛间之海湾为青岛口,德国自占领此地,其附近一带地方统名之为青岛。

街市。青岛在今数年前不过一寂寞之渔村,自德人领有后,每岁掷巨万资财修缮经营,以青岛为外国人居住区域,定太包岛为我国人居住区域,外国人居住区域全面积约四方哩,占领之当时,区域内居住。从来渔民悉迁徙市之北方,开凿山腹、填埋溪谷,通平阔之道路,区别人道与车道,路旁植并木,

---

① 疑为"牡"字。
② 疑为"石"字。

设①下设水道水管。此外电信、电话、电灯网罗交布,官衙、寺院、兵营、旅馆、病院、住宅并轩比栉于道路,其经营整顿宛如欧洲之港湾街市。

大港。大港位于大包岛之北方,去青岛五里半,东西北三方绕以钩形之防波堤,长二千六百九十米突,幅及高各五米突,防止湾内激起之波涛,其面积约一方哩,六分之一又筑突堤二起,与防波堤并行于南部。堤分南北,南者呼为第一埠头,北者呼为第二埠头。前者长三百二十米突,幅百米突,可系留汽船五只;后者长四百米突,幅百米突,可系留汽船七只。两埠头间距离百五十米突,其周围水深九米突,半堤上备起重机,布设铁轨与山东铁道联络,埠头之附近置仓库及石炭场,更于两埠间架设长四十米突、幅六米突余之小桥,以便货物之卸下。

小港。小港乃贸易于沿岸小汽船及民船之碇系处,在大包岛之西北端。港之前面,自南及东北两岸筑防波堤,阻由西北来之波浪。港内设长百六十米突之栈桥,布设铁轨联络铁道以便交通,且于港头设税关,检查输入货物。

---

① 此处疑多一"设"字。

杂　俎

人眼之照像器

泰西科学发明一日千里，近日发明器械愈出愈奇。古赖机马教授近为医术的应用制成一眼之内部之一照像器，此器所装置之连子与反射镜以一发之光线投于人眼，使眼之网膜之像照于照像板上，以映出感触之此时所发之光线。特以极少时间一秒之十六分之一或至二十分之一为限，否则恐所发射于眼之光线于眼之生理有防也。用此法所得之像片明了详悉，眼之内部详密可以得知云。

世界第一之喷火口

九州之阿苏山者，活火山也。其中有一火口势焰蓬勃时喷出尘埃与土等物，由旧火口之上积久而生出新火口，其火口之组织仿佛与月世界之火口相似于月界。据有长历史之间续出的火山积久而生出如斯之大火口云，此火口之容积其一方长十四哩，他方长十哩乃至十一哩，周围有平均二百呎之高壁，现时位世界第一云。

伯林固新岛

沧海桑田，征而有信。前年桑港地震之时，乌拉罗斯家的西北约四十里的地方自海底现出一新岛，高达于海拔数百呎，其现出之时海内蒸汽蓬勃，岛即因之而起。此岛之附近尚有二岛，皆自共有史后海底起者，其一岛起原之历史在一八八三年，据为时尚不久，今此岛现出最正确的时日，自前年四月始至五月初耸立海中，其详未得。而悉马机约田氏因桑港之地震在四月十八日，恐于此岛现出之问题不无关系，于是与数知名学者相与考究，得所发现之岛与地震之事无关系云。

世界最大之花

在东洋花界中，手①屈一指者曰牡丹、莲厚扑等花，然行于热带地方则其花更大。南米亚马逊河之大鬼莲，其叶与花皆硕大无比，花之根茎与莲相同匍匐于泥中，花与叶浮于水面，叶有直径六尺以上，坚硬非常。花每逢夏时开，直径约有一尺五寸，花瓣有三十枚至七十枚，雄蕊有百五十本至二百本，雌蕊有三四本，此花在花界中可以叹观止矣，未也。马来列岛之亚罗耳多花较此花更大，腊兹夫耳斯同岛总督与植物学者亚罗耳多氏于同岛探险时初发见此花。其时花开于叶与粪之间，俨若置之地上，叶与茎皆不见，直径殆有九尺许，其花瓣有九枚，着紫色，气臭若腐肉，蝇与小虫群集其上，叶之底及根为葡萄之属附着此花。因亚罗耳多等初发见，故特名之为亚罗耳多花，在近日发见之花界中称独一无二之大花云。

---

① 应为"首"字。

时 评

武陟县学界腐败之原因

　　武陟当科举之时素号文明，自兴学以来风气未开者尚囿于积习。至今上三十年，适张君愚山总管公务局事首议兴学，即遣其子弟数人赴省肄业以为合邑倡，复请县尊改良安昌书院为高等小学堂，其经费除将书院旧有之常款悉数拨给，不敷外皆由县署资给。又改义塾为学堂，又禀立两等学堂于县之东鄙乔庙镇，经费皆由官给，维时知武事者为岳大令，雅尚文学又器重张君，官绅合契，故学界蒸蒸日尚上焉。
　　至三十二年，岳大令及瓜而代，继其后者为张令秀升，贪鄙暴戾，自便私图，视事后即谓学堂经费皆岳任受张君之愚，乃召局绅及各里董事议提局款用充学堂经费。张君以学堂规模粗具，款项已定，应无庸议，且经费虽由官给，实系民财，盖武陟粮银向完二千六百八十文。自二十年奉旨，豫省粮银每两不得过二千六百文，以故得免八十文。至二十九年夏令任内以新政，经费无所筹拨，拟令民间纳粮仍完旧数，其八十文以备新政之资，尔时学堂尚未创办，遂以此项充于酒之税。查武陟粮银每年征收在六七万，此项亦不下五千上下，岳前任概给学堂经费且禀明在案者盖以此也。张令又令其所厚者屡次示意，并许以美差约分润之，张君持意弥坚且嗤其鄙，复与同志诸人毛李藩刺史及茂才、冯五典等二十人援某大宪行知，饬查各县滥款陋规、勒令兴学等语。乃联禀酌提活粮（临河滩地每春李①清丈每亩粮钱百文，仅解上银八两）、驿马料豆（武陟驿马九十六匹，今无一匹而仍收料豆）、粮厘联分（无拘若干均厘均联为一分）、糟米酒屋（完米百文皆后，后补酒屋钱五文）、地方照费（充地方皆得领照，照有费千文）等款作为师范实业学堂经费。

张令乃大肆咆哮，谓此皆是系张某所使，传饬各里董事，勒令张君告退。复多带班勇来局，行同虎狼，各董皆遁，惟张君一人在局，众寡不敌竟被拿去，到堂仍不为屈，戒饬管押，复诬以惯舞刀笔等。语详革廪生在案，合邑绅民咸以因公被累，为张君冤，禀恳保释讼冤者不减数百千人，张令又将不附己之大户革去数十家，乃又出示招告诬以多端而迄无佐证，且保禀日加无可如何。于是再举里董重议提款，每月竟提局钱八百千文，乡镇斗捎钱三千余串，合之粮银八十文，每年约收二万余串。而支出之款惟高等师范两学堂学生，三班半系自费，教习三人每人分教一班，殊属可笑，大约论之所费不过二千串之谱，其余则饱入私囊矣。虽有教育会、劝学所各总董之名称，然皆饥犬得食，惟摇尾以乞恩耳。至公务诸局诸人皆鉴张君之挫，亦挽啄翼下，唯恐怍忤逆之有咎，吾于是不为张君借②而为武陟惜焉。呜呼！陟③武陟人安得尽如张君者？

新乡县高等小学堂公款每年出入表

基本金	旧存款	三千串
	游某	银一千两
	卫某	银一千两
	潞王坟书院公地卖价	二千串

---

① 疑为"季"字。
② 疑为"惜"字。
③ 此处疑多一"陟"字。

(续表)

岁入	前四项本金之利息	一千有奇
	潞王坟地租课	六百串
	斗捐	一千串
	戏捐	一千串
	大召营煤场煤捐	二百串
	关外煤场煤捐	五百串
	以上总计肆千三百余串	
岁出	高等小学堂校长一人	一百三十串
	同　　　教习二人	共四百八十串
	司事、司书、劝学所司事	一百六十五串
	堂夫、齐夫、门口禀事	一百四十串
	茶房煤水	二十串
	以上共计九百三十五串	

变法以来学堂林立，一时反动力之膨胀，或官绅相冲突，或管理员与学生相龃龉，循至学堂解散不可收拾者无他。一骨投地、百犬争之皆为利而来也，以利来者卒必至于败事。夫今日热心兴学之士夫固不乏人，而其假教育主义以实行其金钱主义者，又往往而是纵一二人身败名裂原不足惜，其贻误少年之子弟以至贻误中国前途，则罪不胜诛矣。我新乡学堂公款每年入数多而出数少，吾望兴学诸公勿蹈金钱主义之覆辙，而以余款扩充学堂，则幸甚。

新野中学堂堂长陈庭郁之丑态

新野中学堂堂长岁贡生陈庭爵卑鄙小人、不足挂齿，因陶令援入小学堂为堂长，藉势架讼。一日差役到学堂内索酒资，陈某自顾无颜呵之使出，差役不从，嗣经管理员期助驱逐始去。陈某有子在堂肄业，每作国文必代其子主稿，又与陶令之门生何教员、陶令之弟陶教员相结纳，是以其子累列优等。后新野立中学堂，陈某又以逢迎得为堂长并援其弟为会计员，是视学堂为徇私之地，亦奇矣。

毕业索费

新野高等小学堂学生前因学期不足不能毕业，自陶令开办中学以后学生要求毕业，陶令禀请，业已批驳。继闻各学生纷纷毕业，问其原因，则云：县官云有银五十两皆可毕业，并有多至一百两者。是以由高等小学拨入中学者仅三十六名，而事业有四十五名，不知此项银两系何教员、陶教员所驱，抑何、陶二人受县令之意旨而狼狈为奸耶。是在视学员之认真查办，以警将来。

汝州学堂监学及教习之劣迹

监学张某、教员蔡某二人素莫逆，张因旧东王某知汝州事，遂得该州中学堂监学并招蔡为该堂汉文教习。二人屡以强迫手段压制学生犹寻常事，无足怪。而二人视学堂为安乐窝，携家眷盘踞堂内，只知家事不知学事，或常至三五日不上堂。而蔡且令其爱妓之弟入堂肄业，月考常列优等，全堂学生虽怀公愤，畏其势，莫可如何。呜呼！河南兴学以来，学堂内容之种种腐败书不胜书，至如携眷属入居堂内、私人已买爱妓之欢心，尤为河南所创有之奇闻。诗曰："墙有茨，不可扫也。中冓之言，不可道也。所可道也，言之丑也。"殆为张、蔡二人咏者欤！

长葛县学堂近情

长葛县由周云创立小学堂，规模完备，为中洲之冠。后经王锡晋、瞿文炳等老朽腐奴屡次败坏，周云所创之规模全非庐山面目矣，故迄今六七年之久无一点成绩。去冬，各县学堂考毕业，而县令潘某及两学官刘某等亦欲举行毕业式，预定试日前三日即将试验题分给于学生，学生各携题觅人代作。富者钱多则觅高手，而亦取优等学，皆自鸣得意，如探囊取物，较旧日传递枪替更有把握，欣然以学堂为捷径。但县令、学官皆曾读过八股者，岂无天良，而何忍以蜜甘鸩毒误此后生？学生亦皆聪颖子弟，何乐受愚若此？然县令、学官以金钱为目的而于子弟之抗杀国家之关系，漠不关心无足怪也。学生皆幼年无识，亦何足深责？独学生之父兄，本地之绅士，坐视外人以毒果杀吾子弟而犹以为以膏粱餍吾子弟也。漠漠然，日望其子弟之蕃昌，岂不愚哉？岂不愚哉？

文　苑

杂诗四首

秋夜感怀

蘧庐求是草

络纬鸣四壁，唤起秋凉意。物候与世风，改变有难易。秋月何清明，人心何锢蔽。物竞天择之，岂可同儿戏。拚拚五大洲，旭日中天丽。多少健儿血，扩张帝国义。腾龙拿虎谋，务广殖民地。美人非孟洛俄衍，大彼帝国旗翻全球。经济为政治，喜获好望峰，未饱垂涎志，日日通印度，更有印度续。环顾近年中，沧桑已变异。睡狮醒不醒，奄奄当此际。那堪任人割，爪牙已失利。劝君早为所，甚勿鲍瓜系。松柏有冬心，男儿贵沈毅。旋幹莫矜张，漫使旁人忌。虎豹在深山，孰敢采蘩莠。此是经世言，语君君须记。生存复淘汰，惟看适不适。巍巍大舞台，演出最惨剧。天际起秋风，阶花不敢避。草木有精神，萌芽尚可恃。虫声入我梦，秋思满胸臆。早起下胡床，铅刀欲一试。

芝公园怀古

杞 忧

芝公园者,昔为日本德川氏之菩提寺,藏佛经七十余卷,其中德川家灵屋分为三庙,一曰台德院,二曰文昭院,三曰有章院。雕梁梁①画栋,穷极奢侈,当时德川幕府固一代雄哉。其南有东照宫,为德川家康之祠,祠外樱树丛杂,银杏横斜,则家康氏之手植也。

种樱幕府今何去,盖代勋名尘与土。我来访古百年后,封建规模荡乌有。世事沧桑剧可哀,维新变起如风雷。推倒侯藩劳汗血,祇今门阀葬莓苔。唏嘘凭吊英雄处,无限凄怆眼底来。

眺富士山偶题

杞 忧

远客探奇山外山,白云深处有层峦。峰高自古无人路,一鸟孤飞自往还。

与友人话旧

杞 忧

衔杯共话当年事,海外相逢喜欲狂。三岛神仙何处是,祇今迷信笑秦皇。

---

① 此处疑多一"梁"字。

九月大事表

表中用●者，确知此事件之出现时日者也，用〇者，未知此事件之出现时日，而据所闻之先后以为编次者也。

中国之部

初二日

〇钱恂代呈南洋华侨上书，催求实行立宪。

〇俄国欲于北满洲铁路轨线内行治理之权，华官拟推广巡警以为抵制。

●上海绅商在愚园开大会欢迎美兵部大臣塔虎脱。

●闽督松寿在督署开设会议，堂集官绅而组织之。

初三日

〇度支部核算库款，共亏库平银三千五百万两。

〇梧州罢市案商民要求四款：一免沿途加抽厘税；一用旧尺估量货物；一展览运米票日期；一裁撤分界，增厘厂。挂抚均已照准，并撤下关税员，商民即日开市。

〇张荫堂请政府将藏地旧日刑律一律蠲除，参用中西法律。

●礼部暨修订法律，大臣议定满汉通行礼制刑律，以免参差轻重之弊。

●农工商部会同度支部限六个月内考定度量权冲画一制度，详拟推行章程。

初四日

〇政府欲改都察院为国会，科道各员大起反对，具折力争，请另行设立。

●庄亲王载功、睿亲王魁斌、都御史陆宝忠、副都御史陈名侃均以鸦片锢习未除开缺,派员署理,勒限戒断,各内外官员再展限三个月,一律戒尽。

初五日

●考试留学生揭晓,最优等七名,优等十七名,中等十四名。

○东督徐世昌力拒英国勃枢矿物公司在鸭绿江附近之通化地方开采金矿十八处,该公司借口于一九〇二年曾与增祺订约。

○湖南绅士熊范舆等联名九十人上请愿书于督察院代奏,请速设立民选议院。

●督察院都御史以张英麟暑①理,副都御史以管廷鹗署理。

●以沈家本、俞廉三、英瑞充修订法律大臣。

●袁世凯因浙②路公司覆驳苏杭甬借款事措辞激烈,倡议将浙路收为官办,浙京官开会集议,绝对决不承认。

初六日

○赵尔巽奏,言日本领事声言嗣后所有往来公牍改用东文,请外务部驳拒。

○大连湾有一日本洋行私运俄国洋枪一百一十七枝,进口当被查获流公。

●法部右侍郎着王埁署署③理,大理院卿着定成署理。

初七日

○政府准徐世昌先借外债千万办理新政。

○中日合办银行决议集资本二百万元在天津设事务所。

○英使要求在西江置辑④捕船四艘,归该处税务司管辖,张鸣岐电外务部力拒。

初八日

○德使请将东省食盐改出青岛出口。

○俄美两国拟合办一铁路,由新民屯经法库门、程家屯、伯都讷至齐齐哈

---

① 疑为"署"字。
② 疑为"浙"字。
③ 疑为多一"署"字。
④ 疑为"缉"字。

尔，开始与中国交涉。

●管廷鹗因请假日开去署缺，都察院副都御史着忠廉署理。

●大连营口前立之防穀令，奉政府命，是日撤去。

初九日

○北京报界联名要求民政部五款：一官报畛域宜设法沟通；二核减邮政电报各费；三准派人每日恭录阁抄；四公裁判准访员旁听；五如有犯例勒令停止出版等事务，求宣布理由并准其控诉。

●福州将军以仆寿补授。

●正黄旗澳军都统以李殿林补授。

●镇江至上海铁路是日开车载客。

初十日

○俄使向外务部宣言，如中国许日本占额间岛，俄国亦当得部春利益以相抵制。

○外务部分电出使英、美、荷、日各使臣，详查华侨繁盛之处，酌设领事。

○厢黄旗汉军副都统以段祺瑞补授。

十一日

○浙绅王文韶等联名电致外务部，请切商英使，声明苏杭甬草议已废，借款之说可速作罢。

●芜湖关东羊顺输船查获私运军火三十三箱。

○闽省官绅电告外务部，谓日僧至闽传教渐见增多，恐酿巨祸，请速禁止。

●政府责各省督抚养尊处瞻，徇敷衍，酿成地方祸乱，自后所属如出，有巨股土匪重案，惟该督是问。

十二日

○黑龙江东岸计有四十六华屯俄国不肯退还，黑抚程德全电请外务部核办。

十三日

○外务部电咨江督，调取大闹公堂案全案证据及案中要员，袁树勋来京

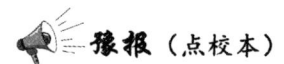

议结。

○俄人强将吉林三姓地方与俄境伯力间之界碑移置中国辖境一百六十方里,外部与俄使交涉。

●府政①饬在京大学士、各部尚书侍郎、都察院都副御史、在外各省督抚率同三司访荐人才,不论有无官职,每省每署多不过五人,至少一人,限五个月具奏,由更部奏派大臣察验引见录用。

●政府着各省督抚在省会速设咨议局,由绅民公举议员,将来资政院选举议员即由该局公推递升,其各府州县议事会一并预为筹画。

十四日

○邮传部咨请外务部照会法使,饬令万能公司将塘沽、京、奉等处占用铁路地基交还。

●外务部勒苏杭甬铁路借银公司款一折是日具奏,政府照准,或督官商办,或官商合办,着外邮商三部与两省官绅计议并促拟合同,其词甚决。

十六日

○邮传部通饬合②邮局,凡外国邮件除军事以外,不由中国邮局传递者一律禁止。

●考验毕业留学生,政府赏给进士七人,余皆赏给举人。

●政府着各省设立调查局一所,各部院设立统计处,以备刊统计年鉴之用。

●浙省绅因苏杭甬借款事创立拒款会,各府皆举代表人赴会集议演说,电京力争,常异激昂。

●浙省业务学生邬纲因铁路借款事愤极喷血而死。

十七日

○税务处声明沈阳未设关以前,所有应缴税项一律在安东关完纳。

十八日

○政府议川藏分省,定东川、西川各设巡抚一缺。

---

① 疑为"政府"。
② 疑为"各"字。

○都察院监察御史仍遵旧制，考试录取记名按资补授。

○芜湖商界全体电禀江督皖抚，婉阻日本办米，以固民食。

十九日

○政府着度支部派员清查洋药、土药销数，限半年覆奏。

二十日

○英使向外部声称商轮在西江被劫之案粤使半年仍未议结，请饬严缉并索赔偿。

○张之洞所定矿山章程照会各国公使，《本则》《附则》共七十四条。

廿一日

○南安府各属乱匪经官兵次第剿平。

●江苏绅士因铁路借款事开大会议，分电军机处、外务部、邮传部、农工商部力拒借款。

●王大臣会议八旗生计，议定在磅余项下及美国退还赔款内拨作经费。

廿二日

○外务部拟定贵冑出洋游学章程十二条，具奏。

廿三日

○海防华商公电外务部，请改言《安南条约》时力争减少华人身税。

○日僧在闽传教事件，日人解释，谓日本应有此权利，若华官干涉妨害，即须要求赔偿。

●苏省士绅开会集议，决定招足股本以抵制借款，即日签认三丁①余万。

廿四日

○政府丁振铎赏给侍郎衔，俞廉三以侍郎仍充修言法律大臣。

廿五日

○外务部因洋人在中国购地每以该管领事所发契据为凭，希图免税，特咨行各省，自后洋人购地必须由地方官印契方能作据。

○前浙江山阴知县李钟岳因杀秋瑾一案被浙抚诬劾，愤郁自缢而死。

○日使近与外部定议，日本［一］切物件由北京至牛庄者，准中国北方

---

① 疑为"千"字。

铁路载运；至书信等类，由北京至奉天者，西十一月 [ ] 号记归中国邮政局载运。

廿六日

○政府议限制学生婚娶，非中学毕业，二十岁以上者不得成婚。

○闽督咨请新架坡领事就地选员，保护萨岛华工。

○广东防城失事案，政府处分该管王瑚、丁槐均着交部议处。

廿七日

○津镇铁路借款自办条约定于十月初三日画押。

○蒙古议改行省，太后愿发内帑金块五十万两以为经费，并劝谕各蒙古王公量力报效。

廿八日

○英使要求外务部留汪大燮办妥苏杭甬借款事，然后放洋。

○俄使声称黑龙江东岸六十四屯条约实系俄界、无从归还等语，外务部电咨徐世昌确查核办。

○滇督锡良电告外部，言意工程师蹂躏百姓，外务部照会意使请驱逐回国，意使不允。

●政府宪政编查馆会同吏部详订切实考验外官章程，饬①下各省督抚将所属地方候补选缺到省各人员认真考验，严定去留，并条列实迹，资报吏部查核。

廿九日

○外务部决意借银公司款办路，饬②苏浙两抚筹捐的款以为抵押，两抚③均以无的款可捐覆结。

○苏浙各学界皆首倡认股以筹抵路事借款。

●浙省京官拒银公司借款公呈，是日由都察院代奏。

三十日

○俄使向外务部声称满洲铁路运载中国兵队一事，须允俄大所请各节方能

---

① 疑为"饬"字。
② 疑为"饬"字。
③ 疑为"抚"字。

照办。

○浙路副工程师汤迪臣因借款事绝粒不食而死。

○法人要求揽筑济南至开封铁路，外务部严词拒绝。

外国之部

初二日

○美国工商大臣演说，谓美货经中国抵制后，运销中国货物一年内减少美金二千万元之巨。

○越南河内法国所设大学准收中国学生。

初三日

○韩国东北境等处之华商定议，载运鱼出口不用日船。

初四日

○日本派海军大将齐藤实查勘间岛地址，冀免与中国构争。

初五日

●日本皇太子前赴韩国游历。

初九日

○俄国民议院定期西十一月二十七号开会选举。

初十日

●日本皇太子抵韩，韩人欢迎甚盛。

十一日

●中国留东学界在东京创立政闻社，组织政党，是日开成立会，到者二千余人，革命党将会打散。

○关东都督大岛氏欲将驻扎满洲之领事及警将归其管辖，与日本外部大臣交涉。

十二日

●保和会集会事，是日藏事全体散会。

○意大利定明年开第四次教养研究会，照会各国请派员赴会。

●和平会将末次所定之款签押，该款包括十三次之聚会，并所定议案三纸

及未经解决之问题五条。

十三日

○美属旧金山，日工人又被土人攻击，日人受伤十二名，美人受伤廿名。

廿一日

○美属纽约金市困绌，市面大为恐慌。

廿三日

○意大利弗拉图那地方地震，毙人口三百名，与他处合计毙人口五百名，伤者一千名。

廿四日

美属纽约金市恐慌情形业已平复。

●俄属海参崴俄舰内有革命党暴动，炮击镇守府，要塞内革命鸣，亦大有活动之势。

廿五日

●海参崴下戒严令。

廿六日

○美国筹备七千万金元存储国家银行，以为预备。

廿七日

○日本经营间岛，已预备建设轻便铁路及电线等项。

中国代派处

北京豫学	总派报处
天津	
天津经丝胡同中州学堂	刘阳伯处
保定府优级师范学堂	王泽敷处
上海虹口新靶子路中国公派卖所	宋有孚处
上海棋盘街北首群学社	沈继先处
河南省优级师范学堂监学	张仲友处
河南省第二师范学堂	戴炳炎处
河南北书店街	总派报处
河南光州城北兴贤坊	濬智书社
南阳府唐县西关	沈立鉴处
河南巩县师范传习所	宋经裕处
河南兰仪县城内高等小学堂	赵全壁
禹州城内	梁乾元
开封中牟县	源茂恒
郑州荣①阳县	张青峰
彰德府城西水治镇小学堂	
卫辉府新乡县	王骏声
彰德府武安县	聚泰昌
怀庆府河朔学堂	李右泉
南阳府南阳县	孙润芝
道口镇后大街	吴天泰
长葛县	鸿泰昌
信阳州师范学堂	曾予吾

---

① 疑为"荥"字。

广告价目表

期限	一页	半页
一期	六元	四元
二期	十元	七元
三期	十五元	十元
半年	二十五元	十五元
全年	五十元	二十五元
广告取次所	神田区中猿乐町四番地秀光社	
东京代派所	神田骏河台町	中国留学生会馆
	神田里神保町	中国书林
	同	三省堂书店
	神田小川町	启文书局
	早稻田鹤卷町	麟图阁
	神田	富山房

报资及邮费价目表

	报资	内地邮费
全年十二册	一元二角	二角四分
半年六册	六角五分	一角二分
零售每册	一角二分	二分

光绪三十四年四月一日印刷

明治四十一年五月一日发行

编辑兼发行者　豫报社

发行所　日本东京神田区西小川町一丁目一番地河南同乡会事务室

编辑所　日本东京牛込区鹤卷町廿五番地东京馆

印刷所　日本东京神田区中猿乐町四番地秀光社